LUZIFER
VERLAG

TOM ABRAHAMS

DIE BAR AM ENDE DER WELT

ENDZEIT-THRILLER

This Translation is published by arrangement with *Aethon Books*
Title: THE BAR AT THE END OF THE WORLD.

Diese Geschichte ist frei erfunden. Sämtliche Namen, Charaktere, Firmen, Einrichtungen, Orte, Ereignisse und Begebenheiten sind entweder das Produkt der Fantasie des Autors oder wurden fiktiv verwendet. Jede Ähnlichkeit mit tatsächlichen Personen, lebend oder tot, Ereignissen oder Schauplätzen ist rein zufällig.

LUZIFER
VERLAG

Deutsche Erstausgabe
Originaltitel: THE BAR AT THE END OF THE WORLD

Umschlag: Michael Schubert | Luzifer-Verlag
Übersetzung: Elena Helfrecht
Lektorat: Manfred Enderle
Printed in Germany

Dieses Buch wurde nach Dudenempfehlung (Stand 2021) lektoriert.

ISBN: 978-3-95835-613-9

Bibliografische Information der Deutschen Nationalbibliothek:
Die Deutsche Nationalbibliothek verzeichnet diese Publikation in der Deutschen Nationalbibliografie; detaillierte bibliografische Daten sind im Internet über http://dnb.d-nb.de abrufbar.

1

Zeke Watson trat aufs Gaspedal. Der Motor seines 1970er Plymouth Superbird heulte zur Antwort auf. Das stählerne Fahrwerk vibrierte um ihn und brachte seine zusammengebissenen Zähne zum Klappern, als er die Maschine an ihre Grenzen trieb.

Mit der einen Hand hielt Zeke den Superbird auf Kurs, die andere presste er auf die klaffende Wunde unterhalb seiner Rippen. Sein Magen fühlte sich an, als wäre er nach außen gestülpt. Das war durchaus möglich. Nach allem, was er wusste, hielt nur seine Hand die Gedärme noch an ihrem Platz.

Der Highway vor ihm führte die beiden Teile der sonnenbeschienenen Ödnis wie ein schwarzer Reißverschluss zusammen. Zekes Aufmerksamkeit galt allerdings der grimmigen Truppe Männer, die hinter ihm her war. Helme und Bandanas verdeckten ihre Köpfe und Gesichter. Einige fuhren Motorräder, andere hockten auf dem Sozius oder auf den Dächern riesiger Pick-up-Trucks.

Sie holen auf.

Zeke stellte sich aufs Pedal und erhob sich vom zerschlissenen Fahrersitz. Er hatte die Polsterung reparieren wollen, irgendetwas war ihm jedoch ständig dazwischengekommen.

Die weite Ödnis sauste zu beiden Seiten an ihm vorbei. Der einzige Hinweis darauf, dass er sich bewegte, war die durchbrochene

Mittellinie, die unter seinem Plymouth verschwand, sowie gelegentliche Felsbrocken, die über die kahle Landschaft gesprenkelt waren. Er nahm an, dass er im Ödland war, das diffuse Gebiet, das die Stadt umgab. Vielleicht waren das Ödländer, die hinter ihm her waren, die Außenseiter, die über die unzivilisierte Wüstenlandschaft herrschten.

Oder gehörten sie zur Unterwelt? Regierungsagenten? Kopfgeldjäger?

Es spielte keine Rolle. Das einzig Wichtige war, dass sie ihm direkt im Nacken saßen.

Ein greller Schmerz durchzuckte seine Organe. Der Schweiß brannte ihm in den Augen, als er sie zusammenkniff, um ihn wegzublinzeln. Sein Rücken, Hals und Gesicht waren vom Glanz aufkeimender Schweißperlen benetzt.

Er packte das Lenkrad fester und trieb sein Fahrzeug an. Die Bande kam näher. Näher. Immer näher.

Einer der Verfolger hatte sich von der Meute abgesetzt und stellte ihm auf seinem Motorrad nach. Es war eine tiefergelegte Harley, wie er sie aus alten Peter-Fonda-Filmen kannte und die er manchmal vor einer dieser Sportkneipen geparkt sah, deren Name in einer einfallsreichen Doppeldeutigkeit auf die weibliche Anatomie anspielte.

Der Biker trug ein schwarzes Bandana über Mund und Nase sowie eine reflektierende Sonnenbrille. Sein Schädel war kahlrasiert. Trotz der Größe seines Motorrads wirkte es im Vergleich zu dem Mann wie ein Zwerg. Es war jedoch nicht seine Größe, die Zeke immer wieder kurz von der Straße vor ihm ablenkte. Es war der gigantische .45er, den er in einer Hand hielt. Der stählerne Lauf der Waffe glänzte im Sonnenlicht.

Zeke dachte zuerst, er wäre das Ziel. Dann dämmerte ihm, das Gaspedal noch immer voll durchgedrückt, dass das Ungetüm seine Hinterreifen anvisierte. Zeke traf eine Blitzentscheidung.

Im Rückspiegel sah er die Horde nur ein paar Meter hinter sich. Er tippte die Bremse fest genug an, um langsamer zu werden, und riss das Lenkrad gleichzeitig nach links.

Die Räder des Plymouth qualmten, das Auto erzitterte.

Zekes Körper hielt dem plötzlichen Trägheitsmoment stand. Die Reifen hafteten auf dem kochend heißen Asphalt, er behielt seine Hand am Lenkrad.

Das reichte aus, um das Vorderrad des Motorrads zu schneiden, es von der Fahrbahn abzubringen und den Revolver aus der Hand des Riesen zu schlagen.

Der Mann verlor die Kontrolle über sein Motorrad, schlingerte und stürzte in ein paar andere Biker am linken Rand der Meute. Die Kettenreaktion setzte ein halbes Dutzend von ihnen außer Gefecht. Drei oder vier verschwanden unter den übergroßen Reifen eines höhergelegten Sattelschleppers. Rot spritzte aus der Massenkollision auf und Zeke richtete seine Aufmerksamkeit wieder auf die Straße.

Dann sah er es.

Zu seiner Linken, mindestens zwei Kilometer voraus, stand ein einsames Gebäude, dessen Silhouette wie eine Fata Morgana zwischen den Hitzewellen über der sauren Erde flimmerte. Rauchschwaden stiegen aus dem Umriss empor und lösten sich im wolkenlosen Himmel auf.

Zeke überprüfte seinen Tacho. Er fuhr hundertsiebzig Kilometer pro Stunde, der Zeiger vibrierte am oberen Ende der Skala seines Muscle Cars. Das war gut. Allerdings hatte er nicht genug Sprit.

E? Wie lange steht die Anzeige schon auf E?

Er tippte die Benzinuhr mit dem Finger an. Nichts bewegte sich. Zeke schlug mit der flachen Hand gegen das Lenkrad und erhaschte dabei einen weiteren Blick auf das wabernde Abbild des Gebäudes. Jetzt war er nah genug, um die trüben Umrisse der Fahrzeuge zu erkennen, die davor geparkt waren. Da waren Leute.

Ein lauter Knall erregte Zekes Aufmerksamkeit und zwang ihn zu einem Blick in den Rückspiegel. Auf dem Dach eines Trucks stand ein Mann und zielte mit einem Gewehr auf ihn, aus dessen Mündung Rauch aufstieg. Ein weiterer Schuss blitzte auf und ließ die Heckscheibe explodieren. Scherben flatterten am Rahmen. Zeke kämpfte sich geduckt weiter, das vor ihm liegende

Gebäude im Blick. Wenn er es nur erreichen konnte, vielleicht würde ihm jemand helfen.

Ohne die Heckscheibe dröhnte die offene Straße durch die Fahrerkabine des Plymouth. Der Wind peitschte. Die teuflisch trockene Hitze und der Geruch von verbranntem Gummi, vermischt mit den Abgasen, wirkten augenblicklich erstickend.

Er war noch immer mehrere hundert Meter davon entfernt. Das Ödland verzerrte Raum und Zeit.

Ein weiterer Knall, diesmal lauter und heftiger als der letzte, erschütterte seinen Körper im Superbird, gefolgt von einem brennenden Stechen in seiner Schulter. Sein rechter Arm fiel betäubt zur Seite.

Zekes Herz schlug schneller. Der Schweiß lief in Strömen. Sein Puls hämmerte in Hals und Schläfen. Mit jedem Pochen brannte seine Schulter mehr.

Er krümmte sich vor Schmerz, hielt den Atem an und steuerte den Plymouth mit seiner Linken, die Knöchel traten weiß am Lenkrad hervor. Das Muscle Car überquerte die Mittellinie. Die Felsblöcke seitlich des Highways wurden größer und verschwanden dann hinter ihm. Zekes Sicht verschwamm für einen Moment und er biss sich in die Wange, um sich zur Konzentration zu zwingen.

Ich verblute. Ich werd's nicht schaffen.

Ein großer Truck rammte ihn von hinten. Erneut spannte Zeke seinen heilen Arm an, diesmal fester als vorher.

Er blickte nach vorn. Das Gebäude lag gut fünfzig Meter entfernt, der Parkplatz noch weniger. Zeke überprüfte den Seitenstreifen vor sich und entdeckte keinerlei Hindernisse. Keine Steine, keine Kakteen oder verrottete Pflanzen, keine Tiere. Er hatte freie Bahn.

Der Truck stieß ihn ein letztes Mal an, bevor Zeke das Lenkrad nach rechts riss. Quietschend verließ der Plymouth den Asphalt und setzte auf dem Wüstenboden auf. Die Radaufhängung hielt dem Aufprall stand und federte das unregelmäßige Terrain ab. Es war nicht so eben wie gedacht, aber der Parkplatz und das Gebäude lagen nun geradewegs vor ihm.

Zeke hüpfte in seinem Sitz auf und ab, die ausgeleierten Federn konnten gegen sein Körpergewicht und die Stärke seiner Bewegung wenig ausrichten. Sein rechter Arm fühlte sich elektrisiert an, als das Gefühl in ihn zurückkehrte. Er blickte nach unten und sah die rechte Seite seines Oberteils von Blut durchtränkt. Seine Sicht verschwamm erneut. Er starrte geradeaus und widerstand dem Drang, sich seinen Wunden zu widmen.

Der Motor heulte auf. Die Reifen wirbelten Steine auf, die gegen das Fahrgestell knallten und Dellen schlugen. Vielleicht würde er es schaffen.

Zekes konnte den Staub und die Hitze schmecken. Sein Kopf brummte und war vernebelt. Dann erstarb der Plymouth.

Der Motor stockte und hustete. Die Benzinuhr loderte auf und schlug zur linken Seite des kreisrunden Displays aus. Der Tacho zeigte eine rapide Verlangsamung an.

Zeke fluchte. Die Obszönitäten sprudelten aus seinem Mund wie das Blut, das aus der Schusswunde hinten an seiner Schulter lief.

Der kleine Vorsprung, den er sich gegen die Horde erarbeitet hatte, verpuffte sofort. Der Plymouth rollte im Leerlauf dahin, wurde langsamer und konnte seinen Kurs nicht mehr halten. Als dann die Vorderreifen über die abgeschlagene Betonkante zwischen dem brüchigen Asphalt des Parkplatzes und der Wüste rollten, die das Grundstück umgab, öffnete Zeke mit Schulter und Ellbogen die Tür und kugelte aus dem Auto.

Der Plymouth hielt erst an, als er in das Heck eines 85er Ford Bronco knallte. Zeke sah den Aufprall nicht, während er sich abmühte, auf die Beine zu kommen, aber das Geräusch der kollidierenden Fahrzeuge war unmissverständlich.

Ohne sich umzublicken, rannte Zeke los. Er war außer Atem, seine Beine wie Wackelpudding, sein rechter Arm hing schlaff herunter. Sein Magen fühlte sich an, als würde er mit jedem Schritt zum Gebäude weiter aufreißen.

Fast da.

Durch den aufsteigenden Nebel des Schockdeliriums sah Zeke die zweigeschossige Struktur aus Holz und Kalkstein, mit einer großen, überdachten Veranda, die drei Seiten umspannte. Eine blaue Flagge hing von einem Pfosten an der Vordertreppe und flatterte im heißen Wind. Auf der Mitte der Flagge prangte ein sechszackiger Stern mit Flügeln an den Spitzen und einer Flamme, die aus dem obersten Stachel wuchs.

Er taumelte vorwärts, schwer atmend und mit schwächer werdenden Beinen.

Hinter ihm wuchs das Rumpeln der Trucks zu einer ohrenbetäubenden Lautstärke an. Die verschwommenen Umrisse zweier Motorräder rasten auf ihn zu.

Er war nun so nah, nur Schritte von der Veranda entfernt.

Hinter ihm erschallte halbautomatisches Gewehrfeuer. Ein paar Schüsse schwirrten an seiner Linken vorbei. Zwei weitere verfehlten ihr Ziel nicht. Er spürte die kräftigen, glühend heißen Schläge, die sich in seine Seite bohrten, einer in seine Armbeuge, der andere in das Fleisch oberhalb seiner Hüfte. Zekes Körper machte eine Drehung und stolperte nach vorn. Er schrie vor Schmerz auf und verlor das Gleichgewicht. In einer makabren Pirouette landete Zeke auf der ersten Stufe der Veranda. Sein Kopf knallte mit einem dumpfen Schlag gegen den Pfosten und die Welt verstummte.

Der Wüstenwind raschelte leise in der Flagge über ihm. War er tot? War dies das Jenseits? Ein windgepeitschtes Ödland voller Banden und eine Sonne, die alles von oben versengte? Dann konzentrierte er sich auf das Geräusch von jemandem, der nach Luft schnappte. Nein. *Etwas*, das nach Luft schnappte. Ein Tier. Sein Atem schlug ihm heiß und feucht ins Gesicht. Es schnupperte an ihm und schnaubte. Eine warme, dicke Zunge verteilte zähflüssigen Schleim auf seiner Wange.

Ein Hund.

Eine starke Hand legte sich auf seine unversehrte Schulter. Die Finger packten ihn und hoben ihn von den untersten Stufen auf, stellten ihn erst auf die Knie und dann auf die Beine. Ein Arm legte sich um seinen erschlaffenden Körper und zog ihn auf die Veranda, dann wurde er von einem weiteren Paar Arme über eine Schulter gelegt.

Er war sich seiner Umgebung vage bewusst und konnte hinter der Veranda auf dem Parkplatz nur Licht und Schatten erkennen, als er die dröhnende Stimme des Mannes hörte, der ihn festhielt.

Dieser trug ihn über die Schwelle, wobei seine Stiefelabsätze dumpf auf den Holzbohlen der Veranda aufschlugen. Ein paar Lamellentüren schwangen vor und zurück, ihre Scharniere quietschten, als Zekes Retter ihn nach drinnen schleifte.

Dort waren noch andere Leute. Zeke spürte sie. Er hörte sie. Ihre Stimmen vermischten sich mit dem Klirren der Gläser und der Musik, welche die heiße, abgestandene Luft erfüllte. Staubig. Alt. Abgenutzt. Trotzdem irgendwie begrüßend, angenehm.

Zeke spürte die Trägheit seines baumelnden Körpers. Seine Schuhe schlugen gegen die knarrenden Flügeltüren. Der Mann sprach zur draußen versammelten Horde. Der Bass seiner Stimme vibrierte in Zekes Brust. Sie hörte sich tröstlich, väterlich an, dennoch lag darin ein ernster, belehrender Ton, eine unausgesprochene Drohung.

»Das ist alles, meine Herren«, sagte der Mann. »Ihr kennt die Regeln. Verzieht euch wieder in das Höllenloch, aus dem ihr gekrochen seid, und lasst uns in Frieden. Mein Kumpel hier hat genug.«

2

»Er ist wach«, sagte eine Stimme, die Zeke aus dem himmlischen Ort zwischen Schlaf und Bewusstsein riss. »Hat lange genug gedauert.«

Zeke blinzelte ins verschwommene Licht einer trüb-gelben Glühbirne. Sobald er wieder scharf sehen konnte, erkannte er diese über sich, im Zentrum eines sich langsam drehenden Ventilators, der in seiner Fassung schaukelte.

Als er versuchte, sich zu bewegen, zuckte ein pochender Schmerz durch seine Innereien, seine rechte Schulter und seine linke Körperhälfte. Dann erinnerte er sich daran, dass er angeschossen wurde. Eine überwältigende Dringlichkeit, fast schon Panik, erstickte den Schmerz. Er musste woanders sein. Jemand war in Gefahr.

»Immer langsam«, sagte der bärtige Mann mit den stählernen Augen, der über ihm stand. »Dein Körper weiß nicht, was er mit sich anfangen soll.«

Zeke sank in das dünne Federkissen zurück, das seinen Hinterkopf auffing. Er starrte den Deckenventilator für einen Moment an, beobachtete die einzelnen Flügelblätter dabei, wie sie sich um die einsame Glühbirne drehten.

»Wir haben dich jetzt grob zusammengeflickt«, sagte der Mann. »Nimm dir 'ne Minute oder drei und komm dann zu uns runter. Du hast alle Zeit der Welt.«

Er tätschelte Zekes Schenkel, wie ein Vater bei seinem Sohn, und wandte sich zum Gehen um.

»Warte mal«, sagte Zeke und erkannte seine raue Stimme kaum wieder. Sie klang wie Schmirgelpapier auf Holz.

Der Mann steckte die Hände in die Taschen. Er trug eine Lederweste so braun wie ein abgenutzter Sattel. Sein weißes Leinenhemd war über die Ellbogen hochgekrempelt und in den verzierten Bund einer locker sitzenden, dunklen Jeans gesteckt. Eine große Messingschnalle zierte seinen Gürtel.

Der Mann war gut in Form, aber alt. Altersflecken bedeckten seine starken Hände. Seine eisblauen Augen waren von Krähenfüßen umrahmt, die von Äonen in der Sonne zeugten. Sein dichtes, dunkles Haar und sein drahtiger Bart waren von weißen und gelben Strähnen durchzogen. Seine gebräunte Haut war ebenso ledrig wie die Weste, was ihn wie jemanden wirken ließ, der sein Leben als Arbeiter verbracht hatte. Jemand, der sich jeden Cent hart mit Schneid und List erarbeitet hatte.

»Danke«, sagte Zeke.

»Kein Ding.« Die Mundwinkel des Mannes zuckten. »Sonst noch was?«

»Ich bin Zeke.«

Der Mann entblößte perlweiße Zähne, die sich von seiner olivgrünen Haut besonders hell abhoben.

»Weiß ich. Ich bin Pedro.«

»Wo bin ich?«

»Bei mir. Du bist in einem der oberen Zimmer. Die Leute brauchen Orte, an denen sie eine Weile bleiben können, bis sie sich zurechtfinden. Ich helfe. Unter uns ist mein Saloon. Komm runter, wenn du magst. Ich geb dir einen aus.«

Mithilfe seiner Ellbogen zog Zeke sich im Bett hoch und setzte sich aufrecht hin. Das Kissen rutschte zu seinen Schultern, aber er stützte sich genug ab, um zu sehen, wie Pedro die Tür öffnete und um die nächste Ecke verschwand. Durch die offene Tür strömten Musik und Gesprächsfetzen in sein Zimmer.

Es kostete ihn mehr als eine halbe Stunde, bis er sich traute, gerade zu sitzen. Weitere fünfzehn Minuten, um seine Füße auf den Boden zu stellen und zu sehen, ob sie sein Gewicht tragen konnten. Vom Staub waren die Holzbretter glatt und rutschig. Mit einer Hand am Bett, um sein Gleichgewicht zu halten, lief Zeke zaghaft zu einem Standspiegel an der Wand neben der Tür. Er erkannte sich nicht wieder.

Seine Farben erschienen ihm falsch. Seine Augen sahen irgendwie seltsam aus. Selbst die Art, wie er seine Schulter hielt, war anders. Dennoch war er es. Zeke kannte den Halunken. Der markanteste Beweis war die hässliche Narbe über seiner Brust und die zwei fehlenden Fingernägel an seiner Rechten. Er zeichnete die Wulst auf seiner Brust mit dem Finger nach und erinnerte sich daran, wer ihm diese beigebracht hatte.

Wo auch immer er gerade war, und dessen konnte er sich im Umkreis von zweitausend Kilometern nicht sicher sein, er verdiente es, in Einsamkeit zu leiden. Das hatte er sich eingebrockt. Eine Welle der Schuld rollte über ihn hinweg und er schalt sich.

Wo war die Schuld davor? Warum fühlt sie sich jetzt so viel stärker an? Warum fühlt sich alles außer dem Schmerz intensiver an?

Bis auf Boxershorts und Wundverbände war er nackt. Er beäugte die weiße Mullbinde, durch die formlose, gelbe Eiterflecken sickerten. Nach der unerklärlichen Abwesenheit der Schmerzen hatte er vergessen, wie übel ihm der Gewehrschuss durchs Schulterblatt zugesetzt hatte. Er konnte seinen Arm bewegen. Es fühlte sich gut an, wenn nicht sogar besser als vorher.

Die größte Wundauflage lag auf seinen Innereien. Er berührte sie in Erwartung eines reflexiven Schmerzes, der jedoch ausblieb.

Die Wunden auf seiner linken Seite störten ihn nicht mehr als ein Bienenstich. Die brennende Hitze war verschwunden, genauso wie der durchdringende, ausstrahlende Schmerz.

Wie lange hab ich geschlafen?

Er erinnerte sich daran, wie er die Stadt verlassen und die Grenze erreicht hatte, bevor er den Soldaten an den Toren begegnet war. Dann war er in die Dunkelheit gefahren, bis sich diese in der hellen, dunstigen Hitze der Mittagszeit aufgelöst hatte.

Einige Erinnerungsfetzen schienen unzusammenhängend. Er seufzte und versuchte, nicht weiter zu rätseln, wohl wissend, dass ihn das sein letztes bisschen Energie kosten würde.

Zekes Haar war ungekämmt, fettig und zur Seite gescheitelt. Sein Kinn war stoppelig. Unter seinen Augen zeichneten sich dunkelviolette Ringe ab. Seine Lippen waren so blau wie die Haut unter seinen Nägeln. Während er so dastand und tief einatmete, fühlten sich seine Beine gleich etwas kräftiger an.

Je weiter der Schmerz jedoch verschwand, desto stärker wurde der Durst.

Unglaublicher Durst. Er öffnete seinen Mund weit, um die käsige Zunge hervorzustrecken. Sie sah ekelerregend aus, und er schloss den Mund mit einem Grunzen.

Zeke beobachtete den Raum hinter sich in der Spiegelreflexion. Es gab einen hölzernen Schaukelstuhl, über den ein paar sauber gefaltete Klamotten gelegt waren, die nicht seine waren. Auf dem Boden befanden sich ein Stiefelpaar aus schwarzem Leder, ein Paar Socken und ein brauner Ledergürtel, der zusammengerollt auf den Stiefeln lag. An der Stuhlkante hing ein braunes Filzhemd. Daneben, über der Rückenlehne, lagen ein paar Jeans. Auf dem Sitzkissen befand sich ein Stetson-Hut.

Er zog sich an und zupfte die Klamotten an seinem verheilten Körper zurecht. Sie passten wie angegossen. Die Stiefel waren so bequem wie die, die er vorher getragen hatte. Mehr als das. Die Kleidung war sauber. Ihnen fehlten der Gestank von getrocknetem Schweiß und die Sandkörner in jeder Falte. Ihr Geruch war fast wie nicht von dieser Welt. Zeke dachte nach, wann er zuletzt ein sauberes Hemd, Hosen oder Socken getragen hatte. Er konnte sich nicht daran erinnern. Er war sich nicht sicher, ob der Grund dafür seine vernebelte Erinnerung oder die Tatsache war, dass er niemals wirklich saubere Kleidung getragen hatte. Komfort war für Zeke ein unbekanntes Konzept. Jetzt, an diesem Ort, in diesen Klamotten, erschien ihm alles fremd. Er fuhr sich mit den Fingern durchs Haar und setzte den Hut auf, den er so gut wie möglich glattzustreichen versuchte, dann trat er aus seinem Zimmer in den Flur.

Er stand im zweiten Stock, der sich mittig zum darunterliegenden Saloon hin öffnete. Das erinnerte ihn an eines dieser altertümlichen Hotels, die er aus Bildern kannte und deren Zimmer an eine hohe Vorhalle grenzten.

Zeke tastete nach dem Hut auf seinem Kopf und fuhr mit Daumen und Zeigefinger an dessen Vorderkante entlang. Er ging einen Schritt aufs Holzgeländer zu und griff nach dem Eichenbalken, spürte die Robustheit unter seinen schwieligen Fingern und lehnte sich an, um einen Blick auf den Schauplatz darunter zu werfen.

Dieser Ort steckte voller Gegensätze. Die blanken Holzböden wirkten genauso abgenutzt wie das Geländer unter seiner Hand. Die Wände waren mit grobem Zedernholz getäfelt, aber die Lampen waren eindeutig LEDs. Sie erstrahlten in einem hellen Blauton, der den großen Raum wirken ließ, als wäre er in Eis getaucht. Ebenso modern wie die Beleuchtung war auch die blinkende digitale Jukebox, die den Schwingtüren des Eingangs gegenüberstand. Neben der Jukebox hing ein elektronisches Dartbrett. Zekes Blick schweifte von der Scheibe zu dem hellen Bodenfleck drei Meter weiter, der von den Spielern ganz ausgetreten war.

Das Herzstück des Saloons war eine massive Bar aus Eichenholz, die Wand an Wand stand. Die Oberfläche war vom Verschleiß unzähliger Jahre eingekerbt und abgenutzt, genauso wie die ornamental verzierte Fassade. Das Ding wirkte älter als der ganze Saloon. Dahinter war eine spiegelverglaste Wand, deren Ecken schwarz gesprenkelt waren. Zu beiden Seiten des Spiegels hingen Holzbretter, die als Spirituosenregale dienten.

Alkohol.

Pedro stand hinter der Theke, ein gelber Putzlappen über der Schulter und ein leeres Glas in der Hand. Er schaute zu Zeke und winkte ihn herunter. Dann nahm er den Lappen von der Schulter, stopfte ihn ins Glas und drehte ihn darin herum.

Die Barhocker waren leer, aber die umliegenden Tische im Raum waren von einer Vielzahl schillernder Persönlichkeiten besetzt, die aussahen, als wären sie einem Groschenroman entsprungen.

Die Männer und Frauen wirkten so verstaubt wie die Oberflächen im Gebäude. Sie spielten Karten, nuckelten an ihren Longdrinks, hoben Gläser und Tassen. Sie sprachen gedämpft. Manche kicherten oder lachten laut auf. Andere schauten mürrisch oder resigniert drein.

Er blickte auf und ließ die Finger am Geländer entlanggleiten. Was war das für ein Ort? Er entfernte sich von seiner Zimmertür. Die Dielen ächzten unter seinem Gewicht und die Stiefel hallten dumpf auf dem robusten Holzboden.

Die Tür neben seiner war geschlossen, aber aus dem dahinterliegenden Raum erklang Gelächter und gedämpfte Musik. *Ist das Jazz?* Ein Saxofon quäkte weiche, melancholische Akkorde. Eine Frau kicherte. Ein Mann mit tiefer Bassstimme machte eine Bemerkung und sie kicherte erneut.

Zeke bewegte sich weiter zum nächsten Raum. Die Tür stand offen. Staubflocken tanzten im hellen Lichtstrahl, der durch ein einzelnes Fenster fiel.

Mit einer Hand am breiten Türrahmen trat er über die Schwelle und spähte in ein Zimmer, das genau wie seines möbliert war. Es war ordentlich, verströmte aber den Geruch von Verwahrlosung. Das Bett wirkte auf Zeke so, als hätte darin schon eine ganze Weile niemand mehr geschlafen. Die Kanten der Laken waren sauber unter die schmale Matratze geschoben. Eine dünne Schicht Staub, der nicht länger durch die Luft wirbelte, bedeckte den Boden. Keine Fußspuren.

Er machte kehrt, um die restlichen Zimmer im zweiten Stock unter die Lupe zu nehmen. Alle hatten die gleichen Türen, manche offen, manche zu. Zeke entschied, dass es an der Zeit war, nach unten zu gehen und sich ins Getümmel zu stürzen.

Er folgte dem Geländer zum Treppenaufgang im vorderen Bereich. Schritt für Schritt stieg er zum Erdgeschoss hinunter. Seine Stiefel klapperten dumpf über die Dielen und zerstörten die Stille, mit der er sich zu bewegen versuchte. Er musste zurück zu seinem Auto, wo auch immer das gerade war, musste es volltanken und einen Weg nach Hause finden. Die Zeit lief ihm davon. Koste es, was es wolle, ganz egal, welche Hindernisse oder Horden sich ihm in den Weg stellten. Zekes Gewissen nagte an ihm.

Er konnte die Blicke der Gäste auf sich spüren und starrte stur geradeaus, zu Pedro und der Bar. Das Gerede ließ nach und der Raum verstummte, bis nur noch das Geräusch seiner Stiefel auf dem Boden übrig blieb. Die Aufmerksamkeit, die er zu ignorieren versuchte, trieb ihm die Röte ins Gesicht, und er ballte die Fäuste fester. Er setzte sich auf einen der Barhocker. Die Gespräche setzten wieder ein. Zeke atmete aus. Bis eben hatte er nicht bemerkt, dass er den Atem angehalten hatte. Obwohl er den Drang hatte, diesen Ort, was auch immer der war, zu verlassen, hatte er dringende Fragen, auf die er Antworten wollte.

Wo bin ich? Was für ein Ort ist das? Wie lange bin ich schon hier?

»Morgen«, sagte er zu Pedro.

»N'Abend«, erwiderte der Barkeeper mit einem schiefen Grinsen. »Wie ich sehe, hast du die Klamotten entdeckt. Passen gut.«

Zeke schaute an sich herunter und nickte. »Danke. Die Stiefel gefallen mir.«

Pedros Grinsen wurde breiter. »Dachte ich mir. Die bequemsten, die du je haben wirst. Hab auch ein Paar. Schätze mal, dass ich irgendwann damit begraben werde.«

Zeke berührte die Krempe des Stetsons, den er aufhatte. Er zupfte sie zurecht, um Form und Komfort zu verbessern. »Der Hut auch. Danke.«

»Steht dir gut. Was kann ich dir bringen?«

Zeke zuckte mit den Schultern. »Was schulde ich dir für die Klamotten? Sieht aus, als sollte ich erst mal dafür bezahlen, bevor ich anfange zu trinken.«

Pedro zwinkerte ihm zu. »Warum lässt du's nicht einfach anschreiben? Wir führen so ziemlich für jeden, den du hier siehst, eine Liste.«

Zecke blickte sich zu beiden Seiten um. Er fragte sich, wer von den Versammelten dem Barkeeper kein Geld schuldete. Dann verlagerte er sein Gewicht auf dem Barhocker nach vorne und stützte sich mit den Ellbogen auf dem Tresen ab, sagte aber nichts.

»Wie wär's mit einem Whisky?«, schlug Pedro vor. Es war mehr eine Aussage als eine Frage. »Hab hier alles von Rebel Yell bis Macallan. Sag an.«

Der Barkeeper lief zum obersten Regal links vom Spiegel, schob das Buch darauf beiseite und zog eine langhalsige Flasche hervor, die mit einer honigfarbenen Flüssigkeit gefüllt war. Auf ihrem Label prangte in großen, roten Zahlen die Nummer sechzehn.

»Ich hab keine Zeit«, sagte Zeke. »Ich hab was getan, das ich … ich muss zurück. Ich schätze deine Gastfreundschaft, aber ich muss wirklich …«

»Du hast Zeit. Entspann dich. Ich versprech dir, was auch immer dir so dringend vorkommt, wird auch dann noch da sein, wenn wir hier fertig sind.«

Zeke begann aufzustehen, aber der Blick des Barkeepers hielt ihn fest. Er war wie ein Traktorstrahl, der ihn an der Theke hielt.

Er seufzte.

»Na gut, aber nur einer.«

Seine Augen wanderten über die Bar, über die juwelenfarbenen Flaschen und die dicken Bargläser. Dann fiel sein Blick auf das abgenutzte Buch, das mit seinem dicken, zerfledderten Rücken nach vorn auf dem Regal stand. Die vergoldeten Buchstaben hoben sich vom schwarzen Leder des Einbands ab. Drei davon konnte er lesen: *E*, *O* und *H*.

»Was ist das für ein Ort?«, fragte Zeke. »Wer bist du?«

Pedro stellte die Flasche vor Zeke auf den Tresen und zog ein großes Glas unter der Eichenplatte hervor. Das stellte er neben die halbvolle Flasche und zeigte mit seinem dicken Finger auf Zeke. »On the rocks?«, fragte er und ignorierte Zekes Fragen.

Zekes Mund fühlte sich trockener als vorher an. Die Brust verkrampfte sich. Sein Magen zog sich zusammen. Die Angst durchbohrte ihn wie ein Pfeil, übermannte ihn mit einem Schlag. Sein Ausdruck musste ihn verraten haben, denn Pedros Ausdruck wirkte besorgt. Er runzelte die Stirn.

»Was?«, fragte Pedro und legte die Hände flach auf die Theke. »Hab ich was Falsches gesagt?«

Zeke war unsicher, was er darauf antworten sollte. Langsam warf er einen Blick über die Schultern, erst über die eine, dann über die andere.

Niemand lauschte. Die Gäste an den Tischen waren mit ihren eigenen Spielen und Konversationen beschäftigt. Eine schlanke Frau und ein statuenhafter, hochgewachsener Mann spielten jetzt Dart. Ein langbärtiger Typ mit einer federbesetzten, grauen Melone auf dem Kopf lehnte an der Jukebox.

Zeke wandte sich wieder Pedro zu. Er schüttelte den Kopf. »Du hast mich gefragt, ob ich Eis will.«

»Richtig. Wenn das ein Problem ist, kannst du's ohne haben. Wär' vielleicht sogar …«

»Du gehörst nicht zu denen, oder?« Zeke verlagerte sein Gewicht weiter auf die Ellbogen und schob sein Gesicht näher in Richtung des Barkeepers. Er schaute wieder über seine Schultern.

Pedro zog seine drahtigen Augenbrauen zusammen. Er lehnte sich nach vorn und imitierte Zekes ängstliches Flüstern. »Zu wem?«

»Zu den Tic.«

»Die Tic?« Pedro fragte, als hätte er noch nie etwas von dem Schwarzmarkt-Kartell gehört, was Zeke schwerfiel zu glauben.

Zeke lehnte sich misstrauisch zurück. Jeder kannte die Tic. Sie kontrollierten den Handel mit allem, was auch nur ansatzweise aus Wasser bestand. Sie waren der Grund, warum er hier war, wo auch immer *hier* sein mochte, und warum er zurück musste.

Zeke beugte sich noch näher zu Pedro, dessen Augen geweitet waren. »Das *Aquatic Collective*«, zischte er. »Du weißt schon, die *Tic.*«

Pedros Augenbrauen entspannten sich und er zuckte mit den Schultern. »Nie davon gehört.«

Zeke beäugte das leere Glas auf dem Tisch. Dann funkelte er Pedro an. Er wusste nicht, ob er ihm glauben sollte. Er wollte ihm glauben. Er glaubte ihm. Ein bisschen Wahrheit würde ihn vielleicht erden, ihm etwas geben, woran er sich festhalten konnte, solange er in dieser surrealen Situation feststeckte.

»Wie kannst du dann Eis haben?«, fragte er.

Pedro hob die Flasche auf, die in seinen Händen winzig wirkte, und entkorkte sie. Er hielt sie sich unter die Nase und sog das Aroma ein. »Ich hab Plastikformen. Die füll ich mit Wasser und stell sie in den Gefrierschrank. Die allertollsten Sachen passieren, wenn Wasser null Grad Celsius oder zweiunddreißig Grad Fahrenheit erreicht, was auch immer dir lieber ist.«

Pedro griff unter die Theke. Als er seine Hand zurückzog, hielt er zwei große Eiswürfel fest. Die ließ er mit einem *Klick* ins Glas fallen, das Zeke seit Ewigkeiten nicht mehr gehört hatte.

Der Barkeeper senkte die Flasche an den Rand des Glases und ließ die bernsteinfarbene Flüssigkeit auf die Eiswürfel gluckern. Sobald das Glas voll war, schob er es Zeke hin, wobei der Inhalt teilweise auf die Theke schwappte.

»Also, erzähl mir mehr von dieser Tic-Tac-Gruppe, die du erwähnt hast.«

»*Tic*«, korrigierte Zeke. Er hatte das Getränk noch nicht angerührt. Es war, als würde er einen faustischen Pakt besiegeln, sobald er einen Schluck vom Glas nahm. Er legte seine Hände flach auf den Tresen, sein Gewicht auf den Ellbogen.

»Tick also«, sagte Pedro, »wie die Zecke.«

Zeke schmunzelte. »Ich schätze, das passt.«

Pedro hob den Finger. »Oh, fast vergessen.«

Er griff unter die Theke und zog eine abgenutzte, braune Lederbörse hervor. Die Ecken waren ausgefranst und das Leder durchgescheuert, die Form hatte sich seinem rechteckigen Inhalt angepasst. Er klatschte sie auf den Tisch und schob sie Zeke zu.

Der griff nach seinem eigenen Geldbeutel. »Das hatte ich vergessen.«

Er stand auf, um ihn zurück in seine Hintertasche zu stecken, hielt aber inne. Dann entnahm er einen zerknitterten Geldschein und hielt ihn Pedro hin.

Der Barkeeper winkte ab. »Oh nein, dein Geld taugt hier nichts, Zeke. Pack's weg, kannst du dir schenken. Ich will mehr von den Parasiten hören, die deine neuen Stiefel zum Zittern bringen.«

Zeke schob den Schein zurück in die Geldbörse, faltete das Leder und steckte sie in die Hintertasche. Dann nahm er wieder auf dem Barhocker Platz, lehnte sich nach vorn und legte die Hand um das Glas, das nun feucht vom Tauwasser war.

Ein kalter Drink. Kostenlos. Nichts davon fühlte sich richtig an. Das war zu schön, um wahr zu sein. Er sollte gehen. Er hatte anderswo zu tun.

Doch er war am Verdursten. Obwohl er es besser wusste, hob er letztendlich das Glas an den Mund und ließ die süße Flüssigkeit seinen Hals hinabrieseln. Er ließ sich den Nachgeschmack auf der Zunge zergehen und genoss das elektrisierende Summen, das ihm zu Kopf stieg.

»Danke«, prostete er Pedro zu, »schmeckt gut.«

Pedro verneigte sich. »Schön, dass du's magst. Stets zu Diensten.«

Zeke atmete tief ein. Er musterte den Barkeeper.

Bevor er antworten konnte, wurde er von einem statischen Knistern unterbrochen. Das Geräusch wich den Klängen eines Saxofons. Die Töne des Holzblasinstruments tanzten durch den Raum, erfüllten ihn mit Wärme.

Zeke drehte sich auf dem Hocker um und beobachtete, wie der Langbärtige mit Melone an einen leeren Platz am Tisch neben der Jukebox zurückschlenderte. Abwesend ließ er eine Münze zwischen seinen Fingern vor- und zurückgleiten.

»Das ist Phil«, erklärte Pedro, »er ist Stammgast. Und er liebt Jazz.«

Für Zeke war der Jazz, den er hörte, einer der vielen Anachronismen an diesem Ort.

Er nahm einen weiteren kräftigeren Schluck Whisky. Sein Kopf summte erneut. Die Anspannung in seinen Schultern ließ nach. Sein Muskelkater löste sich.

Er betrachtete das Glas, das nun bis auf ein paar abgerundete Eisklumpen auf dem Boden leer war. Bevor er etwas sagen konnte, goss Pedro drei Fingerbreit Whisky nach.

»Ich sollte wirklich gehen«, sagte Zeke. »Ich verschwende Zeit. Hab ja gesagt, ich sollte woanders sein, muss was gradebiegen.«

Zeke wusste, dass er gehen sollte, aber irgendetwas hielt ihn hier. Sein Körper schien unabhängig von seinem Verstand zu agieren. Das erinnerte ihn an das Gefühl, das er manchmal hatte, wenn er aus einem Albtraum erwachte, wenn er seinen Körper nicht bewegen konnte. Die Paralyse hielt an, bis er ganz erwacht war und sich wieder im Griff hatte.

Ist das ein Traum?, fragte er sich. Für einen Traum fühlte es sich zu real an, für sein Leben zu surreal.

»Genieß es einfach.« Der Barkeeper wies auf das Getränk.

Einem solchen Luxus konnte Zeke nicht widerstehen. Er legte die Hand um das kühle Glas und wischte das Kondenswasser mit dem Daumen beiseite. Sein Kopf schwirrte. Der hochprozentige Alkohol, das reichlich vorrätige Eis und Pedros Ignoranz kämpften als drei Kräfte in seinem Verstand gegeneinander.

»Du hast wirklich noch nie von den Tic gehört?«, fragte Zeke erneut. »Ganz sicher?«

Pedro schürzte die Lippen und schüttelte den Kopf. »Nö. Noch nie.«

Nichts davon ergibt irgendeinen Sinn.

Jeder, der im Besitz von Wasser, ganz zu schweigen von Eis war, bezog es über eine von zwei Stellen. Ein Saloon wie dieser, mitten im absoluten Nirgendwo, der eine plündernde Horde in Schach halten konnte, musste mit den Tic unter einer Decke stecken. Außer …

Zeke blickte auf, er hatte einen Geistesblitz. »Du bist bei den Aufsehern?«

Pedro starrte mit der gleichen Ahnungslosigkeit zurück wie bei seiner Erwähnung der Tic.

Der Barkeeper legte den Kopf schief. »Aufseher? Was ist das?«

»Die Aufseher sind die Regierung«, erklärte Zeke, »oder zumindest so was Ähnliches. Sie rationieren das Wasser. Sie rationieren alles. Die Tic sind entstanden, weil die Aufseher ihrer Meinung nach zu geizig waren.«

Pedro nahm den Lappen von seiner Schulter und wischte eine Pfütze auf der Theke vor Zeke weg, dann warf er ihn sich wieder über. Er rieb sich das Kinn, wobei die Finger in seinem Bart ein kratzendes Geräusch erzeugten.

»Ich bin weder Aufseher noch ein Tic«, sagte Pedro, »noch steh ich in irgendeiner Beziehung zu ihnen. Ich bin allein hier.«

Zeke rutschte auf seinem Hocker umher und scannte den Saloon noch einmal. Da saßen zwanzig bis fünfundzwanzig Leute. Keiner von ihnen beachtete ihn gerade. Niemand außer einer Frau, die auf die Bar zukam.

Wie kann ich sie nicht bemerkt haben?

Sie schlich mehr, als dass sie lief, und das auf eine Art, die Zeke signalisierte, dass sie mit ihrem Körper umzugehen wusste. Er wandte sich wieder Pedro zu. »Wo *ist* hier?«, fragte er.

Bevor Pedro antworten konnte, schlängelte sich die Frau neben Zeke an den Tresen. Der blumige Geruch ihres Parfüms umnebelte seine Sinne. Ihr angenehmer Duft stand in starkem Kontrast zu ihrer Erscheinung.

Ihre Kleidung saß wie angegossen. Enges, schwarzes Leder verbarg die Teile ihres Körpers, die sie den Leuten nicht zeigen wollte, und farbenfrohe Körperkunst bedeckte den Rest. Nur Handflächen, Gesicht und Kopfhaut waren nicht tätowiert, soweit Zeke das erkennen konnte. Das prominenteste Tattoo zierte ihre Hüfte, die Stelle zwischen dem niedrig sitzenden Hosenbund und dem kurzen Ledertop. Es war ein brennendes Schwert, das diagonal zu ihrem Bauchnabel verlief, umrahmt von einer Scheibe, die wie eine vereinfachte, zweidimensionale Sonne aussah.

Ihr Kopf war an den Seiten rasiert, aber über die Mitte verlief eine kastanienbraune Mähne, die ihr bis über den Rücken reichte. Der geflochtene Zopf wurde von einer pinkfarbenen Schleife zusammengehalten.

An einem ihrer Handgelenke hing eine Sammlung aus geknoteten Fäden, ähnlich denen eines Freundschaftsarmbandes. Am anderen befand sich ein Armband aus Paracord mit einem Metallverschluss.

Ihre Augen waren von atemberaubendem Grün, sie leuchteten beinahe. Ihre hellen Wimpern waren lang, die Nase spitz. Zeke hatte einst gehört, dass man so etwas als Römernase bezeichnete. Sie war keine klassische Schönheit, aber sie war faszinierend. Hinter diesem Aussehen verbarg sich eine Geschichte. Zeke war sich sicher, dass diese umfassend sein musste.

Sie war eine Ansammlung von Widersprüchen, genau wie die Bar selbst. Ihre Stimme klang so selbstsicher wie weiblich. Da war eine rohe, beherrschte Kraft, wenn sie sprach.

»Das ist Pedros Cantina«, sagte sie, »und ich nehm' das Gleiche wie er.«

Pedro zog ein weiteres Glas unter der Bar hervor, als sich die Frau auf dem Hocker zurechtsetzte. Dabei streifte sie Zeke, und er hätte schwören können, dass Strom durch seinen Körper funkte.

Er versuchte, sie nicht anzuschauen. Stattdessen starrte er in sein Glas. Das Eis schrumpfte in der Umgebungshitze, genauso wie Zeke.

»On the rocks?«, fragte Pedro.

»Klar, wieso nicht?«, antwortete sie.

Pedro setzte die Flasche ans neue Glas und füllte es zur Hälfte. Er hielt inne, beäugte die Frau, die ihn mit gehobenen Augenbrauen anschaute, und machte das Glas ganz voll. Pedros Hund watschelte zu ihr herüber und drückte sich gegen ihr Bein, als wäre er eine Katze. Sie machte ein paar Kussgeräusche und streichelte den Kopf des Hundes, bis er genug Aufmerksamkeit hatte und zu seinem Herrchen zurücktrottete.

Sie hob ihr Glas. »Wer ist der Frischling?«

Zeke wusste, dass sie ihn meinte, hatte aber nicht vor, zu antworten. Er war nicht mehr so eingeschüchtert von einer Frau seit – daran wollte er nicht denken. Er legte seine Finger fester um das Glas und nahm einen kräftigen Schluck. Das Eis schwappte, und er widerstand der Versuchung, es im Mund mit den Zähnen zu zerknirschen.

»Das ist Zeke«, sagte Pedro. »Zeke, das hier ist meine Freundin Uriel.«

Uriel drehte sich, um Zeke anschauen zu können, aber ihr Blick ruhte weiterhin auf Pedro. Sie schmunzelte und gestikulierte mit ihrem Glas zum Barkeeper. »Also sind wir Freunde, ja?«

»Hab nie einen Fremden getroffen«, sagte Pedro. Er kappte die Flasche, nahm den Lappen von seiner Schulter, wischte die Abdrücke der beiden Gläser auf und trat zurück, um die Flasche im Regal zu ersetzen.

Uriel richtete ihre Aufmerksamkeit auf Zeke. Ihre Augen wanderten zu seinen Stiefeln und wieder nach oben, wo sie seinen Blick wie ein Magnet festhielt.

Zeke konnte nicht wegschauen, selbst als sein Puls beschleunigte und ihm die Hitze ins Gesicht stieg. Er war von ihr hypnotisiert.

Sie setzte den Drink auf dem Tresen ab, stieß ihre Zunge in die Wange und zwirbelte das Ende ihres Zopfes. Dabei trat sie mit einem Absatz unruhig auf und ab. »Zeke, hm?«, sagte sie. »Hat dich deine Mama nicht liebgehabt?«

Zeke zog verwirrt die Brauen zusammen. Er musste schlucken.

Uriel lachte und klatschte ihm mit der Hand auf den Schenkel. Er bemerkte ihre langen Fingernägel. Sie waren zu dünnen Spitzen gefeilt und mit dem gleichen Pink wie ihre Haarschleife lackiert. In die Daumennägel waren Diamantnieten eingelassen.

»Entspanne dich, *Zeke.*« Sie sprach die vier Buchstaben seines Namens überdeutlich aus. »Ich zieh dich bloß auf.«

»Oh, o. k. Verstehe.« Insgeheim verfluchte er sich. Wer war der Typ, der sich seines Körpers bemächtigt hatte? Warum war er nicht der selbstbewusste, fast schon großspurige Typ wie damals? Er war sich selbst fremd.

Uriel nahm die obere Hälfte des Glases und ließ es kreisen, ohne es von der Theke zu nehmen. Es kratzte rhythmisch über die Oberfläche, die Flüssigkeit schwankte darin umher, umspülte die Innenseiten.

»Von allen Kaschemmen der Welt kommt er ausgerechnet in meine«, sagte Uriel und paraphrasierte damit eindeutig ein bekanntes Zitat. Er konnte es nicht zuordnen, schätzte aber, dass es aus einem Film oder Buch stammte.

»Bist du ein Schurke, der gegen das Gute kämpft, oder ein anständiger Kerl, der das Böse bekämpft?«, fragte sie.

Pedro antwortete vor Zeke. »Sind wir nicht alle ein bisschen von beidem, Uriel? Ich denke, darauf kann man sich einigen.

Also, du hast Zeke hier ganz schön in Beschlag genommen. Ich hab ein paar Dinge mit ihm zu besprechen. Warum gehst du nicht 'ne Runde mit Phil tanzen oder mit Gabe Dart spielen?«

Uriel grinste Zeke anzüglich an, trank den Rest des Whiskys auf ex und dachte über ihre Optionen nach. »Tja«, wandte sie sich an Pedro, »Gabe hat sich für die Runde schon 'ne Partnerin geschnappt und Phil ist nicht grade leichtfüßig. Ich schätze, ich werde eine oder drei Runden mit Raf und Barach spielen.«

Zeke beobachtete den Tisch, an dem die Männer Karten spielten. Er wusste nicht, wer wer war, aber einer hatte einen hohen Stapel Jetons vor sich. Die anderen schienen frustriert zu sein und zappelten unruhig auf den Stühlen.

Als er sich zur Bar umgedreht hatte, war Uriel bereits aufgestanden. Sie strich ihr Oberteil glatt, zupfte an dem Leder, dass ihre Brüste nur teilweise bedeckte, und erwischte Zeke dabei, wie sein Blick auf ihren Bemühungen verweilte.

Sie streckte ihren Zeigefinger aus und berührte die Unterseite seines Kinns mit dem Fingernagel. Ihre Augen blitzten kokett auf. »Definitiv ein böser Junge. De. Fi. Ni. Tiv.«

Zekes Mund war wieder trocken. Er gluckste nervös. Uriel ließ ihn mit einem Zwinkern vom Haken und schlenderte von ihm weg. Zeke atmete laut aus.

»Mit Uriel ist nicht zu spaßen«, sagte Pedro und ließ den Blick durch sein Etablissement schweifen, »so wie mit jedem hier.« Sein Blick fiel wieder auf Zeke und blieb an ihm hängen. Sein Gesichtsausdruck wurde ernst. »Das schließt dich ein, Ezekiel Watson.«

»Woher wusstest du …?«, begann Zeke, dann hielt er inne und erinnerte sich an den Geldbeutel in seiner Gesäßtasche. »Mein Ausweis?«

Pedro nickte. »Warum denkst *du* denn, dass du hier bist?«

Zeke musterte seinen Gastgeber und versuchte, die unterschwellige Bedeutung der Frage zu verstehen. Er räusperte sich. »Äh«, setzte er zur offensichtlichsten aller Möglichkeiten an, »weil die Tic mich hierher verfolgt haben. Du hast mich aufgenommen. Mir aus der Patsche geholfen.«

Pedro durchbohrte Zeke regelrecht mit seinen eisblauen Augen. Sein Blick deutete an, nein, er bestätigte, dass Zekes Ankunft kein Zufall war. Pedro korrigierte ihn jedoch nicht. Stattdessen entspannte sich sein Gesicht.

»Warum sind die Tic hinter dir her? Was hast du angestellt?«

Zeke senkte den Kopf. »Ist 'ne lange Geschichte«, murmelte er. »Und Pedro, so dankbar ich dir auch bin, hier zu sein, ich muss los. Jemand braucht mich.«

»Das weiß ich. Andernfalls wärst du nicht hier. Aber ganz ehrlich, wir haben alle Zeit der Welt, mein Junge.«

Zeke hielt inne und dachte darüber nach. »Es muss reichen, wenn ich dir sage, dass ich ein paar Sachen verbockt hab. Keine Details. Ich hab Menschen zurückgelassen ... na ja ... eine Person ... die ich nicht hätte zurücklassen sollen. Sie steckt in Schwierigkeiten. Ich muss zu ihr zurück.«

»Was hast du verbrochen?«, fragte Pedro.

»Vieles. Manches war unvermeidbar.«

»Wen hast du zurückgelassen?«

»Mein Mädchen. Adaliah.«

»Adaliah«, wiederholte Pedro melodiös.

»Li in Kurzform.«

»Was war unvermeidbar?«

Zeke zuckte mit den Schultern. »Vieles.«

»Zum Beispiel?«

Zeke wollte nicht antworten, aber irgendetwas Unsichtbares veranlasste ihn, zu reden. Er war wie in Trance, unfähig, sich der einlullenden Wirkung von Pedros Stimme zu entziehen, die so weich wie der Whisky war, den er trank. »Mich den Tic anzuschließen.«

»Und was *hat* sich vermeiden lassen?«

Zekes Magen drehte sich um. Sein Kopf schwirrte. An seinen Schläfen bildete sich Schweiß. Je länger er hier war, desto ... *falscher* fühlte es sich an. Er wollte hier raus. Er musste Dinge erledigen, Leute finden. Er fühlte sich, als müsste er sich übergeben.

»Sie zu verlassen«, sagte er.

»Adaliah«, korrigierte Pedro.

»Ja.« Zeke atmete tief ein, die blumigen Duftreste von Uriels Parfüm krochen in seine Nase. Adaliah war diejenige, die ihn zu einem besseren Mann gemacht hatte. Sie hatte ihn so akzeptiert, wie er war. Er hatte sie mit sich in den Abgrund gerissen, wie ein Ertrinkender, der sich so lange an seinen Retter klammert, bis auch der unter Wasser gezogen wird und nicht mehr atmen kann.

Pedros nächste Frage riss ihn aus seinem Tagtraum. Der alte Mann hatte sich so weit zu ihm vorgebeugt, dass sein Süßholz-Atem das Parfüm überdeckte. Der Stoff seiner Lederweste spannte sich quietschend hinter der Theke.

»Also ist es deine Aufgabe, sie aus den brutalen Fängen der Tic zu retten, bevor sie's an ihr statt dir auslassen?«, fragte er und hob dabei eine Augenbraue.

Zeke setzte sich aufrecht hin und rutschte ein Stück von Pedro weg. »Ich schätze schon. Ja. Das schulde ich ihr.«

»Hättest du dabei gern ein bisschen Hilfe?«

Zeke musterte Pedros leeren Gesichtsausdruck. Der Mann machte keine Witze. Zumindest wirkte er auf Zeke nicht so.

»Äh, okay?«, stammelte er. »Aber wie willst du …«

Plötzlich schaute Pedro an ihm vorbei. Zeke spürte eine Präsenz hinter sich und drehte sich um. Er sah, dass Uriel zurück war, die Hände in die Hüften gestemmt. Ihre Finger tippten das Flammenschwerttattoo an. Ihr Dauergrinsen ließ sie wirken, als wüsste sie etwas, das sie eigentlich nicht wissen sollte.

Aber sie war nicht alleine.

Sie stand zwischen vier anderen Bargästen, die sich allesamt an Zeke herangeschlichen hatten. Da war Phil, Gabe und zwei der Männer vom Kartentisch, die Raf und Barach sein mussten.

Phil fasste sich an den Bart. Er hatte die Melone auf seinem Kopf hochgeschoben, die eine hohe Stirn und ein paar Locken freigab.

Gabe verschränkte seine muskulösen Arme vor der fassförmigen Brust. Die Adern, die sich unter der Haut seiner Vorderarme abzeichneten, betonten die Kraft seines definierten Körpers. Auf seinen Nacken war »Do Not Fear« tätowiert. Zeke fragte sich, ob das ironisch gemeint war.

Der andere der beiden, der auch den Stapel Jetons vor sich hatte, streckte sich und reckte das Kinn hoch.

Er hatte pechschwarzes, welliges Haar. Ein paar Stirnfransen verdeckten ein Auge und kaschierten dabei fast eine lange, dünne Narbe, die über eine Gesichtshälfte verlief. Um seinen Hals hing so etwas wie ein Stethoskop.

Der andere Spieler war kleiner als die anderen. Sein Kopf war glattrasiert. Er hielt ein angebissenes Stück Brot in den Händen und kaute vermutlich auf dem Rest davon herum. Trotz seiner Statur wirkte er wie der Anführer der Gruppe. Er war Zeke am nächsten.

Zeke stand vom Hocker auf und wich in Richtung Bar zurück. Seiner Erfahrung nach verhieß eine zwielichtige Gruppe, die sich an einen anschlich, nichts Gutes.

»Was wird das?«, fragte er.

»Das sind die Leute, die dir helfen werden«, antwortete Pedro.

3

Adaliah Bancroft sah Zeke am Ende eines langen, hell erleuchteten Tunnels. Oder war es ein Korridor? Sie war sich nicht sicher. Das blendend helle Licht erschwerte es, die Umgebung wahrzunehmen, aber sie wusste, dass Zeke dort war. Seine Arme waren ausgestreckt. Er versuchte, sie zu erreichen, sie zu sich heranzuziehen.

Sie konnte sich nicht bewegen. Sie steckte fest, ihre Füße waren in den Boden einbetoniert.

»Zeke«, rief sie, »kannst du mich sehen? Siehst du mich?«

Er rief ihr etwas zu, aber seine Worte waren verworren und unverständlich. Warum kam er nicht zu ihr? Warum war sie so weit weg?

Dann stürzte das Wasser von den Gangwänden wie aus einem gebrochenen Damm. Tosendes Wasser flutete den Raum kalt und unnachgiebig. Es stieg bis über ihre Fußknöchel. Jetzt zitterte sie. Zekes Abbild löste sich auf. Das Wasser stand ihr bis zur Brust. Das Licht ließ nach. Ihr Körper bibberte in der Kälte. Das Wasser, metallisch und sauer, erreichte nun ihren Mund und stieg über ihre Nase. Sie klebte am Boden fest, unfähig, zu schwimmen oder fortzutreiben. In ihrer Brust machte sich Panik breit und eine Welle der Angst erfasste ihren müden, schmerzenden Körper. Ihre Knie wurden schwächer, trotz ihrer Bewegungsunfähigkeit. Sie steckte fest.

Adaliah Bancroft schnappte nach Luft, als sie wieder zu Bewusstsein kam. Sie lag auf dem Rücken an eine Bank festgekettet. Ein durchtränktes Tuch, das nach Kochfett roch, bedeckte ihr Gesicht. Sie fühlte keinen Schmerz, aber ihr Körper zitterte unkontrolliert.

Eine schemenhafte Gestalt beugte sich über sie, ein vager Umriss vor dem diffusen Licht, das durch den Stoff auf Adaliahs Augen schien. Dann spürte sie ein Gewicht auf ihrem Körper, als würde sich die Frau auf sie setzen.

»Wo steckt er, Li?«, fragte Brina. Ihr heißer, abgestandener Atem drang durch den Stoff. Ihre Stimme klang rau, angestrengt vom jahrelangen Kettenrauchen. Sie hörte sich androgyn an, und hätte Adaliah die Frau nicht gekannt, sie hätte sie für einen Mann gehalten. Aber sie kannte sie. Sie kannte die monströse Vollstreckerin namens Brina. Jeder kannte sie. Selbst die, die sie nie getroffen hatten, die niemals ihrem leeren, reptilienhaften Blick begegnet waren, kannten die sadistische Informationsbeschafferin der Tic aus Erzählungen.

Li schüttelte leugnend den Kopf. Sie versuchte, ihre Beine zu bewegen. Sie waren festgebunden, genauso wie ihre Handgelenke. »Ich weiß es nicht«, hustete sie, »Ich hab's dir schon gesagt. Ich weiß es nicht.«

»Wo ist er?«, fragte Brina erneut. »Ich werd nicht aufhören, bis du's mir verrätst. Das hier ist was Persönliches, auch für dich. Wo ist er?«

Das war die einzige Frage, die sie Li über die endlosen Stunden hinweg gestellt hatte, in denen sie dort war, wieder und wieder. Wo war ihr Freund? Wo war der Mann, der die Tic hintergangen und sie ihrem Schicksal überlassen hatte?

Eine verwirrende Mischung aus Trauer, Sorge und Wut wirbelte durch ihre unzähligen Gedanken, Gefühle und Sinneseindrücke. Ein Teil von ihr begriff. Er war erwischt worden. Er musste gehen. Aber hätte er ihr nicht von seinen Plänen erzählen können?

Vielleicht nicht. Vielleicht war es ihre beste Chance, alles glaubhaft abstreiten zu können. Er hatte an sie gedacht. Als sie jedoch gefesselt auf der Bank lag, gefoltert für etwas, das sie nicht wusste, gab es keine Entschuldigung für das, was er getan hatte.

»Ich. Weiß. Es. Nicht«, sagte Li trotzig und spuckte jedes Wort mit der gleichen Kraft aus, mit der sie am liebsten auf Brina losgegangen wäre.

»Er hat mich verlassen. Der Feigling hat mich hier zurückgelassen. Ich weiß nicht, wo er steckt. Ich weiß es nicht.«

Brina nahm den Lumpen von Lis Gesicht. Sie quetschte das übrige Wasser heraus und bespritzte dabei Li. Dann schleuderte sie den Lappen beiseite und zog einen Stuhl heran. Die Stuhlbeine schrammten und quietschten über den Zement, bis Brina innehielt und ihr Gewicht auf die Sitzfläche plumpsen ließ.

Li kniff die Augen im Licht zusammen und versuchte, die Tränen und das Wasser wegzublinzeln, die ihre Sicht trübten.

Brina legte eine Hand auf den Bauch von Li, die instinktiv vor der Berührung zurückzuckte.

»Ich glaube dir«, sagte Brina. »Ich glaube dir, dass du nicht weißt, wo Ezekiel hin ist. Hättest du's gewusst, dann hättest du's mir gesagt. Meine Erfahrung, und ich versichere dir, die ist umfassend, sagt mir, dass du nicht der Typ bist, der Geheimnisse unter Androhung von Schmerzen behält. Du hättest alles, was du weißt, längst ausgeplaudert.«

Das Seltsame war, dass es keine Schmerzen gab. Um genau zu sein, war die Folter völlig schmerzlos. Die wiederholte *Androhung* des Ertrinkens war schlimmer als das Ertrinken selbst.

Li hatte alle vier Versuche überlebt, Informationen aus ihr herauszubekommen, die sie gar nicht hatte. Trotzdem hielt ihr Kopf den Tod für absehbar.

Jedes Mal, wenn sie das Bewusstsein verloren hatte, war es, als wäre sie auf dem Weg woandershin, an einen Ort zwischen Leben und Tod. So weit war es allerdings nie gekommen. Jedes Mal war sie in diese Hölle zurückgekehrt und wünschte sich mehr und mehr, sie *wäre* ertrunken.

Sie wusste, dass das jederzeit möglich war. Die Tic waren für ihre Brutalität bekannt, mehr noch als die Aufseher. Sie begegneten der brutalen Unterdrückung mit ebenso brutalen Tricks.

Wasser als Strafe zu missbrauchen war besonders grausam, denn davon gab es nur noch wenig auf der Welt. Es war ein so kostbarer Rohstoff, der Mittelpunkt des legalen und illegalen Handels. Trotzdem benutzte Brina es literweise, um die Wahrheit aus ihr herauszuspülen. Li verstand das als doppelte Folter, die ebenso psychisch wie physisch war. Schon vorher hatte sie dasselbe Vorgehen bei anderen beobachtet. Sie war danebengestanden und hatte dabei zugesehen, ohne je den Zweck zu begreifen.

Machten sie das, um Informationsfetzen und Hinweise zu extrahieren, die die Reichen reicher und die Mächtigen mächtiger machten? Oder war das einfach nur ein krankes Spiel, das diejenigen, die das Untergrundreich der Tic regierten, ganz unabhängig von seiner Effizienz trieben? Egal, was es war, Li wusste, dass Gewalt nun ein fester Bestandteil dieser Welt war. Sie war ein ebensolches Verbrauchsgut wie das Wasser, nur verfügbarer, und, zumindest für manche, wertvoller.

Dennoch hatte sie nie erwartet, das aus erster Hand zu erleben. Wenigstens nicht von Brina. Nicht auf diese Art.

In ihrer Beziehung zu Zeke war Li einem der wertvollsten Mitglieder der Tic zugetan. Als also die maskierten, anonymen Vollstrecker vor Sonnenaufgang in ihr bescheidenes Apartment gestürmt waren, hatte sie noch gedacht, sie hätten sich in der Wohnung getäuscht. Tatsächlich war sie sich dessen damals sicher gewesen.

Irgendwo im Nebel zwischen Schlaf und Bewusstsein war sie auf das Hämmern an der Wohnungstür hin aus dem Bett hochgefahren. Sie hatte neben sich gefasst, hatte die vertraute Wärme von Zekes Körper erwartet. Stattdessen hatte sie nur ein kühles Baumwolllaken in der Hand und ihr Herz hatte bis zum Hals geschlagen.

»Zeke?«, hatte sie gerufen. Keine Antwort.

Sie hatte sich hingestellt und war auf dem kalten Travertinboden zum Bad gelaufen. Ihre Nackenhaare hatten sich aufgestellt, als das Hämmern an der Tür zunahm. Männer hatten geschrien.

»Aufmachen! Mach die verdammte Tür auf!«

Das Bad war leer gewesen. Die Küche ebenfalls. Das beengte Wohnzimmer, vollgestopft mit Souvenirs aus dem Leben, das sie mühsam aufgebaut hatten, war in dem Zustand, in dem sie es am Abend zuvor verlassen hatte. An einer Wand stand eine Sammlung von Büchern, altertümliche Schinken von Homer, Shakespeare und Goethe. Zwischen seltene Bücher von Autoren wie Obama, Trump und Kennedy, waren eselsohrige Seiten aus dem Bauernkalender gestopft. Da war ein Buch von einer Frau namens Clinton, ein anderes von einer Mata Hari. Das waren die Dinge, die das Haus in ein Zuhause verwandelt hatten.

»Zeke?«, hatte sie gerufen, dabei langsam begriffen, dass er fort war. Sie hatte das Hämmern an der Tür ignoriert und war zum Fenster gehuscht, wo sie die weißen Gardinen zurückgeschoben hatte, die vom Alter ganz vergilbt waren.

Li hatte sich nach vorn gelehnt und ihre Stirn gegen die Fensterscheibe gedrückt, die von ihrem Atem beschlagen war. Auf der Straße unter ihr war die Stelle, an der Zeke sonst immer seinen Plymouth parkte, leer. Der rissige Asphalt und die ausgeblichenen Parkmarkierungen hatten höhnisch gewirkt. Er hatte sie verlassen. Sie hatte ihn verflucht und ihre Hände gegen das Glas gedrückt, hatte mit den Fingern daran gekratzt, während sie auf den leeren Parkplatz starrte. Mit geballten Fäusten und angespanntem Kiefer war sie zurück ins Schlafzimmer marschiert.

Dann hatte sie das Nachtschränkchen neben ihrem Bett geöffnet, in dem sich ein biometrischer Safe versteckte. Sie hatte mit ihrem Zeigefinger über den Sensor gewischt. Die Safetür war aufgeschnappt, das hydraulische Scharnier zischte.

Hinter ihr, aus dem vorderen Teil der Wohnung, drang ein lautes Krachen, woraufhin die abgenutzte Mahagonitür zersplittert war. Sie hatte mit zitternder Hand in den Safe gegriffen und ihre 9-mm-Waffe herausgezogen, hatte das volle Magazin daneben in ihre treue Waffe gesteckt und den Schlitten zurückgezogen, um durchzuladen, als sie die schweren Schritte der Stiefel aus dem Inneren ihrer Wohnung vernommen hatte. Sie war herumgewirbelt, der Finger schussbereit am Abzug, als sie das Stechen einer zackigen Sonde gespürt hatte. Augenblicklich hatte sie die Kontrolle über ihre Motorik verloren. Die elektrische Ladung hatte sie auf die Knie gezwungen. Ihre Hand hatte sich verkrampft, wodurch sich ein einzelner Schuss löste, der die Decke traf.

Das Letzte, woran sie sich erinnern konnte, war das Rieseln von Gipsstaub und der finstere Blick des Mannes, der sie mit dem Taser außer Gefecht gesetzt hatte. Als sie so dort gelegen hatte, unbeweglich bis auf ein paar reaktive Muskelzuckungen, hatte einer von ihnen eine Spritze hervorgeholt. Obwohl sie darum gekämpft hatte, bei Bewusstsein zu bleiben, war ihr Körper auf den Stich der Nadel hin zu Boden gesunken, und sie hatte sich widerwillig dem Drogenschlaf ergeben.

Nun war sie hier, wo auch immer *hier* war, nackt an ein Brett gefesselt und der Gnade der Gnadenlosen ausgeliefert.

»Wir haben eine Nachricht gefunden«, sagte Brina. Ein Blick auf ihre Zähne verriet, wie sorglos sie mit ihnen umging. Sie waren von braunen und schwarzen Flecken übersät. Zahnhygiene war eines der Dinge, die zusammen mit dem Wasser verschwunden waren.

Brina legte die Hände auf ihre Knie und erhob sich vom Stuhl. Ihr Nacken und Trizeps spannten sich, als sie den Kopf knackend hin- und herbewegte. Dann entfernte sie sich aus Lis Sichtweite. Li hörte schwere Schritte und das Rauschen von dickem Stoff zwischen den Beinen der Frau.

Brina war groß, aber nicht übergewichtig. Sie war die Ausnahme in einer Welt, in der steigende Temperaturen und fehlender Regen eine Apokalypse in Zeitraffer eingeleitet hatten, die sie *den großen Mangel* nannten. Die Bauernhöfe erwischte es zuerst, dann die Dörfer, dann die Städte. Dann, irgendwann, fiel die Regierung. Jetzt wurde alles rationiert. Jeder Wassertropfen war Gold wert. Die Menschen wurden nicht so groß wie Brina. Nicht mehr. Brina kam mit einer großen Decke in den Pranken zurück. Diese warf sie auf Lis Körper, den die warme, kratzige Wolle nun großteils bedeckte.

Brina sah ihr eine Weile dabei zu, wie sie sich wand, half ihr aber nicht. Sie ließ sich mechanisch zurück auf den Stuhl sinken.

Dieser schrammte unter ihrem Gewicht über den Boden, als sie ihn näher an die Bretter rückte, an denen Li fixiert war.

»War in den Laken«, sagte Brina.

Li blickte Brina ungläubig an.

»Die Nachricht«, fügte Brina hinzu. »Sie war zwischen den Laken auf deinem Bett.«

Lis Gedanken rasten. *Eine Nachricht? In unserem Bett?*

Brinas Mundwinkel zuckten. In ihren Augen funkelte die perverse Genugtuung von jemandem, der mit den Fingern in der eitrigen Wunde von jemand anderem bohrt. Das Zucken verwandelte sich in ein breites Grinsen.

»Wüsstest du gern, was er geschrieben hat?«, fragte Brina.

Li biss die Zähne zusammen und wappnete sich. Unter der Decke ballte sie ihre gefesselten Hände zu Fäusten. Sie spannte die Zehen an. Sie würde Brina nicht die Genugtuung geben zu fragen.

»Mir egal«, sagte sie. »Der Bastard hat mich verlassen.« Wie ein Jagdhund schnupperte Brina der Länge nach an Lis zugedecktem Körper. Sie klickte mit den Zähnen, das Geräusch hallte durch den Raum. »Ich glaube dir nicht«, sagte sie. »Du bist keine gute Lügnerin, Adaliah. Überhaupt keine gute Lügnerin.«

Lis Brust verengte sich. In ihrem Hals bildete sich ein Knoten. Zitternd versuchte sie, ihn hinunterzuschlucken, bevor sie ihr Gesicht zur Decke drehte.

Im Hintergrund erklang das metallische Klicken eines Schlosses, dann schrammte eine schwere Tür über den Beton. Das unangenehme Geräusch hallte von den Wänden. Li spannte ihre Muskeln an, um so viel wie möglich zu erkennen, aber es lag außerhalb ihrer Sichtweite. Schwere Stiefel klapperten über den Boden. Da näherte sich mehr als eine Person.

Brina stand vom Stuhl auf und zupfte ihre Klamotten zurecht, das vertraute schwarze Ensemble der Tic-Vollstrecker. Mit subtiler Demut senkte sie den Kopf vor der näherkommenden Person.

»Sir«, sagte Brina und trat einen Schritt zurück, ohne sich umzudrehen.

»Was hast du rausgefunden?«, dröhnte eine tiefe Stimme, die bei Li eine Gänsehaut verursachte.

»Was weiß sie?«

»Nichts«, sagte Brina.

Li zitterte. Sie konnte nicht sehen, wer den Raum betreten hatte, aber nachdem sie ihn gehört hatte, musste sie das gar nicht. Er war ein Mann, dem sie nur einmal zuvor begegnet war, als Zeke in Schwierigkeiten geraten war. Der Mann hatte ihren Freund gewarnt, dass Fehler in Ordnung waren, solange sie sich nicht wiederholten und nicht mehr dahintersteckte.

Er hatte ihr damals Angst gemacht. Er machte ihr jetzt Angst. Das war Graham. Verglichen mit *seiner* Geschichte, die Zeke ihr im Dunkel des Schlafzimmers nervös zugeflüstert hatte, wirkte Brina wie Betty Crocker. Graham war ein Mann, der rohe Gewalt, Angst und Elend genoss.

Er trat in ihr Sichtfeld, sein kahler, glänzender Kopf reflektierte die weißen Lichtkreise der Glühbirnen darüber, und er beugte sich nach vorn, um Brinas Stuhl unter sich heranzuziehen. Seufzend setzte er sich, sein drahtiger Körper stocksteif und gerade. Er trug eine reflektierende Sonnenbrille, die Li ein verzerrtes Spiegelbild zeigte. An seiner Hüfte, in einer schwarzen Lederscheide, steckte der lange Knochengriff eines Messers. Sie hatte von dem Messer gehört.

Sein ordentlich gestutzter Bart ähnelte Salz- und Pfefferkörnern, eher ersterem. Seine Grübchen täuschten über seine Boshaftigkeit hinweg.

»Wir haben uns schon mal getroffen«, sagte er und überschlug die Beine. »Vor einem Jahr? In deiner Wohnung.«

Lis Blick sprang zwischen den ovalen Brillengläsern hin und her, unsicher, worauf sie ihre Aufmerksamkeit richten sollte. Obwohl sie ihn nicht anschauen wollte, konnte sie nicht anders.

»Ich erinnere mich, wie hübsch ich dich damals fand«, sagte er, seine Stimme schnurrte wie ein V8-Motor. »Ziemlich gute Figur, ein Gesicht wie aus Porzellan und jede Menge Selbstgerechtigkeit, mit einer Prise Ungezogenheit gewürzt.«

Li kam die Galle hoch. Das Stechen ließ sie zusammenzucken, dann ließ es wieder nach.

»Hab mich gefragt, was du an einem Dreckskerl wie Ezekiel Watson findest«, fuhr er fort und spielte mit seinen langen Fingern. »Dachte, er wäre unter deinem Niveau.«

Graham nahm das Metallgestell zwischen die Finger und rückte seine Brille zurecht. »Vielleicht hat er dir dort auch ganz gut gefallen.«

Li ballte die Fäuste, ihre Fingernägel gruben sich in die Handflächen. Sie wollte Graham anspringen, auf ihn losgehen, ihm die Augen auskratzen.

Er legte seinen Kopf leicht schief und lehnte sich auf dem Stuhl nach vorn, nah genug, um sie zu berühren.

Er hob die Hand, Li zuckte zurück. Das entlockte ihm ein aufrichtiges, anzügliches Grinsen. Seine Grübchen unterhalb der Wangenknochen vertieften sich. Er hielt seine Hand für einen Moment in der Schwebe, bevor er sich einen Deckenzipfel schnappte. Dann hob er ihn an, um einen Blick darunter zu werfen.

Für mehrere Sekunden starrte Graham auf Lis nackten Körper, bevor er die Decke an ihren Platz zurücksinken ließ. Er lehnte sich zurück und pfiff anerkennend. »Ich hatte recht, was dich betrifft«, sagte er. »Du bist hübsch. Ein bisschen dünn für meinen Geschmack vielleicht, aber doch üppig genug.«

In Lis Augen brannten nun Tränen. Sie konnte sie nicht zurückhalten, konnte ihre Emotionen nicht im Zaum halten.

»Zeke ist mehr Mann, als du es je warst«, platzte es unüberlegt aus ihr heraus. Dann fügte sie hinzu: »Genauso wie Brina.«

Sobald sie die Worte ausgespuckt hatte, wappnete sie sich sofort für Grahams brutale Reaktion. Stattdessen trat Brina nach vorn und schlug ihr mit der flachen Rückhand ins Gesicht.

Grahams Brauen hoben sich über den runden Gläsern. Er kicherte und winkte Brina beiläufig an ihren Platz zurück.

»Ohhh«, sagte er eine Oktave höher.

»Du bist genauso temperamentvoll, wie ich gehofft hatte. Ein richtiges Wildpferd. Gefällt mir.«

Er entkreuzte die Beine, stellte die Stiefel flach auf den Beton. Seine Hände ruhten auf den Knien, die Finger wanderten auf und ab wie die eines Pianisten. Ohne Li aus dem Blick zu lassen, sprach er zu Brina.

»Ich glaube nicht, dass wir schon alle Möglichkeiten ausgeschöpft haben. Ich glaube, hier stoßen wir noch auf Gold.« Seine Zunge verharrte kurz beim letzten Wort.

Brina trat nach vorn, während sie die Hände an den Seiten spielen ließ. Ihr Gesichtsausdruck war leer, sie zeigte keinerlei Emotion.

»Wenn Sie darauf bestehen, Sir«, sagte sie und wiederholte die devote Verbeugung von vorhin, als Graham den Raum betreten hatte.

Graham stand auf. Er war ein hochgewachsener Mann, und sein schmaler Körperbau ließ ihn noch größer wirken. Er zupfte an seinen Hemdärmeln und zog sie weiter über die Handgelenke. »Das tu' ich«, sagte er und wandte sich zum Gehen. Er ging ein paar Schritte zur Tür, gefolgt von unsichtbaren Stiefelpaaren, und hielt inne.

Li blickte wieder an die Decke und dachte über die Folter nach, die sie erwartete. Sie schaute nicht zu Graham, hätte ihn aber sowieso nicht sehen können. Er war zwar außer Sichtweite, aber noch nah genug, dass sie seine Stimme hören und den Abschiedsgruß verstehen konnte.

»Er hat dich nie geliebt«, sagte das Monster beiläufig. »Das war die Nachricht. Er hat geschrieben, dass er dich nie geliebt hat.«

Die Metalltür öffnete sich mit einem Kreischen und schrammte über den Boden, das Kratzen hallte ohrenbetäubend von den harten Oberflächen im Raum wider. Li bäumte sich in den nassen Lederfesseln auf und schrie Graham nach, dass er ein Lügner war, dass er nur versuchte, an sie heranzukommen, sie dazu zu bringen, Informationen preiszugeben, die sie gar nicht hatte. Ihre Handgelenke und Fußknöchel waren wundgescheuert. Ihr Körper zitterte vor Kälte. Ihre Gedanken rasten vor Angst.

Die Tür schloss sich scheppernd. Das Schloss klickte. Der Raum war wieder still. Lis Puls rauschte in ihren Ohren.

Nichts davon war vorgesehen – weder das mit Zeke, noch das mit den Tic, noch die Folter durch die Frau, die sich über sie beugte.

»Er lügt«, sagte Li zu Brina. Das war Frage und Aussage zugleich. »Graham lügt.«

Brina zog eine Hand hinter ihrem Rücken hervor. Darin hielt sie die zerknitterte Seite eines alten Notizblocks. Die Ecken des blassgelben Papiers waren mit Blumen in gedecktem Pink und Blau geschmückt. Li erkannte es als ihres, es stammte aus einer Schublade in der Küche. Allerdings war es nicht das Papier, das ihr die Luft nahm.

Was ihr den Atem raubte, war das vertraute Gekrakel darauf. Es war kaum lesbar in seiner achtlosen Hast. Das war ohne Zweifel Zekes Handschrift.

»Es war nie echt«, stand da. »Nichts an uns war das je.«

Sie las die zehn Worte wieder. Und wieder. Und wieder. Wusste er etwas? War das ein Geheimcode? Oder meinte er das, genau wie er es geschrieben hatte, bevor er sie einsam und gefangen zurückgelassen hatte?

Brina zog das Papier weg und Lis Blick fiel auf die andere fleischige Hand der Frau. Darin befand sich eine Zange.

4

Commander William Guilfoyle spritzte sich kaltes Wasser ins Gesicht. Das Geräusch des plätschernden Wasserhahns klang wie Musik in seinen Ohren, und das Wasser, das aus dem dekorativen Messinghahn ins tiefe Porzellanbecken rauschte, erinnerte ihn an damals, als er hinter einem Wasserfall gestanden hatte, im Inneren einer moosbewachsenen Grotte, vor dem Rest der Welt verborgen.

Als er den Hahn zudrehte und nach einem üppigen Baumwollhandtuch griff, fragte er sich, ob Wasserfälle überhaupt noch irgendwo existierten. Das würde er zu gern wissen. Nein, das musste er einfach wissen.

Er atmete das Kräuteraroma des Handtuchs ein und tupfte sich das letzte bisschen Feuchtigkeit von Hals und Brauen, dann warf er es auf den beheizten Marmorboden. Barfuß tapste er quer durch das ausladende Badezimmer, hin zum luxuriösen Berberteppich in der Suite. Das Licht änderte sich ab der Raummitte, und die künstliche, blauweiße Badbeleuchtung ging in das warme, natürliche Leuchten des Sonnenuntergangs hinter den nahtlosen, raumhohen Glasscheiben über, welche seinen Wohnbereich umschlossen.

Er steckte die Hände in die tiefen Taschen der Seidenrobe und schritt selbstsicher zu dem dick gepolsterten Ledersessel, den er liebevoll und halb im Scherz seine Kommandozentrale nannte.

»Theo«, rief er, als er ins Leder sank, wobei die Luft aus dem dicken Polster entwich. »Theo, hörst du mich?« Ein gepflegter Mann in makellos geschneidertem, grauem Anzug, den er über einem weißen Hemd trug, und mit auf Hochglanz polierten, schwarzen Lederschuhen, kam aus einem anderen Bereich der weitläufigen Suite. Er bewegte sich schnell und blieb am Fuß der Kommandozentrale stehen. Sachte zupfte er an den doppelten Manschetten seines Hemds, sodass die platinierten Knöpfe in Form einer liegenden Acht unter den Jackenärmeln hervorblitzten. »Jawohl, Commander Guilfoyle, Sir«, antwortete Theodore Pannopolis mit seinen zusammengekniffenen Augen. »Wie kann ich Ihnen dienen?«

Guilfoyle legte seine Ellbogen auf den breiten Armlehnen seines Sessels ab und strich mit den Handflächen über die weiche Lederstruktur. Es war eher Velours- als Sattelleder, und es kitzelte seine Fingerspitzen.

»Gibt es irgendwo noch Wasserfälle?«, sinnierte er.

Theo blinzelte. Seine gezupften Augenbrauen zogen sich zusammen. »Ich bitte um Verzeihung?«

Guilfoyle wedelte mit seiner Hand wie ein Magier, der eine Münze aus dem Nichts zaubert. Er blickte zu Theo auf, ohne den Kopf zu heben.

»Wasserfälle«, wiederholte er. »Sind davon noch irgendwelche übrig?«

»Wo, Sir?«

Guilfoyle schnaubte frustriert. »Irgendwo. Existieren sie noch oder sind sie alle ausgetrocknet?«

»Das werde ich herausfinden, Sir«, antwortete Theo. »Spontan würde ich sagen, dass nicht viele übrig sind, wenn überhaupt. Aber ich möchte Ihnen keine unvollständigen Informationen zukommen lassen. Sonst noch was? Ich war gerade dabei, Ihr Essen zuzubereiten, aber ich kann gerne …«

»Wie lange bist du schon bei mir?«, fragte er.

»Ich bitte um Entschuldigung, Sir?«

»Wie lange?«, wiederholte der Commander. »Seit wie vielen Jahren arbeitest du für mich?«

Theo faltete die Hände vor sich. Normalerweise wirkte sein nachdenklicher Blick gut einstudiert. Er und Guilfoyle wussten, dass Theo eine ganze Bandbreite von Informationen in seinem messerscharfen Verstand aufbewahrte. Vorzutäuschen, seine Erinnerungen zu durchkämmen, war etwas, das er nur für seinen Vorgesetzten tat, damit sich der Commander nicht unterlegen fühlte. Dieser Ausdruck war jedoch anders. Theo schien aufrichtig perplex zu sein.

»Das kann ich nicht genau sagen, Sir«, antwortete er, nachdem er seinen Mund mehrmals geöffnet und wieder geschlossen hatte. »Ich weiß, dass es Jahre her ist, aber die Zeit verläuft für mich oft ineinander. Alles, was ich sagen kann, ist, dass es mir immer ein Vergnügen war. Es fühlt sich wie gestern an, dass sie mich als Vertrauten auserwählt haben.«

»Wunderbar.«

Guilfoyle war besänftigt. »Ich wüsste nicht, was ich ohne dich machen würde, Theo. Du bist der beste Gesprächspartner, den ich je hatte. Und dein Chicken Tetrazzini ist unnachahmlich.« Der Commander formte Daumen und Zeigefinger zu einem O und spreizte die anderen Finger ab. »Unnachahmlich«, wiederholte er.

Theo richtete die Krawatte an seinem geknöpften Kragen und verbeugte sich leicht. »Ich fühle mich geschmeichelt, Sir.«

»Was esse ich heute zu Abend?«, fragte der Commander und wechselte das Thema, ohne auf Theos Bemerkung einzugehen. »Ich hoffe, es ist nicht schon wieder dieser modifizierte Tilapia. Er schmeckt fad und unbefriedigend, trotz deiner Kochkünste.«

Theo schüttelte seinen Kopf. »Nein, Sir. Das habe ich aus meiner letzten Nachlässigkeit gelernt. Für heute Abend habe ich eine wundervolle Junghenne mit Bio- und Wurzelgemüse vorbereitet. Die Kräuter sind frisch aus dem Garten.«

»Und der Wein?«

Theo hob die Hand und imitierte Guilfoyles Geste von vorhin. »Ein fabelhafter, erdiger Pinot Noir. Seine Kirschnote rundet den deftigen Geschmack des Hühnchens ab.«

»Ausgezeichnet«, sagte Guilfoyle. »Dann dürfen Sie wegtreten, Theo. Ich möchte über die Wasserfälle Bescheid wissen, sobald ich mit der Flasche hier fertig bin.«

»Selbstverständlich«, antwortete Theo und eilte in haargenau derselben Route aus dem Zimmer, auf der er zu Commander Guilfoyle gekommen war.

»Oh«, fügte der Commander hinzu. »Koche das Hühnchen nicht zu lange.«

»Ja, Sir«, rief Theo aus der Küche.

Guilfoyle widmete sich der Aussicht hinter dem Glas vor ihm. Das war ihm der liebste Teil des Tages, die Augenblicke, kurz bevor das Licht den Himmel verließ, wenn die Farben am kräftigsten waren.

Er befand sich dreißig Stockwerke über der Stadt oder eher dem, was davon übrig war. Seiner war einer von zwei Wolkenkratzern, die wie vorgesehen funktionierten. Er verfügte über ausreichend Energie, ohne drohende Stromausfälle, und Wasser, heiß *und* kalt, das scheinbar endlos vorrätig war. Zusätzlich war die Klimatisierung so exakt wie zu der Zeit, als alles noch im Überfluss vorhanden war.

Sein Hochhaus, der Torquemada, war eine Wohneinheit. Er wohnte im Penthouse in der Gebäudespitze. Das ganze Stockwerk gehörte ihm. Andere hochrangige Aufseher wohnten in den Stockwerken unter ihm. Manche Stockwerke waren unterteilt, manche nicht. Das andere Hochhaus, das fünfzehn Stockwerke hoch war, war fürs Geschäftliche. Das war das zentrale Regierungsquartier der Aufseher, sie nannten es den Fascio.

Im Gegensatz zum Wohngebäude, das aus Glas und Stahl erbaut war und im Sonnenlicht glänzte, bestand das behördliche Bauwerk aus Stein und Mörtel. Es war mit Racheengeln und Wasserspeiern geschmückt, mit Zentauren, Löwen, zweiköpfigen Drachen und lockenden Sirenen.

Ein unterirdischer Tunnel verband die beiden Gebäude, was den Freigang erleichterte und vor externen Mächten schützte, welche die Position der Aufseher an der Spitze der Welthierarchie womöglich zu gefährden versuchten.

Wie jede Nacht suchte Guilfoyle den orangefarbenen Horizont nach Spuren von Lila ab, das vielleicht von den entfernten Wolken reflektierte. Sobald er zufrieden war und die Sonne das letzte Stück ihres Abstiegs erklommen hatte, schlurfte der Commander die kurze Strecke zu seinem Glas zurück und ließ den Schauplatz des unter ihm liegenden Königreichs auf sich wirken.

Es war braun und grau. In der Luft hing Staub. Rauchartige Sandwolken wirbelten hinter den Transportlastern, hinter den kantigen Panzerfahrzeugen und gelegentlichen Pkws auf.

Außer den beiden Türmen war der Rest der Stadt niedrig. Sie war eine Mischung aus einstöckigen Strukturen, sporadisch zweistöckigen Bungalows und freiliegenden Marktplätzen, die man an den durchgehend eintönigen Planen und Zelten erkennen konnte, die wiederum in Blöcke und irreguläre Kreisformen unterteilt waren.

In der Nähe der Zelte stand eine lange Reihe Menschen an. Sie wanden sich um drei Straßenblöcke, und von Commander Guilfoyles Aussichtspunkt dreihundert Meter darüber aus wirkten die Anstehenden wie Ameisen, die auf eine Audienz bei ihrer Königin warteten.

Seine Augen wanderten an der Schlange entlang und trafen auf eine weitere. Diese war bestenfalls einen halben Kilometer weiter nördlich, doppelt so lang wie die erste, und verschwand hinter einer Tankstelle. Diese Reihe stand für Wasser an. Er schaute auf seine Uhr. Der schweifende Sekundenzeiger tickte leise im Takt um das goldene Ziffernblatt.

Ja. Das war die Wasserschlange. Die Rationen wurden genau um *diese* Zeit an *diesem* Tag verteilt. Vier Liter pro Kopf in der Woche. Nicht mehr als drei pro Familie. Das war die Regel. Die Schlangen waren immer lang.

Er blickte zurück zur kürzeren der beiden Reihen. Diese war nicht für Wasser. Ebenso wenig für Toilettenpapier. Klopapier war morgen dran. Vielleicht auch gestern. Aber sicher nicht heute.

Er kniff die Augen zusammen und versuchte vergeblich, herauszufinden, auf welchen Schatz die Geduldigen warteten.

Als er genauer hinsah, bemerkte er ein paar Soldaten der den Aufsehern unterstehenden *Tactical Marine Force*, kurz TMF, die neben der Schlange auf und ab patrouillierten. Er konnte die vagen, aber markanten Umrisse der M27-Sturmgewehre ausmachen, die ihnen um die Brust hingen. Die Läufe zeigten gen Himmel und erstreckten sich diagonal über die behelmten Köpfe der Soldaten.

Helle Lichtblitze lenkten seine Aufmerksamkeit zurück zur Wasserschlange. Als er sich auf die Quelle der stroboskopischen Lichtexplosionen konzentrierte, sah er, dass von der Reihe nicht mehr viel übrig war. Diese hatte sich in einen ausfächernden Mob von Ameisen aufgelöst, die vor etwas flohen, das Guilfoyle als Mündungsfeuer erkannte. Mindestens drei seiner Soldaten waren im Einsatz. Er lehnte sich näher ans Glas und beobachtete das Drama unter sich en miniature.

Die Blitze hörten auf, aber nicht, bevor ein halbes Dutzend Körper auf dem Boden verstreut lagen. Guilfoyle seufzte und sah den Soldaten dabei zu, wie sie diese wegzogen. Die Schlange formierte sich neu und die Überlebenden schlurften vorwärts, um die Plätze derer einzunehmen, die diese zu Fuß oder per Kugel verlassen hatten.

Guilfoyle nickte zustimmend. Die Leute waren konditioniert, sich um ihre eigenen Angelegenheiten zu kümmern und weiterzumachen, genau wie er es vor langer Zeit vorhergesagt hatte. Es gab Aufrührer, die in den Schlangen oder den Lebensmitteltauschzentren Schwierigkeiten machten. Im großen Ganzen waren sie aber nichts weiter als ein paar Fliegen auf einem Stier.

Die große Mehrheit der Bürger verstand, dass die Aufseher notwendig waren, um für sie zu sorgen. Guilfoyle wusste, was seine Herde brauchte. Er wusste, wie er sie inmitten des großen Mangels und seinen Konsequenzen am Leben hielt. Er wusste, wie er sie davon abhalten konnte, sich gegenseitig an die Gurgel zu gehen.

»Liebevolle Strenge ist, was jetzt gebraucht wird«, hatte er in seiner öffentlich übertragenen Ansprache früher am Tag gesagt.

»Wir dürfen nicht zaudern. Wir dürfen nicht vom Weg abkommen.« Er hatte die Rede heute Morgen auf den Stufen des Fascio gehalten, beidseitig von Soldaten flankiert, seine Lieutenants hinter sich.

Ein Rednerpult aus Eichenholz war mit dem Emblem der Aufseher verziert, das eine Wasserkaraffe zwischen zwei Doppeläxten zeigte, die auf Stufen aus mit roten Riemen zusammengebundenen Birkenästen stand. Guilfoyle stand dahinter und hielt seine Ansprache aus dem Stegreif.

Hinter der Menschenmenge erhob sich wächtergleich ein Monument des ersten Aufsehers, der das Protektorat vor einer Generation erbaut hatte.

»Wir kennen unsere Aufgabe – das Überleben unserer Spezies um jeden Preis«, sagte Guilfoyle und schlug dabei mit der Faust auf das Pult. »Um die Mittel zum Überleben zu haben, müssen wir alles tun, was notwendig ist. Wir müssen an das Gemeinwohl denken. Wir müssen das Wohl unserer Nachbarn vor unser eigenes stellen.«

Die folgsame Menge brüllte zustimmend. Guilfoyle genoss den Applaus.

»Der Sieg der Mehrheit verlangt«, fuhr er mit erhobenem Finger fort, als sich die Menge beruhigt hatte, »nein, er befiehlt ein Opfer der Minderheit.«

Das war der Zeitpunkt, an dem er die neue Weisung bekannt gab, die eine Reduktion der gesetzmäßigen Verteilung von Wasser und Lebensmitteln vorsah. Diese wurde nicht mit dem gleichen Enthusiasmus aufgenommen wie sein vager Aufruf zum Nationalismus.

»Unsere Feinde bestehlen uns«, sagte er. »Sie bestehlen *euch*. Sie nehmen sich unsere spärlichen Vorräte und verkaufen sie für Profit. Sie bereichern sich auf eure Kosten.«

Buhrufe und Forderungen nach Blutvergießen folgten auf seine Worte. Das Johlen berauschte ihn; es gab ihm Macht.

»Erlaubt diesen egoistischen Parasiten nicht, uns auszubluten«, sprach er weiter. »Kauft ihre Waren nicht. Verkauft ihnen eure kostbaren Rationen nicht. Beteiligt euch nicht an der Zerstörung unseres Staates, unseres Vaterlands.«

Er hob seine gestreckten Arme und nahm den donnernden Applaus auf. Danach trat er zur Seite, als die Soldaten einen dürren Mann in Ketten nach vorne führten.

Der Gefangene war hager, sein fettiges Haar war auf dem Kopf zur Seite gescheitelt, seine Haut beinahe grau. Er blinzelte, kniff die Augen zusammen, als würde ihn jemand blenden. Gebückt unterwarf er sich in zerlumpter Kleidung, die ausgefransten Hosenbeine hingen ihm über die Füße, als er zu den Stufen schlurfte.

Der Mann rang mit den beiden Soldaten, die ihn am Bizeps und unter den Achseln festhielten.

»Dieser Mann ist ein Schmuggler.« Die Worte tropften wie Gift von Guilfoyles Lippen.

Das Publikum zischte. Jemand warf einen Stein und traf den Mann an der Seite.

Guilfoyle zeigte anklagend auf ihn. »Er stiehlt unser Wasser und verkauft es für Profit!«, schrie er. »Er ist ein Dieb und Verräter. Er ist ein Tic!«

Die Masse johlte und forderte seine Hinrichtung im Sprechchor.

»Tötet ihn!«, schrie einer.

»Lasst ihn bezahlen!«, bellte ein anderer.

Guilfoyle signalisierte der aufgewiegelten Menge, sich zu beruhigen, und wartete, bis es still war.

»Wir können das nicht hinnehmen«, sagte er. »Wir müssen dieser feindlichen Untergrundbewegung, die uns das Kostbarste stiehlt, ihre Grenzen aufzeigen. Sie stehlen Leben. Sie profitieren von unserem Durst.«

Der Schmuggler wusste, was ihn erwartete. Es war das Gleiche, was mit gefangenen Schmugglern seit Jahren geschah, soweit irgendjemand zurückdenken konnte, die gleiche Strafe.

Ein dunkler Fleck breitete sich im Schritt des Mannes aus und sickerte durch den schmutzigen Zwirn seiner Hose. Er blickte nach unten und wurde kurz rot, bevor er anfing zu weinen.

Guilfoyle warf dem Mann einen abschätzigen Blick zu und bohrte dem Gefangenen seinen Finger ins Fleisch. »Während wir kaum genug Wasser zum Kochen oder Trinken haben«, verkündete er, »hat dieser Mann genug davon, um zu heulen und sich einzunässen. Ein weiterer Beweis für seinen Verrat.«

Guilfoyle schritt zu dem Mann, verzog beim Geruch des Urins die Nase, und legte seine Hand auf die Schulter des Verbrechers.

»Mögest du in dieser und der nächsten Welt Vergebung finden«, sagte Guilfoyle, sein Segenswunsch triefte vor Sarkasmus.

Er nickte den Soldaten zu. Sie packten ihn fester. Der Schmuggler protestierte und versuchte, standhaft zu bleiben. Er rief um Vergebung, bat um eine zweite Chance. Er bot seine Kooperation und Informationen über die Tic an. Das Rufen und Johlen der Menge übertönte sein Bitten um Gnade.

Sie sahen dabei zu, wie die Soldaten ein Geschirr um den Oberkörper des Mannes legten, wie sie es fest um Brust und Schultern schnürten.

Sie waren Zeugen, als ein Soldat dem Mann einen langen Schnitt quer über den Torso beibrachte. Blut lief aus der Wunde. Der Mann schrie vor Schmerz auf und griff danach. Sie hörten, wie der andere Soldat an der Seilwinde kurbelte. Diese war mit einer Kette verbunden, die wiederum an den Harnisch anschloss.

Als der Mann wimmerte, sein blasser Körper von Schweiß bedeckt, riss ihn die Seilwinde von den Füßen. Er trat um sich, versuchte, auf dem Boden zu bleiben. Es war zwecklos.

Jetzt hing er von der Fassade des steinernen Gebäudes. Die Kette, die durch den aufklaffenden Mund eines Wasserspeiers über den Stufen verlief, zerrte an dem Geschirr. Sie zog sich durch die Armbeugen des Mannes nach oben und riss seine Arme so zurück, dass er die Wunde nicht schützen konnte.

Sein Körper streckte sich, riss die Wunde auf und entlockte dem Sterbenden noch weitere grässliche Schreie. Die Kette verdrehte sich, während sie hochgezogen wurde, und als sie sich wieder entwirrte, drehte der Körper des Schmugglers sich daran. Blut lief aus seiner Wunde am Bein entlang, über seinen nackten Fuß, und tropfte auf den darunterliegenden Steinplatz.

Guilfoyle sah staunend zu. Mit dem Rücken zur sich lichtenden Menge bewunderte er die neueste seiner Warnungen, die sich vom sterbenden Mann bis zum Toten daneben und noch einen weiter erstreckten. Drei war eine gute Zahl.

»Commander, Sir, Ihr Essen wartet.«

Theos Worte rissen Guilfoyle aus seiner Erinnerung. Er warf einen Blick über die Schulter und sah Theo aufmerksam warten.

Der Hausdiener führte Guilfoyle vom Salon in den weitläufigen Essbereich, ein großes ovales Zimmer, das von Glas umgeben war, welches über die Gebäudekanten hinausragte und den Raum schwebend erscheinen ließ.

Theo wies auf das ordentliche Gedeck am runden Tisch zu seiner Rechten. Dann setzte er sich in Bewegung, um den Stuhl herauszuziehen und dem Commander seinen Platz anzubieten.

Guilfoyle setzte sich auf den Armstuhl und rutschte nach vorne.

Der Porzellanteller war von Gold umrandet. Das gekochte Hühnchen darauf dampfte neben einer großzügigen Portion Karotten, grüner Bohnen und roten Kartoffeln. Guilfoyle atmete den Duft ein.

Er streckte die Hand aus und nahm ein langstieliges Glas vom Tisch. Als er es anhob, klirrte es gegen das Porzellan und der Wein darin schwankte. Er neigte das Glas und nippte daran. Dann behielt er die Flüssigkeit für einen Augenblick im Mund und ließ die Tannine in seine Geschmacksknospen sickern.

»Wundervoll«, sagte er.

Theos Körper entspannte sich. »Danke, Sir. Ich denke, das Hühnchen ist ganz nach Ihrem Geschmack. Es wurde so gekocht, wie von Ihnen erbeten, zart und fleischig.«

Guilfoyle musterte Messer und Gabel neben dem Porzellanteller und griff danach. Dann hielt er jedoch inne, ließ seine Finger kurz darüber schweben, bevor er sie zum Geflügel senkte.

»Sir«, sagte Theo, »Iguazu in der ehemaligen Nation Brasilien, Viktoria in Afrika und Niagara im nordöstlichen Protektorat der Aufseher.«

»Was ist damit?«

»Das sind die einzig nennenswerten Wasserfälle, die auf der Welt noch übrig sind. Der Rest ist natürlich oder durch menschliches Zutun ausgetrocknet.«

Guilfoyle hielt den oberen Teil des Geflügels in seiner Rechten. Mit der Linken drehte er das Bein heraus. Der Knorpel knackte, als er ihn vom Rest des Kadavers befreite.

Hungrig hob er das Bein mit den Händen an den Mund und biss hinein, durchtrennte das Fleisch mit seinen Zähnen. Rosafarbener Saft lief ihm übers Kinn, während er kaute.

Mit seinem Mund voller Hühnchen warf Guilfoyle Theo einen anerkennenden Blick zu. Ein fleischiges Grinsen machte sich auf seinem Gesicht breit.

»Vorzüglich«, sagte er, wobei sich die Soße in seinen Mundwinkeln sammelte.

»Viel besser als der Tilapia.«

5

Zeke kniff die Augen im heißen Wind zusammen und zog sich den Stetson ins Gesicht. Brennender Sand wehte gegen seine nackte Haut und gelangte in Nase und Ohren.

Er stand auf dem Parkplatz neben Pedros Cantina. Seine Reisegefährten machten sich zur Rückreise in die Stadt bereit. Eine bunte Truppe.

Uriel und Phil kramten auf der Ladefläche eines Ford F-150 herum. Raf und Barach beluden den Kofferraum eines Chevy Impalas. Gabe lehnte am Impala, während er mit einem schnellen Handgriff Munition ins Magazin eines großen Gewehrs einlegte. Aus seinem Hosenbund ragte ein breiter Messergriff, dessen Klinge im Gürtel steckte.

Vor den Männern standen unterschiedlich große Taschen und Rucksäcke auf dem Boden. Aus einem sah Zeke die Enden zweier identischer schwarzer Holzstäbe hervorblitzen. Vor einem anderen lag eine stachelbesetzte, silberne Kugel, deren Kette im Ranzen verschwand. Zeke hatte noch nie so seltsame Waffen gesehen.

Kann ich diesen Leuten trauen? Hab ich eine Wahl?

»Hier«, sagte Pedro. »Nimm das. Wird helfen.«

Der Barkeeper reichte Zeke ein schwarzes Bandana. Genau wie seine neuen Klamotten war es frisch gewaschen. Zeke faltete den steifen Baumwollstoff zu einem Dreieck, wickelte es sich ums Gesicht und verknotete es hinterm Kopf. Er rückte es am Nasenrücken zurecht und inhalierte den blumigen Duft, der Bilder von einem Land erzeugte, das er nie gekannt hatte, mit saftigem Gras und kräftigen Farben.

»Damit du keine Sandpopel kriegst«, sagte Pedro.

Das brachte Zeke zum Schmunzeln. Das war das erste Mal in, er wusste nicht wie vielen Jahren, dass er sich selbst lachen hörte. Es war sicher eine Weile her. Ein aufrichtiges Lachen war dieser Tage so selten wie Wasser und mindestens genauso lebensnotwendig.

Er wurde wieder ernst und wandte sich der Truppe zu, die ihre Ausrüstung zusammenklaubte. Die Aufgabe, die vor ihnen lag, war nicht zum Lachen.

»Hast mir nie erzählt, was das für ein Ort ist«, sagte Zeke. »Hab ich mir das nicht verdient?«

Er hatte noch immer Schwierigkeiten damit, zu begreifen, was hier eigentlich geschah, ganz zu schweigen davon, wer diese Leute eigentlich waren, die so erpicht darauf schienen, ihm bei der Rettung der Frau, die er zurückgelassen hatte, zu helfen. Wie zum Teufel sollten fünf Leute an den Soldaten der Aufseher vorbei in die Stadt kommen, und dann auch noch die Tic infiltrieren?

»Verdient«, sagte Pedro, als hätte er das Wort nie zuvor in den Mund genommen, als würde er testen, wie es klingt. »Interessante Wortwahl.«

»Ich wollte nicht ...«

Pedro hob seine Hand. »Natürlich wolltest du. Und du hast recht.«

»Dass ich verdiene, es zu wissen?«

Pedro schüttelte den Kopf. »Dass ich dir noch nicht verraten hab, was dieser Ort hier ist.«

»Ist ein komisches Plätzchen, das du da hast«, sagte Zeke. »Nimm's mir nicht übel. Hast mir zwar das Leben gerettet, mir was zum Anziehen und guten Alkohol spendiert, aber da, wo ich herkomme, passt man auf sich selber auf. Scheiß auf die Nachbarn.«

Pedro kicherte.

»Das war nicht so gemeint«, fügte Zeke hinzu. »Ich weiß das zu schätzen, wirklich. Und ich weiß nicht, wie ich das je wieder gutmachen kann.«

»Ich denk mir was aus. Und denk dran, du hast bei mir noch 'ne Rechnung offen.«

»Sie alle hier müssen das nicht machen. Ich krieg das alleine hin, ist mein Problem. Ich hab's verbockt; ich muss es ausbaden.«

Pedro hob eine Augenbraue. »Dass sie nicht *müssen,* ist genau der Grund, warum sie's tun werden.«

Was heißt das?

Für die nächsten paar Augenblicke standen die beiden Männer auf der vorderen Veranda. Zeke blickte über den Parkplatz hinweg zum Horizont. Es war schwierig, hinter dem gepflasterten Parkplatz links neben dem Hauptgebäude irgendetwas zu erkennen. Der Sandstaub lag wie brauner Nebel in der Luft und erinnerte an den Rauch eines Flächenbrandes.

Zeke zupfte sein Bandana zurecht. Auf der anderen Seite des endlosen Highways, vom Rauch verdeckt, wartete noch immer die Horde, die ihn zur Cantina verfolgt hatte.

Sie standen in einer langen Reihe an der Straßenseite und schauten zur Kneipe. Die Männer standen auf den Ladeflächen ihrer Trucks, ein paar von ihnen saßen breitbeinig auf den Motorrädern. Alle starrten Zeke durch ihre Masken hindurch an.

»Mach dir um die keine Sorgen«, sagte Pedro, als hätte er Zekes Gedanken gelesen. »Die können dir grade nichts anhaben. Noch nicht.«

Sein Hund trottete aus der Bar die Stufen hinab und leistete ihnen auf dem Parkplatz Gesellschaft. Er blickte zu Pedro hoch, die Zunge hing dabei aus seinem Maul. Dann legte er sich auf den Bauch, die Hitze des Asphalts schien ihm dabei nichts auszumachen.

»Warum das?«, fragte Zeke.

»So sind die Regeln. Du hast es hierher geschafft. Jetzt stehst du unter meinem Schutz. Und das bleibt auch so, bis ich was anderes sage.«

»Also was? Die warten drauf, dass du was anderes sagst?«

»Irgendwie so was. Wir respektieren einander. Außerhalb des Grundstücks halte ich mich aus ihren Angelegenheiten raus und sie sich aus meinen.«

Zeke seufzte und roch dabei den Alkohol in seinem Atem. Wie jedes Mal, wenn eine seiner Fragen beantwortet wurden, fielen ihm daraufhin fünf neue ein.

Uriel lenkte ihn von der lauernden Horde ab, und von dem erdrückenden Gefühl, dass nichts war, wie es schien. Sie ging freudestrahlend auf ihn zu und drang dabei ein paar Zentimeter in seine persönliche Komfortzone ein.

»Sieh dich nur an«, sagte sie, »bist ein richtiger Schmalspurganove mit deinem kleinen Halstuch. Zu niedlich.«

Pedro verlagerte sein Gewicht, legte die Hand an die Gürtelschnalle und zog sich die Hose hoch. »Ihr habt alles, was ihr braucht? Waffen, Karten, Sprit?«

»Haben wir«, antwortete sie und schaute abwechselnd zu Zeke und Pedro. »Und Zekes Auto ist wieder in Schuss. Die Heckscheibe ist nicht so getönt wie vorher, aber wir haben unser Bestes gegeben. Ist sogar vollgetankt.«

»Der Superbird?«, fragte Zeke. »Er wurde … repariert?«

»Jap«, antwortete Uriel. »Gabe kennt sich mit Autos aus. Deins steht hinten.«

Sie vergrub ihre Hand in der verdeckten Hüfttasche ihrer Lederhose, kramte einen Schlüsselbund mit einem kleinen Pelzklumpen heraus und warf ihn Zeke zu.

Der fing ihn auf und strich mit dem Daumen über die Hasenpfote in seiner Hand.

»Danke.«

Uriel zeigte auf die Schlüssel. »Ach ja. Die Hasenpfote? Idiotisch.«

Zeke verzog das Gesicht. »Gehörte meinem Dad. Das einzig Gute, was ich von ihm hab.«

Uriels Gesicht entspannte sich und erweckte fast den Anschein, als wollte sie sich entschuldigen. Dann zuckte sie mit den Schultern. »Dann ist dein Dad ebenfalls ein Idiot.«

Sie machte auf dem Absatz kehrt und lief auf den F-150 zu, hielt aber nach gut zehn Metern inne. »Kommst du, oder was? Wir haben nicht ewig Zeit.«

Zeke streckte Pedro die Hand entgegen. »Danke.«

Pedro umfasste sie mit beiden Händen. In seinem starken, muskulösen Griff kam Zeke sich fast klein vor, er verschluckte ihn fast, als er seine Hand schüttelte. »Viel Glück«, sagte er. Dann griff er nach hinten und zog einen großen Revolver hervor. Er drehte ihn behände, sodass der Griff zu Zeke zeigte. »Nimm ihn.«

Zeke blickte auf die Waffe. »Das kann ich nicht annehmen. Du hast schon so viel getan.«

Pedro drückte ihn Zeke an die Brust. »Nimm ihn. Wirst ihn brauchen. Sechs Kugeln. Hat ordentlich Rückstoß und mehr Durchschlagskraft, als du gewohnt bist.«

Zeke nahm die Waffe. Sie war schwer, schwerer als alle Waffen, die er je in der Hand gehabt hatte. Sicher, er war kein Waffenexperte, hatte keine jahrelange Erfahrung, aber er wusste genug, um zu begreifen, dass diese hier einzigartig war. Außerdem war sie alt. Wirklich alt. Nie zuvor hatte er etwas Vergleichbares gesehen.

Das Metall lag kalt in seinen Händen und der Revolver fühlte sich wie ein Fremdkörper an. Er kannte Leute, die Waffen wie eine Verlängerung ihres Armes behandelten. Er war keiner von ihnen. Obwohl Zeke im Untergrund der Stadt aufgewachsen war und sein Leben als relativer Außenseiter mit Kurierfahrten für die Tic verbracht hatte, war er Waffen nicht sehr zugetan. Wie er des Öfteren bewiesen hatte, rannte er lieber, als zu kämpfen. Jeder, der ihn kannte, konnte das bestätigen, ganz besonders Li. Sie von allen.

»Nutze ihn weise«, riet Pedro. »Wir seh'n uns auf der anderen Seite.«

»Danke«, sagte Zeke, »ich werd's versuchen.«

Er beäugte die geduldige Horde auf der anderen Straßenseite und überquerte den Parkplatz, hin zu seiner Gruppe von Außenseitern, die ihn erwartete. Er schaute in den Himmel, als er zu ihnen lief, und seine Stiefel knirschten auf der dünnen Sand- und Dreckschicht, die den Platz bedeckte.

Das helle Gelb der Sonne verkam im Dunst zu einem Schmierfleck.

Es war später Nachmittag, doch das Licht fühlte sich an wie Mittag. Der Wind peitschte und schleuderte Zeke Sand ins Gesicht. Er senkte den Kopf und zog sich den Hut tiefer ins Gesicht.

»Phil und Gabe nehmen den Truck«, sagte Uriel, als sie das Team erreicht hatte. »Raf und Barach teilen sich den Impala.«

Zekes Blick sprang im Dreieck des grüblerischen Trios umher und blieb schließlich an Uriel hängen. »Was ist mit dir?«

Uriel fuhr sich mit der Hand durch ihre rote Mähne.

»Ich hab den Kürzesten gezogen.« Ihre grünen Augen blitzten dabei schelmisch auf. »Ich fahr bei dir mit.«

6

Zeke zündete den Motor und der schnurrende V8 seines Superbird beruhigte ihn sofort. Er griff nach dem Anschnallgurt, den er nachträglich eingebaut hatte, und der eher an Renngurte erinnerte.

Der Drehzahlzeiger bewegte sich nach rechts, als er das Gaspedal durchtrat. Er grinste zu Uriel hinüber, die bereits angeschnallt war.

»Wirfst du 'ne Münze in das Teil, damit's wackelt?«, fragte sie. »Ernsthaft, mein Hirn wird hier durchgerührt.«

Zeke legte den ersten Gang ein und legte die Finger um das Lenkrad. Er beschleunigte, woraufhin das Auto nach vorne schoss und sie in die Sitze drückte.

»Das hast du davon, den Kürzesten zu ziehen«, sagte er. Ein vertrautes Gefühl durchströmte seinen angespannten Körper. Es war schon etwas Besonderes, hinter dem Lenkrad seines Superbird zu sitzen. Er war genau da, wo er sich auf der ganzen Welt am wohlsten fühlte. *Das* war seine Waffe, seine Armverlängerung. Er hatte so viel Zeit damit verbracht, dass der Plymouth für ihn ein lebendiges, atmendes Wesen war. Er sprach mit ihm; das Auto hörte ihm zu. Er fragte ihn etwas; es antwortete. Er verriet ihm seine Geheimnisse; es behielt sie für sich.

Zeke drehte das Lenkrad und umrundete die Bar. Der Truck und der Impala warteten an der Seite des Highways auf ihn. Gegenüber stand die Horde. Zeke erreichte den Parkplatz und bremste ab. Er behielt seinen Fuß auf der Bremse und nickte in Richtung der Meute.

»Die können uns nicht folgen?«, fragte er.

Uriel schüttelte den Kopf. »Diesmal nicht. Ist gegen die Regeln.«

Zeke schaltete hoch und gab Gas. Das Auto schoss vorwärts. Die Reifen gruben sich in den Untergrund und drifteten auf den Highway, wo er weiterraste. Er und seine neue Crew jagten an der Horde vorbei, wobei er schon fast befürchtete, dass sie ihnen doch nachsetzen würde. Das taten sie aber nicht.

Als er den vierten Gang einlegte, heulte der Motor bestätigend auf und reagierte mit einem Ruck. Zeke genoss das Gefühl der Beschleunigung, das ihn in den Sitz drückte.

Er überprüfte den Rückspiegel, um zu sehen, ob der Truck mithielt. Den Impala konnte er nicht sehen, nahm aber an, dass er hinter dem Truck war. Er bemerkte das große Chromgerüst an der Schnauze des Trucks. Das war eine Bullbar.

Uriel saß mit angezogenen Knien da, die Füße auf dem Armaturenbrett. Sie hatte ihn nicht um Erlaubnis gebeten, aber Zeke würde sie nicht dafür anmachen. Sie hielt ihn ja schon für einen Mistkerl. Nach ihrer Bereitschaft, ihm bei Lis Rettung zu helfen, wollte er diesen Eindruck nicht verstärken, indem er sich wie ein territorialer Sturkopf aufführte.

»Wieso hilfst du mir?«, fragte er.

Uriel starrte durch die dünne Staubschicht aus dem Fenster und sprach, ohne ihn anzuschauen.

Zeke erwartete eine sarkastische Antwort, aber sie wirkte aufrichtig.

»Weil anständige Leute so was machen. Sie helfen jemandem in Not.«

»Ich bin nicht von der anständigen Sorte«, gab er zurück.

Uriel wandte ihm das Gesicht zu. Ihr Ausdruck war ernst, seine Bemerkung zeigte keine Wirkung. »Und? Keiner von uns ist das. Was hat das damit zu tun?«

Die Inkonsistenz ihrer Antwort erschien ihm seltsam. Einerseits erzählte sie ihm, anständige Leute halfen einander, andererseits stellte sie ihre eigene Schwäche zur Schau.

»Also bist du nun eine von den Guten, oder nicht?«

Sie zuckte mit den Schultern und schaute wieder aus dem Fenster. »Ein bisschen von beidem. Mit einer Tendenz.«

Das führte sie nicht näher aus. Seit sie auf der Straße waren und Reisegeschwindigkeit erreicht hatten, war ihre Stimmung offensichtlich nicht mehr die beste. Er hatte einen endlosen Schwall von Anspielungen, Doppeldeutigkeiten und Hänseleien erwartet, als er hinter das Lenkrad geklettert war.

»Alles okay?«, fragte er.

»Ja. Mochte diesen Teil bloß nie besonders gern.«

Der Geschwindigkeitszähler rutschte nach rechts und zeigte hundertfünfzig Kilometer pro Stunde an.

»Welchen Teil?«

»Den Weg dahin. Ich will einfach nur dort ankommen, die Sache angehen und tun, was getan werden muss. Ich hab nicht sonderlich viel Geduld, falls dir das nicht aufgefallen ist.«

Sie drehte sich im Sitz um und sah ihn an. Sie hatte ihre Absätze noch immer auf dem Armaturenbrett. Zekes Aufmerksamkeit schwankte zwischen der Straße und der Frau im Beifahrersitz hin und her. Da *war* etwas Berauschendes an ihr. Sie war gleichzeitig voreingenommen und nachsichtig. Ihre Art war eine Mischung aus Individualismus und fader Konformität. Und dann noch das Parfüm. Zeke versuchte, sich auf das Gespräch zu konzentrieren, auf die Bedeutung dessen, was sie soeben zugegeben hatte.

Er verbannte seine Gedanken in den Teil seines Gehirns, der all die unbeantworteten und unausgesprochenen Fragen von ihm fernhielt, die sich anstauten, seit er vor Pedros Tür gelandet war.

»Du hast das schon mal gemacht?«, fragte er.

»Jap. Ein paarmal.«

»Du hast also die Freundin eines Schurken vor noch übleren Typen gerettet?«

Uriel nahm ihre Füße von der Armatur und setzte sich aufrecht hin. Sie band das Ende ihres Zopfes fester zusammen und ließ ihn über ihre linke Schulter fallen. »Ganz schön konkret.«

Zeke schob seinen Hut hoch. »Du weißt schon, was ich meine.«

»Ich hab schon vorher versucht, Leuten zu helfen. Hab nie groß drüber nachgedacht, ob die gut oder böse waren. Erstens sind die Übergänge da fließend. Und zweitens ist das Ansichtssache.«

»Moral ist Ansichtssache?«

»Ist das alles, was jemanden zu einem guten oder schlechten Menschen macht? Selbst wenn, wer bestimmt denn, was gut ist und was nicht? Alles eine Frage der Perspektive.«

Zeke schüttelte den Kopf. »Schon verstanden. Aber du weichst der Frage aus.«

»Was war die Frage?«

Zeke warf einen Blick in den Rückspiegel. Der Ford blendete auf.

»Was will er von uns?«

»Wer?«

»Phil. Er blendet mich.«

Uriel schnallte sich ab und verrenkte sich den Hals, um aus dem Heckfenster zu schauen. Dann sank sie in ihre ursprüngliche Position zurück und rutschte tief in den Sitz. »Er will, dass du ranfährst und ihn vorlässt.«

»Wieso?«

»Weißt du, wo du hinmusst?«

»Klar«, sagte Zeke sichtlich beleidigt. »In die Stadt.«

Uriel legte ihre Füße zurück auf das Armaturenbrett und überkreuzte die Beine. Sie war nicht angeschnallt. »Und du weißt, wie man da hinkommt?«

Zeke dachte darüber nach. Er wusste nicht, wo er war. Selbst wenn er wusste, wo er hinmusste, wusste er nicht, wie man dorthin kam.

»Hab ich mir gedacht«, sagte Uriel. »Vielleicht lässt du ihn lieber vor.«

Zeke nahm den Fuß vom Gas und fuhr rechts ran, die Reifen brummten über den glatten Asphalt. Vor ihm flirrte der Horizont in der Hitze; die niedrigen Hügelkuppen tanzten und schwirrten.

Der Motor des höhergelegten Sattelschleppers heulte laut auf, als er an ihm vorbeirumpelte. Der Impala blieb auf Abstand und hielt seinen Kurs auf der Mitte des Highways. Sobald der Truck seinen Platz eingenommen hatte, beschleunigte Zeke wieder und bewegte sich zur Mittellinie.

Er blickte zu Uriel. Sie kaute an einem Fingernagel.

»Wie oft hast du das schon gemacht?«, fragte er, um das Gespräch wieder aufzunehmen.

»Wie schon gesagt, ein paarmal.«

»Warum?« Zekes Aufmerksamkeit galt dem Heck des F-150 und dem imposanten Chromgerüst an seinem Bug. »Ich meine, nichts davon ergibt Sinn. Ich tauche hier auf. Ein kompletter Fremder. Mit offensichtlichen Problemen. Schwer verletzt. Und ihr päppelt mich auf, gebt mir Wasser und bietet mir eure Hilfe an, ohne irgendwelche Fragen zu stellen?«

»Und?«

Zeke schlug gegen das Lenkrad. Er knirschte mit den Zähnen, spannte den Kiefer an. Zurückhaltung war eine Sache, Ausweichen eine andere.

»Uuund«, erwiderte er, ohne seine Frustration zu verbergen, »das ist schräg. Einfach nur schräg. Nichts davon ergibt irgendeinen Sinn. Ich hab versucht, aus Pedro eine Antwort zu quetschen. Die hat er mir nie gegeben. Ich wüsste nicht, ob ich irgendwem von euch vertrauen würde, wenn ich die Wahl hätte. Aber die hab ich nicht. Wer wählerisch ist, darf nicht betteln.«

»Das hast du falsch verstanden, Sokrates«, antwortete sie. »Es heißt, ein Bettler darf nicht wählerisch sein.«

Zeke dachte darüber nach. »Ah. Das ergibt viel mehr Sinn.«

»Ist ein altes Sprichwort«, gab sie zurück. »Du bist noch jung.«

»Siehst du«, sagte er, »so was meine ich. Diese kleinen Dinge, die in meinem Kopf noch mehr Fragen aufwerfen. Nichts davon fühlt sich richtig an. Nichts. Gib mir wenigstens irgendwas, Uriel. Irgendwas.«

Nichts. Etwas. Irgendetwas.

Uriel seufzte, vielleicht war es auch ein Schnauben. Sie setzte sich aufrecht hin, wobei sie ihren Oberkörper mit den Fäusten im Sitz nach oben schob. Ohne Gurt beugte sie sich zu Zeke vor und legte ihre Hand auf seinen rechten Schenkel.

Sie starrte ihn an, das intensive Smaragdgrün ihrer Iris hypnotisierte ihn. Er wandte sich wieder der Straße zu und sah den Truck, der sie zur Stadt führte.

»Die Sache ist die«, sagte sie. »Wir alle stehen in Pedros Schuld. Er hat uns geholfen, als wir in der größten Not waren. Also bleiben wir in der Nähe und helfen anderen. Wir *versuchen*, anderen zu helfen. Manchen kann man nicht mehr helfen. Aber wir versuchen es. So machen wir das einfach. Du solltest lieber dankbar als skeptisch sein.«

»Bin ich.«

»Was soll mir das sagen? Einem geschenkten Gaul schaut man nicht ins Maul?«

Zeke ließ sich ihr Argument durch den Kopf gehen. Sie hatte recht. Es war besser, ihre Hilfe anzunehmen und keine Fragen zu stellen. Es kam nicht oft in seinem Leben vor, dass jemand auf seiner Seite war, ohne eine Gegenleistung zu erwarten.

»Ich kann euch nicht bezahlen«, sagte er dann. »Noch nicht, jedenfalls. Ich hab keine Kohle.«

»Das erwarten wir auch nicht. So funktioniert das nicht.«

Sie zupfte am Gurt und zog ihn sich über die Schultern. Dann steckte sie die Gurtbänder zusammen und machte es sich im Sitz bequem. Für die nächsten dreißig bis vierzig Minuten fuhren sie ohne ein Wort. Sie machte sich weiter an ihren Fingernägeln zu schaffen und knabberte daran. Ihre Worte hallten in seinem Kopf wider, wiederholten sich wie eine gesprungene Schallplatte.

Einem geschenkten Gaul schaut man nicht ins Maul.

Hinter ihm ging die Sonne langsam unter. Sie hatte ihren höchsten Punkt verlassen und rutschte zwischen die zerklüfteten Gipfel der Berge, am Horizont des endlosen Highways, den sie entlangfuhren. Er hatte jegliches Zeitgefühl verloren. Es war ein langer Tag gewesen. Oder war es mehr als das?

Das sah nicht wie das ausgedehnte Ödland aus, das er kannte. Dort gab es ein Geflecht aus Straßen, Überbleibsel der Highways zwischen dem östlichen und westlichen Protektorat. Sie alle verliefen senkrecht zueinander, manche zwischen Norden und Süden, andere zwischen Osten und Westen. Dieses Straßennetzwerk war ein Relikt, noch älter als die Protektorate, und reichte bis weit vor den Fall der Vereinigten Staaten zurück, als die nordamerikanische Wirtschaft noch von naturbelassener Landwirtschaft beherrscht wurde.

Weil diese Straßen so bekannt waren, obwohl sie mitten durch das Ödland verliefen, waren sie gefährlich.

Dort gab es Ödländer, Wilde, die den Tic an den Straßen auflauerten, um ihre Ware zu stehlen. Außerdem versuchte die Tactical Marine Force der östlichen Protektorate, die Zugangspunkte zu manchen Highways zu kontrollieren. Sie schickten ein großes Aufgebot an Soldaten, um Kontrollpunkte im Ödland zu errichten. Die Ödländer forderten sie manchmal heraus, aber weil diese nur in kleinen, nomadischen Verbänden operierten, waren ihnen die Soldaten zumeist waffentechnisch und zahlenmäßig überlegen.

Das Protektorat im äußeren Westen, jenseits des Gebirges, war eine Bezugsquelle für Erze und Mineralien. Eisen, Gips, Marmor und Titan waren wertvolle Rohstoffe, welche die östlichen und südlichen Protektorate brauchten, aber nicht hatten. Das westliche Protektorat hingegen brauchte Wasser. Ohne den schmelzenden Schnee, der ohnehin kaum noch vorhanden war, hatten die Stadtstaaten in den Bergen und westlich davon keine zuverlässige Versorgung. Die Tic ergänzten die »offizielle Zuteilung« mit ihrem eigenen lukrativen Schwarzmarkthandel.

Zeke hatte mit den großen Trucks zahlreiche Kurierfahrten übernommen. Es war schlicht und ergreifend sinnlos, geringe Mengen in seinem Superbird über eine solche Distanz von Osten nach Westen und umgekehrt zu transportieren.

Dieser Ort erinnerte ihn an nichts davon. Die Topografie war ähnlich aber anders.

Er schielte zu Uriel; ihr Kopf hüpfte sanft auf der Lehne auf und ab. Ihre Züge wirkten weicher, wenn sie schlief. Trotzdem lag in ihnen noch eine gewisse Härte. Der Schlaf konnte nicht darüber hinwegtäuschen, nicht mit ihrer roten Mähne, den Tattoos und dem Leder.

Einem geschenkten Gaul schaut man nicht ins Maul.

Als das helle Licht der untergehenden Sonne außerhalb des Fahrzeugs in Gelb und Orange überging und sich die entfernten Hügel langsam näherten, ersetzte Zeke das Sprichwort, das Uriel so trefflich zitiert hatte, in seinem Kopf durch ein anderes, das ihm deutlich vertrauter war.

»Wenn es so aussieht, als wäre alles zu schön, um wahr zu sein«, murmelte er zu sich selbst, »dann ist es das wahrscheinlich auch.«

7

Li konnte nicht aufhören zu zittern. Ihre Zähne klapperten, ihre Hände bebten und ihre Finger waren blutig, pulsierten vom brennenden, unverwechselbaren Giftstich des Traumas. Sie kauerte in einer Ecke der dunklen Zelle, einsam und verängstigt. Trotzdem war sie dazu entschlossen, weder hier zu sterben noch den Tic zu geben, was sie wollten.

Sie konnten ihr nicht ewig die Lebensenergie aussaugen, irgendwann biss sie zurück. Diesen Punkt hatte sie nun erreicht. In der Dunkelheit des Raumes konnte sie ihre verwundeten Hände nicht sehen, ebenso wenig wie das Essenstablett, das vor zwei Tagen für sie abgestellt wurde. Oder waren es drei? Sie konnte unmöglich sagen, wie lange sie schon hier war.

Ihre einzige Gesellschaft, außer den Gedanken und dem trockenen Müsli, das sie ihr unregelmäßig brachten, waren die Nager, die auf der gegenüberliegenden Raumseite über den Boden tapsten. Sie drückte sich tiefer in ihre Ecke und zog die Knie eng an die Brust.

Li war nackt. Weder hatten sie ihr etwas angezogen noch sie gebadet. Die Stoppeln auf ihren Beinen fühlten sich rau unter ihren Fingern an, als sie daran rieb, um sich vom pulsierenden Schmerz ihrer fehlenden Fingernägel abzulenken. Drei davon fehlten, waren mit einer Zange aus ihrem Nagelbett gezogen worden.

Sie lehnte ihren Kopf gegen die Wand, atmete ein und würgte. Die Melange aus Gerüchen, die an ihrem ungewaschenen Körper klebten, stank. Es roch ekelerregend. Sie hielt die Luft an und atmete dann ein, wobei sie versuchte, den Gestank zu vermeiden, der ihr nacktes Fleisch überzog.

Sie war erschöpft, konnte aber nicht schlafen und wusste, dass der Wassermangel ihrer Psyche zusetzte. Ihr Verstand driftete immer wieder ab, sprang von der Gegenwart in die Vergangenheit und wieder zurück.

Vor ihr im Dunkeln schwebte die Nachricht, die Brina ihr übermittelt hatte, bevor sie sich mit der Zange ans Werk gemacht hatte. Jene Notiz, die Zeke im Bett zurückgelassen hatte, bevor er verschwunden war.

Es war nie echt. Nichts an uns war das je.

Jemals?

Er hatte sie geliebt. Das hatte er ihr unzählige Male gesagt. Sie hatte ihm geglaubt. Vielleicht war sie ein Narr.

Sie waren seit mehr als zwei Jahren zusammen, hatten sich gemeinsam etwas aufgebaut. Er hatte ihr seine schmutzige Welt gezeigt und sie am Adrenalin teilhaben lassen, das die Arbeit im Untergrund mit sich brachte.

Er war ein Meister seines Fachs. Obwohl sie ihn anfangs dafür verurteilt hatte, kam sie irgendwann nicht umhin, ihn dafür zu bewundern, wie gut er darin war. Es wirkte aphrodisierend, einem Mann wie Zeke bei der Selbstsicherheit zuzusehen, die nötig war, um das Gesetz so souverän zu umgehen. Allein der Gedanke daran jagte ihr Schauer über den Rücken.

Zwischen der dunklen Zelle, in der sie nun vor sich hinrottete, und dem Ort, wo sie Zeke zum ersten Mal begegnet war, lagen Welten. Als sie jedoch länger darüber nachdachte, kam sie zu dem Schluss, dass sie vielleicht gar nicht so weit voneinander entfernt lagen, trotz der großen zeitlichen Distanz.

Vor ein paar Jahren hatte sie einen Job in der Flüsterkneipe am Stadtrand ergattern können. Sie lag unter der Erde, im Keller einer ehemaligen Metzgerei. Jetzt verteilte der Laden modifizierten Fisch und manipuliertes Getreide gegen Coupons. Im hinteren Teil, noch hinter der Abstellkammer, war eine Tür, die zu der geheimen Bar führte, wo sich die höchsten Generäle der Tic trafen und über ihre Ware verhandelten.

Dank dem Freund eines Freundes stellte der Besitzer sie ein. Sein Name war Semion Mogilevich. Er wirkte nett, aber sie wusste, dass er hart wie Kruppstahl war. Das musste er auch sein, um eine illegale Kneipe voller Tic zu betreiben. Er hatte etwas an sich, das den Eindruck erweckte, er wäre wichtiger, als er die Leute glauben machen wollte. Oder vielleicht war es das Gegenteil. Vielleicht *wollte* er, dass man ihn für wichtiger hielt, als er tatsächlich war. So oder so verbarg er etwas. Li durchschaute Menschen, das war eine ihrer Eigenschaften. Mogilevich war vielschichtig.

Er hatte sie von oben bis unten gemustert, als er sie eingestellt hatte. Das war sie im ungerechten Patriarchat, das die Welt nach dem großen Mangel regierte, gewohnt. Sie hatte sein Lächeln erwidert, hatte ihn mit ihren rot bemalten Lippen angegrinst und dabei ihre fast perfekten Zähne zur Schau gestellt.

Er hatte sie mit einem Augenzwinkern in seine Dienste genommen und ihr erklärt, der Job wäre einfach, solange sie die Regeln befolgte. Falls nicht, wäre der Job eher eine Sackgasse. Er hatte das auf eine Art gesagt, die andeutete, dass sich dahinter eine tiefergehende Endgültigkeit verbarg.

»Du hast nur drei Dinge zu tun«, hatte er ihr vor ihrer ersten Schicht mit einem dicken nordöstlichen Akzent erklärt, »hübsch aussehen, Bestellungen aufnehmen und die Klappe halten.«

»Kein Problem«, antwortete sie ihm, »werd ich alles machen.«

»Das Erste kriegst du schon mal hin«, stellte er mit einem schiefen Lächeln fest. »Das Zweite ist selbsterklärend. Aber das Dritte ...«

»Ja?«

»Das Dritte ist am schwersten«, warnte er sie. »Du wirst Dinge hören, Süße. Manche davon wirst du nicht verstehen. Andere schon. So oder so ist es am besten, alles zu vergessen. Das ist wie mit den drei Affen, verstehste?«

»Affen?«

Mogilevich verdeckte erst seine Augen, dann seine Ohren, dann seinen Mund. Er sah sie an. Als sie mit den Schultern zuckte, seufzte er die Antwort: »Nichts sehen, nichts hören, nichts sagen. Meine Güte. Da muss ich mir immerhin keine Sorgen machen, dass du irgendwas mitkriegst. Sei einfach nur hübsch, Püppchen. Der Rest erledigt sich schon von alleine.«

Li hatte ihre Kränkung überspielt. Er gab ihr einen Klaps auf den Hintern und schickte sie zurück an die Arbeit.

Die Kneipe war kaum mehr als eine Handvoll Tische in einem dämmrigen Keller. Am einen Ende des Raumes war eine Bar. Dahinter befand sich ein langer Tisch mit einer Auswahl an billigem Fusel. Auf dem Tresen standen ein paar angeschlagene Fässer aus rostfreiem Stahl.

Mogilevich betrieb die Kneipe mit einem Mann namens Markus. Die beiden nahmen die Bestellungen von Li und einer anderen Kellnerin namens Rose entgegen. Li und Rose zapften das Bier selbst. Die Bezahlung, wenn man das überhaupt so nennen konnte, war lausig. Es stank nach abgestandenem Bier und Zigarettenrauch. Der Betonboden war klebrig, das Licht schlecht und das Ambiente mehr als mies.

Doch das alles war es wert gewesen, als sich an ihrem dritten Arbeitstag ein schlanker, junger Mann mit knabenhaftem Gesicht, freundlichen Augen und blondem Haar alleine an einen Tisch setzte.

»Hi«, sagte er zu ihr, als sie sich bereitmachte, seine Bestellung aufzunehmen. »Wie geht's?«

Er war der Erste, der sich nach ihrem Befinden erkundigte.

Andere Männer hatten ihr Komplimente für ihr Aussehen gemacht, manche davon sehr anschaulich, nicht aber Zeke.

»Gut. Und selbst?«

Er zuckte mit den Schultern. »Ganz okay. Durstig.«

Ihrer Erfahrung nach hätten die meisten Männer an dieser Art von Ort die Gelegenheit für irgendeinen Anmachspruch genutzt. Er nicht.

»Also, was kann ich Ihnen bringen?«

»Bier.«

»Alles klar.«

Sie schlenderte davon und warf ihm einen Blick über die Schulter zu, als sie das Fass erreicht hatte. Er schaute sie nicht an, zog sie nicht mit seinen Blicken aus, so wie all die anderen. Er war in Gedanken versunken, massierte seinen Nasenrücken und stützte sich auf die Ellbogen.

Sie hielt einen fast sauberen Krug unter den Zapfhahn und füllte ihn mit einem Getränk, das als Bier durchging. Jede Form von Flüssigkeit wurde von den Aufsehern kontrolliert und streng eingeteilt. Die Tic umgingen diese Kontrolle. Sie betrieben Nebengeschäfte, bei denen die Qualität ihres Angebots nicht immer die beste oder sauberste war.

Die Tic waren beim gemeinen Volk, das permanenter Ungleichheit und Unterdrückung ausgesetzt war, ebenso beliebt wie gefürchtet. Die Tic versorgten sie mit Dingen, die ihnen die rechtmäßige und totalitäre Regierung nicht gewähren würde. Genau darin lag ihre Macht.

Sie trug das Bier zurück an den Tisch und stellte es vor dem jungen Mann ab. Dabei spritzte ein wenig davon hoch und riss ihn aus seiner Konzentration, worüber auch immer er gerade nachdachte.

»Tut mir leid«, sagte sie und nahm den Putzlappen von ihrer Hüfte, um die schäumende Pfütze aufzuwischen. »War meine Schuld.«

Er blickte zu ihr auf. »Kein Ding. Danke für den Drink.«

»Sie wirken ernst. Die meisten Typen kommen hier in Partystimmung her.«

Er nahm einen Schluck vom Bier und wischte sich den Schaum vom Mund. »Schätze mal, ich bin nicht wie die meisten Typen.«

Sie reichte ihm die Hand. »Ich bin Adaliah. Meine Freunde nennen mich Li.«

Er musterte sie und stellte den Krug auf den Tisch, bevor er ihr die Hand schüttelte. Zwischen ihnen sprühten Funken. Das hatte sie nicht erwartet. Ihr Herz schlug bis zum Hals.

»Also bin ich ein Freund? Ich bin Zeke.«

»Zeke«, wiederholte sie mit dem anzüglichsten Grinsen, das sie zustande brachte, »schätze, das bist du.«

Ihre Blicke trafen sich lange genug, um erneut Funken zu versprühen. Dann wurde er von etwas hinter ihr abgelenkt, und im selben Moment spürte sie eine schwere Hand auf ihrer Schulter.

»Regel Nummer drei«, unterbrach sie Mogilevich. »Erste Verwarnung.«

Sie senkte den Kopf. »Tut mir leid. Mein Fehler.«

»Ist kein Problem«, sagte Zeke. Er schob den Stuhl vom Tisch zurück und stand auf, die Fäuste auf dem Tisch.

Mogilevich ging von Li ein Stück auf Zeke zu, der größer war, und blickte zu ihm hoch. Aus seiner Hüfttasche zog er eine Sieben-Zentimeter-Klinge mit einem Zehn-Zentimer-Griff. Er drückte auf den Knopf und ließ die Klinge mit einem Klicken aufschnappen.

Er drückte Zeke das Messer ans Gesicht und neigte es, sodass sich die dämmrigen Glühbirnen im Damaszenerstahl spiegelten.

»Wenn ich sage, dass das ein Problem ist, Zeke«, er betonte die Vokale in seinem Namen, »dann ist es auch eins.«

Zeke packte das Handgelenk des Barbesitzers überraschend schnell und nahm ihm mit der anderen Hand das Messer ab. Er drehte es in seiner Handfläche und ließ die Klinge zurück in den Griff schnappen.

Zeke grinste Li an, dann wurde sein Ausdruck ernst und er beäugte Mogilevich. Er trat einen Schritt auf den Barbesitzer zu.

»Hör mal«, sagte er zu Mogilevich, wobei er seinen Finger in dessen Brust bohrte, »ich hatte einen harten Tag. Ich glaube, du weißt genau, dass Typen wie du ohne Typen wie mich keinen Ort wie diesen hier hätten. Also bitte ich dich jetzt, so nett ich kann, diese Frau reden zu lassen. Ich zahl sogar doppelt fürs Bier.«

Mogilevich zögerte. Zeke war nicht wirklich groß, aber Li hatte das Gefühl, er könnte Mogilevich in einem Kampf besiegen.

Dennoch wirkte Mogilevichs Antwort, als überließe er Zeke kampflos das Schlachtfeld, wenn nicht sogar den ganzen Krieg.

Mogilevich nickte. »In Ordnung«, sagte er und vermied es dabei, Li in die Augen zu schauen, »das eine Mal lass ich's dir durchgehen.«

Zeke klopfte Mogilevich auf die Schultern und lächelte wieder. Wider Erwarten gefiel er Li immer besser.

»Danke, Mogilevich«, sagte er, »ich weiß das zu schätzen. Und ich hoffe, du misshandelst unsere Freundin wegen meiner Aufdringlichkeit nicht, sobald ich zur Tür raus bin.«

»Natürlich nicht, Zeke. Hier ist alles in Butter.« Mogilevich hielt seine Hand auf. Zeke gab ihm das Messer. Mogilevich nahm es an sich und bahnte sich den Weg durch die anwachsende Menschenmenge zurück hinter die Bar.

»Das hättest du nicht tun sollen«, bemerkte Li.

»Er hätte nicht so mit dir reden sollen. Er ist dein Boss, kein Aufseher.«

»Ich sollte zurück an die Arbeit. Um ehrlich zu sein, weiß ich nicht so ganz, wer er ist. Manche Leute behandeln ihn wie einen König.«

Zeke kicherte. »Er hat 'ne Kneipe. Klar hat er Kontakte, aber komm schon. Er hat 'ne Kneipe.«

»Ich hab den Eindruck, man braucht 'ne Menge Autorität, um eine Bar zu betreiben«, antwortete Li. »Ich weiß, dass sich das komisch anhört, aber meiner Erfahrung nach stehen die Leute, die man am wenigsten erwartet, am höchsten in der Nahrungskette und die, die ihre Macht offen zur Schau stellen, haben in Wahrheit wenig davon.«

»Wie der Spruch von Geld und Glaube.«

»Wie geht der?«

»Ach, nur ein alter Spruch. Hab ich mal in einem Buch gelesen. Irgendwas über Glaube und Geld. Je mehr jemand davon zu haben vorgibt, desto weniger hat er von beidem.«

»Du liest?«

»Ab und an. Du?«

»Hab 'ne Büchersammlung.« Li flüsterte nun. »Manche davon sind illegal.«

»Also sind wir beide Rebellen.«

Li lief rot an. »Irgendwie so was.«

»Ich werd hier rumhängen, bis du mit deiner Schicht fertig bist, wenn das in Ordnung geht«, bot Zeke an. »Um sicherzustellen, dass du gut nach Hause kommst.«

»Gern.«

Jetzt, Jahre später, saß Li da und wartete. Ein kratzendes Geräusch holte sie in die Gegenwart zurück. Sie blickte auf und kniff die Augen zusammen, um im Dunkeln besser sehen zu können.

Ein paar Meter entfernt zeichneten sich die groben Umrisse eines Nagetiers ab. Es wippte auf und ab und trippelte dann weg. Die Stille nahm den Raum wieder in Beschlag.

Es war nie echt. Nichts an uns war das je.

Wusste Zeke, was er ihr angetan hatte? Hatte er irgendeine Ahnung von der Tortur, die sie erlitten hatte? Ihm musste doch klar sein, dass sie hinter ihr her sein würden, nicht?

Dass er sie im Stich gelassen hatte, um sich selbst zu retten, passte so gar nicht zu dem, was sie über ihn zu wissen glaubte. Sie hatte für ihn immer an erster Stelle gestanden. Er hatte sie sogar dann beschützt, wenn das gar nicht nötig gewesen wäre.

Wut stieg in ihr auf. Der Mann, der sie hintergangen hatte, lief frei herum. Er war entkommen, hatte sie hier zurückgelassen. Dieser Gedanke ging ihr in Endlosschleife durch ihren Kopf. Sie hatte nie vorgehabt, sich so in ihn zu verlieben, aber die angeborene Gutherzigkeit, die sich hinter seiner nach außen hin skrupellos wirkenden Natur verbarg, hatte sie einfach verzaubert. Sie liebte ihn. Er liebte sie. Das hatte sie zumindest geglaubt.

Er hatte sie zurückgelassen. Nichts davon war echt. Die Funken ihrer Wut entzündeten ein flammendes Verlangen nach Rache. Der Gedanke an seinen burschikosen Charme und daran, wie er die Arme um sie gelegt und ihr ein besseres Leben versprochen hatte, verursachten ihr Übelkeit.

Als sie so dasaß, kochend vor Wut, verebbte diese langsam und verwandelte sich in Hoffnung. Sie brauchte etwas, woran sie sich festhalten konnte. Etwas, das ihr helfen würde, das alles zu überstehen. Egal, wie idiotisch das war.

Zeke wird zurückkommen. Er würde mich nicht hier zurücklassen.

Wenn sie das überlebte, konnte sie ihn wieder in die Armen schließen. Er würde sie festhalten. Der Zeke, den sie kannte, war zu loyal. Trotzdem hatte er sie allein und ungeschützt zurückgelassen. Es fiel ihr schwer, zwischen Realität und Projektion zu unterscheiden. Sie hatte ihn schließlich betrogen, nicht? Sie hatte ihn angelogen. Er hielt sie für jemanden, der sie nicht war. Lügen war ihr Job, und sie war gut darin, zu gut.

Zwischen Liebe und Hass verlief nur ein schmaler Grat. Während sie anfangs nie erwartet hatte, sich in ihn zu verlieben, hatte sie es bis jetzt nicht für möglich gehalten, dass sie ihn hassen würde. Beides war eingetreten. Sie rang mit ihren Gefühlen, wollte ihn hassen, um ihre Liebe für ihn abzuschneiden. Ein einzelner Faden hielt diese jedoch an ihrem Platz. Das Gefühl war überwältigend und verwirrend, es verstärkte ihren Hass nur umso mehr.

Der überbordende Gestank ihres Körpers umnebelte ihre Sinne und der pochende Schmerz ihrer Wunden schliff ihre rohen Emotionen zu einer scharfen Klinge. Sie starrte in die Finsternis, wo sie deutlich sein Gesicht erkannte. Sie wollte schreien.

8

Commander Guilfoyle stand auf den Stufen zum Fascio und starrte die drei Körper an, die dort zur Warnung an diejenigen baumelten, die versuchten, seine Autorität in der Stadt zu untergraben. Mit den Händen hinter dem Rücken und hochgerecktem Kinn stand er da und inspizierte seine Soldaten, bevor er sie losschickte, um gegen die Ungläubigen zu kämpfen oder im Bereich der Stadt zu patrouillieren.

Der schlanke Tote, der zu seiner Linken hing, war im schlechtesten Zustand. Obwohl er am frischesten war, hatten ihm die Vögel ordentlich zugesetzt. Das ausgefranste Bauchfleisch musste wohl besonders schmackhaft sein. Er sah aus wie das, was die Farmer früher eine Vogelscheuche genannt hatten, als es die Landwirtschaft noch gab.

Eine schwarze Krähe setzte sich auf den hängenden Kopf der Leiche. Sie suchte den Himmel nach Konkurrenz ab und schlug mit den großen Flügeln, bevor sie ihren Schnabel wieder seinem Skalp zuwandte.

Guilfoyle kannte weder Name noch Hintergrund des Mannes. Er wusste nur, was ihm die Soldaten erzählt hatten. Der tote Mann war einer der schmierigen Ganoven, die man als Schmuggler kannte. Sie vertrieben Ware, meistens Wasser, für das Aquatic Collective. Die Tic. Das Kuriose an den Tic war, dass sie das am schlechtesten gehütete Geheimnis der ganzen

Stadt waren. Tatsächlich waren sie die Geißel des gesamten Protektorats, das über die Überreste der Vereinigten Staaten von Amerika herrschte.

Von den nordöstlichen Provinzen bis weit in den Westen hatten sich die Tic zu einer Untergrundregierung parallel zur legitimen Herrschaft der Aufseher entwickelt.

Obwohl die Tic ihrer schmutzigen Arbeit am helllichten Tag nachgingen, waren sie bei ihren Geschäften schlau genug, eine direkte Konfrontation mit der sichtbaren Autorität der Aufseher zu vermeiden. Gelegentliche Schmiergelder für die etwas mächtigeren Aufseher konnten auch nicht schaden. Sie waren clever, politisch geschickt und brutal.

Obwohl Guilfoyle die Tic am liebsten ausgemerzt hätte, begriff er, dass der Einfluss des Wasserkartells viel zu weitreichend war, um es auf einen Schlag aufzulösen.

In Wahrheit waren sie beide nur zwei Seiten der gleichen Münze. Beide sicherten sich ihre Macht, ihren Reichtum und ihre Herrschaft durch Angst und Gewalt. Selbst, wenn er es nur ungern zugab, respektierte er die neue, gesichtslose Cosa Nostra, auch wenn ihm dabei unwohl war.

Solange die Aufseher den Großteil derer im Griff hatten, die den Weltuntergang überlebt hatten, begnügten sich Guilfoyles Vorgesetzte damit, die Krusten der Tic gelegentlich wegzukratzen. Irgendwann würden sie diese vielleicht genug schwächen, um sie ganz zu vernichten. Was Guilfoyle und seinen Vorgesetzten viel mehr Sorgen bereitete, war das Gemunkel vom wachsenden Widerstand im gemeinen Volk.

Das waren die, die am gefährlichsten werden konnten. Wenn sich die Gerüchte bestätigten, dann waren sie eine weitaus größere Bedrohung für die aktuelle Hierarchie als die Tic, die für die Aufseher lebensnotwendig waren. Der Widerstand wäre nicht an Schmiergeldern oder brutaler Unterdrückung interessiert, um seine Ziele zu erreichen. Der wäre weniger berechenbar. Trotz seines Grundverlangens nach Macht begriff Guilfoyle, dass Freiheit und Selbstbestimmung weitaus größere Motivationen als alles andere waren.

Guilfoyle schob die Sorgen über ein unbestätigtes Gerücht beiseite und genoss den Anblick über sich. Solange er die Bürger an seine Macht erinnerte, solange er die Ratten fing und sie zur Schau stellte, war alles gut.

Er pfiff dem Vogel zu, der innehielt und ihm ruckartig den Kopf zuwandte. Dieser Moment der Ablenkung genügte für einen größeren, um herabzustürzen und sich die Vorherrschaft zu sichern. Er setzte sich auf die Stange über dem Skalp des Schmugglers und verscheuchte den kleineren Vogel mit einem krächzenden Schnabelhieb.

Guilfoyle lobte sich den größeren Vogel. Er tat, was nötig war. Er nahm sich, was er wollte. Er entschuldigte sich nicht für seinen Platz in der Nahrungskette.

Guilfoyle schritt die letzten Stufen zum großen Eingang des Fascios hinauf. Zwei Soldaten begrüßten ihn an der großen metallenen Doppeltür und öffneten sie, standen stramm, während er an ihnen vorbeiging, ohne sie zu beachten. Er überquerte die Schwelle zur großen, prunkvollen Lobby, wo ihm ein kühler Lufthauch entgegenwehte.

Zwei weitere Soldaten standen unten an der großen Marmortreppe in der Raummitte. Sie starrten geradeaus, ungerührt vom näherkommenden Commander. Sie salutieren erst, als er auf dem Weg nach oben an ihnen vorbeigegangen war. Seine Stiefel klapperten auf dem polierten Stein. Er lief rechts auf den breiten Stufen und hielt sich dabei an der polierten Messingreling fest.

Als er den obersten Absatz erreicht hatte, wartete Theo bereits auf ihn. Sein Berater verbeugte sich. »Commander. Sie werden erwartet.«

»Das hoffe ich doch«, antwortete Guilfoyle, bog links ab und marschierte durch einen breiten Korridor zum Chefflügel des Turms.

»Ich habe mir erlaubt, ihnen Kaffee einzuschenken, Sir«, sagte Theo und folgte ihm im gleichen flotten Tempo. »Sobald wir ankommen, sollte er die perfekte Temperatur erreicht haben.«

»Ausgezeichnet«, antwortete Guilfoyle. Entschlossen schritt er ans Ende des langen Flurs. Dann blieb er stehen und wartete auf Theo.

»Lassen Sie mich das machen, Sir«, bat der Assistent und eilte voran, um den Messingknauf der Tür zu drehen.

Theo stieß die Tür mit seiner Schulter auf und trat zurück, um den Commander vorzulassen. Das war der Ratssaal. Guilfoyles oberste Lieutenants saßen alle still auf ihren Plätzen. Am Ende des langen Glastisches stand eine einzelne Tasse mit Untersetzer. Dünne Rauchschwaden wirbelten daraus empor und lösten sich in der kühlen Luft des Kabinettssaals auf. Theo stand aufmerksam am anderen Ende des Raums.

Der Mann war ein guter Beobachter, er verschmolz mit dem Interieur des Raumes, fand das Missverhältnis in jedem Raum und korrigierte es mit seiner Anwesenheit. Dafür hatte er einen sechsten Sinn.

Die Vielfalt von Theos Begabungen erschien Guilfoyle erstaunlich. Theo rückte das Geschäft der Staatsführung erst ins Gleichgewicht. Er war derjenige, der den Überblick über den Raum behielt, der genau wusste, was zu tun und zu sagen war. Guilfoyle kannte seinen Butler als mächtigen Mann, dessen Eleganz über seine Stärke hinwegtäuschte. Manchmal glaubte der Commander, einen ätherischen Schein um Theo wahrzunehmen, eine Aura der Energie.

Guilfoyle hätte sich den Mann als einen seiner Lieutenants vorstellen können. Einst, als er an einem Glas unechtem Beaujolais nippte, hatte er sogar davon gesprochen. Er hatte sich den süßen Geschmack auf der Zunge zergehen lassen und seinem Butler zugeprostet.

»Ich bin nicht an Macht interessiert«, hatte Theo geantwortet. »Ich möchte denen dienen, die sie besitzen.«

Guilfoyle hatte den Mann nicht ganz verstanden. Wie konnte sich jemand mit den Mächtigen auf eine Ebene stellen, ohne selbst irgendwie danach zu streben? Jeder wollte Macht. Gut oder böse, wohltätig oder egozentrisch, jeder wollte herrschen. Guilfoyle sah das als Teil der menschlichen Natur an.

Er hatte jedoch nicht mit Theo diskutiert. Er hatte dem Mann seine Illusion gelassen, als Vermittler glücklich zu sein, hatte ihn dort stehen lassen in seinem grauen, maßgeschneiderten Anzug, seinem verstärkten, weißen Kragen und den glänzenden Manschettenknöpfen.

Er hatte dem Butler zugeprostet und seine Weinauswahl gelobt.

»Ich wusste gar nicht, dass die Saône noch existiert«, hatte Guilfoyle über den gewundenen Fluss bemerkt, der an den Beaujolais-Weingütern vorbeifloss und den Trauben ihren weichen, fruchtigen Geschmack verlieh.

»Das tut sie nicht«, hatte Theo entgegnet. »Das ist nur eine geschickte Nachbildung.«

»Perfekt ausgewogen.« Guilfoyle hob sein Glas erneut.

Theo hatte nichts erwidert, nur gelächelt und seine Augen dabei so zusammengekniffen, dass sie fast unter seinen gezupften Augenbrauen verschwanden.

Jetzt gerade stellte Guilfoyle seine Kaffeetasse auf den Tisch und drehte sie so, dass ihr Henkel senkrecht auf Catherine zeigte.

Er fuhr sich mit der Zunge über die Zähne und legte seine Hände flach aufs Glas. Die sechs Lieutenants schienen alle die Luft anzuhalten.

»Guten Morgen«, sagte der Commander zu den Versammelten. »Es ist heute kühl draußen. Ich habe das heute früh für einen kleinen Spaziergang durch die Straßen genutzt.«

Guilfoyle saß im hölzernen Stuhl mit der hohen Lehne, an der Spitze des langen Konferenztisches. Während alle anderen in ergonomischen Keramikstühlen auf Rollen saßen, war der von Guilfoyle ein ornamental geschnitzter Lehnstuhl aus Eichenholz, dessen Lehne, Sitzfläche und Armstützen mit blutrotem Samt ausgepolstert waren. Der Stuhl war eher ein Thron.

Um den Tisch verteilt saßen sechs Lieutenants, drei auf jeder Seite der dicken Glasplatte, die das Herzstück ihrer Konferenz bildete. Catherine saß direkt zu seiner Rechten.

Sie trug einen schwarzen Nadelstreifenanzug, ein weißes Hemd und eine silberne Krawatte, die zu einem doppelten

Windsor gebunden war. Ihr weißes Haar war zu einem strengen Dutt arrangiert, der ihr einen permanent überraschten Gesichtsausdruck verlieh. Sie blickte den Commander finster an.

»Das war dumm, William«, sagte sie. »Die Aufstände werden schlimmer. Der Tunnel existiert aus gutem Grund.«

Die anderen fünf senkten die Köpfe und schauten betreten in ihren Schoß. Offensichtlich wollte keiner von ihnen dem Blick des Commanders oder dem Catherines begegnen. Theo, der dem Commander hinter seinem Thron zur Seite stand, schaute aus dem riesigen, wandgroßen Fenster, das die braune Stadt überblickte. Staub hing in der Luft und klebte an der gläsernen Oberfläche, was den monochromen Kontrast noch verstärkte.

Catherines Augen weiteten sich und suchten den Raum ab. Sie blieben an Theo hängen. »Was? Ich spreche nur aus, was alle denken. Die Tic hecken etwas aus. Wir können nicht vorsichtig genug sein.«

Guilfoyle, der ihr noch immer keine Beachtung schenkte, nahm seine Tasse und blies den Dampf weg. Er nahm einen Schluck. »Perfekt temperiert, Theo. Gut gemacht, wie immer.«

»Danke, Commander«, antwortete Theo. »Ich hoffe, die Temperatur ist für jeden hier im Raum ausgewogen.«

»Catherine«, setzte Guilfoyle an und beobachtete sie aus den Augenwinkeln, ohne den Kopf zu drehen, »ich habe Ihre Aufrichtigkeit immer zu schätzen gewusst. Wo andere Loyalität vortäuschen, sind Sie ehrlich. Wo andere gefallen wollen, beraten Sie. Ich danke Ihnen.«

Catherine zwang ihr angespanntes Gesicht zu einem Lächeln. Sie neigte ihren Kopf.

»Wenn das, was Sie über die Aufstände sagen, stimmt«, fügte er hinzu, »dann ergreife ich besser alle Vorsichtsmaßnahmen. Ich werde auf jeden Fall den Tunnel zurück nach Hause nehmen.«

Wieder nahm er einen kräftigen Schluck Kaffee. Er schmeckte herrlich bitter. Das war die Mischung aus Äthiopien, oder wie auch immer man diesen weit entfernten Ort heutzutage nannte. Bei all den Kriegsschäden war der Export von Kaffee eine Heldentat. Ganz egal wie teuer, das war jeden Cent wert. Er ließ sich den Nachgeschmack auf der Zunge zergehen, ihn in die Wangen einsickern.

Catherine, seine engste Vertraute, saß immer zu seiner Rechten. Neben ihr saß Frederick. Gustav saß ganz hinten. Auf der anderen Seite des Tisches saß Archibald direkt zur Linken des Commanders, Joseph in der Mitte und Louis gegenüber von Gustav.

»Sollen wir mit dem Tagesgeschäft anfangen?«, fragte Guilfoyle. »Catherine, fangen Sie an, Sie scheinen ein paar Informationen zur bedauerlichen Eskalation des Chaos auf unseren Straßen zu haben.«

Catherine setzte sich aufrecht hin. Als oberster Lieutenant war sie Guilfoyles Verbindung zu den anderen fünf. Sie kümmerte sich um das Tagesgeschäft des Stadtstaates. Während Guilfoyle die Entscheidungen traf, kümmerte sich Catherine um die Grundlagen.

»Ja, Commander. Ich fange mit den Unruhen in unseren Distributionseinrichtungen an. Es scheint, als waren die Störungen koordiniert.«

»Wie das?«, fragte Guilfoyle.

»Der Zeitpunkt. Wir haben die Videoaufnahmen der Störfälle aus sieben verschiedenen Wasserstationen gesichtet. In allen Aufzeichnungen ist der Zeitstempel gleich.«

»Ist das Ihr Werk, Frederick?«, fragte Guilfoyle.

Frederick war für das weitläufige Überwachungsnetzwerk verantwortlich, das Nachrichtensignale und menschliche Boten umfasste. Er hatte seine Spione überall.

»Meine Leute«, antwortete er, wobei seine Aufmerksamkeit zwischen Catherine und Guilfoyle hin- und hersprang, »haben die zeitlichen Übereinstimmungen entdeckt. Nebeneinander betrachtet zeigen die Aufnahmen auch dieselbe Art von Störung. Zwei Männer schubsen sich zur gleichen Zeit und beschweren sich, der jeweils andere hätte sich vorgedrängelt. Der Dialog ist ähnlich. Der Handlungsablauf ist identisch.«

»Lassen Sie mich mal sehen«, sagte Guilfoyle.

Frederick tippte auf das Gerät an seinem Handgelenk, das gemeinhin als Com bezeichnet wurde. Ein dreidimensionales

Hologramm erschien und schwebte über der Mitte des Tisches. Eine Schlange aus Männern und Frauen stand vor der Wasserstation. Sie erstreckten sich bis über den Rand des Displays, das so detailliert war, dass Guilfoyle den Dreck in den Gesichtern der Männer erkennen konnte, als sie sich einander zuwandten.

»Hey«, sagte der eine und schubste den anderen an der Schulter, »du kannst dich nicht einfach vordrängeln. Jeder hier wartet, bis er dran ist.«

Der vor ihm baute sich auf und ballte die Fäuste. Sein Nacken und Kiefer spannten sich an. Er war größer als sein Gegner. »So nicht«, sagte er. »Ich steh hier schon die ganze Zeit und hab dich bisher nicht gesehen. Du bist hier der, der sich vordrängelt.«

Er schubste ihn zurück; daraufhin brüllten sich die Männer an, während sie miteinander rangelten. Keiner von ihnen schlug zu. Innerhalb von dreißig Sekunden waren die Wachen der TMF eingeschritten und hatten die Männer getrennt. Einer von ihnen bekam den Griff einer M27 ins Gesicht. Er fiel auf die Knie und fasste sich ins Gesicht, unter seinen Händen lief Blut hervor. Die Männer wurden aus der Schlange gezogen. Sobald sie fort waren, füllten die anderen die Lücke sofort auf. Eine halbe Minute später zeugten nur ein paar Blutstropfen auf dem Boden davon, dass überhaupt etwas passiert war.

»Hier ist noch eins«, sagte Frederick. Er tippte auf sein Handgelenk und das Hologramm veränderte sich. »Wir glauben, dass uns ein Aufstand bevorsteht, Commander. Es könnte jederzeit so weit sein. Das ist keine Übertreibung.«

Zwei andere Männer standen diesmal in der Schlange. Wieder stritten sie darüber, wer sich vorgedrängelt hatte. Innerhalb von dreißig Sekunden wurden sie überwältigt und getrennt.

Frederick zeigte zwei weitere Beispiele des gleichen Ablaufs, bis Guilfoyle sagte, dass er genug gesehen hatte. Frederick tippte sich ein letztes Mal auf das Handgelenk und das Hologramm verschwand.

»Sie streiten«, sagte Guilfoyle, »und werden aus der Schlange entfernt; sie haben nichts davon. Was ist der Zweck? Archibald?«

Guilfoyle gestikulierte zum Lieutenant, der die Tactical Marine Force anführte. Archibald war der beste Militärstratege im ganzen Stadtstaat, der General des Protektorats.

Er trug die Narben vieler Schlachten in seinem verhärteten Gesicht. Sein graues Haar war kurz geschoren, die Koteletten seines bronzefarbenen Gesichts waren glattrasiert. Tiefe Furchen zogen sich über die breite Stirn. Sein Kiefer war ausgeprägt, fast schon muskulös, und die Unregelmäßigkeiten auf seiner großen Nase zeugten davon, dass sie mindestens einmal gebrochen sein musste.

Obwohl seine Fingerknöchel geschwollen und arthritisch wirkten, war der Mann rüstig. Seine Haltung täuschte über Alter und Lebenserfahrung hinweg. Seine Stimme war sanft, kontrolliert und selbstbewusst.

»Das ist ein klassisches Manöver, Commander«, sagte er, die Finger auf dem Tisch vor sich verschränkt. Seine buschigen Augenbrauen, drahtig und zerzaust, tanzten auf und ab, während er sprach, als führten sie ein Eigenleben.

»Sie testen unsere Reaktion«, warf Archibald ein. »Sie testen an. Das ist die Vorbereitung für etwas Größeres. Vielleicht versuchen die Tic, die Kontrolle über die offiziellen Transportrouten zu erlangen? Vielleicht versuchen die Ödländer, uns zu infiltrieren. Unsere Sicherheit ist ständig in Gefahr, Sir. Es hört nie auf. Wir wissen nicht, was das soll.«

Guilfoyle nahm die nicht mehr dampfende Kaffeetasse hoch und setzte sie an die Lippen. Er nahm zwei Schlucke und stellte sie zurück auf den Tisch.

»Antesten. Ein vorbereitender Test.«

»Ja, Sir«, antwortete Archibald. »Wir halten das für wahrscheinlich. Es ist ganz sicher kein Zufall, dass mehrere Auseinandersetzungen derselben Art gleichzeitig und ohne erkennbaren Grund stattgefunden haben. Sie haben einander bis auf die gezeigte Aggression nie verletzt. Ihre einzigen Verletzungen stammen von den Soldaten. Die Männer haben ihre Tagesration Wasser verloren. Sie wurden im System erfasst. Das Einzige, was sie davon haben könnten, ist, zu sehen, wie wir reagieren.«

»Ich bin mir nicht ganz sicher, ob ich Ihnen das so abkaufe«, sagte Louis. Er war der Lieutenant, der für die Wasserrationierung verantwortlich war. Er kontrollierte die Wasserstationen im Protektorat und war einer der beiden Logistiker in Guilfoyles Rat. Joseph war der andere.

Frederick schnaubte, sein Kiefer spannte sich an, seine Augenbrauen zogen sich eng zusammen.

»Warum das?«, fragte Guilfoyle.

»Solche Auseinandersetzungen gibt es ständig«, erklärte Louis. »Wie Catherine, Frederick und der gute Lieutenant Archibald sicher bestätigen können, ist das nichts Neues. Archibald hat gerade gesagt, es kommen ständig neue Bedrohungen.«

Louis winkte ab. Er hatte dichtes, lockig-schwarzes Haar und war zwanzig Jahre jünger als der Rest des Rates. Er war kräftig gebaut, eher schwabbelig als muskulös und hörte sich selbst gern reden. Außerdem war er der Sohn von Guilfoyles älterer Schwester. Als seine Mutter gestorben war, hatte sie ihm den Sitz im Rat vermacht, wogegen Guilfoyle nichts einzuwenden hatte.

»Ja«, fuhr Louis fort, »da ist die Sache mit dem Zeitpunkt. Ich gebe zu, das macht es verdächtig. Mehr will ich dazu aber nicht sagen. Die Annahme, eine organisierte Bewegung würde unsere Verteidigung austesten, ist lächerlich.«

Louis kicherte und zupfte sein eng am Bauch anliegendes Hemd zurecht. Der schwere, lilafarbene Stoff spannte unter seinen Armen und an seiner Brust.

Archibald schaute zu den anderen am Tisch und schnaubte, wobei er Louis absichtlich mied.

»Ihre Meinung?«, fragte Guilfoyle, als er spürte, dass dem Leiter der TMF etwas auf der Zunge lag.

»Sir«, sagte Archibald, »bei allem Respekt, der unserem Lieutenant Louis zusteht, ich stimme ihm nicht zu. Unsere Herrschaft wird ständig bedroht. Egal wie schwach diese Versuche auch erscheinen mögen, wir müssen wachsam bleiben. Wachsam gegenüber einem Feind, der am helllichten Tag Hochverrat begeht und diesen mit unserer stillschweigenden Zustimmung auch noch offen zur Schau stellt.«

»Die Tic«, warf Catherine ein.

»Ja«, bestätigte Archibald und deutete mit seinem krummen Finger auf das Fenster hinter den drei Lieutenants, die ihm gegenübersaßen. »Von daher ist das einzig Lächerliche, dass wir hier sitzen und nicht wahrhaben wollen, dass dort draußen Mächte am Werk sind, die aktiv versuchen, das zu zerstören, was wir so mühevoll aufgebaut und erhalten haben.«

»Sie glauben, es sind die Tic?«, fragte Catherine. »Das wäre nicht ihr Stil, oder? Wie Sie schon gesagt haben, die verstecken sich gern direkt vor unserer Nase.«

Niemand antwortete. Der Raum verstummte.

Dann meldete sich Gustav zu Wort. »Wer soll es sonst sein?«

Der Lieutenant war bisher still geblieben. Er war für die Infrastruktur und das Konstruktionswesen zuständig. Er hatte den Fascio und die Torquemada-Türme entworfen. Er hatte den Wiederaufbau der städtischen Verkehrswege, der Kanalisation und des Stromnetzes beaufsichtigt. Er war ein kleiner, kahler Mann mit einem dicken, schwarzen Brillengestell. Obwohl er sonst nur sprach, wenn er gefragt wurde, wusste Guilfoyle, dass der Verstand dieses Mannes ständig auf Hochtouren lief. Er war ständig am Beobachten, am Kalkulieren und Gleichungen lösen.

Die Blicke aller ruhten nun auf Gustav. Er zuckte mit den Schultern und schob die Brille auf seiner dünnen Nase hoch.

Guilfoyle lächelte dem Ingenieur zu. »Eine ausgezeichnete Frage. Falls das tatsächlich ein koordinierter Versuch ist, unsere Verteidigung auszuloten, und nicht die Tic dahinterstecken, wer ist es dann?«

»Das wissen wir nicht«, antwortete Archibald nach einem Räuspern, »aber Frederick und ich brauchen weitere Ressourcen.«

Plötzlich brach ein chaotisches Stimmengewirr im Raum aus. Die anderen fünf Lieutenants führten ihre eigenen Theorien aus, wobei sie der des TMF-Leiters entweder zustimmten oder widersprachen. Sie schlugen mit den Fäusten auf den Tisch und gestikulierten wild. Alle rissen sich um Guilfoyles Aufmerksamkeit und um das Podium.

Guilfoyle duldete die ansteigende Lautstärke für eine gute Minute, dann hob er die Hände, die Handflächen zu den Versammelten. Einer nach dem anderen bemerkte das Signal und verstummte. Alle, außer Louis, der alle damit belehrte, dass der militärische und überwachungstechnische Arm der Aufseherregierung paranoid war. Er behauptete, sie wollten sich Macht durch eine erfundene Bedrohung sichern, gegen die sie zusätzliche Ressourcen und Aufmerksamkeit benötigten.

Guilfoyle nickte Archibald zu. »Wozu brauchen Sie mehr Ressourcen?«

»Frederick hat einen Spion. Der ist verschwunden.«

»Verschwunden?«, höhnte Louis.

Frederick räusperte sich. »Ja. Wir wissen nicht, wo sie gerade ist.«

»Sie? Der Spion ist eine *Frau*?«

Catherine lehnte sich vor, ihre Augen funkelten. »Warum, ist das ein Problem?«

Louis rollte mit den Augen. »Nein, außer, dass sie verschwunden ist. Sie wissen nicht, wo sie steckt.«

Guilfoyle schlug mit der Faust auf den Tisch. Das schreckte alle Lieutenants auf. Seine Tasse wackelte und fiel fast um.

»Genug von dem Hickhack. Wir sind alle im selben Team. Wir sind eins. Also benehmt euch gefälligst so.«

Louis senkte den Kopf und entschuldigte sich bei seinem Onkel. Wäre ihm ein Kniefall gelungen, ohne aufzustehen, hätte er das vermutlich getan. Catherine schwieg. Die anderen fingerten nervös an ihren Krägen.

»Sprechen Sie weiter«, sagte Guilfoyle zu Frederick.

»Unser Posten ist loyal. Sie ist seit ihrer Kindheit Teil des Systems. Wir setzen sie seit einer ganzen Weile undercover bei den Tic ein.«

»Frederick hat mir versichert, dass sie uns bis dahin mit wichtigen Informationen versorgt hat«, warf Archibald ein. Er nickte, während er sprach, und hoffte offensichtlich darauf, dass dies ihr Vertrauen in die Spionin besonders hervorhob. Auch, wenn sie eigentlich keine Agentin der TMF war, waren Archibalds und

Fredericks Aufgabenbereiche oft miteinander verbunden. Guilfoyle wusste das. Trotzdem war er sich nicht sicher, ob ihr Vertrauen angebracht war.

Er hielt es für möglich, dass sie das laut sagten, um nicht nur den Rat, sondern auch sich selbst zu beruhigen. Guilfoyle schwieg jedoch. Er ließ sie fortfahren.

»Wir haben ihre Wohnung durchsucht«, redete Archibald weiter. »Sie hat mit einem Tic-Schmuggler zusammengewohnt.«

Louis lachte auf. Es war ein herablassendes Lachen, das an hysterisches Gelächter grenzte. »Ein Schmuggler?«, fragte er. »All die Jahre undercover, und das Beste, was ihr zustande gebracht habt, war, sie auf einen Schmuggler anzusetzen?«

Guilfoyle warf Louis einen strengen Blick zu, der seinen Neffen zum Schweigen bringen sollte. »Das spielt keine Rolle«, erklärte er den Versammelten. »Der Punkt ist, dass sie verschwunden ist.«

»Wir glauben, sie haben sie verschwinden lassen«, sagte Frederick. »Der Schmuggler ist in der Nacht davor abgehauen. Wie Archibald schon erwähnt hat, haben wir ihre Wohnung durchsucht. Dort hat ein Kampf stattgefunden. Wir glauben nicht, dass sie freiwillig mitgekommen ist.«

»Könnte das inszeniert worden sein?«, fragte Catherine. »Hat sie die Seiten gewechselt? Ist sie mit dem Schmuggler abgehauen?«

Frederick schüttelte den Kopf. »Nein. Soll heißen, nein, sie ist nicht mit ihm geflohen. Meine Truppen haben nichts gesehen oder berichtet. Fredericks Überwachung kann das bestätigen.«

»Aber sie ist vielleicht übergelaufen?«, fragte Gustav. »Wie lange war sie undercover?«

Archibald und Frederick nickten einander nach einer kurzen Unterbrechung zu. Frederick senkte den Blick und starrte den Tisch an. Er atmete tief ein und aus.

»Ist eine Möglichkeit.« Er blickte auf. »Wir wissen es nicht. Sie war schon eine ganze Weile dabei. Wir können immerhin sagen, dass sie noch bis vor einer Woche wertvolle Einblicke geliefert hat. Also denken wir nicht, dass sie übergelaufen ist. Aber wir können es ganz ehrlich nicht genau sagen.«

»Sie deuten also an, wenn sie doch übergelaufen ist«, sagte Guilfoyle, »müssen wir uns Sorgen machen, was als Nächstes passiert, was die Tic über unsere Abläufe wissen?«

»Oder dass sie irgendwie zurückschlagen«, sagte Archibald. »Die Spionage war ein Verstoß gegen unsere, nun ja, unausgesprochene Vereinbarung, einander nicht in die Quere zu kommen.«

Archibald warf Frederick einen Blick zu, der Guilfoyle sagte, dass sie hier nicht unbedingt einer Meinung waren. Da war eine Kluft zwischen ihnen.

»Außerdem machen wir uns Sorgen, dass das nicht nur unserem Protektorat, sondern auch den anderen schaden könnte«, fuhr Frederick fort. »Vielleicht beteiligen sich die Ödländer. Die suchen immer nach Streit.«

Archibald zog den Ärmel seiner Uniform zurück und drückte auf die Gerätschaft um sein Handgelenk. Er tippte sie an und wischte so lange, bis ein neues dreidimensionales Hologramm über der Mitte des Glastisches erschien. Das Bild war jedoch diesmal kein Video. Es war eine Karte.

Er erklärte: »Das hier ist ein Überblick über alle dreizehn Protektorate, oder Stadtstaaten, die es ...«

»Wir wissen, was das ist«, schnauzte Louis.

Guilfoyle warf ihm einen Blick zu, der ihn sofort zum Schweigen brachte. Mit einem Schnauben ließ er sich in seinen ergonomischen Stuhl fallen. Guilfoyle wusste, dass der Mann ein Kind war. Ihm blieb jedoch keine andere Wahl, das Riesenbaby stammte schließlich aus seiner Blutlinie.

»Zwischen allen existierenden Protektoraten liegt das Ödland«, sagte Archibald weiterhin. »Hier seht ihr die Gebiete, in denen wir größere Lager der Ödländer vermuten.«

»Du meinst die Ungewaschenen?«, fragte Louis.

»Ich meine die Ödländer. Die freien Stämme, die durchs Ödland ziehen.«

»Die Ungewaschenen«, wiederholte Louis.

Catherine fiel ihm ins Wort: »Lassen Sie ihn ausreden.«

»Ja, bitte«, pflichtete Frederick ihr bei. »Lassen Sie den Mann ausreden, Louis.«

Louis verschränkte die kurzen Arme vor seiner schwabbeligen Brust, wobei sich der violette Stoff unvorteilhaft spannte.

Archibald tippte auf seinen Com, woraufhin ein paar Farbkreise verschiedene Stellen des ihm bekannten Ödlands hervorhoben.

»Wir wissen, dass die Ödländer unter sich bleiben«, sagte er. »Sie lauern denen auf, die ihr Gebiet bedrohen, indem sie die vagen Grenzen überschreiten. Sie greifen ohne Vorwarnung an. Aber …«

Archibald drehte die Karte, um weitere Farbkreise in der Umgebung der anderen kleineren Protektorate zu zeigen. »Wie ihr hier sehen könnt, haben wir in einigen Fällen beobachtet, wie Ödländer um ein paar unserer mittelgroßen Verbündeten Barrikaden errichtet haben. Wir wissen, dass sie mit irgendjemandem zusammengearbeitet haben. Ich bitte Frederick darum, das näher zu erläutern.«

Jetzt waren alle Augen auf Frederick gerichtet. Der Leiter der Staatssicherheit lehnte sich auf den Tisch vor und stützte sich dabei auf die Ellbogen.

»Unsere Kommunikation mit den anderen Protektoraten ist bestenfalls lückenhaft. Wie ihr wisst, sind unsere Beziehungen zu ihnen instabil. Es ist ein Auf und Ab. Also beinhaltet unser Wissen über das, was dort passiert ist, ein paar Vermutungen.«

»Was bringt das Ganze dann?«, schmollte Louis.

Frederick blickte ihn kurz an, ging aber nicht auf seine Frage ein. »Unsere Vermutungen basieren auf jahrelanger Erfahrung. Ich habe meine stärksten Leute darauf angesetzt, genauso wie Archibald. Unsere Späher gehören zu den besten.«

»Wir wissen, dass das stimmt. Ihr habt mein vollstes Vertrauen«, sagte Guilfoyle.

»Wir haben gesehen, dass die Ödländer die Tic so leicht passieren lassen wie nie zuvor. Sie sind nicht mehr so aggressiv wie vorher. Das haben wir auch im Umkreis von ein paar anderen Protektoraten beobachtet.«

»Vielleicht bezahlen die Tic sie«, sagte Archibald. »Das ist eine realistische Möglichkeit. Vielleicht ist es nur das.«

»Schmiergeld«, warf Catherine ein.

»So in der Art«, gab Frederick zurück. »Vielleicht. Wir wissen es nicht genau. Das könnte eine falsche Fährte sein. Allerdings glauben wir, dass das Grund genug für den Einsatz weiterer Ressourcen ist. Wir brauchen mehr Männer, mehr Waffen, mehr Fahrzeuge. Selbst wenn am Ende alles in Ordnung ist, es kann nicht schaden. Denk dran, die Ödländer sind Anarchisten, die die Sicherheit der Protektorate in Zeiten des großen Mangels abgelehnt haben. Sie sind Nomaden, die sich jederzeit überall frei hinbewegen können.«

Guilfoyle rutschte auf seinem Stuhl umher, die Holzverbindungen knarrten dabei, und er blickte nach rechts über die Lieutenants hinweg aus dem staubbedeckten Fenster.

Das Protektorat war alles, was er je gekannt hatte. Er war an die Macht gekommen, hatte sie denjenigen, die sie nicht verdient hatten, aus den Händen gerissen, und den Kurs des Stadtstaats konsequent auf eine produktivere Zukunft gehalten. Die Leute hatten genug zu essen. Sie hatten genug Wasser. Es gab keine Gier unter seinen Bürgern, nur Gleichmut. Er hatte einen egalitären Staat errichtet, in dem alle gleich waren. Manche mochten vielleicht gleicher als andere sein, wie der große Philosoph Orwell in seinen Schriften prophezeit hatte, aber so war die Welt nun mal. Seine Welt.

Er erwachte aus seinem kurzen Tagtraum und widmete seine Aufmerksamkeit Frederick. Noch bevor er etwas sagen konnte, unterbrach in Catherine.

»Wie viel mehr?« Als rechte Hand verwaltete sie die Finanzen. Sie kannte das Budget, seine Einschränkungen und wusste, wo man es strecken konnte.

»Doppelt so viel«, antwortete Frederick ohne Zögern.

»Dem stimme ich zu«, sagte Archibald. »Zumindest, bis wir die Zusammenhänge kennen.«

Louis schob seinen Stuhl zurück. Die Rollen quietschten auf dem Marmorboden, als er aufstand. Er zupfte am Saum seines violetten Hemds und stopfte es in seinen gegürteten Hosenbund. Dann stützte er sich mit den Fäusten auf der Tischplatte ab. Bei jedem Satz schlug er auf das Glas und betonte dabei seinen offensichtlichen Mangel an Geduld für das Thema.

»Wir wissen seit Jahren, dass die Ödländer den Tic geholfen und sie angestiftet haben. Das sind keine Neuigkeiten. Das ist keine neue Erkenntnis. Das sind lediglich zwei Lieutenants, die miteinander im Bunde stehen, um ihre eigene Macht auszuweiten und sich wertvolle Ressourcen zu sichern.«

Über den Tisch hinweg begab er sich auf Augenhöhe mit Frederick, hielt Blickkontakt, und starrte dann Archibald zu seiner Rechten an. Das Knarren der Stühle war das einzige Geräusch in der unangenehmen Stille. Ein starker Windstoß drückte gegen das große Fenster.

Mit rotem Kopf zog Louis sein Hemd gerade und wischte es ab. Er atmete laut aus und sein angespannter Gesichtsausdruck ließ nach. Dann setzte er sich wieder auf seinen Stuhl. Das Rot wurde zu Pink. »Ich glaube, ich habe meine Meinung dargelegt.«

»Das glaube ich auch«, sagte Guilfoyle, »und ich schätze dein Engagement, deine Überzeugung, was das Thema betrifft. Ich sehe auch die potenzielle Bedrohung, die von dieser Welle des Ungehorsams ausgeht, sei es zufällig, geplant oder beides.«

Guilfoyle fürchtete, sein Neffe würde sich gleich auf den Tisch erbrechen. Er hatte Louis schon einmal kotzen sehen. Der Mann war nicht gerade für seine Selbstkontrolle bekannt. Er war ein Trinker und Vielfraß. Trotzdem verbarg sich da ein brillanter Geist unter der offensichtlichen Schicht aus Selbsthass. Seine Mutter hatte ihn gut ausgebildet, und seine meisterhafte Handhabung der Wasservorräte, das höchste Gut der Aufseher, machte seine Launenhaftigkeit wieder wett. In seinem Wahnsinn lag eine Methode, die Guilfoyle nicht hinterfragte.

Er war aufrichtig überrascht, dass Louis einen so guten Lieutenant abgab. Guilfoyle wusste, dass sich seine Schwester nie groß um ihn gekümmert hatte. Überhaupt wollte sie nie Mutter werden. Das Protektorat war das Kind, das bei ihr an erster Stelle stand. Louis war nebensächlich.

Guilfoyle hob die Hand, in Erwartung von Louis' Reaktion.

»Hör zu, Louis, bevor du voreilig wirst, denk bitte daran, dass sämtliche Maßnahmen informativer Natur sind. Ein temporärer Kostenaufwand.«

Catherine nickte. »Temporär«, sagte sie. »Ich kann euch versichern, dass das die Handhabung eurer Verantwortungsbereiche nicht beeinflussen wird.«

Louis wurde wieder rot, hielt sich diesmal jedoch zurück.

Guilfoyle ließ seinen Neffen köcheln. Das schadete ihm nicht. All das Poltern und Getöse, womit Louis seine These zu beweisen gedachte, war am Ende bedeutungslos.

Guilfoyle war derjenige, der über allem stand, der das große Ganze von oben im Blick hatte. Er war derjenige, der das Protektorat unter seine weiten Fittiche nahm. Er war derjenige, der entschied, was geschah und was nicht. Sein Neffe wusste das, der Rat wusste das, und jeder, der es wagte, ihn herauszufordern, würde auf die harte Tour lernen, wie fest er alles im Griff hatte.

9

In der Ferne wirbelten Staubspuren wie brauner Rauch auf der linken Seite des Highways empor. Der Staub bewegte sich, breitete sich aus, als wäre da eine Dampflok am Horizont. Zeke umklammerte das Lenkrad fester. Das war das erste Lebenszeichen seit Beginn ihrer stundenlangen Odyssee durch das weite, tote Terrain.

»Siehst du das?«, fragte Uriel. »Da kommt jemand.«

Sie setzte sich auf und löste den Gurt von ihren Schultern. Dann betrachtete sie die Staubspuren vor ihnen durch die Windschutzscheibe, am Truck vorbei. »Ödländer«, sagte sie. »Wir müssen das Ödland erreicht haben. Das wird unangenehm. Mit den Hurensöhnen ist nicht zu spaßen. Die schießen erst und stellen dann die Fragen.«

Zeke warf ihr einen verstohlenen Seitenblick zu. Er hatte den letzten Teil nicht gehört. »Das Ödland erreicht? Ich dachte, da waren wir schon die ganze Zeit.«

»Da sind wir grade. Im Ödland. Wenn wir in die Stadt wollen, dann müssen wir meinen perfekten Arsch irgendwie in einem Stück an diesen Nervensägen da vorbeikriegen.«

»Ernsthaft. Wo *waren* wir die ganze Zeit?«

Zeke hatte die Stadt nur während seiner Schmuggelfahrten verlassen. Das waren vorgegebene Routen, auf denen er sich regelmäßig hin- und herbewegte. Ein Großteil dessen, was außerhalb der Stadtmauern lag, war ihm fremd.

Uriel strich sich seitlich über den Kopf und überprüfte ihren Pferdeschwanz. Sie klappte die Blende über sich aus und begutachtete den krude beschnittenen, nachgerüsteten Spiegel. Dann spitzte sie die Lippen und riss die Augen auf. Machte sie sich … zurecht?

»Wann?«, fragte sie.

»Bevor wir hier waren«. Zeke schnaubte frustriert. »Bevor wir im Ödland waren, wo waren wir da?«

Sie klappte die Blende wieder hoch, schnallte sich ab und kurbelte das Fenster herunter. Sie sagte etwas zu ihm, aber der starke Wind erstickte ihre Stimme und wirbelte Sandstaub ins Auto. Ihre Schmalzlocke flatterte wild um den Kopf und der Zopf peitschte ihr auf die Schulter.

Sie streckte ihren Körper durchs offene Fenster und reckte den Hals vor, um den Sturm vor ihnen besser zu sehen. Zeke erhaschte einen Blick auf das Flammenschwert und das Sonnentattoo auf ihrer Hüfte.

Dann sank sie in ihren Sitz zurück und lehnte sich zu Zeke, auf dessen Schulter sie sich abstützte, um den Rücksitz zu erreichen. Dort wühlte sie herum, öffnete ein paar Reißverschlüsse, grunzte und ließ sich mit einem großen, schwarzen Gewehr in den Händen auf den Beifahrersitz zurückfallen. Sie zog ein gebogenes Magazin hervor, überprüfte es und steckte es von unten ins Gewehr.

»Was machst du?«, fragte Zeke durch das Dröhnen des Windes, ohne die Straße dabei aus den Augen zu lassen.

»Fahr nicht langsamer«, antwortete sie. »Halte die Geschwindigkeit.«

Er zog sich das Bandana über Mund und Nase, um die dichter werdende Staubwolke, die nun das Innere des Superbird erfüllte, abzuwehren. Ein Ödländerfahrzeug fuhr durch den Staub auf sie zu. Auf der Ladefläche standen bewaffnete Männer. Weitere Fahrzeuge folgten dem Truck, versteckt im scheinbar endlosen Staub. Sie fuhren nun alle direkt aufeinander zu.

Zeke hielt den Abstand zu Phils F-150 aufrecht. Er schwitzte jetzt und spürte seinen heißen Atem unter dem schwarzen

Baumwolltuch, das sein Gesicht bedeckte. Er blinzelte durch den Staub und trieb den Superbird an, wie so oft zuvor.

Ein weiterer Truck bog auf den Highway ab und raste auf sie zu. Sie waren nun mindestens zu viert. Zeke schätzte, sie waren jetzt weniger als drei Kilometer entfernt, und sie holten auf. Bei der Geschwindigkeit würden sie in weniger als einer Minute aufeinandertreffen.

Uriel zielte mit dem Gewehr aus dem Fenster, das Haar peitschte ihr ins Gesicht. »Wenn ich *Jetzt* sage, fahr rechts neben Phil und Gabe ran.« Sie musste sich anstrengen, um den Lärm des Windes und der Straße zu übertönen.

»Dann verlass ich die Straße«, antwortete Zeke.

»Ich weiß schon, was ich sag, mach einfach.«

Zeke blickte auf den Hasenfuß, der vom Zündschlüssel baumelte, und nickte. Er schaffte das.

»Wenn Phil anhält, hältst du auch an.«

Zeke lehnte sich vor, die Gurte drückten sich in seinen Körper, und trat auf das Gaspedal, um mit Phil mitzuhalten.

Sie waren jetzt nah genug an der näherkommenden Karawane aus Ödländern, aber er konnte sie nicht erkennen. Da war zu viel Staub, zu viel Lärm, zu viel von allem, um sich auf irgendetwas anderes außer Uriels Befehle und die Kontrolle über sein Auto zu konzentrieren.

Er wusste, dass das nicht die gleichen Leute, oder Dinger, waren, die ihn am Beginn seiner Reise zu Pedros Cantina verfolgt hatten. Sie sahen anders aus, bewegten sich nicht mit jener todernsten Eindringlichkeit.

Uriel lehnte sich wieder aus dem Fenster und wickelte sich einen der Gurte ums Bein, dann drehte sie sich zu Zeke um und rief ihm etwas zu. Er konnte sie nicht hören, aber das war nicht nötig.

Er trat das Pedal durch und beschleunigte. Der Superbird reagierte sofort und heulte auf, als er nach vorne schoss, während Zeke das Lenkrad nach rechts bewegte. Das Biest ruckelte und hüpfte, als es vom Asphalt auf den Dreckboden fuhr.

Die Hinterräder drehten durch und Zeke steuerte dagegen, bevor er wieder geradeaus lenkte. Der F-150 war jetzt links vor ihm. Er trat das Pedal härter durch. Die Beschleunigung drückte ihn in den Sitz. Mühelos preschte der Superbird voran. Sein Motor brummte und brachte sowohl die Karosserie als auch Zekes Körper zum Vibrieren.

Das Auto fuhr nun neben dem Truck her. Zeke hielt seine Geschwindigkeit. Sein Herz schlug schneller, das Adrenalin pulsierte wie Stromstöße durch seinen Körper. Sein Hut flog ihm fast vom Kopf.

Uriel lehnte sich aus dem Fenster, ihre Beine und Füße im Auto, die obere Körperhälfte draußen. Sie hatte das Gewehr im Anschlag und blickte durchs Zielfernrohr.

Aus den Augenwinkeln sah Zeke Mündungsfeuer aufblitzen, erst einmal, dann noch ein zweites und drittes Mal.

Uriel rutschte ins Auto zurück. Die Gurte schlackerten um sie herum.

Genau in der Sekunde, als sie in den Sitz zurückfiel, erweckte eine blitzartige Bewegung im Seitenspiegel Zekes Aufmerksamkeit.

Als er hinsah, beobachtete er, wie sich der Truck der Ödländer überschlug. Körper flogen von der Ladefläche, manche davon wurden zerquetscht und explodierten in einer Blutwolke wie ein überreifer Pickel. Ein zweites Fahrzeug schlitterte zur Seite und sein platter Reifen flatterte am Asphalt entlang, bevor es sich ebenfalls überschlug. Zeke zuckte zusammen.

»Fahr weiter«, sagte Uriel und winkte ihn mit ihrer Rechten vorwärts. »Schneller.«

Das Auto zog wieder an, reagierte auf den Schub. Er holte den F-150 ein und sah Gabe auf dem Beifahrersitz, der ein ähnliches Gewehr wie Uriel in den Händen hielt.

»Und jetzt?«, fragte Zeke.

Er spürte die Steine und Büsche unter den Reifen. Die Federung funktionierte, aber die Fahrt wurde zunehmend holpriger. Mit klappernden Zähnen korrigierte er seinen Griff um das Lenkrad.

Uriel machte sich bereit. Ihr rechter Ellbogen ruhte auf dem Fensterrahmen, die zugehörige Hand griff nach dem Dach. Ihre

Linke hielt das Gewehr auf dem Schoß fest. Ihr Körper hüpfte im Takt des Fahrzeugs.

»Bleib auf dem Sand«, sagte sie. »Hau rein, Zeke. Zeig mal, was du kannst.«

Zeke setzte den Stiefelabsatz ab und drückte das Pedal bis zum Boden durch. Der Tacho schlug nach rechts aus und der Superbird zischte davon. Auf dem unebenen Terrain wurde die Fahrt zunehmend rauer. Zeke war sicher, dass er sich einen Zahn ausschlagen würde.

Zu seiner Linken sauste der Konvoi der Ödländer dahin. Drei, vier, fünf Trucks in unterschiedlichem Zustand rumpelten in die entgegengesetzte Richtung.

»Überlass das den Jungs«, sagte Uriel. »Wir haben andere Sorgen.«

Er wusste nicht, was sie meinte. Der Weg vor ihnen war frei und die Stadt lag, soweit er sehen konnte, in direkter Reichweite. Dann bemerkte er es.

Auf der Straße vor ihnen, verborgen von einer neblig braunen Staubwolke, war eine Straßensperre errichtet. Zwei übergroße, höhergelegte Geländewagen parkten senkrecht auf der Straße. Jeder blockierte eine Straßenseite. Aus der Entfernung konnte er nicht erkennen, ob dort Menschen waren.

»Fahr um sie herum«, wies ihn Uriel an.

Zeke blickte auf die Straße voraus. Die Barrikade ergab keinen Sinn, wenn er sie einfach umfahren konnte.

Als er näher kam, bemerkte er, dass die Blockade auf einer Brücke errichtet war. Wenn er nicht schnell wieder auf die Straße kam, würde er das Auto direkt in eine drei Meter breite Schlucht fahren. Diese erstreckte sich nach links und rechts, so weit er blicken konnte. Kein Weg führte daran vorbei.

Er schaute wieder zu den Geländewagen. Niemand stand daneben oder visierte ihn mit einem Gewehr vom Dach aus an. Am Steuer jedes Fahrzeugs konnte er nur je einen einzigen Fahrer ausmachen.

Er überprüfte die Rückspiegel. Ein Lächeln machte sich in seinem Gesicht breit.

Ohne Uriel vorzuwarnen, riss Zeke das Lenkrad nach links, und sein Körper wurde nach rechts in die Gurte gedrückt.

Uriel schleuderte ihm eine Reihe kehliger Flüche entgegen, während sie sich im Abstand zwischen Sitz und Tür abstützte. Ihr Bein war noch immer in den Gurten verheddert. Mit einem Satz war das Auto wieder auf dem Asphalt. Es hüpfte kurz auf, als sich die hintere Federung zusammenzog und wieder entspannte. Zeke lehnte sich nach rechts und steuerte gegen den Drift, um das Auto gerade zu halten. Dann gab er Gas.

Die Reifen quietschten, bevor sie sich in die Straße gruben. Sie waren ungefähr hundertdreißig Meter von der Barrikade entfernt und holten auf.

»Was machst du?«, fragte Uriel.

»Vertrau mir«, sagte Zeke. »Anschnallen.«

Siebzig Meter.

Während Uriel an den Gurten herumfummelte und ihr Bein daraus befreite, starrte Zeke den Fahrer des Ödländertrucks zu seiner Rechten an. Der Mann starrte zurück.

Uriel ließ den Gurt zuschnappen. »Du wirst ihn rammen. Nie im Leben …«

Zeke überprüfte die Spiegel. »Ich hab gesagt, vertrau mir.«

Dreißig Meter.

Zeke grinste wie ein Wahnsinniger. Er trat aufs Gaspedal, verlagerte sein Gewicht aufs Lenkrad. Er fuhr geradewegs auf den rechten Geländewagen zu.

Der Fahrer legte einen Gang ein und ruckte nach vorne, aber ihm blieb nicht genug Zeit, um einen Zusammenstoß zu vermeiden.

Sechs Meter vor dem Aufprall nahm Zeke den Fuß vom Gas und schaltete zurück. Der Superbird ruckelte und schleuderte sie in die Gurte. Der Motor heulte auf, als sich die Drehzahl dem niedrigeren Gang anpasste. Irgendetwas raste links verschwommen an ihnen vorbei, direkt in die Möchtegern-Barrikade.

Phils F-150 krachte mit seinem verstärkten Rammschutzbügel geradewegs in die stehenden Geländewagen. Das ohrenbetäubende Geräusch von Metall auf Metall übertönte das Grollen von Zekes Motor. Der Geländewagen gab nach. Der Wagen rechts daneben drehte von der Straße ab und schwankte in das ausgetrocknete Flussbett.

Zeke beschleunigte und schaltete hoch, sein Auto nahm Fahrt auf und raste an den Überresten der Geländewagen vorbei.

»Hab mich ein bisschen eingepisst«, sagte Uriel. »Ich hasse dich.«

Zeke kicherte und legte den vierten Gang ein. Sie hatten die Straßenbarrikade hinter sich gelassen, wurden jetzt aber von mehreren Ödländerfahrzeugen verfolgt. Rafs und Barachs Impala fuhr jetzt hinter ihnen, der F-150 ein paar Meter voraus.

»Du bist witzig«, sagte er.

Im Rückspiegel bemerkte Zeke einen orangefarbenen Lichtblitz. Einer der Geländewagen stand in Flammen. Dicke, schwarze Rauchsäulen stiegen aus dem brennenden Fahrzeug auf. Sein Fahrer war geflohen.

Uriel boxte ihn an der Schulter und holte ihn ins Hier und Jetzt zurück. Er zuckte zusammen und fasste sich an den Arm.

»Ich verarsche dich nicht«, sagte sie, »ich hab mich echt nass gemacht.«

»Sorry. Im Handschuhfach sind Taschentücher.«

»Taschentücher?«, schnaubte sie. »Ohne Scheiß?«

Zeke zuckte mit den Schultern und warf einen Blick in die Spiegel. Er griff mit der Hand nach seinem Hut, um die Krempe glattzustreichen, und bemerkte dabei, dass er nicht mehr auf seinem Kopf saß.

»Der ist hinten«, sagte Uriel. »Hättest dich draufsetzen sollen.«

Schnell näherten sie sich der zerklüfteten, zerschrammten Fassade einer riesigen Steinwand, die hoch in den Himmel ragte – ein Steilhang, in dessen Mauer ein Tunnel gehauen war, dessen finsterer Mund den Highway verschluckte.

»Die Stadt liegt auf der anderen Seite des Tunnels«, erklärte Uriel. Sie rutschte im Sitz umher und zog an der Hose in ihrem Schritt. »Halt dich an Phil.«

Zeke schaute sie mit einer hochgezogenen Augenbraue an. »Du hast dich ernsthaft eingepisst?«

Uriel funkelte ihn an. Der böse Blick, der darauf schließen ließ, dass es sie wieder in den Fäusten juckte, beantwortete seine Frage.

Hinter ihm holten zwei Jeeps den Impala ein und nahmen ihn in ihre Mitte. Dann fuhr ein Jeep voraus und zog nach rechts, womit er sich zwischen den Impala und den Tunnel stellte; gleichzeitig fuhr ein drittes Fahrzeug neben die Fahrerseite des Impalas.

Zekes Auto war fast am Tunnel angekommen. In ein paar Sekunden würden sie in die Dunkelheit unter dem steilen Granithang eintauchen und der Stadt ein ganzes Stück näher sein. Der Jeep wurde im Rückspiegel kleiner und ließ sich zurückfallen, um den Impala abzufangen.

Vor ihnen verschwand der F-150 in den Tunnel, sodass nur noch seine Rücklichter sichtbar waren. Dann verloschen auch sie.

Zeke schaltete zurück und legte eine Notbremsung hin, bei der er das Lenkrad drehte. Das Auto schleuderte herum, die Räder quietschten auf der Straße. Weißer Rauch quoll aus den Reifen, und der Geruch von verbranntem Gummi erfüllte die Fahrerkabine.

»Was zum …?« Uriel stützte sich am Türrahmen ab. Zeke richtete das Lenkrad wieder geradeaus, die Räder folgten. Er betätigte die Kupplung und beschleunigte wieder, zurück zum Impala und den Ödländern, die hinter ihm her waren.

»Keine gute Idee«, sagte Uriel, die begriff, was Zeke vorhatte. »Die können auf sich selbst aufpassen.«

Der Jeep hielt an. Bewaffnete, schwarz gekleidete Ödländer stiegen aus dem Fahrzeug, zielten auf den Impala und zwangen ihn, dem anderen Fahrzeug zu folgen.

»Ich sag's noch mal. Mach das nicht. Raf und Barach wissen, was sie tun. Das haben sie schon oft gemacht. Vertrau ihnen. Vertrau *mir.*«

Zeke schluckte die brennende Galle wieder herunter, die in seinem Hals hochstieg. »Nie im Leben kommen sie da wieder raus. Das ist Selbstmord. Sie werden beide sterben.«

Zekes Sicht verschwamm in den sich anbahnenden Tränen. Er wischte sie sich mit der Ärmelrückseite aus dem Gesicht. Das Dröhnen des Motors umgab ihn. Er spürte es in seiner Brust.

Uriel boxte ihn erneut an der Schulter. Sie traf genau die gleiche Stelle, Knöchel auf Knochen, und der Bluterguss entflammte in vertrautem Schmerz.

»Konzentriere dich«, sagte sie.

Zeke rieb sich den wunden Arm und starrte Uriel an. Er studierte ihren verbitterten Gesichtsausdruck und begriff nicht, was sie meinte. Er zeigte auf das Desaster.

»Aber sie …«

»Dreh dich um«, sagte sie. »Lass uns abhauen, bevor die Ödländer das Interesse an ihnen verlieren und uns weiter verfolgen.«

Zeke biss sich auf die Lippen, atmete tief ein und legte schließlich den Rückwärtsgang ein. Er beschleunigte und fuhr wieder auf den Tunnel zu.

Das ist ihre Entscheidung, sagte er sich. *Ihre Schuld.*

Hinter ihnen versetzte das Echo von ratterndem Gewehrfeuer seinen Magen in Aufruhr. Er schaltete, ging von der Kupplung und das Auto ruckte in einen höheren Gang. Der Motor rumorte. Sein Hals verengte sich, er hustete.

»Du hast noch viel zu lernen«, bemerkte Uriel.

Sie schien ungerührt, lehnte sich in den Sitz zurück und drückte ihre Schultern gegen die Polster, die ihren Körper umfingen. Aus ihr wurde man wirklich nicht schlau. Keine Emotion regte sich in ihrem Gesicht. Es war, als hätten ihre Leben, ihre Tode, keinerlei Bedeutung. Während seiner Zeit als Schmuggler hatte er genug Leute sterben sehen, um die Fassung zu bewahren, aber nie zuvor hatte er jemanden so unbeeindruckt vom Tod derer gesehen, die er für Freunde gehalten hatte.

Der Tunnel wurde größer, als sie sich ihm näherten, und er schaltete die Scheinwerfer an, als sie über die Schwelle fuhren. Uriels Fenster war heruntergekurbelt. Das Motorengeräusch hallte von den Steinwänden, die sich in Bögen über der Straße wölbten. Die Luft in der Fahrerkabine kühlte ab. Der V-förmige

Lichtstrahl vor ihnen gab wenig außerhalb seiner Reichweite preis. Fast war es, als rasten sie ins Vergessen.

»Wie lang ist der Tunnel?«, fragte er über das mechanische Rauschen des Windes und des Motors hinweg.

»Keine Ahnung. Hab nie nachgemessen.«

Zeke umklammerte das Lenkrad fester. Er konzentrierte sich auf die gelben Lichtstrahlen, die den Weg des Superbird erleuchteten, und rieb sich den wunden Arm. Zuschlagen konnte sie.

»Du beantwortest nie meine Fragen. Entweder stellst du Gegenfragen oder du lenkst vom Thema ab«, sagte er. »Jeder von euch, wenn ich so drüber nachdenke. Was zur Hölle hab ich mir dabei gedacht, mit euch mitzukommen?«

Ernsthaft, was hab ich mir dabei gedacht?

Er hatte schon vorher Leute gesehen, die auf beiden Seiten mitmischten, und er hatte es nie verstanden. In seiner Welt mangelte es nicht an Lügnern und Betrügern. Jeder war sich selbst der Nächste. So war das in einer Welt mit begrenzten Ressourcen. Mit einer repressiven Regierung. Mit einem Schwarzmarkt, der von einer modernen Mafia betrieben wurde.

Uriel kurbelte langsam ihr Fenster hoch. Der Mechanismus ächzte, als müsste er geölt werden.

»Vielleicht sind nicht meine Antworten das Problem«, sagte sie. »Vielleicht stellst du einfach die falschen Fragen.«

Zeke fühlte die Straße durch seinen Körper vibrieren. Das Grollen, das an seinem Körper rüttelte, war ein beruhigendes Gefühl, wie ein Rauschen beim Einschlafen oder warmes Badewasser.

»Erzähl mir von Pedro. Wer ist er? Wie habt ihr ihn alle kennengelernt? Ich will seine Geschichte hören.«

»Wie wär's, wenn du mir was von dir erzählst?«, entgegnete sie. »Dann erzähl ich dir was von uns.«

Zeke seufzte. Sie lenkte wieder ab. Für ein paar Momente fuhr er weiter, ohne zu antworten. Die Dunkelheit umhüllte sie wie eine Decke. Ihre Scheinwerfer waren das einzige Licht vor ihnen, und hinter ihnen war nur das schwache, rote Leuchten ihrer Heckleuchten sichtbar.

»Wie wär's, wenn wir uns abwechseln?«, schlug er vor. »Ich erzähl dir was über mich; du erzählst mir dafür was über euch alle.«

»Uns alle?«

»Ja. Pedro, du, Raf, Barach, Phil, Gabe.«

Uriel saß für eine Weile in ihrem Polsterkokon und antwortete nicht. Das Grollen der schnellen Reifenumdrehungen erfüllte die Stille.

»Na gut«, sagte sie schließlich mit einer Spur von Resignation in der Stimme. »Du zuerst. Aber das ist besser 'ne gute Geschichte. Kein Klischeescheiß à la *meine Mama hat mich nie geliebt*, verstanden?«

»Okay. Hat sie aber wirklich nicht.«

Uriel stöhnte. Er konnte sich bildlich vorstellen, wie sie in der Dunkelheit die Augen verdrehte. »Natürlich nicht.«

»Das stimmt, also, so ziemlich. Sie hat mich sicher auf ihre Art geliebt, aber sie war nie da. Genauso wenig wie mein Vater. An den erinnere ich mich nicht mal. Sie hat ihn immer nur meinen Erzeuger genannt.«

»Oh, armer Zekie.«

Seine Muskeln spannten sich an und er packte das Lenkrad fester.

Zeke war niemand, der sich leicht öffnete, das betrachtete er als Zeichen der Schwäche. Obwohl Uriels Gespött normalerweise Grund genug für ihn gewesen wäre, das Gespräch abzubrechen, wollte er mehr über die Leute wissen, die ihr Leben für seines, oder das von jemand anderem, riskierten. Er musste herausfinden, warum. Also ließ er die Wut verebben und atmete ein paarmal tief ein.

»Spar dir dein Mitleid«, sagte er. »Ich erzähl dir hier gerade, wer ich bin und wo ich herkomme. Damit du verstehst, wie ich in diesem dunklen Tunnel gelandet bin, mit dir und dem ekelhaften Geruch deiner Pisse auf meinem Beifahrersitz, muss ich ganz von vorne anfangen. Aber wenn's dich nicht interessiert …«

»Nein«, warf sie sofort ein. »Tut es. Sorry. Erzähl weiter.«

»Du bist dran.«

»Hab nie in der Stadt gewohnt«, sagte Uriel.

Zeke blickte sie an. Er konnte ihre Silhouette im Dunkeln erkennen. Das schwache Leuchten der Armaturen verlor sich im Schwarz ihrer Kleidung und in den deckenden Farben ihrer tätowierten Haut.

»Welche Stadt?«, fragte Zeke in der Annahme, das wäre ihre erste Enthüllung.

»Alle davon. Du bist dran.«

»Der Erste, der mich irgendwie beachtet hat, war ein Schmuggler der Tic. Ein Späher.«

»So bist du also dazu gekommen?«

»Das war der Anfang. Fünf Jahre lang war ich Späher. Der Schmuggler hat mir das Fahren beigebracht und ein Auto geschenkt.«

Sie streckte die Hand aus und tätschelte das Armaturenbrett. »Das hier?«

»Ja. Du bist dran.«

»Ich bin genauso wie du vor Pedros Tür gelandet. Er hat mich aufgenommen, seitdem bin ich dort.«

»Wie lang ist das her?«

»Keine Ahnung. Fühlt sich an wie ein ganzes Leben. Ich glaube nicht, dass ich noch der gleiche Mensch wie damals bin.«

»Wie das?«

Sie fuhr sich mit der Hand durch die Schmalzlocke. Zeke konnte nur die Umrisse ihrer Bewegung ausmachen. Er konnte nicht sagen, ob sich ihre Augenbrauen bewegten oder ob ihre Augen wässrig waren. Beim Sprechen verriet allerdings das Zittern in ihrer Stimme die Welle von Emotionen, die sie zu unterdrücken versuchte.

»Ich war … ich war nicht so ein Arsch wie jetzt. Mehr sag ich dazu nicht.«

Zeke kicherte und versuchte damit, das Gespräch etwas aufzulockern. Er warf ihr einen verstohlenen Blick zu. »Nicht so wie jetzt? Kann ich mir kaum vorstellen.«

»Haha. Du bist wieder dran.«

»Ich hatte nie vor, zu den Bösen zu gehören. Ist einfach so passiert.«

»Niemand hat das vor.« Uriel schien aus Erfahrung zu sprechen.

»Was ich damit sagen wollte, ist, dass ich mich nie zugehörig gefühlt hab. Ich hab die Ware nicht ausgeliefert, weil ich gegen die Aufseher oder hinter dem Geld her war.«

»Aber die Kohle hat dir gefallen?«

»Ja«, gab er zu, »das Geld war anständig. Aber eigentlich hab ich's gemacht, weil mich die Tic akzeptiert haben. Sie haben mich wie Familie behandelt. Haben mir eine Aufgabe, einen Sinn gegeben. Was hätte ich tun sollen? Den einzigen Leuten, die sich je für mich eingesetzt haben, den Rücken kehren? Nee.«

»Wie hast du's dann auf ihre Kopfgeldliste geschafft?«

»Nö, du bist dran. Vor wem bist du weggerannt, als du in der Bar am Ende der Welt gelandet bist?«

»Lustig«, sagte sie, ohne zu lachen. »So hab ich Pedro noch nie betrachtet, aber die Beschreibung trifft den Nagel auf den Kopf.«

»Danke. Vor wem bist du weggelaufen?«

»Vor mir selbst. Mein Leben war scheiße. Hatte Schwierigkeiten, damit klarzukommen.«

»Das tut mir leid.«

»Was genau? Ist nicht deine Schuld.«

»So hab ich's nicht gemeint.«

»Du bist dran.«

»Ich erzähl dir mehr als du mir.«

»Na gut. Ich war Dealerin.«

»Was hast du gedealt?«

»Drogen. Mittelschwere. Alles synthetisch.«

»Oh, okay.«

Uriel schnallte sich ab und lehnte sich ans Fenster.

»Du verurteilst mich.«

»Nein, gar nicht.«

»Klingt aber danach.«

»Klingt eher danach, als würdest du deine Probleme auf mich projizieren. Ich bin ... *war* ein Schmuggler für ein brutales Kartell, das die Abhängigkeit der Leute von der wichtigsten Ressource auf dem Planeten ausnutzt, die seit dem Austrocknen der Flüsse kaum noch existiert. Wer bin ich, irgendjemanden zu verurteilen?«

»Niemand.«

»Und genau deshalb urteile ich nicht.«

»Hm, na gut … du bist dran«, murrte sie.

Ein unfreiwilliger Schauer jagte ihm über den Rücken. Er bemerkte, dass ihm kalt war. Seine Finger fühlten sich eisig an. Er griff nach dem Heizgebläse und schaltete es an.

Sein Magen verkrampfte sich. Da war ein unsichtbares Gewicht in der Fahrerkabine, das sie bisher ignoriert hatten.

»Erzähl mir von Raf«, bat er.

»Er ist ein Heiler. Erstklassige Erste-Hilfe-Kenntnisse. Er hat dich wieder aufgepäppelt. Wenn jemand verletzt bei Pedro aufkreuzt, dann ist Raf derjenige, der sich drum kümmert.«

»*War* derjenige. Nie im Leben schaffen er und Barach es da raus. Niemals.«

»Ich bleib lieber optimistisch. Wir wissen nicht, was dort passiert ist. Sie könnten entkommen sein.«

»Wenn du das wirklich glaubst, dann hätten wir umkehren sollen, wie ich vorhin wollte.«

»Wir können nicht zurück.« Eine Diskussion stand offensichtlich außer Frage. »Wir müssen in Bewegung bleiben. Deine Mission ist hier das Wichtige.«

Zeke schlug mit der Hand auf das Lenkrad. »Du tust so, als hätten sich dort nicht grade zwei deiner Freunde für uns geopfert; oder zumindest dachte ich, sie wären Freunde. Was stimmt mit dir nicht?«

»Gar nichts, Zeke. Wie gesagt, ich glaube lieber, dass die beiden in der Cantina auf mich warten, wenn ich zurückkomme.«

Zeke wusste nicht, was er darauf erwidern sollte. Er wollte nicht weiter mit ihr streiten. Das führte zu nichts. Offensichtlich war sie mehr an Gewalt gewöhnt, als er sich vorstellen konnte, trotz seiner eigenen schwierigen Kindheit.

Nachdem die Stille zwischen ihnen unangenehm geworden war, schluckte er schwer und blickte zu ihr hinüber. Er zuckte mit den Schultern und fragte: »Wo kommt er her?«

»Wer?«

»Raf.«

»Wo jeder herkommt, schätze ich mal.«

»Wo soll das sein?«

»Woanders.«

»Er hatte eine Narbe im Gesicht. Wie ist er dazu gekommen?«

»Hat jemandem geholfen. Eine Mission wie die hier. Hat die Kluft überwunden und ist in den Tunnel gefahren. Ist auf der anderen Seite wieder rausgekommen und wollte ein paar Dinge gradebiegen. Keine Ahnung zum wievielten Mal, hab aufgehört zu zählen.«

»Die Kluft? Was ist das?«

»Das, was es eben ist. Sie ist die Lücke zwischen dem Ort, wo wir herkommen, und dem, wo wir hinwollen.«

»Du meinst das Ödland.«

Seine Hände fingen nun an zu schwitzen. Er streckte den Arm aus und schaltete das Gebläse etwas zurück.

Uriel schüttelte den Kopf. »Ich meine die Kluft, nicht das Ödland. Das Nirgendwo.«

Zeke seufzte genervt. »Du hättest Aufseher werden sollen.«

»Warum das?«

»Hast ein Talent dafür, um den heißen Brei rumzureden. Du sagst viel, ohne irgendwas zu meinen.«

»Du bist dran«, sagte sie.

Zeke wäre am liebsten explodiert.

Er hätte ihr am liebsten gesagt, dass er genug von ihren vagen Antworten und Gegenfragen hatte, aber noch im gleichen Moment der Frustration sah er ein, dass das nichts bringen würde. Irgendwann würden die Antworten schon auftauchen, und mit seiner einzigen Verbündeten zu streiten, wäre nicht von Vorteil.

Das Einzige, was Zeke außer Fahren schon immer gut konnte, zumindest bis er es sich mit den Tic versaut hatte, war, zu entscheiden, wann es sich lohnte, einen Kampf auszufechten und wann man ihn besser an sich vorüberziehen ließ.

»Erzähl mir von Pedro«, sagte er, »*dann* bin ich wieder dran.«

»Er ist eben Pedro. Er betreibt eine Bar und eine Pension. Er bietet Unterschlupf vor dem Sturm.«

»In Ordnung. Aber wer ist er? Was ist er?«

»Pedro ist der Wächter an den Toren. Er wacht über uns alle, über jeden, der seinen Ort betritt. Er bewahrt den Frieden. Er schenkt die Drinks aus. Er beantwortet Fragen und …«

»Meine hat er nicht beantwortet«, warf Zeke ein.

Sie zuckte mit den Schultern. »Wie gesagt, könnte dran liegen, dass du die falschen Fragen stellst. Oder die Fragen, die du stellst, haben noch keine Antworten. Zumindest noch nicht.«

»Siehst du. Genau dieser schwammige Scheiß ist der Grund, warum ich keinem von euch vertrauen will.«

»Klingt, als wäre das dein Problem. Als würdest du auf mich projizieren.«

Darauf hatte er nichts zu erwidern. Das Auto war nun angenehm warm. Er schaltete das Gebläse weiter zurück.

»Du bist dran«, sagte sie. »Wie bist du auf der bösen Seite, bei den Tic, gelandet?«

»Wegen einer Frau.«

»*Die* Frau? Die, die du später im Stich gelassen hast und jetzt retten willst, allen Widrigkeiten zum Trotz, mit der Hilfe von Fremden?«

»Genau die.«

»Also, was ist passiert?«

»Lange Geschichte.«

»Wir haben Zeit.«

Zeke schüttelte den Kopf. »Nein, haben wir nicht.« Er zeigte in die Ferne, oberhalb des Mittelstreifens. »Der Tunnel endet hier.«

Der weiße Lichtfleck wurde größer, bis er die Form des Tunnelbogens annahm. Sie wurden regelrecht geblendet, als der Tunnel den Plymouth ausspuckte, und das Auto raste weiter den Highway entlang, auf die entfernten Umrisse der Skyline zu. Vor der tiefliegenden, orangefarbenen Sonne, die am Horizont riesig wirkte, zeichnete sich ihre Silhouette wie ein Scherenschnitt ab.

»Fahren wir jetzt nach Westen?«, fragte er. »Oder nach Osten? Ich hab das Zeitgefühl verloren. Keine Ahnung, ob das jetzt Sonnenaufgang oder -untergang ist.«

»Weiß ich auch nicht«, antwortete Uriel. »Über Zeit hab ich … schon lange nicht mehr nachgedacht. Die Tage fließen einfach ineinander, verstehst du?«

»Schätze schon.«

Sein Herz klopfte laut gegen seine Brust, sein Atem ging nun flach. Er schwitzte und sein Hals war feucht, genauso wie seine Stirn. Er stellte das Gebläse ab.

Dort am Horizont lag seine Stadt. Irgendwo in dieser Stadt wartete die Frau, die er liebte, und die Leute, die ihn tot sehen wollten. Er fühlte sich ängstlich und besorgt. Das war wie die adrenalingeladene Unruhe und Aufregung, die er zu Beginn jeder Kurierfahrt gespürt hatte. Er wusste, da draußen erwarteten ihn sowohl Risiko als auch Belohnung. Er hoffte, das eine wäre das andere wert.

Uriel zeigte auf den Straßenrand. Vor ihnen parkte der F-150. Seine Bremslichter waren an und das Heck vibrierte. Rauch qualmte aus dem Auspuff.

»Fahr ran«, befahl sie.

Zeke verlangsamte den Plymouth, schaltete zurück und parkte neben dem Truck. Phil saß am Steuer. Gabe lehnte sich im Beifahrersitz nach vorn und Uriel kurbelte die Scheibe herunter.

Phil rieb sich den Nasenrücken.

»Du hast gesehen, was passiert ist?«, fragte Uriel.

Phil kratzte sich am Bart und fuhr mit den Fingern durch das drahtige Haargeflecht. Dann rückte er seine graue Melone zurecht, nahm sie vom Kopf und senkte den Blick.

»Ja.« Seine Stimme zitterte. »Hab 's gesehen. Wenn ich sie wiedersehe, geht die nächste Runde auf mich.«

Zeke musterte Phil, dann Uriel. Es war, als würden die beiden das wahrscheinliche Schicksal ihrer Freunde nicht wahrhaben wollen. Vielleicht war das ein Schutzmechanismus, den sie im Ödland gelernt hatten, wo der Verlust ein ständiger Begleiter war. Sie verbannten den Gedanken aus ihrem Bewusstsein, damit sie sich auf die Mission konzentrieren konnten, und befassten sich später damit. So musste es sein. Alles andere wäre zu seltsam.

»Damit sind wir im Nachteil«, sagte Phil.

Uriel antwortete: »Absolut. Wie sieht unser Plan jetzt aus?«

Gabe beugte sich zu ihnen vor und sprach über das Grollen des Leerlaufs hinweg. »Wir wissen, dass dort Wachen an den Toren sind.«

»TMF«, erklärte Zeke. »Ich kenne ihre Position – und ein paar Umwege.«

»TMF?«, fragte Phil.

»Tactical Marine Force.«

»Du weißt, wo sie deine Frau festhalten?«, fragte Phil.

»*Die* Frau«, korrigierte Uriel und streckte ihm den Zeigefinger entgegen.

»Nicht *seine* Frau.«

Phil lächelte schief und zwinkerte Uriel zu. »*Die* Frau. Weißt du, wo wir sie finden?«

»Glaub schon«, sagte Zeke. »Die Tic haben zwei Orte, an denen sie Verräter oder vereinzelte Geiseln befragen.«

»Also haben wir es hier mit zwei Instanzen zu tun«, korrigierte Gabe.

Die Adern traten an seinem Hals hervor. Sein markanter Kiefer bewegte sich mechanisch, während er das sagte.

»Genau«, antwortete Zeke. »Die Aufseher, die die TMF kontrollieren, und die Tic.«

Dabei fiel ihm auf, dass sie nicht wussten, mit wem oder was sie es hier zu tun hatten. Wie konnten sie das nicht wissen? In welcher Welt, unter welchem Stein lebten sie?

Gabe zeigte auf die Straße vor ihnen. »Alles klar. Dann geh mal voraus, du Held. Du weißt, wo wir hinmüssen.«

Uriel salutierte sarkastisch und kurbelte das Fenster wieder hoch.

»Meine Güte«, sagte sie und ächzte, während sie die Kurbel betätigte. »Wenn ich so weitermache, krieg ich noch Arme wie Gabe.«

»Anschnallen«, wies Zeke sie an und legte den Gang ein.

Das Auto erreichte Reisegeschwindigkeit, und innerhalb weniger Minuten befand sich Zeke in vertrauter Umgebung. Er überprüfte den Seitenspiegel und sah den F-150 direkt hinter sich. Im Hintergrund erstreckte sich das karge Flachland, an das er sich gewöhnt hatte, als er Wasser zwischen den Protektoraten oder zu Abwurfstellen im Ödland geschmuggelt hatte. Der Steilhang, der Tunnellänge nach eher ein Gebirge, war verschwunden. So weit er blicken konnte, erstreckte sich dort nur die flache, staubige Landschaft mit den gelegentlichen silbernen Umrissen toter Bäume, ein Testament dessen, was verloren war.

Zeke dachte nicht weiter über diese Kuriosität nach, verdrängte sie aus seinem Bewusstsein, wie so viele Unstimmigkeiten, die ihm seit seiner Ankunft in Pedros Cantina aufgefallen waren. Er hatte keine Zeit, darüber nachzudenken, was das alles bedeutete. Er musste Li finden.

Er wandte seinen Blick kurz von der Straße ab, um sich nach seinem Hut umzudrehen. Dann griff er nach dem Stetson, drückte ihn mit den Fingern zusammen und setzte ihn sich wie eine Krone auf den Kopf. Er begradigte mit einer Hand die Krempe, rückte ihn so lange zurecht, bis er sich bequem anfühlte, und legte seine Hand zurück aufs Lenkrad.

Er drückte mit der Stiefelspitze aufs Pedal und der Plymouth machte einen Satz vorwärts.

»Bist du in Ordnung?«, fragte er Uriel, die ihre Armlehne zusammendrückte.

»Jap«, antwortete sie und nahm das Gewehr vom Boden, um es auf ihren Schoß zu legen. »Alles bestens.«

Er beäugte die Waffe. »Wo hast du das her?«

»Pedro.«

»Sieht aus wie die Knarren der TMF. M27, glaube ich.«

Sie zuckte mit den Schultern. »Ich weiß nur, dass sie Kugeln schießen.«

»Wirst du nicht brauchen. Noch nicht.«

Er ließ sich in den Sitz zurückfallen. Etwas weniger als einen Kilometer vor ihnen zeichnete sich eine riesige Mauer mit einem großen, eisernen Tor ab. Dahinter lag die Stadt.

Die Sonne blendete Zeke. Er konnte nicht genau sagen, ob die TMF-Soldaten auf ihren Posten waren. Davon ging er einfach aus. Er setzte den Blinker, wartete einen Moment und verließ dann die Straße. Er überprüfte den Rückspiegel und sah den F-150 auf dem flachen, trockenen Terrain hinter sich. Die Federn absorbierten den Großteil der groben, festgedrückten Tonerde unter den Rädern, aber die Fahrt war deutlich holpriger als auf dem Highway.

»Bemerken die nicht den Staub, den wir aufwirbeln?«, fragte Uriel. »Wir haben ja nicht gewartet, bis es dunkel ist.«

»Sie sehen uns.«

»Ist das kein Problem?«

Der Plymouth hüpfte über ein Schlagloch. Zeke korrigierte den Kurs einhändig und fuhr nun parallel zu den Toren über die Ebene, wobei er eine Wolke aus Staub hinterließ.

»Nein. Sie erwarten hier draußen Tic oder Ödländer. Sie beobachten uns, aber sie werden keinen Finger rühren.«

Das Auto fuhr über ein weiteres Schlagloch. Der Motor heulte auf. Zeke und Uriel wurden aus ihren Sitzen gehoben. Die Gurte verhinderten, dass ihre Köpfe gegen die Decke des Muscle Cars schlugen. Mit knirschenden Reifen setzten sie wieder im Dreck auf. Die Radaufhängung gab kurz nach und entspannte sich wieder.

»In ungefähr einem Kilometer kommt ein Tic-Tunnel«, sagte Zeke. »Da sollten wir ohne Probleme durchkommen. Der führt uns unter der Mauer durch, direkt in die Stadt.«

»Geht das für dich klar, einen Tic-Tunnel zu benutzen? Sind die nicht hinter dir her?«

»Niemand bewacht ihn. Man muss wissen, wo er ist, und er wird nur für Kurierfahrten benutzt – also nur nachts. Ob Sonnenauf- oder -untergang spielt keine Rolle, solange es noch hell ist. Außerdem schmieren die Tic die TMF-Wachen. Denen ist egal, was wir machen.«

Im Takt der Federung und mit dröhnendem Motor fuhren sie die Ebene entlang, ohne ein Wort zu wechseln. Zeke war auf seine Aufgabe konzentriert. Seine Augen huschten über die

Anzeigen des Fahrzeugs und überblickten die Strecke vor ihnen. Nichts stand ihnen im Weg.

Bis schließlich doch etwas auftauchte.

Ein großer TMF-Transporter verließ die Stadttore, er zog eine braune Rauchspur hinter sich her. Diese Art von Fahrzeug konnte vier bis sechs Soldaten transportieren. Selbst aus der Entfernung konnte man es nicht verwechseln. Seine klobige, rechtwinklige Karosserie und seine beige Tarnfarbe verrieten ihn.

»Er versucht, uns den Weg abzuschneiden«, keuchte Zeke. Er fluchte und hämmerte mit den Fäusten aufs Lenkrad. »Die Tic müssen ihnen was gesteckt haben. Oder vielleicht die Ödländer. Die wussten, dass wir kommen.«

Uriel nahm das Gewehr in die Hand. »Ich dachte, du hast gesagt …«

»Ich weiß, was ich gesagt hab«, blaffte Zeke. »Wir werden ihn dort ausbremsen.«

»Also geh ich davon aus, dass die TMF weiß, wo dein kleiner Geheimtunnel ist?«, fragte sie, während sie die Gurte langsam von der Schulter löste. »Und das Schmiergeld hat nicht gereicht?«

Zeke beachtete sie nicht und überprüfte die Drehzahl. Er mochte das Gefühl der Stiefel auf dem Gas nicht. Er war seine billigen, ausgetretenen Turnschuhe gewohnt. Darin hatte er mehr Gespür für die Straße.

Dennoch reagierte der Superbird, der Geschwindigkeitsanzeiger kletterte langsam auf hundertsechzig Kilometer pro Stunde.

»Komm schon, Baby«, feuerte er den Plymouth an, »komm schon.«

Er war einen guten Kilometer vom Tunneleingang entfernt. Er schaute nach rechts. Der TMF-Transporter brannte eine Spur ins Gelände. Die großen Baggerräder rasten ohne Widerstand über den Wüstenboden.

»Das schaffen wir nie. Wie weit noch?«, fragte Uriel.

Zeke schaute in den Rückspiegel. Der F-150 fiel zurück. Er blickte nach rechts, wo nun zwei TMF-Frachter fuhren. Den zweiten hatte er vorher in der Staubspur nicht gesehen, jetzt näherte er sich dem Truck aus einer anderen Richtung.

»Weit«, antwortete er.

Uriel überprüfte das Magazin ihres Gewehrs und ließ es an seinen Platz zurückschnappen. Dann lehnte sie sich nach vorn und kurbelte die Scheibe herunter.

Zeke zupfte sich mit einer Hand das Tuch über Nase und Mund, während er mit der anderen lenkte. Er zog die Hutkrempe nach unten und kniff die Augen zusammen. Staub wirbelte durch die Kabine.

»Das ist nicht gut«, sagte er, »gar nicht gut.«

Uriel hob das Gewehr ans Gesicht und schaute durch das Zielfernrohr, wobei sie den Lauf auf der Fensterleiste abstützte. Das unregelmäßige Terrain ließ es auf- und abwippen.

»Kannst du ruhiger fahren?«

»Ich versuch's.« Zeke hielt die Räder gerade, spürte ihre Reaktion auf seine Berührung und den Boden darunter. Er konzentrierte sich auf den Weg vor ihnen. Sie näherten sich langsam.

Vor ihnen lagen mehrere tote Baumgruppen. Die grauen Stämme reckten sich gen Himmel, ihre Zweige streckten sich und baten um Regen, der nie kam.

Dieses Gebiet war einst das gewesen, was Zeke aus Erzählungen als Sumpf kannte. Jetzt war es nichts weiter als ein erstarrtes, hölzernes Zeugnis der kargen Ödnis, in die der große Mangel die Welt verwandelt hatte.

Zeke erkannte die Baumgruppe, hinter der sich der Tunneleingang verbarg, und steuerte darauf zu. Rechts sah er den ersten gepanzerten Transporter. Er schoss, um sie abzufangen, bevor sie unter die Erde entkommen konnten.

Sein Tacho zeigte hundertzweiundsiebzig Kilometer pro Stunde an. Er hatte die Maximalgeschwindigkeit erreicht. Wenn er schneller fuhr, riskierte er einen Motorschaden. Der Superbird heulte auf und donnerte über den Sand.

»Bleib auf Kurs«, sagte Uriel. »Bleib so. Genau so.«

Eine Reihe ohrenbetäubender Knallgeräusche zerriss die Luft. Das Gewehr stieß zurück. Aus seiner Mündung schossen Lichtblitze.

»Scheiße«, sagte Uriel, »verfehlt.«

Sie senkte erneut den Kopf ans Zielfernrohr und schwenkte den Lauf des Gewehrs nach rechts. Dabei verrenkte sie sich in den Gurten, halb zum offenen Fenster gewandt.

Ein weiteres lautes Knattern erschallte. Rauchfahnen wehten vom Gewehrlauf in den Superbird und tanzten in der Kabine.

»Erwischt!«, freute sich Uriel.

Als Zeke nachschaute, sah er einen der hinteren Transporterreifen qualmen. Sie hatte seine dicke Gummibeschichtung mit einem schier unmöglich akkuraten Schuss durchbohrt. Der Transporter fuhr jedoch unbeeindruckt weiter.

»Die haben Doppelbereifung auf den hinteren Achsen«, erklärte Zeke.

Uriel funkelte ihn an. »Hättest du mir auch früher sagen können«, fauchte sie zurück.

»Wusste ja nicht, dass du auf die Reifen zielst.«

Das Auto fuhr über ein Schlagloch, sank mit einem lauten, heftigen Schlag ab und hüpfte dann in die Luft zurück. Uriel verlor die Kontrolle über das Maschinengewehr. Es schlug gegen die Oberseite des offenen Fensterrahmens und fiel auf den trockenen Untergrund.

Uriel stieß eine Reihe von Flüchen aus, die Zeke noch nie aus dem Mund einer Frau gehört hatte. Im Rückspiegel sah er das Gewehr in einer braunen Staubwolke hinter dem Plymouth verschwinden.

Vor ihm befand sich der Haupttransporter auf direktem Kollisionskurs, er fuhr direkt auf den Superbird zu. Er sah keine Ausweichmöglichkeit.

»Was jetzt?«, fragte er.

Uriel blickte vom Seitenspiegel zum Transporter. Sie schlug gegen das Armaturenbrett und fluchte erneut. Ihr Gesicht war rot. Eine dicke Ader zeichnete sich unter der Haut ab und verschmolz mit ihrem Tattoo.

»Lass mich fahren«, sagte sie.

»Was?«

»Du sollst mich fahren lassen.«

»Kann ich nicht.«

»Tja, entweder du lässt mich fahren oder du kannst multitasken.«

»Was du sagst, ergibt keinen Sinn.«

»Wir haben keine Knarre, Zeke. Und meine war sowieso nicht sonderlich effektiv.«

Zeke verkrampfte sich, als sie über eine weitere Rille fuhren. Er spürte sie in Hals, Schultern und Rücken. »Also?«

»Hast du den Revolver, den Pedro dir gegeben hat?«

»Unterm Sitz.«

»Kannst du gleichzeitig fahren und schießen?«

»Was?«

»Sei kein Idiot. Antworte mir nicht mit Gegenfragen, das ist mein Job. Ist lahm, wenn 's von dir kommt. Kannst. Du. Gleichzeitig. Schießen. Und. Fahren?«

»Schätze schon. Weiß aber nicht, wie genau ich dabei zielen kann.«

»Du musst dabei nicht akkurat sein, solange du zielen und schießen kannst.«

Die Transporter umzingelten das Auto und den Tunnel. Die Zeit lief ihm davon und es sah nicht danach aus, als hätte er gegen sie eine Chance.

»Warum machst du das nicht?« Zeke griff zwischen seine Beine und versuchte dabei, den Kopf oben zu behalten, dann fischte er den schweren Revolver unterm Sitz hervor. Er hielt ihn in seiner Linken. Der Griff fühlte sich kühl an. Er streckte ihn Uriel hin. Sie winkte ab und drückte ihren Körper in die Lücke zwischen Tür und Sitzpolster.

»Nein, Pedro hat ihn dir gegeben«, erklärte sie, »ich darf ihn nicht benutzen.«

»Warum nicht?«

»Keine Fragen. Schieß einfach auf sie, man!«

Sie waren höchstens fünfundvierzig Meter vom Transporter entfernt, nah genug für Zeke, um zu sehen, wie der Fahrer abwechselnd zu Zeke und zur Strecke vor sich blickte.

Zwei bewaffnete Soldaten zielten mit ihren M27-Maschinengewehren aus dem Laderaum heraus auf den Superbird.

Uriel lehnte sich zurück und hielt sich die Ohren zu. »Schieß!«, schrie sie. »Jetzt! Sofort!«

Zeke wechselte die Hände, das Lenkrad nun in seiner Linken, die Pistole in seiner Rechten. Er hob ihn hoch und kämpfte dabei mit seinem ungeheuren Gewicht. Dann hielt er ihn waagrecht und zielte auf den Fahrer. Sie waren nur noch ein paar Meter von der Tunneleinfahrt entfernt. Der Transporter kam näher.

»Mach einfach!«

Zeke zielte jetzt auf die Motorhaube und legte seinen Finger auf den kalten Abzug.

»Schieß jetzt!«

Er drückte ab und schoss. Zeke erwartete den typischen, lauten Knall eines Revolvers; die Feder, die den Hammer aufs Zündhütchen schnellen ließ, das Zündhütchen, das die Treibladung entfesselte, welche die Kugel schließlich durch den Lauf bewegte. Das geschah aber nicht.

Statt eines Knalls stieß die Waffe einen tiefen, vibrierenden Ton aus, der wie ein Brummen klang. Die Waffe schlug zurück, ihr Lauf hob sich und Zeke zog sie zurück. Sein Bizeps und Unterarm spannten sich an.

Mit einem *Wumm* sandte der Revolver eine Schockwelle in den Äther. Die Luft außerhalb des Plymouth krümmte und verzerrte sich wie Wasser um einen geworfenen Stein. Die Wellen rollten nach außen und dehnten sich in konzentrischen Kreisen bis zu ihrem Ziel aus.

Der Plymouth reagierte den Gesetzen der Physik entsprechend. Er wurde zur Seite gedrückt, wobei Zeke in Uriels Richtung geschleudert wurde und sie in die Türnische schubste. Dann brach das Heck aus und die Motorhaube drehte sich nach links.

Trotz des plötzlichen Schwindels sah Zeke die Auswirkung seines Schusses. Die Energiewellen krachten gegen den Transporter, warfen ihn zur Seite und gegen ein paar dicke Baumstämme. Seine Fenster waren zersplittert. Der Fahrer sah aus wie eine zerquetschte Blechdose. Alle Männer darin wirkten bewusstlos.

Zeke schaffte es, den Plymouth abzubremsen. Das Auto stotterte und blieb ruckartig stehen, sechs Meter vor der Tunneleinfahrt.

»Was war das?«, fragte Zeke atemlos. Sein Körper zitterte, die verheilende Schulter schmerzte.

Er hielt die Waffe in seiner Hand, fasziniert vom kalten Stahl. Die Trommel glühte für ein paar Sekunden in elektrisierendem Blau, dann erlosch sie und sah wieder wie die rostfreie, reflektierende Oberfläche eines normalen Revolvers aus.

Uriel nahm die Hände von den Ohren und blinzelte. Sie zwang ihren Mund zu einem Gähnen, um den Druck auf ihrem Gehör auszugleichen. »Was?«

Zeke hielt den Revolver hoch. »Was ist das?«

Bevor sie antworten konnte, erweckte das Rumpeln eines näherkommenden Fahrzeugs Zekes Aufmerksamkeit. Er setzte sich aufrecht hin und bemerkte den zweiten Transporter. Der holte auf und war kurz davor, den F-150 abzufangen.

Ohne zu zögern oder zu begreifen, was er tat, schnallte Zeke sich ab und öffnete die Fahrertür. Er kämpfte sich aus dem Superbird und stellte sich auf den trockenen Boden, dann stützte er seine Ellbogen auf dem Autodach ab. Die Hitze des dunklen Metalls sickerte durch sein Hemd und brannte auf seiner Haut. Ungeachtet dessen hielt er seine Waffe fest umklammert. Diesmal wusste er, was ihn erwartete.

Zeke zielte auf den anderen Transporter. Ganz ohne Uriels Drängen machte er sich bereit, biss die Zähne zusammen und drückte den Abzug.

Das *Wumm* vibrierte durch seine Hände und die Waffe schlug nach hinten aus. Diesmal war er darauf vorbereitet.

Unsichtbare Druckwellen pulsierten nach außen, wuchsen an, bis sie den Transporter trafen. Sie hielten den Truck sofort an und drückten ihn einen halben Meter zurück, bevor sie ihn um die eigene Achse drehten. Sein Heck wirbelte nach vorn und seine Schnauze steckte im Dreck. Dann krachte er auf die Seite.

Obwohl Zeke darauf vorbereitet war, hatte er keine Chance gegen den gleichermaßen heftigen Rückschlag der Waffe. Er wurde gegen die Autotür nach hinten geschleudert, krachte gegen die Karosserie und sackte auf den Boden.

Für einen Augenblick lag er verwirrt auf dem Boden und konnte sich nicht daran erinnern, wie er dorthin gekommen war. Er lag auf der Seite, das Auto im Rücken, die groben Sandkörner drückten sich in seine Wange. Der Geruch der Erde erfüllte seine Nase. Unter der offenen Tür zu seiner Linken sah er die dicken, unbeugsamen Baumstämme. Ihre graue Farbe war von braunen und beigen Adern durchzogen, als wären sie geschält worden.

Außerdem sah er die Tunneleinfahrt, die von zwei zu zylindrischen Brocken versteinerten Stümpfen markiert wurde. Sie wirkten, als wären sie direkt in den Boden eingelassen. Seine Schläfen pulsierten. Er starrte die versteinerten Stümpfe an, als er das Knirschen von Sand hörte und ein Paar Stiefel in sein Sichtfeld traten.

»Bist du okay?«

Er versuchte zu sprechen, brachte aber nur ein gedämpftes Stöhnen hervor.

»Klingt nicht danach«, sagte Uriel.

Er lehnte sich gegen die Karosserie des Autos, die offene Tür zwischen ihnen, und blickte zu ihr hinauf. Sie hatte die Hände in die Hüften gestemmt.

Zeke räusperte sich. »Ich bin okay«, sagte er und bemerkte dabei, dass die Waffe noch immer in seiner Rechten war. Irgendwie hatte er es geschafft, sie festzuhalten.

»Gut. Dann mal los.«

Zeke blinzelte den Nebel aus seinem Verstand und hob seinen Hut auf. Er setzte ihn sich auf den Kopf und stand auf. Hinter ihm grollte der Motor des F-150. Er drehte sich um, wobei er sich am Dach des Superbird abstützte, und sah Phil am Steuer.

Gabe und er hielten beide die Daumen hoch und nickten ihm anerkennend zu.

Zeke winkte mit dem Revolver in der Hand zurück. Das Lächeln verschwand aus ihren Gesichtern und sie schüttelten einstimmig den Kopf. Beide starrten auf die Waffe.

Zeke nahm sie herunter und winkte entschuldigend mit seiner freien Hand. Uriel war zurück zur Beifahrerseite gegangen. Sie stand an der offenen Tür.

»Gut getroffen«, sagte sie und lehnte sich dabei an die Motorhaube. »Schätze mal, du kannst multitasken. Gut zu wissen.«

Zeke rutschte zurück auf den Fahrersitz. Darunter verstaute er den Revolver, wo er ihn auch für den Großteil ihres Roadtrips aufbewahrt hatte. Uriel kletterte zurück auf ihren Sitzplatz. Dort saßen sie eine Weile, bis sie die Schultern hob.

»Was ist los?«, fragte sie.

»Was ist das für ein Ding?«, fragte er sie. »Wo kommt das her?«

»Von Pedro. Ist 'ne Impulswaffe. Oder, um genau zu sein, eine modifizierte gepulste Energiewaffe.«

»Das ist Science Fiction, das ist Jules Verne oder Gene Roddenberry. So was gibt's nicht.«

»Zwei Dinge«, sagte sie und hielt dabei zwei Finger hoch. »Die gibt es. Du hast's selbst gesehen. Zweimal. Und ich hab keine Ahnung, wer Julie Verne oder Jeannie Raspberry sein sollen.«

»Sie haben Science Fiction geschrieben, bevor die Welt, na ja … untergegangen ist. Du hast nie von ihnen gehört?«

Sie schüttelte den Kopf. »Nein. Keine Ahnung, wer die Frauen sind.«

»Das sind Männer.«

»Dann interessiert's mich noch weniger. Wir können später über Comics reden. Wir haben einen Tunnel zu durchqueren, bevor die Typen hier aufwachen.«

Er blickte an ihr vorbei durch das offene Fenster, hin zu den zerquetschten Transportfahrzeugen. Der Fahrer des ersten Transporters regte sich.

»Die leben noch?«, fragte er. Ein Grinsen breitete sich in seinem Gesicht aus. Er musste zu Li, aber er war ein Schmuggler, kein Killer. Sein Kiefer schmerzte, er tastete danach. Er musste ihn getroffen haben, als ihn die Strahlenkanone zurückgeworfen hatte.

»Jap«, sagte sie, »und es wird nicht mehr lang dauern, bis sie wütender als ein Haufen roter Ameisen sind. Lass uns abhauen.«

Zeke startete den Wagen. Der wehrte sich für einen Augenblick; dann sprang der Motor mit einem beruhigenden

Schnurren an. Er legte den Gang ein und steuerte auf das Loch des einspurigen, unbeleuchteten Tunnels im Boden zu, der sie mitten ins Herz der Stadt führen würde.

10

Brina lief am Torquemada vorbei, ihre Tagesration im Arm. Sie war gute vier Stunden in beiden Schlangen angestanden. Als einer der Tic-Vollstrecker hatte sie Zugang zu allem, was sie wollte, aber es war wichtig, den Schein zu wahren. Ihr Mentor hatte ihr das vor vielen Jahren beigebracht. Er war fort, aber seine Lektionen überdauerten.

Die Straßen waren belebt. Es hatte sich herumgesprochen, dass modifiziertes Weizenmehl in knappen Mengen verfügbar war. Der Rohstoff war fast so selten wie Wasser, allerdings nicht so wertvoll, da nicht lebensnotwendig. Dennoch konnte man sich ein wenig Gebäck nicht entgehen lassen. Das Leben war hart genug.

Brina hatte einen halben Beutel Mehl ergattert. Mit ihrer Wasserkanne und dem Pfund chemisch hergestellten Enviro-Schweinefleisch wäre sie für eine ganze Weile versorgt. Sie mochte die neidischen Blicke, die ihr durch die hungrigen und durstigen Menschenmassen folgten. Manche von ihnen hatten Wasser, andere modifiziertes Schwein, ein paar hatten Mehl. Aber nur die wenigsten hatten alle drei Dinge.

Sie lief am Fascio, dem Regierungsgebäude, vorbei, verlagerte das Gewicht der Waren in ihren muskulösen Armen und betrachtete die verwesenden Leichen, die über den breiten Steinstufen zum großen Eingang hin baumelten. Es war schwierig zu erkennen, wer die Leute einst waren. Sie versuchte, sich vorzustellen, wie sie ausgesehen hatten, bevor die Vögel und die Hitze ihnen so zugesetzt hatten, und schaute sie an, bis ihre Neugier befriedigt war. Sie hatten zu den Tic gehört, aber sie waren nachlässig geworden. Das hatten sie sich selbst eingebrockt. Hätten ihnen die Aufseher kein Ende bereitet, wäre das vielleicht ihr zugefallen, was weniger Zeit zum Backen bedeutet hätte. Sie ordnete ihre Pakete neu und lief weiter.

Die Menschenmengen und die Schlangen vor den Stationen, die sich bis auf die Straßen erstreckten, verlangsamten ihren Rückweg zur Basis. Als sie an den Stationen vorbeikam, ging sie bewusst einen Schritt langsamer. Dabei belauschte sie die Soldaten, in der Hoffnung auf Gerüchte, brauchbare Informationen oder irgendetwas, das ihren Vorgesetzten einen Vorteil oder neue Optionen verschaffen würde.

Den Wachleuten zuzuhören lohnte sich immer. Niemand verstand das besser als Brina. Wasser war für die Protektorate wie Platin, ohne Frage, aber neue Informationen waren so gut wie unbezahlbar.

Das hatte sie ebenfalls von ihrem Mentor gelernt, dem Mann, der sie vor einem Leben als hungernder Vagabund bewahrt hatte. Beim Gedanken an ihn biss sie die Zähne zusammen, die knirschten, als sie gegen die Welle von Wut ankämpfte, die ihren Körper überschwemmte. Sie konzentrierte sich auf ihre Aufgabe und erinnerte sich an seine Lektionen.

So wie Wasser flossen auch Informationen in sämtliche Richtungen. Sie brandeten an, bahnten sich ihren Weg und rissen die Dinge dabei aus ihrer Verankerung. Brina schlängelte sich an den letzten Wasserstationen vorbei und landete in einer engen Gasse, die in eine Hinterstraße mündete. Dort befand sich der einzige Zugang zu dem Gelände, auf dem sie ihren brutalen Geschäften nachging.

Sie setzte ihre Ladung vor sich auf dem Boden ab und zog die Spezialschlüssel aus ihrer Hüfttasche, dann steckte sie einen davon in das Schlüsselloch in der Mitte der Tür. Sie drehte ihn, bis er einrastete, dann bewegte sie den großen, patinierten Messingknauf und drückte ihn nach innen. Die Scharniere quietschten laut beim Öffnen. Sie brauchten Öl, das sie nie bekommen würden.

Brina bückte sich, hob ihre Habseligkeiten auf und betrat das kühle, dunkle Gebäude. Mit einem Hüftschwung schlug sie die Tür hinter sich zu. Sie fiel ächzend ins Schloss. Flink schob sie den Riegel vor und ging in die Küche.

Die nächste halbe Stunde verbrachte sie damit, Essen vorzubereiten. Sie machte sauber, wischte die Klinge des Messers ab, das ihr alter Mentor ihr vermacht hatte, und steckte es in ihre Tasche zurück. Sie stellte ein Wasserglas und einen Teller auf ein Metalltablett, warf sich ein einfaches Kleid über die Schulter und trug es durch die labyrinthischen Korridore, die die Tic-Basis durchzogen.

Weiß leuchtende Glühbirnen baumelten von den Decken der Korridore. Sie waren eng genug gehängt, um direkt aneinander anzuschließen, was die Illusion von durchgehendem Licht erzeugte, wenn man sich durch die engen Gänge bewegte. Am Ende des Labyrinths stieß Brina auf eine Tür mit Vorhängeschlössern. Unter Augenhöhe war ein Fenster eingelassen, das mit schweren Drähten statt Glas verkleidet war.

Sie beugte sich vor, dann zuckte sie vor der Öffnung zurück. Ihr Gesicht verzog sich beim Gestank, der aus der Zelle strömte. Sie atmete die sauberere Luft ein und hielt den Atem an. Durch die Dunkelheit konnte sie die schmächtige Silhouette ausmachen, die sich eng in eine Zellenecke drückte.

»Adaliah«, sagte sie und flüsterte dabei fast, »bist du hungrig?«

Die Frau in der Ecke regte sich. Brina konnte ihren röchelnden Atem hören.

»Ich hab was für dich zu essen«, sagte Brina. »Ein Enviro-Schwein-Cracker. Gesalzen. Und hier ist ein Glas Wasser. Beides besser als trockenes Müsli, nicht?«

Li hustete. Es war ein trockenes, abgehacktes Husten, bei dem sich Brinas Armhaare aufstellten.

»Ich hab auch was zum Anziehen für dich«, fuhr sie fort. »Du hast nichts, was dich warm hält, und es ist kalt hier. Wie geht's deinen Wunden?«

Li bewegte sich aus ihrer Ecke. Sie krabbelte in Bodennähe durch den Raum. Kurz vor dem schwachen, rechteckigen Lichtschein, der durch die Öffnung fiel, hielt sie an.

»Wasser?«, fragte sie. Ihre Stimme war ein Krächzen, das Brina kaum wiedererkannte. »Essen? Richtiges Essen?«

Brina hob das Tablett an die Öffnung. »Ja. Magst du's haben?«

»Ja.«

Brina ging in die Hocke und stellte das Tablett auf den Boden. Sie schob das Gitter am unteren Ende der Tür zur Seite und öffnete eine kleine Durchreiche, gerade groß genug für das Essenstablett, dann knüllte sie das Kleid zusammen und schob es ebenfalls hindurch. Sie schloss das Fenster und verriegelte es wieder.

Li krabbelte zum Tablett und nahm den Cracker. Sie schob ihn in den Mund und kaute. Krümel und Stücke des künstlichen Schweinefleischs blieben an ihren trockenen, aufgesprungenen Lippen hängen.

»Iss nicht zu schnell«, warnte Brina sie, während sie durch die Öffnung schaute. »Davon kriegst du Magenprobleme.«

Heute spielte sie den guten Bullen, ganz im Gegensatz zum bösen Bullen, den sie vor ein paar Tagen zum Besten gegeben hatte. Das war ihre Herangehensweise, die reife Frucht zu ernten – keine Freundlichkeit, sondern skrupelloses Kalkül.

Li griff nach dem Glas Wasser und kippte es in sich hinein, während sie den Cracker zerkaute. Sie schlürfte und schmatzte, leckte sich die feuchte Crackermasse vom Gaumen. Mit der Zunge formte sie alles zu einem Klumpen und kaute weiter darauf herum.

»Ich weiß, wo Ezekiel ist«, sagte Brina.

Li hörte auf zu kauen und öffnete den Mund. Das halb leere Wasserglas zitterte in ihren Händen. Sie hob den Kopf und blickte Brina mit einem zuckenden Auge an.

Brinas Mundwinkel hoben sich. Das war kein Lächeln, sondern blanke Häme.

»Ich weiß, dass er hier in der Stadt ist«, sagte sie.

Lis Gesichtsausdruck veränderte sich.

Sie wischte sich den Mund mit ihrem Armrücken ab und nahm einen weiteren zittrigen Schluck Wasser.

Sie stand auf. Ihr Körper war deutlich abgemagerter als zu der Zeit, als die Tic sie aus ihrer Wohnung entführt hatten. Ihre Rippen drückten sich durch ihre Haut wie bei einem Windhund. Braune, getrocknete Blutflecken überzogen Hände und Handgelenke. Sie schwankte kurz, dann fand sie ihr Gleichgewicht und stieg über das Essenstablett.

Sie strich sich die Haare aus der Stirn. »Woher weißt du das?«

»Aufseher. Ich höre Dinge. Sehe Dinge.«

»Das haben sie dir erzählt?«

»Indirekt, mit ein bisschen Gelaber.«

Li machte noch einen Schritt, bei dem sich ihre blasse Haut über die Rippen spannte. Ihr Herzschlag brachte die Brust zum Beben. »Wo ist er? Kann ich ihn sehen?«

»Ich bin kein Aufseher«, sagte Brina, »und weder Soldat noch Politiker. Aber das weißt du.«

Li senkte den Kopf und blickte zu Boden. Ihre Finger ballten sich zu Fäusten.

»Du solltest dir was anziehen«, fuhr Brina fort, »du holst dir noch 'ne Erkältung.«

Lis Körper entspannte sich und sie nickte. Als sie sich zum zerknüllten Kleid hinunterbeugte, verlor sie das Gleichgewicht. Sie fiel auf die Knie, dann auf die Seite, wobei sie Glas und Tablett umwarf.

Brina beobachtete sie schweigend. Li kämpfte damit, das Kleid zu entwirren. Sie versuchte, den Saum zu finden, die Ärmelöffnungen, den Kragen, aber es gelang ihr nicht. Brina hielt das Mädchen entweder für zu schwach oder zu verwirrt dafür.

Die Wärterin blickte über ihre Schulter in den schwach beleuchteten Gang, dann langte sie in ihre Hüfttasche. Sie fischte den Schlüsselbund heraus und fand einen rostigen Schlüssel, der die richtige Größe für das Schloss an der Zellentür zu haben schien.

»Ich kann mir das nicht mehr anschauen«, sagte sie, »lass mich dir helfen.«

Brina steckte den Schlüssel ins Schloss und drehte ihn, aber er rührte sich nicht. Sie probierte einen zweiten und dritten aus, bis der Mechanismus schließlich klickte und sie die Tür aufschieben konnte. Mit all ihrer Kraft drückte sie diese ächzend nach links. Die Tür kratzte über die Metallschienen an Boden und Decke und verschwand in der Wand zu Brinas Linken.

Als sie die Tür endlich geöffnet hatte, strömte Brina eine stinkende Mischung aus Gerüchen entgegen, die sie an eine Geburt erinnerte. Sie bedeckte ihr Gesicht für den Moment mit dem Ärmel und betrat die Zelle. Als Vorsichtsmaßnahme war Li normalerweise gefesselt und in Gesellschaft eines bewaffneten Wachmannes, aber Brina hielt das Mädchen für zu schwach, um ernsthaft gefährlich zu werden. Sie glich einem lebenden Skelett, war über und über mit Schmutz bedeckt, und konnte nicht einmal ein einfaches Kleidungsstück entwirren.

Brina atmete durch den Ärmelstoff und kniete sich neben Li, um ihr zu helfen. Das Mädchen wich ängstlich zurück.

»Ich werd dir nicht wehtun, Liebes«, sagte sie halb im Ernst. »Ich hab getan, was ich musste. Jetzt helfe ich dir. Das brauchst du gerade.«

Brina ging in die Hocke, die Absätze flach auf dem Boden. Sie hob das Kleid auf und schüttelte es wie nasse Wäsche kurz vorm Aufhängen. Dann fuhr sie mit der Hand durch die Ärmel und stülpte sie nach außen.

»Hier. Zieh den Kopf ein.«

Li beäugte sie für eine Weile misstrauisch, bevor sie die Anweisung befolgte. Sie senkte den Kopf und Brina zog ihr das zerknitterte Kleid über.

»So. Ein Arm nach dem anderen. Fang mit dem hier an.«

Li steckte ihren linken Arm durch das Loch. Ihre Hand kam am anderen Stoffende heraus.

»Jetzt der andere«, wies Brina sie an.

Li steckte ihren rechten Arm durch das andere Loch, wobei sie ihren Körper verdrehte. Brina hielt den Stoff fest und dehnte ihn, um dem Mädchen zu helfen, als Lis Hand durch das andere Ärmelende griff und das Wasserglas vom Tablett nahm.

Mit einer schnellen Bewegung donnerte sie Brina das Glas gegen den Kopf. Es zerbarst, als es auf Fleisch und Knochen traf. Helle Sterne tanzten vor Brinas Augen. Betäubt und blutend fiel sie nach hinten. In ihren Schläfen und oberhalb des Ohrs steckten Glassplitter.

Mit dem Kleid um die Hüfte geschlungen, stürzte Li sich auf sie wie ein Klammeraffe. In blinder Wut hämmerte sie mit den Fäusten auf Brinas Gesicht, Hals und Brust ein.

Kein Laut drang aus der Zelle oder dem angrenzenden Korridor, außer Lis Schlägen und Brinas Ächzen und Stöhnen, während sie bewusstlos geprügelt wurde.

Niemand kam ihr zu Hilfe.

11

Li stand breitbeinig über Brina und trat ihr die Ferse in den Bauch. Sie zog das Kleid nach unten, drückte es flach gegen ihren Bauch, um die Falten zu glätten, und beugte sich herunter, um Brinas Handgelenke zu packen.

Dann schleifte sie die Frau über den Boden und legte sie in der dunklen Ecke neben den drei Ratten ab, denen sie das Genick gebrochen hatte. Li trat sie erneut. Sie durchsuchte die Taschen ihrer Peinigerin und fand einen Schlüsselbund. Den nahm sie an sich und ging damit zur offenen Tür.

Auf dem Weg hinaus schnappte sie sich den verbliebenen Cracker, entfernte die Scherben und schob ihn sich in den Mund. Sie ließ sich den salzigen Geschmack des künstlichen Schweinefleisches auf der Zunge zergehen, während sie die Zelle verließ und die schwere Tür hinter sich abschloss.

Es würde nicht lange dauern, bis die Frau wieder zu Bewusstsein kommen und nach Hilfe rufen würde. Li musste schleunigst aus dem feuchten Labyrinth entkommen.

Trotz der Wunden und ihrer schwachen, unterernährten Muskeln, bewegte sie sich flink von Gang zu Gang. Das Adrenalin trieb sie in Richtung Freiheit. Dieser Begriff war im Protektorat relativ, dessen war sie sich bewusst, aber alles war besser als das hier.

Sie bog erst links und dann rechts ab. Alles sah gleich aus. Die Wände, die Böden, die einzelnen, weiß leuchtenden Glühbirnen, die von den Decken hingen, verschmolzen alle zu einer Einheit.

Sie versuchte seit zehn Minuten, einen Weg aus dem Labyrinth zu finden, und dachte schon, im Kreis zu laufen, als sie eine Männerstimme hörte. Der tiefe Bass hallte von den glatten Gebäudewänden wider. Li hielt inne. Der Mann war so nah, dass sie ihn zwischen den Worten atmen hören konnte, aber zu weit entfernt, um zu verstehen, was er zu wem sagte. Sie drückte sich flach gegen die Wand, in den Schatten zwischen den Lichtkreisen der Glühbirnen.

Während sie sich dort versteckte, hielt sie die Schlüssel umklammert. Den größten davon hielt sie so in ihrer Faust, dass er zwischen den Knöcheln von Zeige- und Mittelfinger herausragte.

Langsam bewegte sie sich an der Wand entlang zur Stimme hin. Eine Ecke weiter sah sie ein gelbes Lichtdreieck, das aus der offenen Tür nur sechs Meter rechts von ihr auf den Boden fiel. Er war dort drin.

Mit einer Hand an der kühlen Wand bewegte sie sich weiter auf das Licht zu. Der Mann sprach eindeutig über seinen Com mit jemandem.

In einer geschmeidigen Bewegung, unbehindert vom weiten Kleid, schob sie sich zur Tür, vor der sie in die Hocke ging und in den hellen Raum spähte.

Der Mann lehnte mit dem Rücken zu ihr an einem Tisch und hatte Kopfhörer auf. In seiner Rechten hielt er einen Empfänger. Auf dem Schreibtisch dahinter lag ein Gewehr. Seine breiten, rundlichen Schultern und sein dicker Hals verrieten ihn als einen der Vollstrecker. Die Tic hatten viele Männer wie ihn. So viel hatte sie aus ihrer Zeit mit Zeke gelernt. Sie hatte auch erfahren, dass die Reichweite der Tic deutlich größer war, als jemand außerhalb der Organisation ahnen konnte.

Li schlich sich in das Zimmer und überprüfte den Gang hinter sich. Alles war ruhig. Niemand kam. Der Mann mit den Kopfhörern lachte. Er lehnte sich zurück, die freie Hand flach auf dem Tisch. Sein linker Ellbogen war durchgestreckt, in der anderen Hand hielt er das Radio.

Sie kroch hinter den entgegengesetzten Tisch und lauschte. Damit der Gesprächspartner am anderen Ende der Leitung nicht alarmiert wurde, wartete sie, bis er den Anruf beendete. Nachdem er sich verabschiedet und aufgelegt hatte, drehte er sich um. In diesem Moment fiel sie über ihn her.

Li sprang auf den Tisch und holte aus. Sie packte ihn, krallte sich in seinen Oberkörper, dann umklammerte sie ihn mit den Beinen und riss seinen Kopf an ihre Brust.

Die Wucht brachte den Mann ins Stolpern und er ließ das Radio fallen. Es fiel klappernd auf den harten Boden. Er schlug gegen die Wand und schwankte zur Seite. Die Kopfhörer hingen schief in seinem Gesicht. Er griff nach ihr, versuchte, sich aus ihrem festen Klammergriff zu befreien, aber mit den Schenkeln um seine Rippen presste sie ihm die Luft aus den Lungen.

Sie packte seine Haare und riss daran. Er grunzte und versuchte, zurückzuweichen. Sie hämmerte mit der anderen Faust auf seine Halsseite ein, zog sie zurück und schlug wieder und wieder zu.

Der einzelne Schlüssel, der aus ihren Knöcheln ragte, durchbohrte seine Haut. Mit jedem Schlag wurde das aufgerissene Loch größer. Der Mann schrie vor Schmerz. Mit erstickter Stimme fluchte und ächzte er. Er griff nach seinem Hals und fand ihr Handgelenk, das er zu packen versuchte.

Sie landete einen weiteren Treffer, bevor er sie aufhalten konnte, aber es war schon zu spät. Er verlor das Gleichgewicht und fiel hin. Li landete auf ihm. Eines ihrer Beine wurde unter seinem Gewicht begraben, aber sie konnte es befreien. Während er auf dem Boden lag, sich vor Schmerzen wand und die Hand auf seinen blutenden Hals presste, kroch sie zum Radio und hob es auf. Es schien noch immer zu funktionieren. Li stellte die Frequenz ein, die ihr damals eingebläut worden war. Sie nahm sich einen Augenblick Zeit, um wieder zu Atem zu kommen, und sah, wie der Vollstrecker das Bewusstsein verlor. Sie stand auf, ging durchs Zimmer, schloss die Tür und sperrte sich ein.

Dann lehnte sie sich dagegen und hielt das Radio an ihren Mund. So langsam, wie es das nachlassende Adrenalin ihr erlaubte, rutschte sie auf den Fersen an der Tür herunter und machte es sich dort bequem. Schließlich drohte die Erschöpfung, sie zu übermannen. Ihr Körper schmerzte. Sie konnte die ansetzende Milchsäure in ihren Muskeln spüren. Ihr wurde schwindelig.

Sie war dehydriert und schwach, aber sie war noch immer die Agentin, zu der sie ausgebildet worden war. Das hier, so ermahnte sie sich, war genau das, wofür sie trainiert hatte, wofür sie gelernt und all die Jahre ihres Lebens geopfert hatte. Alles drehte sich nun. Sie drückte die Sendetaste des gesicherten Unterkanals und sprach gedämpft.

»Neunundzwanzig an Aufseherbasis. Hört ihr mich?«

Die Antwort kam sofort: »Neunundzwanzig, verstanden. Wie lautet Ihre CP?«

Sie wiederholte die Codephrase, eine Definition ihrer Namensbedeutung, Adaliah.

»Aufseherbasis«, sagte sie, wobei ihre Finger zitternd die Taste gedrückt hielten, »hier spricht die, die aus dem Wasser, der Armut, den Wolken und dem Tod schöpft.«

Es folgte eine Pause. »Neunundzwanzig, verstanden. Geochip aktiviert. Extraktion wird vorbereitet.«

Sie ließ das Radio auf den Boden fallen und berührte das blinkende Licht unter der Haut ihres Handgelenks. Ihre Zeit als Regierungsagentin bei den Tic war endlich vorbei.

12

Archibald, der Aufseher und Lieutenant, der für die Tactical Marine Force verantwortlich war, stand da und verschränkte die Hände hinter dem Rücken. Mit der rechten Hand hielt er sein linkes Handgelenk fest und rieb es dabei mit seinem geschwollenen Daumen. Sein verbitterter Gesichtsausdruck verriet Enttäuschung und Abscheu. Die Erleichterung, die er bei der Nachricht verspürt hatte, dass sein verschollener Spion nicht übergelaufen war, verpuffte im Angesicht der neuen Information, die in ihm nun den Drang weckte, auf etwas oder jemanden einzuschlagen.

In kurzen Abständen ballte er seine aufgequollene linke Hand zur Faust und entspannte sie wieder. Er sagte nichts, als ihm der Soldat, der mit fest umklammerter Mütze vor ihm stand, erklärte, dass es ihnen nicht gelungen war, die beiden Fahrzeuge abzufangen. Stattdessen waren diese entkommen und hatten zwei ihrer Transporter zerstört.

Frederick stand neben ihm, die Arme vor der Brust verschränkt. Er schwieg ebenfalls.

Die drei Männer befanden sich in Archibalds ausladendem Büro im Fascio. Bis auf die Wandteppiche und den großen, blutroten Teppich, der den Großteil des Travertinbodens verdeckte, war der Raum spärlich dekoriert. Sie standen auf dem Teppich in der Raummitte. Staub tanzte in den Sonnenstrahlen, die durch die Fensterjalousien fielen.

Der Soldat wischte sich mit dem Ärmel über die Stirn und zuckte zusammen, als er dabei den violettgelben Bluterguss berührte. Er starrte auf Archibalds Brust, weil er es nicht wagte, dem Lieutenant in die Augen zu schauen.

»Wie schon erwähnt«, sagte der Soldat und kratzte dabei seinen ganzen Mut zusammen, »wir hatten sie fast, Sir. Wir haben sie auf frischer Tat ertappt. Aber wie aus dem Nichts kam …«

»Sie wiederholen sich«, polterte Archibald und brach mit seiner üblichen Gelassenheit. Er rieb nicht mehr den Daumen über seine Hand. Stattdessen streckte er die Hand vor seinem Gesicht aus und rieb die Finger, als würde er unsichtbaren Feenstaub daraus rieseln lassen. »Also, irgendeine magische Waffe hat euch aufgehalten, hat unsere gepanzerten Transporter zerquetscht und alle TMF-Teams darin verletzt.«

Der Soldat starrte betreten auf seine Schuhe und zerknautschte den Hut in seinen Händen.

»Also sind sie in die Stadt entkommen, ja?«, fragte Archibald.

Der Soldat hob den Kopf. »Ja, Sir. Durch einen der Tic-Tunnel.«

»Waren das Tic-Fahrzeuge?«

»Ja. Wir sind uns sicher, dass beide mit Verbrennungsmotoren liefen. Das ist typisch für sie.«

»Also haben uns die Tic an diese Eindringlinge verraten?«, fragte Archibald und wandte sich Frederick zu. »Versteh ich das richtig?«

Frederick nickte. »Teilweise. Wir haben über inoffizielle Kanäle mitbekommen, dass wir nach einem 1970er Plymouth Superbird suchen sollten. Ein zusätzlicher Pick-up wurde dabei nicht erwähnt.«

Archibald bewegte sich vom Teppich auf den Travertinstein. Seine Schritte hallten, als er zum Schreibtisch ging. Er setzte sich auf dessen Kante und nahm ein Glas voll mit schmelzendem Eis.

Er wischte das Tauwasser mit dem Daumen weg und trank das Schmelzwasser, wobei die Eiswürfel im Glas klirrten. Dann kippte er sich einen davon in den Mund und nuckelte daran.

Mit dem Würfel in der Backe wandte er sich an Frederick: »Solche Informationen sind nicht unüblich.« Er schwenkte das Glas in Richtung seines Kollegen. »Die Tic liefern uns ständig Hinweise. Sie opfern ihre eigenen Leute für gelegentliche Nachsicht.«

»Wohl wahr«, stimmte Frederick zu. »Ab und an laufen sie ins Messer; sie opfern die Minderheit zum Wohl der Mehrheit, sozusagen.«

»Aber nie zuvor haben wir so eine *magische* Waffe gesehen«, sagte Frederick.

Der Soldat starrte den Teppich an und trat unruhig von einem Fuß auf den anderen.

Frederick schüttelte den Kopf. Er entschränkte die Arme und steckte sie in die Hosentaschen. Sein Blick fiel auf den Staubwirbel, der vor seinem Gesicht durch einen Lichtstrahl tanzte. »Glaubst du, es war eine Falle? Vielleicht haben sie uns benutzt?«

»Möglich«, antwortete Frederick. »Bald sollten wir mehr wissen.«

»Wie das?«

»Einer unserer Agenten kommt hierher. Eine Frau, die wir schon seit einer Weile bei den Tic eingeschleust haben. Sie hat viel von ihren Operationen mitbekommen, hat uns seit Monaten wertvolle Informationen zukommen lassen.«

»Wer ist das?«

»Adaliah Bancroft. Cleveres Biest. Haben sie bei uns aufgenommen, trainiert und auf sie angesetzt.«

»Stammt die Information über den Plymouth von ihr? Hat sie uns das gesteckt?«

Frederick schüttelte den Kopf. »Nein, das war sie nicht. Ich kenne die Quelle dieser Information nicht.«

»Wie soll sie uns dann helfen?«

»Sie wird wissen, ob die Tic je eine solche Waffe entwickelt haben«, erklärte Archibald. »Sie war tief in ihre Schmuggeloperationen verstrickt. Falls die Tic neue Technologien nutzen oder testen, hat sie höchstwahrscheinlich Wind davon bekommen.«

»Wie lange war Adaliah noch mal involviert?«

»Über Jahre hinweg.«

Ein Lächeln breitete sich auf Archibalds Gesicht aus und vertiefte die Krähenfüße an seinen Schläfen, die vorher schon wie Krater aussahen. Die Bewegung seiner unregelmäßigen Nase betonte seine deformierte Erscheinung. Er setzte das Glas ab und strich sich mit der feuchten Hand über den Bürstenhaarschnitt.

»Du bist ein kluges Kerlchen, Frederick«, sagte er, »das mag ich so an dir. Deshalb sind wir so ein gutes Team.«

»Danke. Ich tu mein Bestes. Aber ich muss zugeben, ihr Verschwinden hat meinen Glauben etwas erschüttert.«

Archibald nickte, erhob sich vom Schreibtisch und ging um ihn herum zu dem einfachen Holzstuhl auf der anderen Seite. Er zog den Stuhl an seiner vergitterten Lehne heraus und ließ sich darauf fallen, dann zog er sich an der Schreibtischkante vor. Den Soldaten winkte er mit einer lässigen Handbewegung hinaus.

»Sie sind entlassen. Kümmern Sie sich um Ihre Verletzungen.«

Der Soldat salutierte, machte auf dem Absatz kehrt und marschierte aus dem Raum, die große Tür fiel hinter ihm ins Schloss.

Frederick deutete auf die Tür. »Das war ein Ausrutscher.«

Archibald seufzte. »Ja«, gab er zu, »um ehrlich zu sein, es wäre gar nicht schlimm, wenn das Gerücht vom Überläufer die Runde macht. Wenn es die anderen Lieutenants erreicht, bestätigt das nur unsere Position.«

Frederick zuckte mit den Schultern. »Vielleicht. Oder aber sie denken, wir haben unsere eigenen Leute nicht im Griff.«

Archibald lehnte sich zurück, die einfachen Stuhlscharniere ächzten unter seinem Gewicht. Er legte die Füße auf den Schreibtisch und schlug die Beine übereinander.

»Wir müssen die Leute mit diesen neuen Hi-Tech-Waffen finden, wir müssen sie festnehmen und befragen. Falls das nur Bauernopfer der Tic sind, auch gut. Aber ich hab im Gefühl, dass es hier um was Größeres geht.«

»Warum sagst du das?«, fragte Frederick.

»Nur so ein Gefühl.«

»Erzähl.«

Archibald rieb sich das Kinn. »Wir haben so lange über einen möglichen Aufstand in den eigenen Reihen diskutiert, dass ich mich langsam frage, ob die wahre Bedrohung nicht von außen kommt.«

»Von außen? Wie das? Du meinst die Ödländer?«

Archibald schüttelte den Kopf und blickte zu Boden. Er war sich nicht sicher, was er genau meinte oder wie er es erklären sollte. Es war lediglich ein Bauchgefühl, das irgendetwas nicht stimmte. Etwas war aus dem Gleichgewicht geraten.

»Ich weiß es nicht. Ich hab das Gefühl, dass das hier nicht von unseren Leuten ausgeht. Da ist eine externe Kraft am Werk, die uns auseinandernehmen will. Ich kann's nicht genau sagen.«

»Du zerdenkst das Ganze. Das ist doch paranoid. Selbst für einen Mann, dessen Job es ist, paranoid zu sein, übertreibst du ein wenig. Es gibt keinen Beweis dafür, dass außerhalb des Protektorats irgendetwas vor sich geht. Keinen einzigen.«

Archibald grummelte. In der nachfolgenden Stille musterte Frederick den großen rot-schwarzen Wandteppich, der hinter seinem Freund hing. Die aufgestickten Szenen zeigten Pferde und Adler. Andere beinhalteten Engel und eine sogar eine verwesende Leiche.

Archibald bemerkte, dass Frederick mit seinen Gedanken woanders war und schaute über seine Schulter hinweg zur verblassenden Stickerei. »Immer, wenn du hier bist, schaust du dir die Bilder an. Gefallen sie dir?«

»Sie verfolgen mich. Es ist fast, als würden sie über mich urteilen.«

»Na, wer ist jetzt paranoid? Was, ganz nebenbei bemerkt, dein Job ist, nicht meiner. Du bist für die Spione verantwortlich, der Meister der Paranoia.«

»Also, zunächst mal ist es keine Paranoia, wenn sie wirklich hinter dir her sind. Außerdem hab ich das gar nicht gemeint. Was ich sagen wollte, ist, dass sie von einer Zeit erzählen, die weit zurückliegt, und von einer, die noch kommt.«

Archibald zog eine Augenbraue hoch. »Na, das ist doch kaum kryptisch für einen Mann, der ständig mit Dolch und Umhang lebt.«

»Das sind biblische Motive, richtig? Die Reiter, die Adler … sie repräsentieren das Ende aller Tage.«

»Ja«, antwortete Archibald und musterte dabei Fredericks Gesicht. »Eine grafische Darstellung aus dem Neuen Testament.«

Fredericks Blick glitt über die Bilder. Er schien tief in Gedanken versunken zu sein.

»Man nennt ihn den Zyklus der Apokalypse. Französisch. Wurde für Louis den Ersten im vierzehnten Jahrhundert angefertigt. Eigentlich unglaublich, dass er noch immer existiert. Fast so unglaublich wie die ganzen Autos aus dem zwanzigsten Jahrhundert, mit denen die Tic fahren. Man sollte meinen, die Rostlauben wären mittlerweile auseinandergefallen, genauso wie die meisten Wandbehänge aus dieser Zeit längst verbrannt oder von Motten zerfressen sein sollten.«

»Louis, hm?«

»Der Herzog von Anjou.«

»Schon lustig, dass sie hier bei dir hängen, wenn man bedenkt, dass sie einem Mann namens Louis gehört haben.«

»Was meinst du damit?«

»Unsere Nemesis scheint ein Lieutenant mit dem gleichen Namen zu sein«, erklärte Frederick.

»Hab nie darüber nachgedacht. Schätze mal, mehr Energie ist mir der Speichellecker einfach nicht wert.«

»Er hängt dem Commander direkt am Ohr. Wir müssen Energie für ihn verschwenden. Er ist gegen uns, er bekämpft uns.«

»Er wird nicht gewinnen. Wir haben unsere Absicherung. Aber du hast recht damit, dass er die Aufmerksamkeit des Commanders hat.«

»Es gibt nur eine begrenzte Anzahl von Tunneln in die Stadt. Wir haben Spitzel.«

Es klopfte an der Tür.

»Ja?«, fragte Archibald.

Mit einem Knarren schwang die Tür auf. Eine junge, zerbrechlich wirkende Frau stand auf der Schwelle. Sie salutierte und bat um Erlaubnis, eintreten zu dürfen.

Frederick winkte sie in den Raum. »Setzen Sie sich.«

Sie durchquerte das Zimmer mit aufrechten Schultern und einem überraschend selbstbewussten Gang, den man ihrer spindeldürren Erscheinung nicht zugetraut hätte. Sie nickte den Männern zu und blieb ein paar Schritte vor ihnen stramm stehen.

»Danke, Sir«, sagte sie, »ich bleibe lieber stehen. War schon ein Weilchen nicht mehr auf den Beinen.«

Frederick zeigte auf sie und stellte sie Archibald vor. »Das ist Adaliah.«

Archibald musterte sie. Ihr Haar war zu einem Pferdeschwanz gebunden. Ihre Haut war blass wie Alabaster, bis auf die gelblichen Ränder der Blutergüsse auf ihren Wangen, ihrem Hals und ihren Armen.

Irgendetwas hatte sie an sich, dass den Lieutenant verzauberte. Eine Geistesstärke, eine Kühnheit im Blick, als hätte sie Dinge gesehen und getan, die kaum jemand fertigbrachte.

»Adaliah«, sagte Archibald, »Lieutenant Frederick und ich haben ein paar Fragen an Sie. Ist es denn in Ordnung, wenn ich Sie Adaliah nenne? Oder bevorzugen Sie eine förmlichere Anrede?«

»Li.«

»Wie bitte?«

»Sagen Sie einfach Li. Niemand nennt mich noch Adaliah.«

»Also Li.« Archibald nickte. »Du bleibst wirklich lieber stehen? Wir haben viele Fragen.«

Sie sträubte sich und nahm die Schultern zurück, dann starrte sie geradeaus, an ihm vorbei.

»Ja. Danke, Sir.«

»Dann machen wir mal Nägel mit Köpfen«, sagte Frederick und stützte sich auf dem Schreibtisch ab. »Wir wissen, wo dein Ziel ist. Der Schmuggler Ezekiel Watson?«

Bei der Erwähnung seines Namens zuckte sie zusammen. »Ja. Er ist in der Stadt, richtig?«

Archibald beäugte sie kurz, unsicher, ob sie die derzeitigen Umstände oder die Position des Mannes kannte, auf den sie angesetzt wurde, den sie verführen und ausnutzen sollte. Mit einem Nicken ermunterte ihn Frederick zu einer Antwort.

»Ja«, sagte Archibald. »Er ist hier. Was weißt du darüber?«

»Nur, dass die Tic nach seinem Verschwinden eine Nachricht für mich gefunden haben. Das war seine Handschrift. Er hat geschrieben, dass das, was wir hatten, nie echt war.«

Sie nahm eine Hand von ihrem Rücken vor, um das Glitzern in ihren Augenwinkeln abzutupfen. Archibald bemerkte ihre übel zugerichteten Finger. Die Nägel fehlten.

»Warum ist er gegangen?«, fragte Frederick.

»Lange Geschichte.«

»Wir haben Zeit. Warum setzt du dich nicht.«

Er deutete auf den Sessel gegenüber von Archibald. Endlich setzte sie sich hin. Ihre Knie schlugen gegen den Schreibtisch und sie rutschte mit dem Stuhl ein Stück zurück.

»Er ist wegen eines Mannes namens Mogilevich gegangen, da bin ich mir relativ sicher. Der hat den Club betrieben, in dem ich gearbeitet habe.«

»Der geheime Tic-Club?«

»Ja. Mogilevich war mein Boss. Er hat mich eingestellt.«

»Red weiter«, verlangte Archibald.

Sie erzählte ihm von ihrem zudringlichen Arbeitgeber, der ein paarmal zu weit gegangen war. Archibald hielt die Details über Mogilevichs Fehltritte, über die unerwünschten Avancen und die Bar selbst für zu spezifisch, um ausgedacht zu sein. Der abgestandene Geruch von Zigaretten und Bier, der dreckige Boden und das dämmrige Licht, das die Gesichter der Stammgäste verbarg – der schmuddelige Ort hörte sich real an.

Selbst für einen Spion waren manche Dinge schwer zu erfinden. Ihre linke Hand zitterte, als sie den Tag beschrieb, an dem sein unangemessenes Verhalten ein Ende fand. Sie ballte sie zur Faust und stützte sie an der Lehne ab, offensichtlich hatte sie das Zittern bemerkt. Archibald beobachtete alles sorgfältig. Er machte sich geistige Notizen.

Sie beschrieb den Mann als schmierig. Er war in jeder Hinsicht durchschnittlich und trug eine Brille. Sie sagte, der Schein trüge. Die Brille ließ ihn studiert und verletzlich erscheinen, was ihr zufolge beides nicht zutraf.

»Da war eine Frau namens Rose. Sie hat wie ich im Club gearbeitet. Ich hab Mogilevich mehrmals klargemacht, dass ich nicht an ihm interessiert bin. Ich wollte nur die Regeln befolgen, bezahlt werden und mit meinem Freund nach Hause gehen. Das wusste er.«

»Was waren die Regeln?«, fragte Archibald.

»Hübsch aussehen, Bestellungen aufnehmen und die Klappe halten. Nichts sehen, nichts hören, nichts sagen.«

Archibald nickte. Ein Lächeln umspielte kurz seine Lippen.

»Mizaru, Kikazaru und Iwazaru«, bemerkte er.

»Die drei mystischen Affen«, fügte Frederick hinzu. »Hätte die Tic nicht für japanische Philosophen gehalten.«

»Ich bezweifle, dass sie das sind«, antwortete Li. »Ich denke, sie haben ihre Regeln, das ist auch schon alles. Da ist nichts Mystisches.«

»Vielleicht«, entgegnete Archibald. »Allerdings sehe ich ein bisschen Mystik in allem. Es gibt Dinge außerhalb unserer Kontrolle, die uns lenken und uns auf bestimmte Wege bringen, ganz egal, ob wir sie beschreiten wollten oder nicht.«

»Red weiter, Li«, sagte Frederick. »Erzähl uns, was passiert ist.«

»Mogilevich hat nach einer Weile aufgehört, mich zu belästigen. Er war nie besonders aggressiv, ich denke, weil ich ihm gezeigt hab, wie der Hase läuft. Rose hat das nicht. Sie hat nie die Grenzen abgesteckt.«

»Grenzen?«, fragte Frederick.

Li rieb die Handflächen an den Lehnen. Sie fing an zu schwitzen. »Versteht mich nicht falsch, ich geb ihr nicht die Schuld. Er ist – er war – ein Widerling. Alles, was ich sage, ist, dass sie nie klar Nein gesagt hat. Und er hat einfach weitergemacht. Bis er irgendwann grob geworden ist.«

»Bei Rose«, sagte Archibald.

»Ja.«

»Was hat das mit Ezekiel zu tun?«, fragte Archibald.

Li schaute an ihm vorbei, zu den Wandteppichen hinter ihm. Er bemerkte, dass sie diese nicht direkt ansah, nicht so wie Frederick. Sie war weit weg. Sie war in der Tic-Bar.

»Die Nacht war vorbei«, begann sie zu erzählen und ihr Körper versteifte sich dabei. »Wir haben gerade aufgeräumt. Der Barkeeper, Markus, ist früher gegangen. Also waren da nur Mogilevich, Rose und ich. Ich bin aufs Damenklo. Als ich zurückgekommen bin, hat er sie gegen den Tisch gedrückt und ihr das Messer an die Kehle gehalten. Sie hat geweint. Ich hab mir eine Flasche von der Bar geschnappt und ihm damit eins übergezogen. Dann wurde alles nur noch schlimmer.«

»Was war drin?«, fragte Archibald.

Li blinzelte und riss sich von den Wandbehängen los, um ihn anzuschauen. Verwirrt runzelte sie die Stirn. »Wo genau?«, fragte sie auf die Unterbrechung hin.

»In der Flasche«, spezifizierte er, »mit der du ihn verprügelt hast.«

»Whiskey.«

»Marke?«

»Old Crow.«

Archibald nickte. Die schnelle und genaue Antwort stellte ihn zufrieden. »Erzähl weiter. Du hast ihm den Old Crow über den Schädel gezogen ...«

»Genau. Daraufhin hat er sie losgelassen, aber das hat ihn wütend gemacht. Er ist auf mich losgegangen. Hat mir erzählt, dass ich keine Ahnung hätte, was ich da täte, wie mächtig er wäre und wie er mir damit das Leben zur Hölle machen würde. Dann sind wir aufeinander losgegangen, ich hab mit ihm gerangelt. Er hat mit dem Messer rumgefuchtelt und gesagt, er würde mir die Zunge rausschneiden.«

Sie machte eine kurze Pause, ihr Mund stand halb offen. »Hab ein paarmal auf ihn eingetreten. Wir haben uns geprügelt. Ich hab ihn auf Abstand halten können, war aber langsam erschöpft. Sein Messer war ziemlich nah an meinem Gesicht. Mein Training hat mir ab einem gewissen Punkt nicht mehr weitergeholfen.«

»Und dann?«, fragte Frederick.

»Irgendwann hat Mogilevich die Augen weit aufgerissen. Rose hat währenddessen geschrien. Sein Gesichtsausdruck ist einfach so eingefroren und er hat dabei ein bisschen fester zugepackt.

Dann hat er mich losgelassen und ist zu Boden gegangen. Dann ist hinter ihm Zeke aufgetaucht, die Hände blutig. Er hat so ein komisches Gesicht gemacht, als hätte er gleichzeitig Angst und den Verstand verloren.«

»Er hat Mogilevich umgebracht?«, fragte Frederick.

»Mit dem abgebrochenen Flaschenhals der Old-Crow-Flasche. Er hat vorher noch nie jemanden getötet. Hat Panik geschoben.«

»Panik inwiefern?«

»Er – wir alle – wussten, dass wir Mogilevichs Tod nicht lange vertuschen konnten. Alle Tic kannten ihn. Wir mussten irgendeinen Ausweg finden.«

»Also ist er abgehauen«, schlussfolgerte Frederick.

Sie schüttelte den Kopf. »Zuerst nicht. Wir haben die Leiche verschwinden lassen. Haben so getan, als wäre nichts passiert. Ich bin zur Arbeit. Zeke hat weiter Ware verfahren. Zwei Wochen lang war alles in Butter.«

Li leckte sich über die aufgesprungenen Lippen. Dünne, rosa Linien aus Blut zeichneten sich darauf ab.

»Aber Markus hat angefangen, Fragen zu stellen. Und die arme Rose konnte ihre Klappe nicht halten. Als sie geschnappt wurde, wussten wir, dass wir als Nächstes dran waren. Wir haben darüber gesprochen, gemeinsam abzuhauen. Zeke wollte mit dem Auto fahren. Er hatte Kontakte in den anderen Protektoraten, die uns hätten helfen können, Tic-Lieferanten, die uns nicht verraten hätten. Vielleicht hätten wir es weit genug geschafft, um ihnen zu entkommen.«

»Aber so weit ist es nicht gekommen«, sagte Archibald.

Li schüttelte den Kopf. Tränen glänzten in ihren Augen.

»Nein«, antwortete sie leise.

»Weil er wusste, wer du wirklich warst«, fuhr Archibald in einem wissenden Tonfall fort. »Er wusste, dass du für uns arbeitest.«

»Wusste er nicht«, sagte sie bestimmt. »Ich hab ihm gesagt, dass ich nicht wegkonnte, dass ich kein Leben auf der Flucht führen konnte. Er hat versucht, mich umzustimmen. Das hat nicht funktioniert. Und dann war er weg.«

Sie sprach zärtlich von ihm, ihre Stimme klang dabei beschwingt. Ihr Gesichtsausdruck entspannte sich. Archibald konnte die Zeichen deuten. Sie hatte sich in ihr Ziel verliebt. Er war kein Spionageexperte wie Frederick, aber das sah er auch so. Ihre Gefühle für Ezekiel waren offensichtlich. Das bedeutete, dass er ihr bei allem, was sie über den Schmuggler sagte, nicht trauen konnte. Trotzdem konnte man nicht außer Acht lassen, dass sie zurückgekommen war. Sie war nicht mit dem Mann durchgebrannt. Hätte sie das versucht, wäre sie sowieso nicht weit gekommen, dessen war sich Archibald sicher.

»Also glaubst du nicht, dass er dich enttarnt hat?«, fragte Frederick. Er stand neben ihr und hatte die Hände unter den Achseln verschränkt.

Sie schüttelte den Kopf und schniefte. »Nein«, antwortete sie und nahm wieder Haltung an. »Das glaub ich nicht.«

»Was hat er dann mit der Nachricht gemeint?« Archibald wurde nun harscher. »Das klingt ziemlich treffsicher für jemanden, der im Dunkeln tappt.«

»Das weiß ich nicht genau.«

»Ist etwas seltsam, findest du nicht«, sagte Archibald nun lauter, »dass die Tic sofort auf der Matte stehen und dich mitnehmen, ein paar Minuten nach seinem Verschwinden und der Nachricht, in der er eure Beziehung anzweifelt? Sie befragen dich, waterboarden dich. Sie sperren dich ein, ziehen dich aus, demütigen dich und reißen dir die Fingernägel aus. War da noch mehr?«

»Nein, Sir.«

»Verstehst du, warum ich so skeptisch bin?«

»Ja, Sir.«

Archibald lehnte sich zurück und atmete aus. Der Stuhl quietschte. Er fasste sich ins Gesicht und faltete die Finger über seiner Nase zu einem Dreieck.

»Waterboarding«, sagte er wehmütig. »Brillant, wenn man mal drüber nachdenkt. Ein so kostbarer Rohstoff, und trotzdem benutzen sie es als Werkzeug für solche Spielereien. Das zeigt ihren offenen Hohn über unser Gesetz, findest du nicht? Ihre

Verachtung unserer Gesellschaft und dessen, was wir den Menschen bieten.«

»Dazu kann ich nichts sagen«, erwiderte Li, »aber ich frage mich, worauf Sie hinauswollen und bin mir nicht sicher, ob ich die Fragestellung richtig verstehe. Sie wissen, was passiert ist.«

Archibald stand vom Schreibtisch auf. Während er ihn umrundete, zog er die Finger über die feste Oberfläche, dann baute er sich vor ihr auf. Aus kurzer Entfernung wirkte sie noch schmächtiger, wie ein dürrer Ast. Es überraschte ihn, dass sie die Folter der Tic überhaupt überlebt hatte, von der Extraktion ganz zu schweigen.

»Irgendwas hast du an dir«, sagte er und schaute Frederick an. »Ich vertraue meinem Freund Frederick und seinem Urteil. Aber dir trau ich nicht.«

Die Worte tropften wie Gift von seinen Lippen, brannten in ihren Ohren nach. Sie zuckte zusammen. Ihr aufrechter, selbstbewusster Blick knickte ein. Das fiel ihm nun zum zweiten Mal auf.

Frederick ging einen Schritt vor. Er streckte seinem Gegenüber die Hand hin. Vielleicht spürte er dasselbe wie Archibald, dass die Frau eine Verbindung zum Schmuggler hatte, ganz egal, wie sehr sie dies verneinte. Falls ihre Treue den Aufsehern und dem Protektorat gegenüber nachließ, dann schätzte Archibald, dass Frederick schlau genug war, nicht zu viel Druck aufzubauen. Zumindest noch nicht.

»Archibald«, sagte Frederick, »das gefällt mir nicht. Adaliah hat uns gute Dienste erwiesen. Sie hat uns regelmäßig über die Aktivitäten der Tic informiert. Seit sie undercover ist, haben wir mehr über die internen Strukturen der Tic gelernt als in sämtlichen Jahren zuvor. Es gibt keinen Anlass, ihr zu misstrauen.«

Archibald fixierte sie. Sein Gesichtsausdruck glich dem eines Pokerspielers.

»Da bin ich mir nicht so sicher. Unabhängig von den Informationen, mit denen sie uns versorgt hat, kommen die Tic dabei ungeschoren davon.«

»Ich beweise es«, sagte Li, »ich werde meine Loyalität gegenüber dem Protektorat und Commander Guilfoyle beweisen.«

Frederick trat noch einen Schritt nach vorn. Er winkte ab. »Das ist nicht nötig, Ada…«

Archibald schnitt ihm das Wort ab: »Was schlägst du vor?«

»Archibald, ich …«, unterbrach Frederick.

Der Leiter der TMF hob die Hand. »Bitte, lass sie ausreden.«

»Sie ist meine Agentin.«

»Dann sag ihr, sie soll reden.«

Frederick schwieg.

»Ich kann euch Graham ausliefern.«

»Graham?«, fragte Frederick. »Der Leiter ihres Nachrichtendienstes?«

»Er ist ihr bester Vollstrecker. Er weiß alles über die Tic, über euch ...«

Die letzten beiden Worte blieben in der trockenen Luft hängen, sie schienen immer lauter durch Archibalds Kopf zu hallen.

Über euch. Über euch. Über EUCH.

Archibald stand so nah neben Li, dass er die Seife roch, mit der sie sich gewaschen hatte. Er kicherte. Es war ein kehliges, sarkastisches Kichern, die Art, mit der er anderen signalisierte, dass er sie überhaupt nicht lustig fand.

»Ich beiße an«, sagte er. »Wie wirst du das anstellen? Wir haben seit Jahren versucht, ihn zu erwischen. Weder Frederick noch ich haben das auch nur ansatzweise geschafft. Wir wissen nicht mal, wie er aussieht. Wie solltest *du* das fertigkriegen?«

»Ich weiß, wie sie arbeiten. Nachdem ich aus ihrem Höllenloch entkommen bin, werden sie herausfinden wollen, wie. Graham wird dort sein, ist er vielleicht jetzt schon.«

»Du willst an den Ort zurück, wo sie dich gefangengehalten haben?«, fragte Frederick. »Jetzt?«

»Gebt mir ein Team«, verlangte sie. »Wir gehen zurück und schnappen ihn lebendig.«

»Das glaub ich nicht«, antwortete Frederick, »das ist keine gute Idee.«

»Wie viele Männer?«, fragte Archibald.

Das Blatt hatte sich gewendet. Archibald war auf nun ihrer Seite, Frederick sträubte sich.

»Fünf? Sechs? Zehn? So viele ihr übrig habt.«

Archibald musterte sie, dann blickte er zu Frederick hoch. »Wir hatten sowieso einen Folgeangriff geplant. Wir wissen, dass es dort Informationen zu holen gibt.«

»Das hätten wir schon machen sollen, als wir sie dort rausgeholt haben«, sagte Frederick. »Vielleicht stechen wir damit in ein Wespennest. Das könnte einen Krieg mit den Tic vom Zaun brechen. Das können wir nicht gebrauchen, wir sollten warten.«

Archibald stand auf. Er nahm die Hände hinter seinen Rücken und spazierte um seinen Schreibtisch herum, wobei er ihnen den Rücken zuwandte. Er schaute sich die Wandteppiche an, die Farben gefielen ihm. Sie waren überwiegend blau, rot und was einst weiß gewesen sein musste. Die Seidenfäden waren zu Schattierungen in Orange, Grün, Gold und Silber verwoben.

»Weißt du«, sagte er und schaute dabei noch immer zur Wand, »ursprünglich hatte der Zyklus neunzig Szenen. Neunzig. Sie sind in jahrzehntelanger Handarbeit entstanden.«

Er legte den Kopf nach hinten, um den oberen Teil des sechs Meter hohen Gehänges zu betrachten. Er seufzte und bewegte dabei die Hand. »All die Jahrhunderte haben sie überdauert. Haben Umbrüchen in der Wirtschaft, der Umwelt und der Politik standgehalten. Sie haben überlebt, weil diejenigen vor mir vorausschauend genug waren, um das zu tun, was nötig war, um sie vor der Zerstörung zu bewahren. Selbst als ihre eigenen Imperien zerfallen sind, hat dieses Meisterwerk überdauert und ist nun in einer neuen Heimat wiedergeboren.«

Er machte auf dem Absatz kehrt, um Frederick und Li anzuschauen. Dabei berührte er seine unregelmäßige Nase mit Daumen und Zeigefinger. Er rieb sich den Nasenrücken, während er an die Momente dachte, die ihn entstellt hatten, ihn härter gemacht hatten.

»Ich werde keiner von denen sein, die ihr Ende finden, weil sie Däumchen gedreht haben«, sagte er und wandte seine Aufmerksamkeit Frederick zu. »Commander Guilfoyle hat mir die

TMF anvertraut. Ich kann sie so einsetzen, wie ich es für richtig halte. Und ich halte es für richtig, sie mit deiner kleinen Spionin loszuschicken. Lass sie sich beweisen, Frederick. Wenn sie die ist, für die du sie hältst, dann haben wir nichts zu befürchten.«

13

Zeke kam aus dem Tunnel. Seine Stiefel knirschten auf dem groben Sand des Hinterhofes. Unzählige Male war er bereits aus der Dunkelheit des Tunnels ins Tageslicht geschritten. Das hier war anders.

Es war früh am Morgen und die Sonne ging gerade auf, sie wärmte sein Gesicht. Das Tagesgeschäft fing erst noch an.

Sein Apartmentgebäude lag weniger als hundert Meter entfernt. Es wirkte fremd und vertraut zugleich. Er winkte seinen Kameraden zu und sie setzten sich auf der staubigen Straße in Bewegung, in Richtung des Gebäudes. Das war ein Lagerhausbezirk. Anders als der Großteil der Stadt, die in den Anfängen des Protektorats zerfallen war, bevor sie wieder aufgebaut wurde, blieb die Funktion dieses Areals so wie vor dem großen Mangel erhalten.

Die Ecken der meist zwei- oder dreistöckigen Backsteingebäude waren ausgebrochen, oft fehlten ein paar Steine. Die Dächer waren zusammengeschustert, die meisten der Fenster eingeschlagen, die Vorhänge wehten im Wind.

Im zweiten Stock des Gebäudes, das Zeke am nächsten war, saß ein runzliger Mann am Fenster und ließ ein Bein von der Fassade baumeln. Seine Ferse schrammte am Backstein entlang, während er seinen Fuß wie ein Pendel vor- und zurückschwingen ließ. Von der Zigarette in seiner Hand stieg Rauch auf.

Zeke identifizierte den Mann als seinen Nachbarn, aber mit den neuen Klamotten und dem Bandana überm Mund war er sicher, nicht erkannt zu werden.

Uriel winkte dem Schaulustigen zu. Er hob die Zigarette zum Mund und nahm einen langen Zug, wobei die Zigarette rot aufglühte. Dann atmete er durch die Nase aus, die Rauchfahnen wehten von ihm weg.

Er sah aus wie ein menschlicher Wasserspeier, der über die wachte, die sich näherten. Seine Augen, dunkel und unter dicken, schweren Lidern verborgen, folgten ihnen, als sie an ihm vorbeigingen. Er schnippte die Kippe mit seinem Daumen weg und die Asche rieselte auf sie herunter.

Zeke hielt vor dem Wohngebäude an. Er stand auf dem ausgeblichenen Parkplatz, wo er oft seinen Plymouth geparkt hatte. Sein Blick wanderte zum Gebäude. Die roten Backsteine waren ausgewaschen und mit Staub bedeckt. Anders als bei den anderen Wohnblöcken waren die Fenster in seinem verglast.

Er drehte den Kopf in seine Richtung. »Zweiter Rock. Die Treppe hoch und nach rechts.«

»Du glaubst, sie ist dort?«, fragte Uriel.

Er starrte die Fenster seines ehemaligen Apartments an. Das Glas war schwarz. Die Wohnung war dunkel, keine Lichter. Es gab nichts, das auf Lis Anwesenheit schließen ließ oder darauf, dass die Tic sie doch nicht mitgenommen hatten. Dennoch musste er nachsehen.

Zeke schüttelte den Kopf. »Nein. Aber das hier ist ein Anfang.«

Gabe puffte Zeke an der Schulter. »Erwartet uns da drin irgendeine Art von Gegenwehr?«

»Was meinst du?«, fragte Zeke.

»Die Tic. Vielleicht bewachen sie die Wohnung?«

»Nicht, wenn sie denken, dass ich tot bin.«

»Wir sollten auf alles vorbereitet sein.«

Gabe hängte sich das Gewehr um den Rücken und zog die schwarzen Rattanstöcke aus seiner Umhängetasche. Er schlug sie aneinander und ließ sie mit den Fingern durch die Luft wirbeln.

Uriel holte das Magazin ihrer M27 hervor und lud nach. Phil nahm eine Waffe aus seinem Beutel, die Zeke nicht erkannte.

Es war eine zylindrische, stachelbesetzte Kugel, die durch eine meterlange Kette an einem Griff befestigt war. Die Kugel schien aus geschmiedetem Stahl zu sein, die Kette bestand aus einem anderen Material. Der Griff war aus Holz, mit geschnitzten Fingervertiefungen.

»Wo hast du das her?«, wollte Zeke wissen.

»Das olle Ding? Von Pedro.«

»Was ist das?«

»Ein Morgenstern. Ist aber keine durchschnittliche Waffe wie im Mittelalter. Der hier haut ein bisschen mehr rein.«

»Deine Stöcke auch?«, fragte Zeke Gabe. Er hatte sie zum ersten Mal gesehen, als sie für ihre Abreise aus Pedros Cantina gepackt hatten.

»Die hier nennt man Escrimas«, erklärte Gabe. Er berührte den Griff des Messers an seinem Gürtel. »Und ja, auch die Messer. Geschenke von Pedro haben besondere Eigenschaften. Die hier sind gut für den Nahkampf, in engen Räumen. In einem Wohngebäude sollten wir vielleicht nicht mit der Automatik drauflos ballern.«

Uriel blickte mürrisch drein und äffte ihn nach: »Wir sollten nicht mit der Automatik drauflos ballern.«

Zeke wandte sich ihr zu. »Was hast du gekriegt?«

Sie zuckte mit den Schultern »Gar nichts. Ich bin 'ne Frau, das ist schon besonders genug.«

Zeke grinste. Er zog seinen Revolver und nahm ihn fest in die Hand.

»Gehen wir.«

Er kletterte die Betonstufen zum schmalen Treppenabsatz vor der Eingangstür hoch. Dann drückte er den Türgriff nach unten und schob sie mit der Schulter auf. Die Scharniere quietschten laut, dann schlug die Tür gegen einen Stopper. Sie zitterte ein wenig, blieb aber lange genug offen, damit Zeke sein Team in den engen, schwach beleuchteten Vorraum im ersten Stock führen konnte.

Durch den gelbstichigen Putz der Wände zogen sich Risse. Die Decke, ebenfalls verputzt, war niedrig. Das ließ den Eingangsbereich noch kleiner wirken. Die eingelassenen Scheinwerfer verströmten ihr künstliches Licht im Raum, das hell genug war, um den schäbigen Farbton erkennen zu lassen. Die Böden waren mit Holzbrettern ausgekleidet, die ohne Lack oder Politur vom jahrelangen Verschleiß verkratzt und zerdellt waren.

Er nickte dem Trio zu und bewegte sich zur Treppe.

Uriel ging direkt hinter ihm, die M27 mit nach unten gerichtetem Lauf im Anschlag. Gabe lief direkt hinter ihr und hielt die Stöcke fest. Phil bildete das Schlusslicht, mit dem Griff des Morgensterns in der einen und der Kugel in der anderen Hand. Die Kette dazwischen war straff gespannt.

Zeke stieg die zweite Treppe nach oben. Stufe um Stufe kamen sie seiner Etage näher, dem letzten Ort, an dem er Li gesehen hatte.

Er erreichte den zweiten Stock und lief durch den engen Flur zu seiner Tür. Zimmer zweiundzwanzig. Die gemalten, schwarzen Nummern auf der Tür waren ausgeblichen. Er blickte über seine Schulter hin zum Team. Sie kauerten hinter ihm. Gabe hielt Wache und beobachtete das Treppenhaus. Gut zehn Meter entfernt schaute Phil aus dem Fenster am Ende des Flurs.

»Bist du okay?«, fragte Uriel, als spürte sie Zekes Unbehagen.

»Ja.«

Er wischte die Handflächen an seiner Hose ab und griff nach dem Knauf. Die Messinghalterung mit der seitlichen Kerbe fühlte sich kalt in seiner Hand an. Er drehte ihn nach rechts. Sein Herz schlug schneller, härter gegen seine Brust. Sein Mund war trockener als sonst. Er atmete durch die Nase ein, die staubige Luft fühlte sich stickig an, dann drückte er die Tür auf. Als er sie öffnete, hing sie schief an den kaputten Scharnieren. Sie war an der Seite ausgebrochen und drohte, ganz aus dem Rahmen zu fallen. Er schritt hindurch, stieg über die Mahagonisplitter hinweg, die überall auf dem Boden des Eingangsbereichs verteilt waren.

Der vertraute Geruch seines Zuhauses durchströmte ihn, sobald er in die Wohnung trat. Es war eine Mischung aus Staub und Duftkerzen. Die Möbel sahen aus, wie er sie zurückgelassen hatte, aber Lis und seine Erinnerungsstücke waren umgestürzt, durcheinandergeworfen und beschädigt. Eine der Gardinen am Fenster über der Straße war zerfetzt und auf dem Boden lagen Bücher verteilt.

Er hob ein dickes, gebundenes Buch von Homer auf und stellte es zurück ins Regal, neben eine Essaysammlung von Jonathan Swift. Mit den Fingern strich er über den Rücken eines Buches, das er nie gelesen hatte, *Farm der Tiere*. Li hatte ihn dazu gedrängt, es zu lesen. Es war eines ihrer Lieblinge und gehörte zu den Büchern, die das Protektorat indiziert hatte.

Das waren ihre Bücher. Wie waren sie in ihren Besitz gelangt? Eine Welle des Bedauerns rollte über ihn hinweg. Er hatte sie nie danach gefragt, obwohl sie Schmuggelware waren. Vielleicht hatte er sie nie darauf angesprochen, weil er nicht zu den Menschen gehörte, die über die Vorlieben anderer urteilten. Schließlich war Zeke selbst ein Schmuggler, der sein ganzes Leben damit verbracht hatte, das Gesetz zu umgehen.

Er ging an dem Bücherstapel vorbei, stieg über ein dünnes Heft, auf dem *Ein Bescheidener Vorschlag* stand, und machte sich auf den Weg ins Schlafzimmer.

Das Nachtschränkchen stand offen, genauso wie der biometrische Tresor. Die 9-mm-Pistole, die Li zur Sicherheit aufbewahrt hatte, war verschwunden. Auf dem Boden neben dem Bett lagen ein paar Putzbrocken verstreut. Die Bettlaken waren zerknittert, die Daunendecke auf einer Seite der Matratze zu einem Haufen geknüllt.

Zeke kniete sich hin, legte seinen Revolver auf den Nachttisch und setzte sich aufs Bett. Er umklammerte die Laken mit den Fäusten und vergrub sein Gesicht darin. Er atmete tief ein, konnte sie riechen. Erinnerungen an sie schossen ihm durch den Kopf, eine Diashow ihres gemeinsamen Lebens huschte von einer Szene zur nächsten. Ihre Augen, ihr Lächeln, ihre Finger in seinem Haar. Er konnte ihre Berührungen spüren, ihre verbundenen Körper, ihr heißer Atem auf der Haut des anderen.

Uriels Hand legte sich auf seinen Rücken und er zuckte zusammen. Sie wich zurück und entschuldigte sich, ihn erschreckt zu haben.

Zeke hob den Kopf. »Schon in Ordnung. Mach dir keine Gedanken.«

»Sie ist nicht hier«, sagte Gabe, »aber hier hat offensichtlich ein Kampf stattgefunden. Sie haben sie mitgenommen.« Gabe stand am Fenster neben dem zerfetzten Vorhang, seine Aufmerksamkeit lag auf der Straße unter ihnen.

»Kein Blut«, stellte Phil fest, »das ist ein gutes Zeichen.«

»Wenigstens etwas, hm?«, sagte Zeke. Er stand da und wischte sich die Hose ab. Er zog an seinem Gürtel, steckte sein Hemd hinein und nahm den Revolver vom Nachttisch.

»Wo sollen wir als Nächstes hin?«, fragte Uriel. »Wo könnte sie stecken?«

»Da fallen mir ein paar Orte ein«, antwortete Zeke. »Ich kenne den wahrscheinlichsten. Ist in der Nähe der Regierungsgebäude.«

»Die beiden großen, die wir vom Ödland aus gesehen haben?«

»Genau die. Von hier aus können wir zu Fuß gehen.«

»Da wär ich mir nicht so sicher«, sagte Gabe. Er schaute aus dem Fenster. »Sieht aus, als hätten wir Gesellschaft.«

»Ernsthaft?« Uriel bewegte sich zum Fenster, gefolgt von Phil.

Zeke ging zu ihnen und sah, was passiert war. Der menschliche Wasserspeier hatte sie verraten. Mit der Zigarette in der Hand stand er mitten auf der Straße und zeigte zu ihnen hinauf. Neben ihm stand ein halbes Dutzend Männer, die Zeke kannte. Er stieß einen gezischten Fluch aus.

»Du kennst die?«, fragte Gabe.

»Ja. Das sind Vollstrecker der Tic. Vermutlich die gleichen, die Li entführt haben.«

Gabe trat vom Fenster zurück, er und Phil tauschten Blicke aus. Beide zogen ihre Waffen.

»Da führt kein Weg dran vorbei«, sagte Phil. »Sieht ganz so aus, als müssten wir durch sie durch.«

Uriel ging ins Schlafzimmer, schob die M27 unters Bettgestell und lief zurück ins Wohnzimmer. Sie packte ihren Ellbogen und zog ihn zu sich heran, um ihren Armmuskel zu strecken. Diese Bewegung wiederholte sie mit dem anderen Arm und streckte den Hals von Seite zu Seite. Dann hüpfte sie auf den Füßen.

»Was machst du?«, fragte Zeke.

»Mich aufwärmen«, sagte sie. »Haben hier nicht genug Platz für ein Feuergefecht. Wir werden uns die Hände schmutzig machen müssen, Zeke.«

Zeke linste aus dem Fenster und sah den Letzten der Männer aus dem Sichtfeld verschwinden. Sie waren nun im Gebäude. Er konnte ihre Schritte durchs Treppenhaus wummern hören.

Phil positionierte sich an einer Türseite, Gabe an der anderen. Sie gingen in Stellung.

Uriel stand neben Zeke und beäugte seinen Revolver. »Solltest lieber zielen, Großer. Du hast nur einen Schuss, dann bricht hier das Chaos los.«

Zeke hob den Revolver und trat näher an die Tür, um die Energiewelle besser zu lenken. Er wappnete sich.

Der erste Mann tauchte am Türrahmen auf, der zweite war direkt neben ihm. Sie waren bewaffnet. Es spielte keine Rolle.

Zeke drückte den Abzug. Der Revolver schlug nach hinten aus und feuerte einen Energieschwall ab. Die vom Puls verdrängte Luft schallte mit einem tiefen *Wumm* durch den Raum und schleuderte Zeke gegen die Wand zwischen Wohnbereich und Küche. Sein Hinterkopf knallte gegen den Putz und ein weißer Blitz zuckte an ihm vorbei. Die Luft entwich aus seinen Lungen. Er sackte zu Boden und rang nach Atem.

Als er sich auf die Knie drehte, hielt er noch immer den kalten, leuchtenden Revolver fest. Die Welt um ihn herum verschwamm, er kämpfte sich wieder auf die Beine. Was er gerade vor sich sah, kam ihm surreal vor.

Gabe kämpfte gerade mit seinen Stöcken gegen zwei der Tic. Die Männer hatten gegen seine schnellen, geübten Schläge keine Chance. Die Waffen waren eine Verlängerung seiner Arme. Sie wirbelten in seinen Händen durch die Luft und gaben bei jedem Treffer einen blau leuchtenden, elektrischen Schock ab. Die Männer zuckten und zitterten, ihre Augen vor Angst und

Schreck geweitet, ihre Gesichter schmerzverzerrt. Gabe zeigte sich von ihrem fehlgeschlagenen Gegenangriff unbeeindruckt. Er schien nicht einmal außer Atem. Er ging auf die Männer zu und griff mit fließenden, heftigen Bewegungen an, die fast schon gelangweilt wirkten. Ebenso geschickt balancierte Phil das Gewicht des Morgensterns in seiner Hand, während er sich an seinen Gegner heranpirschte. Als der Mann seine Pistole heben wollte, schlug Phil zu. Mit einem Zucken des Griffs in seiner starken Hand holte der Morgenstern aus und schoss vorwärts.

Er traf sein Ziel an der Schulter und entlockte ihm einen Schmerzensschrei. Der Mann schoss daneben, bevor er die Waffe fallen ließ und zurückstolperte. Phil war schon wieder an ihm dran. Er peitschte den Morgenstern an seinem Körper vorbei, die Kette schnellte nach vorne und die stachelbewehrte Kugel traf ihr Ziel ein zweites Mal. Sie knallte in die Gesichtshälfte des Mannes, krachte gegen seinen Kiefer und leuchtete bei der Berührung in vertrautem Blau auf. Der Mann zitterte und krampfte, als er zur Seite taumelte und bewusstlos auf dem Boden zusammensackte.

Daraufhin eilten Phil und Gabe Uriel zu Hilfe. Die hatte sie gar nicht nötig. Sie lag auf dem Boden, den Hals ihres Gegners im Klammergriff zwischen ihren Beinen. Das rote Gesicht des Mannes färbte sich langsam blau. Seine Nasenlöcher blähten sich. Er rang nach Luft, aber seine Bewegungen verschlimmerten die Situation nur.

Dann fiel Zeke etwas Seltsames an Uriel auf. Das Knirschen ihrer Zähne und ihre angespannten Muskeln waren schon beängstigend genug. Sein Blick fiel jedoch auf ihre Tattoos. Sie leuchteten im gleichen Blau wie der Morgenstern, die Stöcke und sein Revolver. Die Farben pulsierten, ließen die Tattoos dreidimensional erscheinen und hoben sie von der Haut ab, als würden sie ein Eigenleben führen.

Der Mann, den ihre Beine im Schwitzkasten hielten, wehrte sich noch für einen kurzen Moment. Spucketropfen sprühten von seinen Lippen. Dann entspannten sich seine Muskeln und er sackte zusammen. Mit einem letzten Drücker gab sie ihn frei.

Als sie sich zur Seite rollte, wurde das Blau mit jedem Pulsschlag schwächer. Dann erlosch es, und die Farbe, die ihre Haut verzierte, sah wieder normal aus.

Bis auf Zekes keuchenden Atem herrschte Stille im Zimmer. Er beugte sich vor, legte die Hände auf die Knie und versuchte, seinen Herzschlag zu beruhigen. Seine Schläfen pochten.

»Ich glaube, wir sollten weiter«, sagte Phil. Er rückte seinen Hut zurecht und schob eine Locke unter das Hutband. »Hier ist nichts mehr. Wenn wir hier bleiben, sitzen wir auf dem Präsentierteller.«

»Würde ich so nicht sagen«, bemerkte Zeke und starrte dabei die Leichen an, »ihr seid Killermaschinen.«

»Du bist süß«, erwiderte Uriel. Sie rückte ihr Oberteil zurecht und zupfte an ihrem Pferdeschwanz. »Ein richtiger Kavalier.«

Er hob den Revolver und wedelte damit herum. »Was ist mit dem Leuchten? Mein Revolver, dein Morgenstern, deine Stöcke und ... dein ... Körper? Also, deine Tattoos. Die haben verdammt noch mal geglüht wie einer dieser Tiefseefische, von denen ich gelesen hab.«

»Du liest?«, fragte Uriel. »Zeke ist ein Kavalier *und* ein Gelehrter. Ich bin ja so beeindruckt.«

Zeke blickte finster drein. »Ernsthaft. Wie nennt man das noch mal? Biolumineszenz?«

»Irgendwie so was«, gab Gabe zurück. »Das können wir später erklären. Jetzt müssen wir erst mal das tun, wozu wir hergekommen sind. Also lass uns deine Frau finden und ...«

»*Die* Frau«, unterbrach Uriel. »Nicht *seine*. Du weißt genau, dass ich nichts von diesem besitzergreifenden Mist halte. Außerdem würde ich sowieso nicht sagen, dass sie sein irgendwas ist. Er hat sie in diesem Drecksloch zurückgelassen.«

Zeke trat an Uriel heran und bohrte ihr den Finger in die Brust.

»Hey, das hier ist kein Drecksloch. Das ist ... *war* mein Zuhause. Und ich hatte meine Gründe, sie zurückzulassen.«

»Was auch immer dich nachts schlafen lässt«, antwortete Uriel.

»Aufhören«, warf Phil ein. »Wir sind hier, um ihm zu helfen, nicht, um ihn zu beraten oder zu bestrafen. Du kennst die Regeln, Uriel. Also halt dich dran.«

Sie rollte mit den Augen. »Ist ja gut.«

Gabe wies sie an, die Wohnung zu verlassen. Er dirigierte alle in den Flur zurück und bat Zeke, sie zur Straße zu führen. Wo auch immer er Li vermutete, sie mussten dorthin, in der Annahme, dass sie noch am Leben war.

Zeke lief an ihnen vorbei und stieg die Treppe hinunter. Er wusste, dass er nie hierher zurückkommen würde. Das war das letzte Mal, dass er den Ort betreten würde, den er mit der einzigen Frau, die er je geliebt hatte, in ein Zuhause verwandelt hatte.

»Es gibt nicht viele Orte, an denen sie sein kann«, rief Zeke über seine Schulter hinweg, als er den Treppenabsatz erreichte und in den ersten Stock lief. »Die Tic haben dunkle Orte, von denen die Aufseher nichts wissen.«

»Dunkle Orte?«, fragte Phil.

Sie traten aus dem Gebäude heraus ins Licht. Die Helligkeit zwang Zeke dazu, die Augen zusammenkneifen. Er zog sich den Stetson ins Gesicht.

»Ja«, sagte er. Seine Stiefel knirschten auf dem sandigen Kies, der die Straßen bedeckte. »Das Protektorat steckt voller Läden, die den Tic gehören oder von ihnen kontrolliert werden – alle Protektorate. Die Aufseher wissen davon. Sie tun nicht wirklich was dagegen. Aber die Tic haben auch Orte, die sie vor den Aufsehern geheim halten.«

»Klingt raffiniert«, sagte Phil.

»Mehr als das«, antwortete Zeke, »die Tic haben überall die Finger im Spiel.«

»Und du bescheißt sie.« Das war eine Feststellung, keine Frage.

»So ungefähr.«

Sie marschierten nun alle draußen nebeneinander her. Zu ihrer Linken stand der Wasserspeiertyp, der sie an die Tic verraten hatte. Er lehnte jetzt am offenen Türdurchgang und hielt noch immer eine Zigarette zwischen den Fingern. Rauchfahnen qualmten aus seinen Nasenlöchern. Er starrte sie an.

Sie gingen an ihm vorbei und erreichten das Ende von Zekes Straße, als Uriel Zeke ihre M27 reichte und sich von der Gruppe absetzte. Phil und Gabe beachteten sie nicht und liefen weiter. Zeke blieb stehen.

Sie bewegte sich auf den Wasserspeier zu, wobei sie ihre Hüften verführerisch hin- und herschwingen ließ. Sie stolzierte mit einem so grenzenlosen Selbstbewusstsein, dass es Zeke fast schon lachhaft vorkam.

Er bewunderte Uriel, fand ihren Sarkasmus liebenswert und scharfzüngig, und war von ihren offensichtlichen physischen Fähigkeiten beeindruckt. Das alles erschien ihm aber ein wenig zu viel des Guten. Dahinter verbarg sich etwas. Das war ein Panzer, ein Schutzwall, der große Unsicherheit kaschierte.

Zeke spannte die Schultern an und legte die Hand an seine Waffe, berührte sie durch den Stoff seines losen Hemdes. Er machte sich bereit, ihr zu helfen, sollte sie das nötig haben.

Der Wasserspeier gab sich unbeeindruckt von ihrer Annäherung. Er nahm einen weiteren Zug, wobei er mit eingedrückten Wangen an der Zigarette saugte, als hinge sein Leben davon ab. Er behielt den Rauch zuerst in den Lungen. Als sie vor ihm stehen blieb, blies er ihn in einem langen Atemzug aus, sodass er um sie beide herumtanzte.

Eine Brise wehte an Zeke vorbei, ließ die Krempe seines Stetsons flattern und wirbelte ihm eine Ladung Staub ins Gesicht. Uriel sprach mit dem Wasserspeier, aber Zeke konnte sie nicht hören. Der Mann wirkte desinteressiert. Er sah ihr nicht in die Augen, stattdessen musterte er ihre Ausrüstung, die scheinbar eher seine Aufmerksamkeit erregte. Er senkte den Arm und aschte ihr auf die Stiefel. Uriel schaute nach unten und ballte die Fäuste. Ihre Schultern spannten sich an. Ihre Körperhaltung wurde etwas breiter.

Der Mann rieb sich den Kiefer. Bevor er irgendetwas sagen konnte, holte Uriel mit dem Arm aus und verpasste ihm einen Kinnhaken. Sein Kopf krachte seitlich gegen den Türpfosten und er sackte zusammen, die Zigarette noch immer in der Hand. Seine Zähne lagen quer auf dem Boden davor verstreut. Er war bewusstlos, sein Kiefer war ausgerenkt und stand in einem seltsamen Winkel ab.

All dies geschah innerhalb eines Wimpernschlags. Uriel ballte noch immer die Fäuste, als sie auf ihn hinunterstarrte. Sie sagte etwas, dann drehte sie sich um, zupfte ihr Oberteil zurecht und schlenderte zu Zeke zurück. Als sie ihn erreicht hatte, streckte sie die Hand nach ihrer M27 aus, die Zeke nicht einzubehalten wagte.

»Womit hat er sich das denn verdient?«, fragte er.

Uriel nickte Phil und Gabe zu, die ein ganzes Stück vorausgegangen waren und nicht langsamer wurden. Die beiden liefen doppelt so schnell, um sie einzuholen.

»War weniger das, was er gesagt«, antwortete Uriel, »als vielmehr die Asche auf meinen Stiefeln, die das Fass zum Überlaufen gebracht hat.«

»Die Asche?«

»Ja«, sagte sie und schaute ihn beim Laufen von der Seite an. »Niemand fasst meine Stiefel an. Das andere hätte ich ihm fast durchgehen lassen.«

Zeke ging ein Stück schneller, um mit ihr mitzuhalten. Sie joggten mehr, als dass sie gingen. Sie trug die M27 an ihrer Brust wie ein geübter Soldat in der Ausbildung.

»Hab ihm gesagt, dass ich für Petzen wie ihn nichts übrig hab. Dass ich, wenn er uns noch mal verpfeift, dafür sorgen werde, dass er seine Krebsstängel durch ein Loch im Hals rauchen kann.«

»Ich nehme mal an, das hat ihm nicht sonderlich gefallen.«

»Scheinbar nicht. Statt meine Warnung zu beachten, ist er unhöflich geworden. Also hab ich ihn ein bisschen deutlicher gewarnt als ursprünglich geplant.«

Zeke bemerkte, wie leicht ihr das Rennen fiel. Weder atmete sie schwer, noch schien sie sonst irgendwie erschöpft zu sein. Sie wirkte fast übermenschlich. Mit einem einzigen Hieb hatte sie einen erwachsenen Mann bewusstlos geprügelt, trotz ihrer zarten Statur. Einen anderen Mann hatte sie mit ihren bloßen Schenkeln erdrückt. Das Gewehr handhabte sie mit tödlicher Präzision.

Alle seine neuen Gefährten waren tödlich. Alle von ihnen schienen wie nicht von dieser Welt zu sein.

Sie holten Phil und Gabe an einer T-Kreuzung ein und hielten an. Vor einer Lebensmittelstation hatten sich Leute versammelt. Obwohl die Station noch geschlossen war und weder Aufseher noch TMF aufgetaucht waren, standen bereits zwanzig Menschen in der Schlange.

»Was seid ihr?«, fragte er seine Begleiter und sah dabei jedem in die Augen. »Wo kommt ihr her? Was wollt ihr hier?«

»Alles gute Fragen«, sagte Phil. Er schob seinen Hut hoch und wischte sich mit dem Ärmel über die Stirn. »Alles gute Fragen.«

»Wirst nicht mehr lange warten müssen«, fügte Gabe hinzu. »Nicht mehr lang.«

Zeke studierte ihre Gesichtsausdrücke. Keiner von ihnen gab irgendetwas preis.

»Ich versteh's nicht«, sagte er, »das sind keine Antworten. Keiner von euch antwortet auf irgendeine meiner Fragen.«

»Weil du sie dir selbst beantworten wirst, wenn die Zeit kommt«, erklärte Uriel. »Und, wie Gabe schon erwähnt hat, ist's da nicht mehr lange hin.«

14

»Wie ist das Filet?«, fragte Guilfoyle. »Ich hoffe, es schmeckt dir.«

Am Tisch gegenüber saß sein Neffe, Louis Donne. Die Frage war unnötig, denn Louis hatte das modifizierte Fleisch bereits verschlungen. Er hatte das letzte Stück davon auf seiner Gabel und tunkte es in die Soßenpfütze auf dem Porzellan vor sich.

Der korpulente Lieutenant nickte brav und zerkaute den Bissen in seiner Backe wie ein Hamster. »Ja, vielen Dank, Commander. Hervorragend. Was ist in der Marinade?«

Guilfoyle schnitt eine Bohne in zwei Hälften und spießte eine davon mit seiner Gabel auf. Er schüttelte den Kopf. »Keine Ahnung.« Er rief in Richtung Küche: »Theo, komm bitte her.«

Theo erschien. Der graue Anzug saß wie angegossen und betonte seine schlanke Statur. Seine schwarzen Schuhe waren auf Hochglanz poliert und sein Haar war perfekt frisiert. Der Glanz seiner Krawatte aus modifizierter Seide war zu einem perfekten, doppelten Windsor gebunden.

»Ja, Sir?« Er stand stramm, mit geraden Schultern und erhobenem Kopf. »Was kann ich für Sie tun, Commander?«

Der Commander nahm einen Schluck Wein und behielt den Cabernet für eine Weile im Mund. Er spießte die andere Bohnenhälfte auf, dann zeigte er auf die blutrote Marinade auf seinem Teller. »Die Soße. Womit wurde sie gewürzt?«

Theo runzelte die Stirn. »Stimmt etwas nicht, Sir?«

Guilfoyle steckte sich die Bohne in den Mund und zeigte mit der Gabel auf seinen Neffen gegenüber. »Nein, Louis hat danach gefragt. Sie ist vorzüglich.«

Theos Gesichtsausdruck entspannte sich. »Ah, sehr gut. Ich bin froh, dass es Ihnen schmeckt. Das Filet wurde mit einer wundervollen Kombination aus Rosmarin, Thymian, gehacktem Knoblauch, Muskat, etwas Piment, einer Prise Salz und getrocknetem Estragon gewürzt.«

»Fantastisch«, sagte Louis, »mein Kompliment.«

Theo bedankte sich mit einer Verbeugung. »Sonst noch etwas, Sir? Ich bereite ein Sorbet als Gaumenreiniger vor, wenn das in Ordnung ist.«

»Wunderbar«, sagte Commander Guilfoyle und entließ Theo mit einer Handbewegung.

Er nahm einen weiteren kräftigen Schluck Wein, dann tupfte er sich die Mundwinkel mit einer Stoffserviette ab und rutschte vom Tisch zurück. Er schaute aus dem Fenster. Die Sonne ging gerade auf, es war früh am Tag für eine so schwere Mahlzeit. Die Rationsschlangen bildeten sich bereits auf den Straßen, obwohl noch keine der Stationen geöffnet hatte.

»Ich bin froh, dass du mir bei diesem unüblichen Frühstück Gesellschaft leistest«, sagte er zu Louis. »In Anbetracht dessen, dass keiner von uns letzte Nacht schlafen konnte und wir das Abendessen ausgelassen haben, um uns den bevorstehenden Bedrohungen zu widmen, dachte ich, das wäre eine nette Gaumenfreude.«

»Das ist es«, sagte Louis. Er wischte die Soße auf seinem Teller mit einem dicken Stück dunklem Brot auf. »Danke für die Einladung.«

»Hat nicht geschadet, dass Theo bereits eine Mahlzeit vorbereitet hatte«, fügte Guilfoyle hinzu, ohne auf Louis' Aussage einzugehen. »Und ich wollte nicht, dass seine Arbeit umsonst war. Er ist so loyal.«

Louis kaute auf dem durchweichten Brot herum und saugte das schwere Aroma der Soße heraus.

»Loyalität ist wichtig«, sagte Guilfoyle. Er schien durch seinen Neffen hindurchzublicken. »Und selten. Deshalb ist sie so kostbar, findest du nicht?«

»Ja. Darin besteht meine Sorge, was manche deiner Lieutenants angeht. Ich weiß nicht, ob ihre Loyalität dem Protektorat oder ihren eigenen Interessen gilt.«

»Meinst du?«

»Ja.« Louis wischte sich mit der Serviette übers Gesicht und knüllte sie zusammen. »Sie scheinen sich gegenseitig den Rücken freizuhalten. Sie arbeiten als Team, unabhängig vom Rest von uns.«

»Da bin ich mir nicht sicher. Ich glaube, da bahnt sich ein Aufstand an. Ich weiß zwar nicht, ob die Tic oder die Ödländer irgendwas damit zu tun haben, aber ich spüre, dass etwas an uns nagt, an der Regierung.«

»Warum bist du dir da so sicher? Es gibt keine handfesten Beweise, nur grobe Zusammenhänge zwischen den einzelnen Angriffen auf andere Protektorate.«

»Hat dir deine Mutter je erzählt, wie wir an die Macht gekommen sind?«

Louis dachte für einen Moment über die Frage nach. Guilfoyle sah regelrecht, wie die Rädchen seines Verstandes ratterten. »Natürlich hat sie das. Aber ich schätze deine Meinung, Onkel.«

Guilfoyle seufzte. Er erhob sich und ging die kurze Strecke zum Fenster, steckte die Hände in seine Taschen und beobachtete die Stadt. Ein Transporter zuckelte über eine der Straßen in der Nähe des Fascios nebenan. Ein alter Dodge Charger rumpelte über eine der Parallelstraßen gegenüber dem Monument ihrer Vorväter. Vermutlich ein wagemutiger Tic-Schmuggler, der der Obrigkeit auf der Nase herumtanzte. Der Dodge zog eine Staubspur hinter sich her, als er beschleunigte.

»Damals, als es passiert ist, war ich noch ein Kind«, erzählte Guilfoyle. »Die Bevölkerungsexplosion des späten Zwanzigsten und des frühen Einundzwanzigsten Jahrhunderts hat, zusammen mit dem großen Mangel und der alternden Infrastruktur, den perfekten Sturm erzeugt. Alles ist Schlag auf Schlag gegangen. Hat die meisten überrascht, überall auf der Welt.«

Guilfoyle beäugte seinen Neffen. Louis war wie in Trance und hing an seinen Lippen. Er wusste, dass dies nichts weiter als die Kriecherei seines Neffen war und dass Louis sich vermutlich langweilte. Das spielte keine Rolle. Er redete gern.

»Aber es hat Gruppierungen gegeben, die es besser gewusst haben. Organisationen, die auf das Ende vorbereitet waren. Weißt du, sobald das Wasser ausgeht, werden die Lebensmittel knapp, die Menschen randalieren. Sie zerstören ihre eigenen Lebensgemeinschaften. Sie plündern und töten. Das Überleben ist eine komische Sache. Wenn es bedroht wird, dann schwindet die Menschlichkeit dahin. Das ist eine Tatsache. Und wenn es in einem solchen Ausmaß bedroht wird, dann lehnen die Massen zivilisiertes Verhalten ab.«

Theo trug zwei Schälchen des blassgelben Sorbets herein. Er beeilte sich, die Gaumenreiniger an ihren Platz auf den Tisch zu stellen und verschwand wieder in die Küche.

»Hast du je beobachtet, wie Feuerameisen versuchen, eine Flut zu überleben?«, fuhr Guilfoyle fort. Er korrigierte sich: »Natürlich nicht. Wie komme ich darauf? Es gibt keine Fluten mehr. Es genügt wohl zu sagen, dass sich die Ameisen an alles klammern, was sie zum Überleben finden, sobald ihr Leben bedroht wird. Sie beißen, sie bilden Gruppen, sie steigen übereinander. Sie tun, was auch immer nötig ist. Menschen verhalten sich da nicht anders.«

Louis nahm seinen Löffel und tauchte ihn ins Sorbet. Er schaufelte sich etwas davon mit dem Silber in seinen Mund. Sein Gesicht verzog sich beim sauren Zitronengeschmack.

»Mit diesem Wissen über die menschliche Natur und in Voraussicht des Unvermeidbaren«, sagte Guilfoyle, der am Fenster stand, »haben wir uns vorbereitet. Ich sage wir, obwohl ich damit natürlich unsere Vorväter meine. Deine Mutter und ich waren Kinder, aber wir haben gesehen, wie alles passiert ist. Wir haben die Gespräche der Erwachsenen gehört, haben die Wohnzimmerversammlungen beobachtet und die geheimen Videochats über verschlüsselte Verbindungen belauscht. Wir haben hunderte von Leuten gehabt, Profis aus allen Bereichen, die verstanden haben, was vor sich ging, die sich zusammengetan haben. Da waren Wissenschaftler, Militärstrategen, Großunternehmer, Landbarone und sogar fähige Politiker.«

Guilfoyle holte tief Luft und bewegte sich vom Fenster weg. Er ging zu seinem Stuhl zurück und setzte sich hin, beugte sich über die Schüssel seines schmelzenden Sorbets und kostete eine kleine Portion. Er zuckte zusammen. »Sauer«, sagte er, »hervorragend, aber sauer.«

Louis löffelte das letzte bisschen Sorbet aus seiner Schale. Das Silber kratzte über das Porzellan.

»Sie haben Vorräte angesammelt«, fuhr Guilfoyle mit der Schöpfungsgeschichte des Protektorats fort, »und große Mengen an Waffen versteckt, bevor der zweite Zusatzartikel widerrufen worden ist.«

»Zusatzartikel wovon?«, fragte Louis.

»Der Verfassung der Vereinigten Staaten von Amerika. Das Dokument, das die Nation begründet hat. Das ist erst siebzig Jahre her, Louis. Eine Kopie der Magna Carta. Davon hast du schon mal gehört, nicht?«

»Ja«, sagte Louis. Vor Scham, Frustration oder beidem lief er rot an. »Und von der Verfassung auch.«

»Es hat siebenundzwanzig Zusatzartikel gegeben. Die ersten zehn waren im Grundgesetz zusammengefasst. Als der Durst das Land ins Chaos gestürzt hat, hat man viele dieser Rechte beschnitten. Der erste, zweite und vierte Zusatzartikel waren die ersten, von denen man sich verabschiedet hat. Das hat die Situation nur verschlimmert. Die Regierungen von Staaten und Ländern haben sich aufgelöst, man hat sämtliche Strafverfolgungen eingestellt. Totale Anarchie. Dieser konstante Verfall hat über Jahre angedauert. Die vorher schon empfindliche Infrastruktur hat sich noch weiter verschlechtert. Kleine Gemeinschaften sind verschwunden. Große Städte sind explodiert. Die einzige Konstante war die Öl- und Benzinversorgung. Die hat sich die Regierung gesichert, das war ihre Haupteinnahmequelle. Sie haben das Militär losgeschickt, um die Pipelines und Raffinerien zu verteidigen, während sie sich selbst rar gemacht haben. Wir haben gewartet.«

»Worauf?«, fragte Louis.

Theo erschien mit zwei Tassen und Untersetzern. Das Porzellan klapperte, als er durch den Raum schwebte, um die Getränke zu servieren.

»Kaffee«, sagte er und stellte die erste Tasse vor dem Commander ab. »So wie Sie ihn mögen, Sir, mit modifizierter, laktosefreier Milch und zwei Würfeln synthetischem Zucker.«

»Schwarz, bitte«, sagte Louis, »ich mag meinen schwarz.«

»Selbstverständlich«, antwortete Theo und brachte Louis den Kaffee. »Schwarz. Wenn mich meine Erinnerung nicht trügt, dann bevorzugen Sie einen Schuss Rum?«

Theo zwinkerte ihm zu. Louis nickte zur Antwort und dankte dem Butler für seine Gastfreundschaft und sein gutes Gedächtnis.

»Das ist mein Job«, antwortete Theo. Er räumte das Geschirr ab und eilte mit vollen Händen in die Küche zurück.

»Der Kaffee wurde mit gefiltertem Quellwasser zubereitet«, erklärte Guilfoyle, »das einzig Wahre.«

Mit einer Hand hob er die Untertasse auf, mit der anderen nahm er die Tasse. Er blies den Dampf von der heißen, braunen Flüssigkeit und nahm einen vorsichtigen Schluck. Dann ermunterte er seinem Neffen mit einem Nicken dazu, ebenfalls einen Schluck zu nehmen. Louis kam seiner Aufforderung nach. Guilfoyle nahm einen zweiten Schluck und setzte die Untertasse auf dem Tisch ab. Er fuhr mit der Hand über die weiße Tischdecke und wischte ein paar Krümel auf den Boden. Er legte die Finger aneinander, lehnte sich vor und beäugte seinen Neffen.

»Du hast gefragt, worauf wir gewartet haben, was uns zum Handeln bewegt hat«, sagte er. »Bedenke, ich war damals ein Teenager, also konnte ich mit solchen Intrigen besser umgehen. Ich war nicht in alles eingeweiht, aber ich hab genug gewusst. Ich hab gesehen, was passiert ist. Als die Zeit gekommen war, als die Regierung geschwächt war und die Leute um einen Anführer und um Schutz vor den unhaltbaren, zügellosen Umständen gebeten haben, da waren die Protektorate geboren. Sie sind über den ganzen Kontinent verteilt«, erklärte er mit einer ausladenden Bewegung seiner Hände, die er gleich wieder faltete, »und jedes Protektorat hat seine eigene Regierung. Die Vorräte sind gleichmäßig verteilt worden, genauso wie die Experten in den entsprechenden Bereichen. Alle Protektorate sind gleichzeitig unter der Regierung der Aufseher vereint worden.«

»Das war ein militärischer Staatsstreich?«, fragte Louis. »Das damalige Militär der Vereinigten Staaten hat euch geholfen?«

»Ja«, antwortete Guilfoyle, »und die Kongressabgeordneten. Hätten sie nicht von innen heraus geholfen, wären wir nie dazu in der Lage gewesen, die bereits geschwächte Regierung bis hin zu ihrem Sturz zu destabilisieren.«

»Dann sind die Protektorate zu unabhängigen Stadtstaaten geworden?« Louis nahm einen Schluck vom mittlerweile abgekühlten Kaffee.

»Richtig, und die Leute haben das begrüßt. Sie haben sich nach Struktur gesehnt. Sie wollten jemanden an der Spitze, der die Querulanten ruhigstellt und sich anständig um die gehorsamen Bürger kümmert.«

»*Gehorsam* ist dabei wohl das Stichwort«, bemerkte Louis.

»Ja. Menschen scheitern, wenn man sie sich selbst überlässt. Sie brauchen eine beständige Führung, eine Autorität, die ihnen sagt, was sie brauchen und was nicht. Das ist ein wichtiges Bedürfnis, auch wenn sich dessen kaum jemand bewusst ist. Quer durch die Geschichte haben wir gesehen, dass es nicht funktioniert, wenn Menschen frei über ihre Zukunft entscheiden können. Ohne die Weisheit einer stabilen Führung scheitern sie. Je liberaler und toleranter Gesellschaften werden, desto weniger konzentrieren sie sich auf ihren Selbsterhalt. Sie brauchen die strikte Einhaltung grundlegender Regeln.«

Louis nahm einen großen Schluck Kaffee.

»Aber es ist genau diese reglementierte Kontrolle, wie wir sie als Aufseher zum Wohl der Menschen ausüben, mit der einige unzufrieden sind«, erklärte Guilfoyle weiterhin. »Das sind Leute, die selber nach Macht streben. Sie glauben, sie könnten besser regieren, besser sorgen, besser führen. Natürlich liegen sie falsch, und tief im Inneren wissen sie das auch. Das hat uns die Geschichte gezeigt.«

»Wenn sich die Leute selbst regiert hätten, dann wären wir wohl niemals in diese Misere geraten«, antwortete Louis.

Guilfoyle, der gerade die Kaffeetasse an den Mund gesetzt hatte, hielt inne und setzte die Tasse auf dem Tisch ab. Er stellte sie auf die Untertasse, drehte ihren Griff nach rechts und schob sie beiseite.

»Und welche *Misere* wäre das, Lieutenant Louis?«, zischte er spöttisch.

Louis wurde blass. Sein Blick zuckte unruhig durchs Zimmer, auf der aussichtslosen Suche nach Beistand. »Misere?«, wiederholte her und betonte dabei jede Silbe, als klebten sie an seinem Gaumen fest.

»Du hast gesagt, wenn die Leute sich selbst regieren würden, dann wären sie nicht in dieser *Misere*. Ich frage dich, welche *Misere* du damit genau meinst?«

»Ich glaube nicht …«

»Du hast *Misere* gesagt«, unterbrach ihn Guilfoyle. »Das ist eine seltsame Wortwahl mit einer sehr konkreten Bedeutung.«

Guilfoyle schob den Stuhl zurück und stand auf. Er nahm eine Gabel und kratzte mit den Zinken über die Tischdecke, während er auf seinen Neffen am anderen Tischende zuschlenderte. »Ich denke – nein, ich *weiß* – dass Menschen wie Schweine im Stall sind. Im Schlamm sind sie glücklich. Sie wälzen sich, sie konsumieren, koten und vermehren sich. Sie sind schlau genug, um ihre Umgebung zu erkennen, besitzen aber nicht die Intelligenz, um einen Weg aus dem Schlamm zu finden. Schweine sind fett und selbstgefällig. Obwohl sie sich vielleicht nach etwas Besserem sehnen, tun sich nichts, um es zu erreichen. Im Großen und Ganzen sind sie im Dreck zufrieden.«

Er blieb vor Louis stehen und hob die Gabel, um damit auf seinen Neffen zu zeigen, dabei bemerkte er die Schweißperlen auf dessen Stirn.

»Ich frage dich eines, *Lieutenant*«, sagte Guilfoyle und wedelte beim Sprechen mit der Gabel hin und her. »Warum laufen Schweine nicht auf zwei Beinen? Warum regulieren sie sich nicht selbst? Warum haben sie keine Gesetze, die einfach, streng und kurz genug sind, um sie an die Scheunenwand zu pinseln?«

Louis schaute ihn angespannt und verwirrt an.

»Ich kann dir sagen, warum«, fuhr Guilfoyle fort, ohne auf eine Antwort zu warten. »Sie tun nichts dergleichen, weil sie wissen, dass sie das nicht schaffen. Ganz egal, was sie versuchen, sie werden scheitern. Was sie brauchen, ist ein Aufseher. Sie brauchen jemanden, der morgens den Stall öffnet und sie nachts wieder einsperrt. Jemanden, der die Futtertröge füllt und sie tränkt.«

Guilfoyle spießte die Gabel mit einer solchen Gewalt in den Tisch, dass sie aufrecht stehen blieb und die Tischdecke in Falten zog. Louis sprang vom Stuhl auf und blinzelte sich den Schweiß aus den Augen. In seinen geöffneten Mundwinkeln hatten sich aus seiner getrockneten Spucke weiße Flecken gebildet.

Alles, was er gesagt hatte, lief auf diesen Moment, auf diese Offenbarung zu.

»Sie brauchen jemanden, der den Mut und die Raffinesse hat, sich in guten und schlechten Zeiten um sie zu kümmern. So funktioniert unsere Welt!«, bellte Guilfoyle. »Wir alle sind menschlich. Wir alle wollen überleben, essen, ficken und schlafen, und dabei glauben, dass am Ende immer für uns gesorgt ist. Aber ein paar von uns stellen sich auf die Hinterbeine und öffnen das Gatter von alleine. Einige von uns verlassen den Stall fürs Farmhaus und tun alles, was getan werden muss, um die Schweinchen zufriedenzustellen, damit sie nicht zerstören, was wir mit so viel Mühe für sie errichtet haben!«

Guilfoyle stand mit puterrotem Gesicht und zusammengebissenen Zähnen da. Sein finsterer Blick wich einem Lächeln. Er richtete sich auf und zog die Gabel aus dem Tisch.

»I-ich meine die Misere der Verantwortung«, stammelte Louis. »Wenn die Leute sich selbst regiert hätten, dann würden sie uns nicht so sehr brauchen wie jetzt. Das ist eine schwere Bürde für uns, für dich.«

Guilfoyle sah seinen Neffen lange an. »Tut mir leid«, sagte er schließlich mit völlig verändertem Tonfall. »Verzeih mir, Louis. Ich kümmere mich so leidenschaftlich um unsere Bürger, um eine stabile Gesellschaft wie seit drei Generationen, dass ich manchmal überreagiere.«

Louis schien den Atem anzuhalten. Sein Hemd war nun voller Schweißflecken und sein Gesicht bleich.

»Du musst verstehen, dass ich immer nur das Beste für das Protektorat und für unsere Bürger will. Ich lasse die Existenz der Tic zu, weil ihnen das ein Gefühl von Kontrolle gibt, auch wenn das nicht stimmt. Diese Illusion von Macht hält sie in Schach. Im Glauben, sie wären dem Stall entkommen, bleiben sie im Schlamm glücklich. Die mit der wahren Macht können das sehen.«

Während er sprach, dirigierte er nun mit der Gabel, die er wellenförmig bewegte, um jeden seiner Punkte zu verdeutlichen.

»Aber die Macht, die wir haben, die schwere Bürde der echten, unverfälschten Macht, geht mit der Problematik einher, dafür zu sorgen, dass die falschen Könige nicht leiden. Manche dieser Problempunkte können leicht bemerkt, identifiziert und beseitigt werden. Andere sind etwas tückischer.«

Guilfoyle drehte sich nun zum Fenster um und blickte hinaus. Er strich sich mit einer Hand über den Kopf und kratzte seinen Hals. »Nur wenige können die Last begreifen, die wir tragen, Louis.« Dabei schaute er seinen Neffen nicht an. »Nur wenige wissen, wie man den Frieden bewahrt. Manchmal ist der Krieg eine Notwendigkeit, und sei er noch so belanglos. Wie sagt man so schön über das Omelett?«

Der Blick des Commanders schweifte zu Louis' Bauch, der über seine Hüften quoll und es dem jungen Mann unmöglich machte, beim Sitzen die Beine zu schließen. Dort hielt er für einen Augenblick inne und wartete auf eine Antwort. Louis nahm die Serviette vom Tisch und tupfte sich damit die Stirn ab. Guilfoyle schlich zu seinem Stuhl zurück, als Theo mit zwei Schalen Eis mit Schlagsahne auftauchte. Eine leuchtend rote Kirsche bekrönte jeden Klecks.

»Ahh«, sagte Guilfoyle auf dem Weg zu seinem Stuhl. »Der Nachtisch. Genau zur richtigen Zeit. Das sieht wunderbar aus. Danke, Theo.«

Guilfoyle setzte sich und spießte die stiellose, gezuckerte Kirsche mit der Gabel auf. Er steckte sie sich in den Mund und zerbiss die Frucht. Leuchtend roter Saft sickerte durch seine Zähne und drohte, über sein Kinn zu laufen, als der Commander sie schmatzend hinunterschluckte.

15

Brina erkannte sich nicht wieder. Die Schwellung in ihrem Gesicht, das verkrustete Blut auf ihren Lippen und um ihre Nasenlöcher ließen sie wie ein Monster aussehen. Ihre zitternde Hand näherte sich dem violetten Auge, das wie eine Pflaume aussah, und hielt kurz vor der Berührung inne. Das Atmen tat weh. Das unbarmherzige Pulsieren ihrer Schläfen erschwerte ihr die Sicht.

Als sie auf dem Bett saß, um sich im Spiegel zu betrachten, tauchte eine schlanke Gestalt hinter ihr auf. Er stand im Schatten des spärlich beleuchteten Zimmers.

Der Anblick des Mannes erschreckte sie. Sie wirbelte herum und zuckte beim Schmerz, der dabei in ihrem Torso aufflammte, zusammen. Ihre Muskeln versteiften sich bei der anhaltenden Schmerzenswelle, die über ihrem Körper zusammenschlug.

Der Mann trat näher, sichtlich unbeeindruckt von ihrem Unwohlsein. Er trug eine reflektierende Sonnenbrille, die jede Spur von Emotion in seinem Gesicht verbarg. Die Bartstoppeln betonten sein kantiges Kinn. Der kahle Kopf, zusammen mit der drahtigen Statur, zeugten von einem Mann in bester körperlicher Verfassung. Ihr Blick fiel auf das Messer mit dem Knochengriff an seiner Hüfte. Er hatte Geschichten von dem Messer erzählt, von seiner Herkunft, von seiner Verbindung zum Aufstieg und Zerfall von Imperien. Sie hatte das für übertrieben gehalten.

Graham war jemand, für den sich alles um den Effekt drehte, um die Erregung von Angst und Zweifel. So viel er ihr auch beigebracht hatte, nie hatte sie ihm ganz vertraut. Er las gern, und ihrer Erfahrung nach konnte man Leuten, die Bücher lasen, nicht trauen.

Seine sonore Stimme hallte durch den Raum. Ihr Klang verschlimmerte Brinas Kopfschmerzen.

»Wie geht's dir?«, fragte er. »Ich bin hier, um sicherzustellen, dass du schnell wieder fit bist. Ich brauch dich auf den Beinen.«

»Ich werd schon wieder. Nichts, was ein paar Stiche und Nanoinjektionen nicht wieder hinkriegen.«

Der geschwollene Kiefer verwandelte ihre Worte in ein undeutliches Kauderwelsch, obwohl sie sich um eine klare Aussprache bemühte, und verfremdete ihre Stimme.

Graham nickte. Offensichtlich verstand er sie, trotz des Schadens, den ihr Gesicht genommen hatte. Er neigte den Kopf erst zur einen, dann zur anderen Seite, und ließ dabei seine Halswirbel knacken. Dann machte er einen Schritt auf sie zu, weiter ins Licht. Seine Hand legte sich auf das Messer und glitt am Knochengriff auf und ab.

»Du hast Scheiße gebaut, Brina, und zwar nicht nur ein bisschen. Das ist königlich. Das ist episch. Das ist …«

»Ich hab's kapiert, Graham«, sagte sie, und die Schärfe, mit der sie ihm die Worte regelrecht entgegenspuckte, überraschte sie selbst. »Ich weiß, was passiert ist.«

Er stellte sich neben das Bett, eine Matratze auf einer einfachen Sperrholzplatte und ein paar Betonblöcken. Dann verschränkte er die Arme vor der Brust und steckte dabei die Hände unter seine Achseln, um seine Muskeln größer erscheinen zu lassen.

»Tust du das?«, fragte er und ging näher zu ihr hin. Er stand neben dem Bett und senkte den Kopf, um sie über die Ränder seiner Sonnenbrille hinweg anzuschauen.

»Ja«, zischte sie.

»Warum hast du sie abhauen lassen?« Die Frage war offensichtlich rhetorisch.

Sie schaute an ihm vorbei und bemerkte zwei weitere Männer, Vollstrecker, die an der Türschwelle standen. Keiner von ihnen sagte etwas. Sie starrten stur geradeaus, wie Wächterstatuen aus Marmor.

Hier ging es nicht um ihre Gesundheit. Das hier war ein Verhör.

»Ich hab sie nicht abhauen lassen. Sie ist auf mich losgegangen. Das hatte ich nicht erwartet. Zugegeben, ich bin unvorsichtig geworden, aber …«

»Aber gar nichts«, unterbrach Graham sie. »Drei von unseren Männern sind draufgegangen, weil du unvorsichtig geworden bist. Einer hier in der Basis und die anderen beiden beim Versuch, sie aufzuhalten, nachdem sie einen Weg an die Oberfläche gefunden hat. Ein TMF-Trupp hat sie gerettet.«

»Ich kümmer mich drum. Tu ich immer.«

Graham brach in höhnisches Gelächter aus, das seinen ganzen Körper erbeben ließ. Er wandte sich den Vollstreckern an der Tür zu.

»Du kümmerst dich? *Kümmerst* dich? Bis zu seinem Tod hast du nicht nur dabei versagt, irgendwas über den Verbleib von Ezekiel Watson rauszufinden, unserem irregeleiteten Frischling«, schimpfte Graham, »sondern hast dich jetzt auch noch von seiner Freundin überrumpeln lassen und sie mithilfe der Aufseher abhauen lassen. Jetzt kennen sie diesen Ort. Sie werden zurückkommen. Wie wirst du dich darum denn kümmern?«

Brinas Kopf pochte schmerzhaft. Die Anspannung ihrer steifen Muskeln verschlimmerte das Stechen in ihrem wunden Körper. Sie konnte sich nicht verteidigen. Es gab nichts, womit sie ihr Versagen wiedergutmachen konnte. Dennoch spürte sie Wut in sich aufsteigen. Das Letzte, was sie brauchte, war eine Standpauke, ein Vorwurf von dem Mann, dem sie so lange tadellos gedient hatte.

Ihrer Erfahrung nach teilten Anführer Erfolge und standen für Fehlschläge gerade. Graham war ihr Vorgesetzter. Er trug die Verantwortung. Sie befolgte Anweisungen. Seine Anweisungen. Darum sollte er auch die Verantwortung übernehmen.

Brina nickte ihm zu. »Ich hab's verbockt«, gab sie zu und biss dabei die Zähne zusammen, um sowohl dem Schmerz als auch dem Bedürfnis, ihm in den Bauch zu schlagen, standzuhalten. »Ich konnte dir Ezekiel nicht ausliefern, hab keine brauchbaren Informationen aus Adaliah rausgekriegt, drei von unseren Freunden sind tot und unsere Basis ist aufgeflogen. Das stimmt alles.«

Graham schob die Sonnenbrille auf seiner Nase hoch. Er wusste, es würde ein *aber* folgen.

»Aber ich bin nicht die einzige Verantwortliche. Du weißt genauso gut wie ich, dass du Ezekiel an die Aufseher ausgeliefert hast. Du wolltest, dass er für Mogilevichs Tod bezahlt, und dabei war es dir egal, wer den Job erledigt. Du hast den Einsatz verdoppelt, indem du deine Leute auf die TMF angesetzt hast.«

Graham reagierte gereizt. Seine Grübchen verschwanden.

»Adaliah hierzubehalten, nachdem wir nichts aus ihr rausquetschen konnten, war unverantwortlich«, fuhr Brina fort. »Du hast mit dem Schwanz gedacht, Graham, nicht mit deinem Hirn. Hätten sie gleich am ersten Tag umlegen sollen. Wir wussten, was sie war. Wir hatten unsere Vermutungen.«

Er biss die Zähne zusammen.

»Menschen, die uns nicht weiterhelfen, werden beseitigt. So war es schon immer. Die Aufseher machen es so, wir machen es so. Genauso funktioniert die Welt. Du hast Adaliah nackt in eine Zelle gesperrt, weil …«

Ihr Satz verlor sich. Sie musste ihn nicht beenden.

Graham stand schweigend da und beobachtete sie vom Schatten seiner Gläser aus. Ihre verzerrte Doppelreflexion erwiderte ihren Blick.

»Ich glaube, wir wissen beide, dass dieses Debakel genauso deine wie meine Schuld ist.« Jedes ihrer Worte triefte vor Gift. »Jeder gehorcht irgendwem. Wem gehorchst du, Graham? Was würde dein Vorgesetzter zu dem, was passiert ist, sagen – was hat er vielleicht schon gesagt?«

Grahams Haltung veränderte sich. Seine Schultern und sein Kopf senkten sich. Seine Finger ballten sich zu Fäusten. Er räusperte sich und nahm die Sonnenbrille ab. »Du weißt, dass ich dich hier und jetzt töten könnte«, antwortete er. »Ich könnte dir das Genick brechen, dir eine Kugel in den Kopf jagen oder dich mit bloßen Händen erwürgen.«

Mit der Hand, in der er die Sonnenbrille hielt, machte er eine ausladende Geste. Licht blitzte über die reflektierenden Gläser. »All das könnte ich völlig ungestraft tun. Wir könnten unserer alten Freundin Adaliah Bancroft die Schuld in die Schuhe schieben.«

Er setzte sich die Brille wieder auf und verzog kurz das Gesicht, um sie auf der Nase geradezurücken. Dann ließ er die Finger knacken. »*So* leicht wärst du einfach nur ein weiteres abschreckendes Beispiel. Dein Leben wäre nur eine von vielen Fußnoten in der umfassenden Geschichte des Aquatic Collective. Das könnte ich tun.«

Brina zuckte nicht einmal mit der Wimper. Sie tat nichts, außer seinen Blick ausdruckslos zu erwidern. Sie wusste, dass sie in Wahrheit die Zügel in der Hand hatte. Sicher, er könnte sie einfach umlegen, aber zu welchem Zweck?

Sie wusste, dass sie ihm lebendig mehr nutzte als tot. Außerdem wussten sie, dass die Aufseher die TMF zurückschicken würden, um die Einrichtung nach Brauchbarem zu durchkämmen. Sie würden zusammenarbeiten müssen.

Als sie nicht antwortete, grinste er wieder. Diesmal war das Lächeln eine Maske. Das waren sie sonst alle, aber dieses konnte die Überheblichkeit und Wut nicht verbergen, die unter der Oberfläche brodelten.

»Was soll ich deiner Meinung nach tun, Brina?«, fragte er nun deutlich weniger aggressiv. Sie drückte sich vom Bett hoch und stellte sich hin. Nach kurzem Schwanken stützte sie sich mit den Fingerspitzen auf der Matratze ab. Ihr Gleichgewichtssinn brauchte einen Moment, um sich stabilisieren, dann stand sie sicher auf dem Boden.

Brina war nicht so groß wie er, aber ihr imposanter Körperbau ließ sie riesig wirken. Selbst verletzt, verprügelt, lädiert und benommen, war sie immer noch eine Kriegerin, und Graham wusste das. »Du wirst mich nicht töten«, stellte sie fest, »das weiß ich.«

Sie lallte, während ihr das Blut in die Beine schoss. Sie fühlte sich wie in Zement gegossen. Das erdete sie.

»Stattdessen werden wir den Bunker gemeinsam auf den Angriff vorbereiten«, sagte sie. »Wir wissen, dass uns der bevorsteht. Die TMF werden nicht widerstehen können. Dieser arrogante Archibald mit seinem Sondereinsatzkommando wird sich nicht anders zu helfen wissen. Er wird Soldaten herschicken. Vielleicht schickt er sogar die kleine Adaliah voraus. Es besteht kein Zweifel daran, dass sie für sie arbeitet. Sie hat Zeke verarscht, hat uns verarscht.«

Graham hob eine Augenbraue. »Und?«

»Jetzt drehen wir den Spieß um. Als du hier zum ersten Mal schwanzwedelnd reingekommen bist, als wärst du was Besseres, hab ich dir gesagt, ich könnte das gradebiegen. Wir können das gradebiegen. Deine Vorgesetzten werden Lobeshymnen auf dich singen, wenn wir einen ganzen TMF-Trupp auslöschen, wenn wir uns ihre Waffen schnappen, Informationen extrahieren und sie als Druckmittel benutzen.«

Graham starrte sie für eine Weile durch die getönten Gläser an, dann verschränkte er die Hände hinter seinem Rücken. Mit gesenktem Kopf schritt er durch den Raum. Offensichtlich wägte er die wenigen Optionen, die ihm blieben, gegeneinander ab.

»Der Plan gefällt mir«, sagte er schließlich. »Machen wir uns an die Arbeit. Wir wissen nicht, wie viel Zeit uns noch bleibt, und wir werden Verstärkung brauchen.«

»Ich hab da schon 'ne Idee«, antwortete Brina, »das werden sie nicht kommen sehen.«

16

Zeke stand vor einer Ansammlung niedriger, teils baufälliger Gebäude, die kurze, schmale Schatten in den Sand warfen. Die Bauten schirmten die Gruppe vor dem Großteil der Menschenmenge ab, die sich auf dem Handelsplatz dieses Stadtteils versammelte.

Die wenigen Leute, die in der Hintergasse hinter den Baracken ihre Einkaufswagen vorbereiteten oder um die Hauseingänge herumschwirrten, beachteten den seltsam gekleideten Zeke und seine drei Gefährten nicht weiter. Diese Menschen waren es gewohnt wegzuschauen, wie Zeke ihnen erklärt hatte, aber die Gasse gewährte ihnen nur temporär Zuflucht. Sie würden ihren Schutz verlassen müssen, um an ihr Ziel zu gelangen, wo auch immer das sein mochte.

»Zieh dein Bandana hoch«, schlug Phil vor, der neben Zeke stand. Er hatte sich die Melone tief in die Stirn gezogen. Sein Gewehr, dasselbe wie Uriels, hing ihm locker um die Schulter. »Du willst nicht erkannt werden.«

Zeke hatte nicht bemerkt, wie ihm das Tuch unters Kinn gerutscht war. Er schob die Stoffkante über Mund und Nase. Der lose Knoten drückte von hinten gegen seinen Hals. Er blickte nach links und rechts.

Als er sicher war, dass niemand Notiz von ihm nahm, wandte er sich seinen Begleitern zu.

Uriel stand breitbeinig da, die M27 fest im Griff, und streckte ihren Nacken von einer Seite zur anderen. Als sie bemerkte, dass er sie beobachtete, warf sie ihm eine Kusshand zu. Dann wurde sie ernst. »Wir haben andere Sorgen, Schätzchen. Und sind wir nicht hier, um *deine* Frau zu retten?« Die Betonung des Possessivpronomens triefte vor Sarkasmus.

Phil und Gabe blickten erst einander und dann Zeke an. Die zwei trugen das gleiche, schiefe Grinsen im Gesicht. Keiner von beiden sagte etwas, aber Gabe kicherte, seine Escrima-Stöcke aus schwarzem Rattan in der Hand, und zwinkerte Zeke zu. Der gebogene Stahlgriff eines Messers ragte aus der Scheide, die an der Hüfte unter seinem Bauch festgemacht war.

Zeke verdrehte die Augen. »Wir haben nicht viel Zeit. Wenn sie gewusst haben, dass wir kommen, dann wissen sie auch, dass wir hier sind. Der Tunnel hat nur vier Ausfahrten. Ich bin etwas überrascht, dass noch keine Verstärkung da ist. Und die Aufseher haben sich auch noch nicht blicken lassen. Sind wohl nicht auf dem letzten Stand.«

Gabe deutete mit den Stöcken in Richtung der einstöckigen Baracken. »Sind sie.«

Zekes Blick folgte Gabes Stöcken und er sah, dass er recht hatte. Ein TMF-Transporter, kleiner als die im Ödland, parkte dort. Davor standen drei bewaffnete Soldaten. Einer der Männer wies den Weg.

»Sie teilen sich auf«, sagte Phil. »Wie sollen wir das angehen? Zusammen?«

»Ich würde sagen, wir teilen uns auch auf«, antwortete Uriel. »Ich schnapp mir den Großen in der Mitte. Sieht fleischig aus. Ich mag Fleisch.«

»Du bist versaut«, bemerkte Gabe.

Uriel klimperte mit den Wimpern. »Eher verhungert«, gab sie zurück, »vielleicht auch ein bisschen von beidem.«

»Wo treffen wir uns?«, fragte Phil.

»Es gibt nicht viele Orte, an denen sie Li festhalten können«, erklärte Zeke. »Der erste ist ganz in der Nähe. Auf der anderen Seite des Marktplatzes, in der Nähe der Regierungsgebäude.

Vielleicht weniger als zwei Kilometer von hier entfernt? Dort ist ein altes Denkmal, ein Typ auf einem Pferd.«

»Okay«, sagte Phil, »wir teilen uns auf. Jeder von uns schnappt sich einen Soldaten. Zeke, du gehst direkt zum Denkmal. Wir treffen dich dort.«

Uriel stimmte zu. Gabe nickte.

»Lasst uns das Ganze leise und diskret abwickeln«, fuhr Phil fort. »Je weniger wir auffallen, desto leichter wird der Rest.«

Zeke schaute die schwere Waffe in seiner Hand an, der mysteriöse Revolver. »Also los«, murmelte er.

Er drückte sich gegen eine der grob behauenen Wände zwischen den nächsten zwei Gebäuden und bewegte sich langsam dorthin, wo die Häuserschlucht in den Marktplatz mündete. Der Transporter stand direkt vor ihm.

Zeke studierte die Menschenmenge. Sie war größer als vor noch ein paar Minuten. Der Markt war voller Zelte und Tische, voll mit Dingen, die wertlos waren, außer für die Leute, die sie verkauften. Seltsame Schrauben, rostige Maschinenteile, abgegriffene Brokatfetzen und Mauerreste zierten die Stände. Die Verkäufer verhandelten mit Passanten und senkten ihre Preise mit jedem Schritt, den sich die potenziellen Kunden von ihnen entfernten.

Der Geruch von gebratenem Fleisch wehte Zeke in die Nase und er bemerkte die Rauchfahnen, die aus einem Mülleimer kamen, auf dem eine Metallplatte lag. Ein Mann stocherte in den Fleischklumpen herum, die auf der heißen Platte brieten. Das war Rattenfleisch. Der Geruch, der zuerst appetitlich gewirkt hatte, verursachte Zeke nun Übelkeit. Er hob sein Hemd und steckte sich den Revolver in den Hosenbund. Es war vermutlich einfacher, sich ohne riesige stählerne Waffe in den Händen durch die Menge zu bewegen. Er ging ins Freie und konnte keinen der Soldaten ausmachen. Als er in der ersten Gruppe Fußgänger untertauchte, erregte eine blitzartige Bewegung links von ihm seine Aufmerksamkeit.

Andere bemerkten ihn ebenfalls, woraufhin die wirbelnde Menschenflut begann, darauf zuzuströmen. Ein lautes, klapperndes Geräusch, weckte ihr Interesse. Zeke schaute nach vorn. Mithilfe dieser Ablenkung konnte er sich seinem Ziel leichter nähern. Er ging zwei große Schritte auf die Tische und Zelte vor sich zu, fing an zu laufen und blickte zu dem enger werdenden Kreis der Menschen zu seiner Linken zurück.

Er fluchte, tastete nach dem Revolvergriff unter seinem Hemd, um zu prüfen, ob er noch da war, und ließ sich mit der Strömung der Marktbesucher treiben, die sich nun in Schaulustige verwandelt hatten. Hinter der Menschenmenge erhaschte er einen Blick auf Gabes Gesicht und die oberen Enden seiner Stöcke. Er schlug sie aneinander und benutzte sie in einer Art Angriffsmanöver.

Dann schwang er sie herum wie ein Performance-Künstler, der einen rituellen Tanz aufführt. Die Menge kam näher und wich wieder zurück, als er eine ausladende Bogenbewegung machte. Unter *Ohs* und *Ahs* pulsierten sie um ihn herum.

Zeke verrenkte sich den Hals, um mehr vom Geschehen mitzubekommen, aber es gelang ihm nicht. Er blickte genau rechtzeitig über seine Schulter, um zu sehen, wie Uriel in die Fahrerkabine des TMF-Transporters kletterte, dicht gefolgt von einem Soldaten mit erhobener Waffe.

Sie schlug die Tür zu. Der Soldat feuerte eine Ladung Schüsse ab, die funkensprühend in die gepanzerte Seite des Transporters krachten. Das Geräusch der Schüsse brachte die Menschenmenge hinter ihm zum Kreischen. Die Männer und Frauen zerstreuten sich nun, einige krabbelten mit den Händen am Kopf auf dem Boden, andere rannten.

Zeke sah nun, was vor den Schüssen ihre Aufmerksamkeit erregt hatte. Gabe hatte einen Soldaten zu Boden geprügelt. Eine M27 lag harmlos auf dem Boden. Jedes Mal, wenn der Soldat danach griff, hielt Gabe ihn mit einer Reihe wirbelnder Schläge davon ab. Mit jedem Schlag blitzten die Enden der Stöcke blau auf. Der Soldat zuckte und krampfte, sein Körper krümmte sich, als stünde er unter Strom.

Noch mehr Gewehrfeuer lenkte Zekes Blick zurück zu Uriel. Sie hatte nun den Rückwärtsgang eingelegt. Der Soldat, der auf sein eigenes Fahrzeug schoss, konnte sie nicht aufhalten, als sie eine Reihe Tische niedermähte.

Zeke griff nach seinem Revolver. Er umklammerte ihn mit seiner Rechten und hob ihn auf Augenhöhe des Soldaten. Dann legte er den Finger auf den Abzug, brachte sich in Position und legte die andere Hand an, um die Massenvernichtungswaffe besser im Griff zu haben.

Er zielte.

Bevor er den Abzug drückte, realisierte er, dass die Druckwelle nicht nur den Soldaten, sondern auch Uriel treffen würde. Er konnte den Energiestoß nicht genau genug steuern, außer er ging näher heran.

Zeke wirbelte zu Gabe herum und hob die Waffe. Wieder zögerte er und überlegte es sich anders. Auf diese Entfernung würde er sowohl Gabe als auch jeden in der Menschenmenge treffen. So erstaunlich sein Revolver auch war, er verstand nicht genau, wie er funktionierte, und konnte ihn nicht unüberlegt einsetzen. Er steckte ihn zurück in den Hosenbund.

Zwischen diesen beiden Szenen, ohne jede Möglichkeit, seinen Gefährten zu helfen, wurde Zeke klar, dass es ein Fehler war, nicht sofort loszurennen, als er die Gelegenheit dazu hatte. Jetzt gab es kein Abwarten, kein Zögern. Er sprintete zum Denkmal, das vom Markt aus nicht sichtbar war.

Er eilte an weinenden, geduckten Marktbesuchern vorbei, hinein in das Labyrinth aus Flohmarktständen. Dabei warf er ein paar Tische um und trat die Halteseile der Planen und Zelte los. Zweimal stolperte er, konnte aber das Gleichgewicht halten. Hinter ihm schwoll das Chaos an.

Der Motor des Transporters heulte auf. Ein lauter Knall und das ohrenbetäubende Kreischen von Metall auf Metall zerriss die Morgenluft. Zeke nahm die Beine in die Hand und rannte. Er hatte den Markt nun hinter sich gelassen und war in der Nähe der gepflasterten Straßen, die zum Denkmal führten. Seine Stiefel scheuerten an den Fersen; der Revolver drückte sich gegen seine Hüfte. Sein Atem, der ihm unter dem Bandana ins Gesicht zurückschlug, war heiß und säuerlich.

Im Hintergrund knallte das Gewehrfeuer, was es Zeke erschwerte, zu bestimmen, wie viele Schüsse abgegeben wurden und wie viele Waffen involviert waren. Er hastete an einer Frau mit Kind auf dem Arm vorbei, als ihm eine schwarz gekleidete Gestalt den Weg abschnitt und ihn anschrie, anzuhalten.

Zeke ignorierte den Befehl, bis er die M27 sah, die auf seine Brust gerichtet war. Er hob die Hände über den Kopf und kam ungefähr drei Meter vor dem Soldaten schlitternd zum Stehen.

»Hab geahnt, dass du hier lang kommst«, sagte der Soldat, »ist der einzige Weg zum Stadtzentrum.«

Er ging einen weiteren Schritt auf ihn zu und legte den Kopf schief. Zeke schätzte, dass der Mann auf diese Distanz kein Zielfernrohr benötigte. Er musste nur den Abzug drücken, um Zeke mitten in der Brust zu treffen.

Genau in der Mitte.

»Nimm die Gesichtsbedeckung ab«, befahl der Soldat. Er grub einen Fuß in den Kies und lehnte sich etwas vor. »Nimm den Hut ab.«

Zeke behielt die Arme über dem Kopf. Er atmete schwer, seine Brust hob und senkte sich. Er sagte nichts.

Der Soldat gestikulierte mit dem Gewehr und bellte: »Los jetzt!«

Zeke nahm die Arme mit ausgestreckten Fingern herunter. Langsam legte er die Hand auf das Bandana, das Mund und Nase bedeckte.

»Schneller«, sagte der Soldat. Er überprüfte seine Umgebung und hielt das Gewehr dabei auf Zeke gerichtet.

In der Entfernung erschallte noch mehr Gewehrfeuer. Der Soldat schaute an Zeke vorbei, dann konzentrierte er sich wieder auf ihn.

Zeke packte den Stoff am Nasenrücken genau in dem Moment, als zwei Schüsse in unmittelbarer Entfernung die Luft zerrissen. Er war sicher, der Soldat hatte ihn getroffen. Sein Körper zuckte. Er nahm die Hand vom Tuch und tastete seinen Oberkörper mit gespreizten Fingern ab, wischte sich über die Brust.

Nichts.

Der Körper des Soldaten versteifte sich jedoch, krampfte und sackte zu Boden. Er schlug grässlich dumpf auf der festgetretenen Erde auf. Blut sickerte unter ihm hervor und verteilte sich im Dreck.

»Bist du in Ordnung?«, erklang Phils Stimme hinter ihm.

Zeke zitterte noch immer, davon überzeugt, dass das eine Nahtoderfahrung gewesen sein musste. Er nickte und dankte Phil, als sich der große Mann neben ihn stellte.

Phil schulterte das Gewehr und fasste sich an die Melone. Ein schwarzer Daumenabdruck befleckte die vordere Hutkrempe.

»Tut mir leid«, sagte er. »Das war meiner. Hab ihn für 'ne Minute aus den Augen verloren.«

»Kein Problem.«

Phil legte Zeke die Hand auf die Schulter. »Wir sollten weiter. Haben viel zu tun und 'ne ganze Strecke vor uns.«

Zeke beäugte Phil und warf einen Blick zurück. Er konnte weder Uriel noch Gabe sehen, noch hörte er Schüsse oder das Rumpeln des entführten Transporters.

»Was ist mit den anderen? Wir können sie nicht zurücklassen.«

»Denen geht's gut«, sagte Phil. »Die holen uns ein. Los jetzt.«

Der große Mann grinste hinter seinem Bart und nickte mit dem Kopf in Richtung der entfernten Statue. Er gab Zeke einen festen Klaps auf den Rücken und umklammerte den Morgenstern, den er quer über seiner Brust hielt.

Zeke tastete nach dem Revolver an seiner Hüfte, um sich zu vergewissern, dass er noch an seinem Platz war. Phil ging zwei große Schritte voraus.

»Na gut«, sagte Zeke, »komm ja schon.«

Sie bewegten sich von den dreckigen, verlassenen Plätzen hin zu den überfüllten Straßen. Niemand schaute zweimal hin, trotz ihrer Aufmachung und Phils großer Waffe.

Die Leute waren zu sehr mit ihrem eigenen Leben beschäftigt. Mit mürrischen Gesichtern und leeren Beuteln trotteten sie von einer Schlange zur nächsten. Zeke wusste, warum die Tic so erfolgreich waren. Die Tic gaben den Leuten Hoffnung. Sie halfen ihnen dabei, an die Dinge zu kommen, die sie brauchten, und vermittelten ihnen dabei den Eindruck, dass nicht jeder der eisernen Faust der Aufseher unterlag.

Dennoch wünschte er sich, nie ein Teil des Syndikats gewesen zu sein. Er wünschte, er wäre stark genug gewesen, ohne kriminelle Hilfe zu überleben, dann hätte er Li nicht in die Bredouille gebracht, als er fortgegangen war. Er wünschte sich vieles.

Sie erreichten das Denkmal in der Nähe der Regierungstürme und sahen Gabe und Uriel bereits ungeduldig auf sie warten. Uriels Körpersprache verriet Zeke, dass sie genervt davon war, wie lange sie gebraucht hatten. Als er jedoch näherkam, bemerkte er, dass ihre unruhige Haltung nicht auf Ungeduld, sondern Unbehagen zurückzuführen war. Sie schritt auf und ab, weil sie Angst hatte. Irgendetwas war vorgefallen.

Phil schien ihr Unbehagen nicht zu bemerken. Er ging auf sie zu und klopfte Gabe auf die Schulter. »Du hast uns geschlagen. Gut gemacht.«

Keiner von ihnen sagte etwas. Niemand schaute vom Boden auf.

»Was ist los?«, fragte Zeke. »Habt ihr sie gefunden? Geht's Li gut?«

Uriel atmete aus und blies dabei die Backen auf. Sie schüttelte den Kopf. Zekes Herz machte einen Satz. Seine Brust verengte sich und ihm wurde schwindelig. Er ging näher auf sie zu, ignorierte ihre Komfortzone.

»Was ist los?«, fragte er ruhig. »Was ist mit Li passiert?«

»Es ist nicht Li, die wir gefunden haben«, antwortete Gabe.

Zeke begriff nicht. Seine Gedanken rasten. Wen konnten sie sonst gefunden haben?

Sein Blick schweifte über die gedämpfte Menschenmenge und er registrierte zwei Wachen der Aufseher auf den Stufen des Fascio, die ihn nicht zu bemerken schienen.

»Raus damit«, sagte er mit zittriger Stimme, »was ist los?«

Er versuchte, sich daran zu erinnern, wen er noch enttäuscht hatte. Wer war noch in seinen Wirkungskreis aus Tod und Verbrechen geraten? Da war niemand. Nur Li.

Vor seinem geistigen Auge blätterte er einen Katalog von Menschen durch.

Rose? Die würden sie nicht kennen. Mogilevich? Warum sollten sie sich um den scheren? Ging es hier um Raf? Barach?

Was konnte in der kurzen Zeitspanne zwischen jetzt und dem Moment, als sie den Tunnel verlassen hatten, passiert sein? Was war es, dass sie so verängstigte, dass sie so sprachlos machte?

Er lief im Kreis, suchte nach etwas, irgendetwas. Er zitterte jetzt.

Dann sah er es. Mit einem Schlag stand Zekes Welt Kopf.

Er schnappte nach Luft, war wie versteinert. Jemand berührte ihn an der Schulter. Jemand anderes legte ihm den Arm um die Hüfte und versuchte, ihn zu trösten. Das bemerkte er jedoch kaum. Zu sehr war er auf die Körper konzentriert, die vom Fascio baumelten.

Er machte einen Schritt auf die drei Leichen zu, die nun eher Vogelscheuchen als Menschen ähnelten. Das Bandana presste sich kalt und klamm gegen seine Wangen. Er spürte Tränen aus den Augen quellen. Er konnte nicht sprechen, konnte nicht begreifen, was er da sah, und begriff es doch. Plötzlich ergab alles Sinn, die Lücken in seiner Erinnerung füllten sich mit dem, was er vergessen hatte. Zum ersten Mal, seit er am Lenkrad des Superbird zu sich gekommen war und versucht hatte, der Horde zu entkommen, erinnerte er sich an das Ende seines irdischen Lebens.

Die Visionen zuckten durch seinen Kopf wie ein Bilderbuch, das immer schneller durchgeblättert wurde. Die Welt schwankte und drehte sich, bis schließlich alles dunkel wurde und die Erinnerungen vollends über ihn hereinbrachen …

Er war in seiner Wohnung. Er saß an einem Tisch im Dunkeln. Der Stift in seiner Hand kratzte über das Papier vor ihm. Er faltete es, stand vom Stuhl auf und ging durch die Dunkelheit aufs Schlafzimmer zu.

Li schlief, ihr Atem ging sanft, aber hörbar. Es war das Geräusch, zu dem er sonst immer eingeschlafen war, während er versucht hatte, im gleichen Takt zu atmen. Sie lag mit angezogenen Knien auf der Seite, die Hände zwischen den Beinen. Ein Fuß spitzte unter der Bettdecke hervor und wippte auf der Matratze hin und her. Hinter ihr platzierte er die Nachricht auf seinem Kissen. Er hob sie auf, atmete tief ein und legte sie wieder ab. Dann rückte er sie zurecht, sodass sie auf der Mitte des Kissens lag.

Er verließ die Wohnung und flüsterte einen Abschiedsgruß. Ein Knoten bildete sich in seinem Hals und erschwerte ihm das Schlucken. Er war sich nicht sicher, ob er auf dem Weg zum Auto überhaupt atmete. Dann fuhr er mit ausgeschalteten Scheinwerfern durch die Dunkelheit davon, bis hin zum Schmuggler-Tunnel der Tic.

Die Straßen waren leer. Unter seinen Reifen knirschte der Kies. Die Scheibe war heruntergekurbelt, die Luft war trocken und kühl. Der Himmel war tiefschwarz und wolkenlos, durchbrochen von den Lichtpunkten der weit entfernten Sterne. Die silberne Mondsichel war im Begriff zu verschwinden. Ihre groben Umrisse hoben sich grau vom Himmel ab.

Er schaltete die Scheibenwischer ein, um den Staub von der Windschutzscheibe zu fegen. Bis auf die Bewegung selbst hatte das wenig Effekt.

Er war an der Tunneleinfahrt angekommen und hatte freie Bahn. Dann plötzlich nicht mehr.

Eine Reihe greller Lichter ging gleichzeitig an und blendete ihn. Männer schrien über das tiefe Grollen seines Leerlaufs hinweg. Die Läufe der M27-Gewehre waren auf ihn gerichtet.

Er lag auf dem Boden, mit Knien im Rücken und den Händen in Ketten. Er wurde eingesperrt und verhört. Er sagte nichts. Er schlief, träumte, bereute, betete.

Dann stand er auf den Stufen des Fascio. Vier Soldaten führten ihn dorthin. Der Commander hielt eine laute Ansprache vor einer Ansammlung von hungrigen, blutdürstigen Schaulustigen.

Die Sonne blendete. Zeke zuckte zusammen. Sein Rücken schmerzte und seine Klamotten hingen in Fetzen.

»Dieser Mann«, sagte der Commander, »ist ein Schmuggler.«

Die Menschenmenge zischte. Ein Stein traf ihn an der Seite, er spürte ihn in den Rippen. Er biss sich von innen in die Wange, um den Schmerz zu unterdrücken.

Der Commander zeigte auf ihn. »Er stiehlt unser Wasser und verkauft es für Profit!«, brüllte er. »Er ist ein Dieb und Verräter. Er ist ein Tic!«

Die Schaulustigen schrien: »Tötet ihn! Lasst ihn bezahlen!«

Zekes Herz schlug ihm bis zum Hals. Er wusste, was ihn erwartete. Die Menge jubelte, skandierte, wurde still. »Wir können das nicht hinnehmen«, sagte der Commander. »Wir müssen dieser feindlichen Untergrundbewegung, die uns das Kostbarste stiehlt, ihre Grenzen aufzeigen. Sie stehlen Leben. Sie profitieren von unserem Durst.«

Eine Welle der Angst und der Vorahnung rollte über ihn hinweg. Sein Körper zitterte und in seinem Schritt breitete sich Wärme aus. Dann wurde ihm kalt. Tränen trübten seine Sicht.

Der Commander verspottete ihn: »Während wir kaum genug Wasser zum Kochen oder Trinken haben«, verkündete er, »hat dieser Mann genug davon, um zu heulen und sich einzunässen. Ein weiterer Beweis für seinen Verrat.«

Dann verzog der Commander das Gesicht und schritt auf ihn zu. Er krallte seine Finger in Zekes Schulter und maskierte sein Urteil als Gnade.

Die Soldaten packten ihn fester. Er bat um Vergebung, um eine zweite Chance. Er versprach, ihnen alles zu erzählen, was er wusste.

Sie legten ihm ein Geschirr um den Oberkörper und schnürten die Riemen fest um Schultern und Brust.

Dann folgte Schmerz. Stechender Schmerz. Ein langer Schnitt brannte auf seiner Körpermitte. Jemand schrie ohrenbetäubend laut und er wünschte sich nur noch, dass es aufhörte. Die Schreie verstummten jedoch nicht. Dann realisierte er, dass er es war, der schrie, der vor Qual brüllte.

In der Nähe erklang ein mechanisches Dröhnen. Das Geschirr wickelte sich eng um seinen Körper und er schien schwerelos zu sein. Er wurde vom Boden hochgehoben. Schwitzend und blutend trat er um sich.

Seine Wunde riss auf, als sein Körper der Schwerkraft erlag. Sein Fleisch zerriss. Das Geschirr zog seinen Körper nach oben, klemmte die Arme ein.

Er wirbelte durch die Luft, als sich die Kette, die ihn hielt, verdrehte und dann wieder entwirrte. Er wurde schwächer. Die Welt um ihn herum wurde dunkel.

Gegenwärtig stand er vor genau diesen Körpern. Nun war *er* der Gaffer, der sich eine öffentliche Hinrichtung anschaute. Er starrte seine eigenen Überreste an.

»Ich bin tot«, sagte er. Er schaute seine Hände an, fasste sich an die Brust. Er blinzelte. Sein Auge zuckte, als er sich zu seinen Gefährten umdrehte. »Ich bin tot.«

Sie standen stumm da und schauten ihn an.

Er zeigte erst auf sich, dann auf sie, und wackelte dabei mit dem Finger. »Wenn ich tot bin, was seid ihr dann alle?«

Uriel blickte auf. Nie zuvor hatte er sie so ernst erlebt.

Ihr Gesichtsausdruck war leer, ihre Stirnfalten zeugten von aufrichtiger Sorge. »Wir sind die Wächter.«

Zeke musterte jeden von ihnen einzeln und blickte zurück zu seiner Leiche. Das Fleisch an seinen Händen war sauber abgenagt.

»Die Wächter?«, fragte er.

Phil nahm den Hut ab und wischte sich mit der Rückseite seiner Ärmel den Schweiß aus der Stirn, zusammen mit seinen verfilzten Locken. »Hast du je was von Enoch gehört?«

»Dafür haben wir keine Zeit«, unterbrach Gabe. »Nicht jetzt.«

Phil streckte Gabe seine Hand entgegen. »Gib uns 'ne Sekunde«, seufzte er. »Unser Freund hier steht unter Schock. Wir haben Zeit für die Grundlagen.«

Gabe blickte erst zum Fascio, dann zum Markt hinter der Statue und den in einiger Entfernung anstehenden Stadtbewohnern.

»Die grundlegenden Grundlagen«, fuhr Gabe fort. »Wir müssen Li finden und von hier verschwinden.«

Zeke schüttelte den Kopf. »Enoch, Wächter, die erschlagenden Beweise, dass ich verdammt noch mal tot bin? Was zur Hölle ist hier los?«

Zeke fiel auf die Knie.

Mir wird schlecht.

Sein Magen drehte sich um und er wollte sich übergeben, aber nichts kam heraus. So viele seiner Fragen waren damit nun beantwortet, aber die Antworten warfen nur noch mehr Fragen auf. Es fiel ihm schwer, das alles zu verarbeiten.

Es war zu viel.

Sein Körper bebte. Er konnte seinen Blick nicht scharfstellen. Ihm war heiß und kalt zugleich. Er wollte schreien, weinen und lachen.

Ist irgendwas von alldem hier real? Ist das der Himmel? Die Hölle? Irgendwas dazwischen? Erlebe ich irgendwas davon gerade leibhaftig oder ist das eine Manifestation meines toten Bewusstseins, eine geistige Projektion?

Phil kniete sich vor ihn und massierte seinen Rücken.

»Enoch war ein Mann«, erklärte Phil, »ein barmherziger Mann, der die Welt bereist hat und dabei Gutes und Böses gesehen hat. Er war ziemlich religiös. Hat Dinge irdischer Herkunft gesehen und solche, die darüber hinausgehen. Es gibt ein Buch über ihn. Manche Menschen glauben, er hätte nie existiert, dass sein Leben nur eine Allegorie ist. Einiges aus dem Buch stimmt, anderes nicht. Es …«

Uriel verdrehte die Augen. Sie unterbrach Phil, indem sie ihm die flache Hand vors Gesicht hielt. Dann näherte sie sich Zeke. »Genug Geschichtsunterricht. Das können wir später nachholen. Fazit? Wir sind Engel. Mehr oder weniger.«

Noch immer zitternd und nur halb anwesend hob Zeke den Kopf und versuchte, sich zu konzentrieren. Die Welt drehte sich. Er brachte nur ein einziges Wort heraus.

»Engel?«

»Ja«, bestätigte Phil.

»Wir müssen hier abbrechen«, sagte Gabe. »Hier werden sie uns sehen.«

»Also bist du auch tot?«, fragte Zeke. »Aber die Leute können dich sehen. Können sie mich sehen? Also, klar können sie das. Oder nicht?«

»Das sind drei Fragen«, stellte Uriel fest. Sie zählte die Antworten an den Fingern ab. »Erstens? Mehr oder weniger. Nicht so ganz, aber ja. Zweitens, ja. Drittens, ja.«

»Sind alle der Wächter mit ... bei Pedro? Sind sie alle Teil des Teams?«

Phil schüttelte den Kopf. »Leider nicht. Ab und an begeben sich Wächter auf eine Mission und kehren nicht zurück. Sie verschwinden, genauso wie ihre Waffen.«

Uriel streckte sich. »Besonders, wenn besagte Waffe ihr Körper ist.«

Zeke verdrehte die Augen, dann fragte er Phil: »Wo gehen sie hin?«

»Sie bleiben da, wo auch immer Pedro sie hingeschickt hat«, antwortete Phil. »Vielleicht sind sie den Alltag leid. Vielleicht finden sie etwas, womit sie sich verbunden fühlen.«

»Das ist erlaubt?«, fragte Zeke.

»Nein«, antwortete Uriel. »Das sind Abtrünnige. Sie brechen die Regeln.«

»Pedro kann sie nicht davon abhalten?«

»Jesus«, sagte Gabe. »Wir stehen hier noch bis in alle Ewigkeit, wenn wir weiter deine Fragen beantworten. Genug davon.«

»Pedro verlässt sein Territorium nicht«, sagte Uriel. »Er bleibt an Ort und Stelle. Die einzige Möglichkeit, wie ein Wächter zurückkommt, ist, indem er *getötet* wird. Und wenn ein abtrünniger Wächter seine Karten richtig ausspielt, ist das unwahrscheinlich. Je länger er sich abwendet, desto mächtiger wird er, desto mehr Einfluss hat er auf das Gleichgewicht von Gut und Böse. Üblicherweise benötigt man einen anderen Wächter, um so jemanden zu finden und zurückzuholen.«

»Oder zurückzuschicken«, ergänzte Phil.

»Was ist mit den Waffen?«, fragte Zeke. »Was passiert damit?«

Phil zuckte mit den Schultern. »Das ist der Stoff von Mythen und Legenden. Normalerweise.«

»Normalerweise?«

Gabe versteifte sich. »Wir sollten wirklich abhauen.«

Phil hielt die Hand hoch und hielt ihn an. »Schon mal was vom Bajiaoshan gehört, dem legendären Fächer, der Wirbelstürme erzeugt?«

»Nein«, entgegnete Zeke.

»Pasha? Ist ein Lasso.«

»Nein.«

»Was ist mit dem Kalevaniemekka? Das finnische Schwert.«

»Nee.«

»Junge«, sagte Uriel. »Du hast echt hinterm Mond gelebt. Was ist mit den ganzen Büchern in deiner Wohnung?«

»Das waren nicht meine«, antwortete Zeke und konnte sich den schnippischen Tonfall dabei nicht verkneifen.

»Das sind alles Wächterwaffen«, erklärte Phil, »sie finden sich in den Mythologien sämtlicher Kulturen wieder, aber sie existieren wirklich.«

All das war zu viel zum Verarbeiten. Gabe hatte recht; Zeke konnte das alles gerade nicht gebrauchen – Wächter und Abtrünnige, Bücher, legendäre Waffen, Enoch, Untote. Dennoch hatte er eine letzte Frage.

»Also, worum geht's dabei genau?« Zeke trat einen Schritt vom Trio zurück. »Warum sind wir hier? Was hat das genau mit Engeln zu tun? Und Li ... und das Ödland und ... alles? Wer ist Pedro?«

»Das sind 'ne Menge Fragen«, sagte Uriel, »Um auf Pedro zurückzukommen, das ist kompliziert. Im Endeffekt geht's hier um Erlösung, Zeke.«

»Erlösung?«

»Wir müssen los«, sagte Gabe. »Von der Wasserstation da steuern drei Soldaten auf uns zu. Sie kommen genau hierher. Das könnte unangenehm werden.«

Zeke blickte wieder zu seiner Leiche. Unzählige weitere Fragen schossen ihm durch den Kopf, und er wollte auf alle davon eine Antwort.

Schon von dem Moment an, als er die Horde hinter sich im Rückspiegel gesehen hatte, sagte ihm sein Bauchgefühl, dass die

Welt aus dem Gleichgewicht war. Die Wunden damals waren zu tief. Er wusste es. Als er in der Cantina zu sich gekommen war und all die üblen Verletzungen einfach so verheilt waren, hatte er es gewusst. Als dort Eis in den Gläsern schwamm und niemand wusste, wer die Tic oder die Aufseher waren, hatte er es gewusst. Tief im Inneren hatte er auch gewusst, dass seine Seele keine Ruhe fand. Die Rastlosigkeit. Das Suchen. Die Sehnsucht nach Erlösung. Er hatte nicht ein einziges Mal die Möglichkeit in Betracht gezogen, tot zu sein. Uriel hatte recht, als sie ihm gesagt hatte, er würde die falschen Fragen stellen.

Der Anblick seines an Ketten baumelnden, leblosen Körpers bestätigte alles und räumte jeglichen Zweifel aus. Er war tot. Die Aufseher hatten ihn getötet. Die Tic hatten ihn vermutlich verraten.

Dennoch war er hier, mit schlagendem Herzen, mit schwitzendem Körper und Adrenalin im Blut. Er war an dem Ort zurück, an dem sein irdisches Leben ein Ende gefunden hatte. Diese Engel hatten ihn hier hergebracht, damit er erlöst werden konnte. Sie gaben ihm eine Chance, seine Fehler wiedergutzumachen. Ein seltsames Gefühl von Trost erfüllte ihn in dem Moment, den er brauchte, um all das zu verarbeiten, um die neue Weltordnung und seinen Platz darin zu begreifen. Das war die sprichwörtliche zweite Chance.

Er trat nach vorn, zwischen die Wächter und das Soldatentrio, das mit gezückten Waffen auf sie zuging. Jeder von ihnen hatte eine M27 im Anschlag. Sie brüllten ihre Befehle. In einer fließenden, geübten Bewegung, die eigentlich jemandem mit deutlich mehr Übung zugestanden hätte, zog Zeke den Revolver aus seinem Gürtel, zielte, machte sich bereit und drückte den Abzug.

Mit einem *Wumm* entfesselte die Waffe eine Energiewelle, die sich nach außen hin fortsetzte. Boden und Luft vibrierten. Der Lauf hob sich und die Waffe schlug in seiner Hand zurück, doch er hatte genau gezielt, so genau wie nötig.

Das Soldatentrio hob ab und wurde unbeholfen nach hinten geschleudert. Sie flogen, taumelten Hals über Kopf und wild fuchtelnd durch die Luft, bis sie schließlich abstürzten. Ihre Waffen zerbrachen und fielen klappernd zu Boden. Staubwolken markierten die Stelle, wo ihre verdrehten Körper gelandet waren.

Kaum zu glauben, dass Zeke den Rückschlag abfangen konnte. Er sah die Bremsspuren seiner Stiefel im Dreck auf dem Gehsteig vor sich. Er war ungefähr fünfzehn Zentimeter zurückgerutscht und hatte das Gleichgewicht gehalten.

Er schaute zu den Wächtern, die alle von einem Ohr zum anderen grinsten. Uriel zwinkerte und warf ihm eine Kusshand zu.

»Jetzt, da du weißt, dass du tot bist, haben sich die Regeln geändert.«

»Um genau zu sein«, fügte Phil hinzu, »gibt es keine Regeln.«

Zeke schaute den Revolver an. Er leuchtete so blau wie zuvor.

»Ich hab zwei Schüsse übrig.«

»Dann verballere sie lieber nicht«, antwortete Uriel. »Los jetzt. Du gehst voraus.«

»Ich hab noch mehr Fragen.«

»Wir werden später genug Zeit haben, um die zu beantworten«, sagte Gabe.

»Richtig. Erlösung.« Nachdem das blaue Leuchten seiner Waffe erloschen war, steckte Zeke sie zurück in den Gürtel.

»Es gibt da eine Sache, die du wissen solltest, bevor wir zum Versteck der Tic gehen«, sagte Phil.

»Ja?«

»Da du schon tot bist, kannst du nicht mehr sterben.«

»Was passiert dann?«

Die drei Wächter tauschten vielsagende Blicke aus, bevor Uriel antwortete: »Wenn deine physische Form zerstört wird, tauchst du wieder bei Pedro auf.«

»Das ist alles? Ein Videospiel? Man ist *Game Over* und respawnt am Startpunkt?«

»Nicht so ganz. Sobald du draufgehst, kannst du nicht mehr hierher zurückkommen.«

Zeke legte den Kopf schief.

»Das ist deine einzige Chance, alles wieder ins Lot zu bringen«, erklärte Uriel. »Wenn du's jetzt nicht schaffst, wirst du nie wieder die Gelegenheit dazu haben.«

17

Li zog den Gürtel um ihre Hüfte fest und seufzte. Sie trug die Ausrüstung eines TMF-Soldaten, vom taktischen Gürtel bis hin zu den Stiefeln. Sie sah aus, als wäre sie einer der Monolithen, jenes weitreichende Kollektiv gut ausgebildeter Friedenshüter, die ein Leben genauso leicht retten wie beenden konnten.

Frederick und Archibald bestanden darauf, dass sie nicht auffallen durfte, wenn sie ein Team aus TMF-Soldaten zurück in die Untergrundbasis begleitete, in der die Tic sie gefoltert und als Geisel gehalten hatten. Obwohl sie ihnen zugestimmt hatte, war sie froh, dass in dem Raum kein Spiegel hing. Li wollte sich nicht als Soldatin sehen. Das war zu viel. Sie konnte Uniformen noch nie leiden und war niemand, der sein Inneres nach außen trug, was sie zur perfekten Spionin machte.

Li stand in einem Zimmer im dritten Stock des Fascio. Frederick hatte sie persönlich dorthin gebracht. Der dritte Stock war überwiegend für Büros und bürokratische Abläufe reserviert. In diesem Raum schienen kleine Besprechungen stattzufinden, er verfügte über einen Konferenztisch und sechs Stühle. An einer Wand hing ein großer Monitor, dessen Bild in ein Anzeigenraster von Sicherheitskameras im Gebäudeumkreis unterteilt war. An der gegenüberliegenden Wand befand sich eine Anrichte aus Kirschholz, auf der eine Schale mit modifiziertem oder genmanipuliertem Obst stand; ein Bündel Bananen, zwei leuchtend rote Äpfel und eine Orange. Daneben stand ein Silbertablett mit vier in Blei gefassten Gläsern. Ein großer Wasserbehälter mit Zapfhahn war neben der Anrichte.

Li schritt durch den Raum auf den Behälter zu. Ihr fiel das tiefe Brummen in diesem Teil des Zimmers auf, es brachte das Wasser zum Vibrieren. Sie näherte sich dem fassförmigen Glasbehältnis vorsichtig, auf jede ihrer Bewegungen bedacht, und legte ihre Handfläche auf dessen Seiten, um das Brummen zu spüren.

Das Fass war kalt, von der Innenseite tropfte Kondenswasser. Es wurde gekühlt, daran bestand kein Zweifel.

Obwohl Li unter anderem in einer Tic-Bar gearbeitet hatte, mit einem Schmuggler zusammengewohnt hatte und eine Spionin für die höchste Riege der Aufseherregierung war, konnte sie sich nicht daran erinnern, wann sie zum letzten Mal einen Schluck kaltes Wasser hatte. Raumtemperatur, sicher, das war immerhin besser als heißes Wasser. Kaltes Wasser war hingegen etwas völlig anderes.

Widerwillig zog sie ihre Hand vom Glas zurück und beäugte die Becher auf der Anrichte. Sie rieb ihren nassen Daumen an den Fingern. Ihr Blick tanzte zwischen dem Zapfhahn an der Fassvorderseite, der glitzernden Wasseroberfläche darin und den leeren Gläsern hin und her, die sie regelrecht dazu einluden, an diesem seltenen Genuss teilzuhaben.

Li beugte sich vor und nahm ein Glas. Es lag schwer in ihrer Hand. Sie trug es zum Wasserhahn. Mit der anderen Hand griff sie nach dem Regler über dem Hahn und war gerade dabei, ihn aufzudrehen, als sie von einem Klopfen an der Tür aufgeschreckt wurde.

Sie wirbelte gerade rechtzeitig herum, um die Tür aufgehen zu sehen, als ein korpulenter Mann in eleganter Kleidung, die eine Nummer zu klein war, den Raum betrat. Ein wissendes Grinsen breitete sich auf seinem Puttengesicht aus, als sein Blick auf ihre Hand am ungeöffneten Hahn fiel.

»Oh, beachten Sie mich gar nicht weiter«, sagte er. »Bitte, füllen Sie Ihr Glas.«

Sie musterte ihn. Er war ganz in Lila gekleidet, und bei genauerem Hinsehen war seine Kleidung eher zwei Nummern zu klein. Es schien fast, als wäre er hineingeschlüpft und hätte sich dann selbst bis zum Anschlag aufgeblasen. Seine Hände wirkten zart und aufgedunsen, sein Gesicht war glatt rasiert, wenn er überhaupt schon Bartwuchs hatte. Trotz seiner jugendlichen Erscheinung hatte er etwas Zynisches an sich.

Er watschelte ein paar Schritte auf sie zu und schloss die Tür hinter sich. Dann wies er sie mit der Hand an, sich einzuschenken. »Sie stecken nicht in Schwierigkeiten«, sagte er. »Sie haben sich eine kalte Erfrischung verdient, finden Sie nicht? Von allen im Protektorat bin ich es, der Ihnen sagt, wann Sie einen Schluck trinken dürfen.«

Daraufhin wusste sie, wer er war. Das war Louis Donne, der Mann, der für die Wasserversorgung des Stadtstaates verantwortlich war. Er war durch Vetternwirtschaft an seine Position gekommen und nicht sonderlich beliebt. Er stand unter dem Schutz von Commander Guilfoyle, aber sie war sich nicht sicher, wie genau sie miteinander verwandt waren.

Er war an die Macht gekommen, während Li verdeckt bei den Tic eingeschleust war, weshalb sie ihm nie persönlich begegnet war. Alles, was sie in ihrer Zeit als Agentin über die Aufseher erfahren hatte, stammte von Gerüchten und Spekulationen aus zweiter, dritter oder fünfter Hand. Jeder kannte jedoch Louis, und wenn man nicht wusste, wie er aussah, dann hatte man auf jeden Fall schon einmal von ihm gehört.

»Sie sind Louis«, sagte sie und nahm die Hand vom Hahn. Sie hielt das Glas fest. Plötzlich schien kein Sauerstoff mehr im Raum zu sein. Sie versuchte, tief einzuatmen und sich zu beruhigen. Seine Anwesenheit war ihr höchst unangenehm.

»Und Sie sind Adaliah Bancroft«, sagte der Lieutenant. Ein tiefes Rülpsen entkam seinem Mund, während er sprach, und der Bariton brachte seine Wangen zum Beben. Er wurde rot und hob seine Faust an den Mund.

»Ich muss mich entschuldigen. Ich hatte ein ausschweifendes Frühstück«, erklärte er, »eigentlich eher ein exquisites Festmahl.

Ich bin mir nicht ganz sicher, ob mir das so früh am Tag bekommt.«

Li schluckte. Was hatte er hier zu suchen? Was wollte er?

Ein fauliger Lufthauch, der wie eine Mischung aus abgestandenem Kaffee und Zitronen roch, wehte ihr in die Nase und ließ sie zusammenzucken. Louis musste den angeekelten Ausdruck auf ihrem Gesicht bemerkt haben. Seine rosigen Wangen färbten sich tiefrot.

»Nehmen Sie sich ein Glas Wasser und setzen Sie sich«, befahl er.

»Schon in Ordnung«, sagte sie und war gerade dabei, das Glas zurück aufs Tablett zu stellen. Er schaute sie ernst an. »Das war keine Bitte, Adaliah. Schenken Sie mir auch ein Glas ein, ja?«

Louis packte die Lehne des Stuhls und rollte ihn unter dem Tisch hervor. Er schlurfte über den Boden, ließ sich darauf plumpsen und bewegte die Rollen mit den Fersen vorwärts, bis sein Bauch den Tisch berührte. Er hievte die Ellbogen laut auf den Tisch und trommelte mit den flachen Händen auf die Laminatoberfläche. Am anderen Ende des Raumes zuckten die Überwachungsbilder über den Wandmonitor.

Li drehte sich von ihm weg, ohne seinen Befehl zu würdigen. Sie betätigte den Hahn und ließ das Wasser spritzend ins Glas laufen, das in ihrer Hand abkühlte. Als der Becher voll war, drehte sie den Hahn zu und brachte ihn zum Lieutenant.

»Danke.« Louis prostete ihr mit dem Glas zu und nuckelte daran wie ein Kind an der Schnabeltasse. Der Mann schien ganz verzückt vom Getränk, als könnte nichts auf dieser oder irgendeiner anderen Welt seine Aufmerksamkeit von jener Kostbarkeit ablenken.

Als er ausgetrunken und das Glas zurück auf den Tisch gestellt hatte, begann er wieder, mit den Handflächen zu trommeln. Li füllte ihr Glas zur Hälfte und setzte sich so weit wie möglich vom Lieutenant weg.

Louis hielt inne. Er spreizte die Finger auf dem Tisch wie ein Kind, kurz bevor es sie mit einem Stift umrandet. »Adaliah Bancroft«, sagte er und kostete den Klang ihres Namens aus. »Sie sind dünner als erwartet. Ich hab Geschichten über Ihre betörende Schönheit, über Ihre liebliche Physiognomie gehört.«

Worauf will er hinaus?

»Ich weiß vom Überfall auf die Tic«, fuhr er fort. »Ich weiß, dass Frederick und Archibald auf Sie als ihr Ass im Ärmel hoffen, ihre Rauchbombe, sozusagen. Wenn ich also behaupte, dass Ihr Gesicht für das Aussenden einer ganzen Flotte verantwortlich ist, dann ist das keine Übertreibung.«

Ein herablassendes Grinsen, wie sie es schon vorher bei mächtigen Männern gesehen hatte, machte sich auf seinem Gesicht breit.

»Korrekt«, antwortete Li, »aber das ist ein bisschen spezifischer als bei den Griechen. Sie spielen auf Helena von Troja an. Ihre Schönheit und ihre Entführung haben den Krieg zwischen Sparta und Troja ausgelöst. Sie war die Tochter von Zeus und Leda. Aber ihre Geschichte ist nichts weiter als eine Legende.«

Louis nickte. Er wedelte mit dem erhobenen Zeigefinger in ihre Richtung. »Sie sind eine eifrige Leserin«, sagte er, »so viel weiß ich über Sie. Alte Bücher, richtig? Die Art von Geschichten, die im Protektorat nicht zugelassen sind, ja?«

Li zuckte mit den Schultern. Ihr halb leeres Wasserglas war noch immer unangetastet. Woher wusste er von den Büchern?

»Ränkespiele, subversive Allegorien, Erzählungen von Kriegshelden. In Ihrem Regal befindet sich sogar ein Buch, das von einer berühmten Spionin handelt.«

Woher wusste er das? Sie bemerkte, wie das Wanddisplay von einem Bildraster zum nächsten wechselte.

»Sie könnten auch einfach nur berühmter Spion sagen. Die geschlechtliche Spezifikation ist unnötig.«

»Sie haben recht«, sagte er und senkte für einen Augenblick respektvoll den Kopf, »aber ich spezifiziere das, weil Sie selbst Spionin sind.«

»Worauf wollen Sie hinaus, Lieutenant?«, fragte sie. »Was wollen Sie? Warum sind Sie hier? Sie werden sicher woanders gebraucht.«

Der Lieutenant schob sich vom Tisch zurück und rieb die Hände so schnell an der Hose, dass Li beinahe erwartete, sie würde Funken sprühen.

»Ja, dessen bin ich mir bewusst. Sie gehen dahin zurück, wo Sie hergekommen sind, zur Folterkammer der Tic. Irgendwie haben Sie die beiden Verschwörer, Frederick und Archibald, davon überzeugt, dass es eine gute Idee wäre, mit kostbaren Ressourcen dorthin zurückzugehen.« Er winkte ab. »Sie haben Zeit. Das Team bereitet sich auf Ihre Mission vor.«

»Verschwörer?«

»Die beiden sind ständig dabei, sich mehr Macht zu sichern«, seufzte er, »aber das tut nichts zur Sache und ich schweife ab. Zurück zu Ihren Fragen. Wiederholen Sie sie.«

»Warum sind Sie hier? Was wollen Sie? Und woher wissen Sie von der Mission?«

Louis starrte sie an, bevor er antwortete. Das tat er so lange, bis Li unruhig auf dem Stuhl hin- und herrutschte und sich einen Schluck Wasser genehmigte. Nach all der Zeit in Raumtemperatur schmeckte es eher kühl als kalt.

»Das sind drei Fragen. Ich werde sie der Reihe nach abarbeiten. Ist das akzeptabel?«

Li nickte. Nachdem sie das Glas abgesetzt hatte, widmete sie ihm ihre volle Aufmerksamkeit. Es schien unwahrscheinlich, dass er ihre Fragen ehrlich beantworten würde. Sie war eher an seiner Körpersprache als an seinen Worten interessiert.

»Das hier ist ein Kennenlernen. Ich hab schon viel von Ihnen gehört, Adaliah. Ihr Ruf eilt Ihnen voraus. Dass die Aufseher des Protektorats die Schmuggelware in Ihrer Wohnung dulden, sagt viel über Ihren Wert und ihr Vertrauen in Sie aus. Ich musste Sie einfach persönlich treffen.«

Wenn jemand log, gab es dafür immer Anzeichen. Signale. Das Wichtigste war der Abgleich von üblichem mit aktuellem Verhalten, aber das war hier irrelevant. Li kannte ihn nicht und hatte nichts, womit sie seine Stimmlage, seine Gestik und seine Ticks vergleichen konnte.

Sie konnte zumindest sagen, dass er seine Haltung nicht verändert hatte, seit er den Raum betreten hatte. Was er ihr soeben erzählt hatte, deckte sich während der gesamten Dauer ihrer Begegnung mit seinem Verhalten. Er hatte nicht den Körper angespannt, die Beine unter dem Tisch angezogen oder die Hände versteckt. Bis auf seine Verlegenheit nach dem Rülpsen wirkte der Mann entspannt.

»Sprechen Sie weiter«, sagte Li.

»Ich bin hier, weil ich Sie mit eigenen Augen sehen wollte«, fuhr Louis fort. »Das soll keine Beleidigung sein, aber Sie sind nicht die hinreißende Unschuld, die so mancher mich glauben machte. Ich mag meine Frauen ein wenig … kräftiger. Jedem das seine.«

Li war nicht beleidigt. Die Meinung dieses Mannes war so unbedeutend wie ein Gärtner, der im Protektorat ohne Zulassung arbeitete. Allein der Gedanke daran, dass die Menschen früher ihre eigene Nahrung angebaut und geerntet hatten, schien absurd. Welchen Samen pflanzte dieser Mann?

»Zu Frage Nummer drei.« Dabei wischte er sich mit der Hand über die Lippen. »Ich will nur meine Neugier befriedigen, nichts weiter.« Louis rutschte auf dem Stuhl herum und stellte die Beine nebeneinander. Der Stoff wölbte und spannte sich um seine Schenkel. »Sie merken, dass die ersten beiden Fragen aufs Gleiche abzielen?« Seine Stimmlage wurde höher. »Ich hätte Sie intelligenter eingeschätzt.«

Als sie ihn musterte, bemerkte sie, dass seine Antwort auf diese Frage eine Lüge war. Der Lieutenant verbarg etwas. Nur was?

Er nahm den oberen Rand des Bechers zwischen die Finger und hob ihn an, dann setzte er die untere Kante schräg aufs Laminat.

»Was ist mit der dritten Frage?«, hakte sie nach. »Woher wissen Sie von der Mission? Hat Frederick Ihnen davon erzählt?«

Der Lieutenant ließ das Glas los und rutschte wieder auf dem Sitz umher. Er öffnete den Mund zum Sprechen, hielt inne, schloss ihn wieder und setzte erneut an. Der Mann dachte über seine Antwort nach. Es bestand kein Zweifel daran, dass er bestenfalls irgendetwas verschwieg und schlimmstenfalls geradeheraus log. So oder so wartete Li ungeduldig auf seine Antwort und unterdrückte dabei ein Lächeln, weil sie ihn durchschaut hatte. Das war kein einfaches Kennenlernen.

»Ich … ich habe meine Quellen«, sagte er schließlich. »Es genügt zu sagen, dass ich mit den anderen Lieutenants nicht die beste Beziehung pflege. Deshalb traue ich nicht jedem, dem sie trauen. Sie vertrauen Ihnen. Das bedeutet nicht automatisch, dass ich es auch tue.«

Li runzelte die Stirn. Sie sagte nichts.

Er schob sich weiter vom Tisch zurück und stützte sich auf den Armlehnen ab, um sein beachtliches Gewicht hochzuhieven. Lieutenant Louis Donne verbeugte sich vor ihr.

»Es war mir ein Vergnügen. Ich bin froh, dass ich mir die Zeit genommen habe, Sie zu treffen und mich persönlich von den Reizen Ihrer… von Ihren Reizen zu überzeugen. Wir sehen uns sicher wieder, Adaliah.«

Louis wackelte zur Tür, schwang sie weit auf, ging hinaus und ließ sie offen stehen. Li griff nach ihrem Glas und trank das Wasser aus. Das Brummen der Kühlung war das einzige Geräusch im Raum.

War er gekommen, um sie kennenzulernen? Oder hatte er ihr einen Besuch abgestattet, damit sie ihn kennenlernte? Sie dachte über diese Fragen nach, als etwas auf dem Wandbildschirm ihre Aufmerksamkeit erregte. Li rollte mit dem Stuhl zurück und stand auf, ging an der offenen Tür vorbei und hin zum Monitor. Auf dem Display waren vier Farbbilder, jedes davon nahm ein Viertel ein. Sie wechselten sich alle paar Sekunden ab und gewährten dem Betrachter unterschiedliche Ansichten der Fassade des Fascio. Das hatte sie vorher nicht bemerkt. Als sie angekommen war, war sie durch einen Tunnelzugang hergebracht worden, und aus Sicherheitsgründen war es ihr nicht gestattet, nach draußen zu gehen.

Die Bilder wechselten vom einen zum nächsten. Es dauerte mehrere Minuten, bis das Bild, das ihre Aufmerksamkeit erregt hatte, wieder auftauchte. Als es über den Bildschirm flimmerte, wurden ihre Knie weich. Galle stieg in ihrem Hals hoch und ihr Magen rumorte. Die Tränen raubten ihr die Sicht, und ein Schwindelanflug zwang sie dazu, sich mit einer Hand an der Wand abzustützen, um nicht umzukippen.

Im Bild auf der oberen linken Monitorecke, scharf und in Farbe, hingen drei Körper an Ketten über dem Eingangsbereich des Fascio. Der Körper ganz links war unverwechselbar. Trotz der Gedärme, der freigelegten Knochen und des Blutes erkannte sie die Person, deren Seele einst die fleischliche Hülle bewohnt hatte und die nun blau, steif und geschwollen dort hing.

Li wollte es nicht glauben. Sie streckte die freie Hand aus und berührte sanft den Bildschirm, dann sackte sie wie ein Häufchen Elend auf dem Boden zusammen.

Ihre Finger verzerrten das Bild ein wenig, als sie auf das weiche Display drückte und erkannte, dass Brina ihr die Wahrheit gesagt hatte. Ihr Kinn bebte und sie wischte sich die Tränen mit dem schwarzen Hemdärmel aus den Augen.

Sosehr sie Zeke auch dafür umbringen wollte, dass er sie allein zurückgelassen hatte, sosehr sie sich in der rattenverseuchten Zelle auch eingeredet hatte, dass sie ihn hasste, auch wenn er ein feiger, schwächlicher Kleinkrimineller war, er war trotz allem der Mann, den sie einst geliebt hatte. Er war nur ein Ziel gewesen, auf das sie angesetzt wurde, aber er wurde so viel mehr als das. Sie liebte ihn. Dieses Gefühl, das sie unterdrückt hatte, als sie im Kerker der Tic ums Überleben kämpfte, sprudelte nun an die Oberfläche.

Sie hatte sich in ihn verliebt.

Sie liebte ihn.

Jetzt war er tot.

Die digitale Farbansicht seines Körpers räumte jeden Zweifel aus. Das waren seine Überreste, die dort in der Sonne verrotteten; ein langwieriger Prozess in der trockenen Hitze des Stadtstaates.

Li biss die Zähne zusammen. Sie spannte die Muskeln an und verlangsamte ihren schnellen Herzschlag, so, wie sie es von ihren Mentoren vor vielen Jahren gelernt hatte.

Die Folter hatte ihren Willen nicht gebrochen. Die Gefangenschaft hatte ihr nicht die Entschlossenheit genommen. Und diese neue Entwicklung – der Tod einer fingierten Beziehung, für die sie nie echte Gefühle hätte entwickeln dürfen – würde sie nicht aufhalten. Das konnte sie nicht aufhalten. Sie war zu weit gekommen, hatte zu lange überlebt, um nun von allen Dingen *daran* zu zerbrechen.

Dennoch war dort Zeke, tot. Der Mann, in den sie sich törichterweise verliebt hatte, getötet von genau den Menschen, denen sie ihr Leben verschrieben hatte.

18

Die Wächter blickten Zeke finster an.

Er ergab sich mit erhobenen Händen. »Ich tu mein Bestes«, sagte er durch den Stoff des Bandanas und über den Lärm der Menschenmenge hinweg. »Denkt dran, ich hab grade rausgefunden, dass ich tot bin. Gönnt mir 'ne Pause.«

»Das könnten wir«, sagte Uriel, »aber wir regen uns lieber über dein Versagen auf.«

Sie saßen in der Kneipe, wo Zeke Mogilevich getötet hatte. Obwohl es erst Mittag war, war der Ort gut besucht. Eine neue Kellnerin eilte von Tisch zu Tisch, während Markus hinter der Theke hantierte. Er hatte zweimal in ihre Richtung geschaut, aber sie waren zu beschäftigt mit den Getränkebestellungen, um das zu bemerken. Sie saßen an einem Tisch in der hintersten Ecke, von wo aus sie das Kommen und Gehen perfekt im Blick hatten. Sie hatten die Höhle des Löwen mit einer Selbstsicherheit betreten, die ihnen schon einmal fast zum Verhängnis geworden war. Das war gefährlich.

Uriel trank einen modifizierten kurzen Cocuy auf ex und knallte das Glas auf den Tisch. Gabe nuckelte an einem Bier. Phil zündete sich einen Zigarillo an und zog daran, bis er glühte. Sein großer Kopf verschwand in einer Rauchwolke. Er nahm einen Zug und blies den Rauch durch die Nase, dann steckte er das Feuerzeug zurück in seine Tasche und sprach mit dem Zigarillo im Mundwinkel.

»Wo müssen wir noch überall suchen?«, fragte er. »Das war Nummer vier.«

»Ein Ort noch«, antwortete Zeke. »Dort muss sie sein. Das ist eine Untergrundbasis.«

»Ist die mit den Tunneln verbunden?«, fragte Uriel. Sie hob die Hand, um die Kellnerin an den Tisch zu winken, und zeigte auf ihr Schnapsglas.

Zeke schüttelte den Kopf. »Nein. Abseits von allem. Dort lagern sie Waffen, koordinieren Lieferungen und extrahieren Informationen.«

Gabe hob eine Augenbraue. »Extrahieren Informationen?«

Zeke rieb den Daumen über seine lädierten Fingerspitzen. »Folter. Wenn sie glauben, dass man sie hintergangen hat, dann finden sie's raus und ...«

Er beendete den Satz nicht und zuckte nur mit den Schultern. Es war sinnlos, im Detail zu erläutern, was die Tic dort trieben. Wenn er ehrlich war, wollte er gar nicht weiter darüber nachdenken, was dort vielleicht vorgefallen war oder noch immer mit Li gemacht wurde.

Die Kellnerin kam an ihren Tisch.

Sie wischte sich die Hände an der schmutzigen Hüftschürze ab. »Noch ein Kurzer?«

»Zwei bitte«, sagte Uriel, »das gleiche Zeug, machen Sie das Glas ordentlich voll.«

Die Kellnerin zeigte auf Gabe. »Das Bier reicht noch?«

Gabe hob den Krug und prostete ihr zu. »Alles bestens.« Seine Stimme hatte dabei einen flirtenden Unterton.

»Sonst jemand?«, fragte sie. Dann beäugte sie Zeke und kniff die Augen zusammen. »Was ist mit dem Tuch?«

»Das ist ein Bandana«, warf Uriel ein. »Ist sein Markenzeichen. Er will's bekannt machen.«

Die Bedienung runzelte verwirrt die Stirn. »Bekannt machen?«

»Na, Sie wissen schon«, sagte Uriel und gestikulierte dabei, »der nächste große *Trend*. Ein Fashion-Statement. Er ist ein Trendsetter.«

»Ein Trend?«, fragte die Kellnerin misstrauisch.

Uriel fasste sich an die Brust und sprach, als säße Zeke nicht direkt neben ihr. Sie beugte sich vor und flüsterte: »Also, ich persönlich halte das ja für idiotisch. Niemand trägt die ganze Zeit ein Bandana überm Mund. Ist heiß, unbequem und lässt einen wie jemanden aussehen, der verzweifelt versucht, cool zu sein.«

Die Kellnerin schien die vier Fremden am Tisch genau zu mustern. Dann sah sie Uriel an. »Ich hab euch hier noch nie gesehen. Seid ihr aus einem anderen Protektorat geflüchtet?«

Zeke antwortete, bevor Uriel etwas sagen konnte. »Ist es nicht dein Job, die Drinks zu servieren und keine Fragen zu stellen?«, sagte er bestimmt. »Wenn ich an meinen letzten Besuch denke, hatte Mogilevich Regeln, was das Quatschen mit Gästen angeht. Nicht?«

Die Kellnerin nickte kleinlaut. »Ich hol den Cocuy.« Sie eilte zur Bar.

»Idiotisch?«, meckerte Zeke Uriel an. »Wirklich? Du bist sicher, dass du ein Engel bist? Kein B vorne dran?«

»Tja«, sagte Gabe, »darüber kann man sich bei ihr streiten.«

»Wir sollten los«, sagte Zeke. »Jetzt, da wir wissen, dass Li nicht hier ist, sollten wir keine Zeit verplempern. Jede Minute ...«

Phil unterbrach ihn mit erhobener Hand, nahm einen weiteren Zug von seinem dünnen, süßlich riechenden Zigarillo und blies den Rauch durch die Nasenlöcher. Er aschte in den schwarzen Plastikaschenbecher in der Mitte des Tisches und zeigte mit dem qualmenden Stummelende auf Zeke. »Wir sind hier in einer Minute raus, sobald Uriel ihren Schnaps ausgetrunken hat. Wenn wir hier zu schnell abhauen, erregen wir nur Aufmerksamkeit. Verhalten wir uns lieber normal.«

Zeke schaute zur Bar. Markus schien nicht zu ihnen hinüberzublicken, als die Kellnerin ihm irgendetwas ins Ohr flüsterte.

»Können euch die Leute sehen?«, fragte Zeke laut in Richtung der Wächter, die mit ihm in der Ecke der feuchten Kneipe hockten. »Also, ich weiß, dass Menschen euch sehen können. Ich meine eher, *wie* können sie euch sehen? Wie können sie mich sehen? Wir sind tot.«

»Soll ich das übernehmen?«, fragte Gabe Uriel und Phil.

Sie nickten einstimmig. Gabe nahm einen Schluck Bier und setzte den Krug laut auf dem Tisch ab, wobei die schäumende, blasse Flüssigkeit etwas über den Rand und auf den Tisch schwappte. »Wir sind alle tot, aber ohne wirklich tot zu sein. Wir stehen zwischen Leben und Tod. Wir können uns in der Welt der Sterblichen aufhalten, können wie sie agieren, uns unter sie mischen.«

»Mit ihnen intim werden«, warf Uriel ein, »und lass mich eins sagen, nichts ist besser, als es mit einem Wächter zu treiben. Himmlisch. Sagt man mir zumindest oft.«

»Das ist ein gutes Stichwort«, schloss Gabe an. »Wir sind weder im Himmel noch in der Hölle. Wir sind …«

»Im Fegefeuer«, beendete Zeke seinen Satz, »auf der Suche nach Erlösung. Wir versuchen, uns unsere Flügel zu verdienen?«

»Mehr oder weniger. Aber das ist ein bisschen komplexer. Phil?«

Phil drückte den Stummel mit dem Daumen aus und warf ihn in den Aschenbecher. »Überall gibt es Gut und Böse. Nicht nur hier und jetzt. Schon immer. Das ist das Gleichgewicht der Dinge. Um das Gute zu erkennen, muss man auch mit dem Bösen vertraut sein. Um zu verstehen, was Licht ist, muss man im Dunkeln gewesen sein.«

»Also gibt es für alles einen Grund?«, schlussfolgerte Zeke.

»Nicht wirklich«, antwortete Phil, »das stimmt so nicht ganz. Nicht *alles* hat einen Sinn. Manche Dinge passieren einfach. Jedenfalls, wie schon gesagt …«

»Sorry, dass ich dich unterbrochen hab«, entschuldigte sich Zeke.

»Und tust es dabei schon wieder«, schimpfte Uriel mit einem schiefen Lächeln.

»Wie schon gesagt«, wiederholte Phil, »als Wächter haben wir eine Aufgabe. Wir suchen die Stellen, wo das Gleichgewicht gestört ist. Wenn eine Seite zu schwer ist, dann ist es unser Job, die Waage wieder auszugleichen.«

Zeke blinzelte. »Warte mal, du meinst, dass ihr manchmal für das Gute und manchmal für das Böse kämpft?«

»Das ist sehr vereinfacht«, sagte Gabe.

»Aber ja«, ergänzte Uriel.

»An diesem Ort gibt es zu viel Schlechtes«, sagte Phil, »also helfen wir mit der Kalibrierung nach.«

»Deshalb dürft ihr Menschen töten?«, fragte Zeke. »Ich meine, das sollte doch einen Engel, oder was auch immer ihr seid, sofort disqualifizieren.«

»Das ist Teil des Gleichgewichts«, sagte Gabe. »Wir dürfen alles, was wir müssen, um das Gute und das nicht so Gute wieder ins Gleichgewicht zu rücken.«

Zekes Augen weiteten sich. »Und ihr helft mir, weil ich glaube, dass ich gut bin?«

»Nein«, sagte Gabe geradeheraus. »Du bist das Rädchen, das alles ins Rollen gebracht hat. Das ist alles.«

»Das ist nicht ganz alles«, korrigierte Phil. »Erlösung spielt dabei eine Rolle, aber, wie wir schon öfter wiederholt haben, es ist kompl…«

Ein paar laute Schläge zerrissen die Luft, die wie zwei gegeneinander krachende Metallplatten klangen. Es folgten Schreie, das Rascheln von auseinanderstiebenden Menschen und denen, die nach ihren Waffen griffen. Phil stand mit offenem Mund da, als alle Farbe aus seinem Gesicht wich und er mit zitternder Hand nach seinem Hinterkopf tastete.

Zeke sah Blut aus Phils Mundwinkeln laufen, dann sackte der hochgewachsene Mann in seinem Stuhl zusammen und landete nach kurzem Schwanken mit dem Gesicht auf der Tischplatte. Seine Nase krachte mit einem widerlichen Knacken auf das harte Holz. Die Melone fiel von seinem Kopf und rollte auf den Boden.

Hinter Phil schritt Markus energisch mit erhobenem Gewehr auf sie zu. Sein Körper zuckte beim Rückschlag, als er einen weiteren Kugelhagel in Richtung der Wächter entfesselte.

Zeke und Uriel duckten sich auf dem Boden. Gabe wurde an der Schulter getroffen, konnte aber einen seiner Kampfstöcke erreichen, als er sich umdrehte und auf den Boden rollte.

Er sprang auf und ließ den Stock auf Markus niedersausen. Aber der Barkeeper hatte einen schnellen Finger. Er feuerte seine

M27 dreimal ab und traf Gabe mitten im Bauch. Dennoch gelang es dem Kämpfer irgendwie, Markus mit der Waffe zu erwischen. Sie leuchtete blau auf, als ihre Energie einen Stromschlag durch Markus' Körper jagte. Der Barkeeper verfiel in einen Krampfanfall und ließ sein Gewehr fallen. Er schrie vor Schmerz auf und fiel auf ein Knie. Die anderen Tic krabbelten durcheinander, klaubten ihre Waffen zusammen und versuchten zu verstehen, was hier los war.

Uriel war nun aufgestanden und in ein Handgemenge mit zwei von ihnen verwickelt. Ihr Körper leuchtete auf, als sie ihren Gegnern ein paar Tritte entgegenschleuderte. Sie hatten keine Chance.

All das geschah innerhalb von Sekunden. Zeke kam wieder auf die Beine und versuchte, Phil zu helfen, aber es war zu spät. Der Nacken des Riesen war durchlöchert. Als Zeke seine Hand zurückzog, war diese nass und rot vom Blut seines Freundes.

Vielleicht waren sie nicht mehr am Leben, aber das konnte er im Massaker vor sich unmöglich genau sagen. An Zekes Kopf zischten Kugeln vorbei, sie schlugen in die Wand hinter ihm ein. Er duckte sich und warf dabei einen Stuhl um.

Alles versank im Chaos. Er griff nach seinem Revolver, hielt aber inne. Er konnte ihn nicht auf Markus und Gabe abfeuern, oder auf die Männer, mit denen Uriel gerade zu tun hatte. Das war zu riskant. Also tastete er hinter sich und nahm Uriels M27.

Er wusste, dass sie frisch geladen und einsatzbereit war. Er zielte auf Markus, der sich gerade wieder hochkämpfte, und drückte ab.

Das Gewehr knallte und schlug mehrmals gegen seine Schulter. Er hielt den Abzug fest, ein Quintett aus Schüssen jagte aus dem Lauf und traf Markus. Sein Körper wurde von jedem Einschlag zurückgerissen, wie in einem makabren Tanz, und der Barkeeper brach auf dem Boden zusammen.

Zeke erwischte einen Mann, der gerade mit seiner Pistole auf Uriel zielte. Er benutzte einen umgeworfenen Tisch als Deckung. Zeke rief ihr eine Warnung zu, richtete den Lauf auf den Tic und drückte den Abzug. Das Maschinengewehr entfesselte ein kurzes

Stakkato, das in die umgekippte Tischoberfläche krachte, bis die horizontale Schusslinie der 5.56 mm-Kugeln endlich auf sein Ziel traf und dieses sofort auslöschte.

Zeke wirbelte gerade rechtzeitig zur Tür herum, um zu sehen, wie drei Tic zu entkommen versuchten. Soweit er sehen konnte, waren sie nicht bewaffnet. Das spielte keine Rolle. Er hob das Gewehr und drückte ab. Es knallte gegen seine Schulter und jagte eine Ladung Blei in das Trio.

Einer krachte gegen die Wand und rutschte zu Boden, wobei er einen blutigen Fleck am bemalten Putz hinterließ, der ihn an einen Rorschachtest erinnerte. Die anderen beiden stürzten ineinander und warfen sich gegenseitig zu Boden.

Zeke ließ den Abzug los, unsicher, inwieweit er das Fünfzig-Schuss-Magazin geleert hatte. Seine Hände kribbelten vom Schusswechsel, sein Körper vibrierte noch immer. Er eilte zurück, um nach der Kellnerin zu sehen, die hinter der Bar zusammengekauert war und sich die Ohren zuhielt.

Als er sich umdrehte, sah er, wie Uriel die Handfläche in die Brust eines ihr unterlegenen Tic schlug. Sein Körper wurde zurückgeschleudert und knallte auf den Boden, ein paar Meter von der Stelle entfernt, wo er noch vor einem Augenblick gestanden hatte. Das blaue Leuchten pulsierte durch Uriels Haut, flackerte und wurde mit jedem Herzschlag, wie Zeke vermutete, schwächer.

Niemand rührte sich in der Bar, außer Uriel und ihm. Sie schaute ihn an, bevor sie zu Gabe eilte. Der Wächter lag auf dem Rücken und hielt mit seiner Linken noch immer den Stock umklammert. Irgendwie gelang es ihm, noch immer zu atmen, auch wenn er sich dabei hörbar anstrengen musste.

Das einzig andere Geräusch war das Wimmern der Kellnerin hinter der Bar.

Zeke durchquerte den Raum und zielte mit dem Gewehr auf die Frau. Durch seinen Körper strömte Adrenalin. Sein schneller Puls pochte ihm in den Ohren, er konnte das laute Rauschen seines Blutes hören.

Es spielte für ihn keine Rolle, dass die Wächter nicht wirklich sterben konnten, dass sie sowieso irgendwo zwischen Leben und

Tod existierten. Es war irrelevant, dass sich Phil und vermutlich auch Gabe zu Raf und Barach gesellen würden, die zweifellos von den Ödländern erwischt worden waren. Das einzig Wichtige war, dass die Tic versucht hatten, sie kaltblütig umzulegen.

»Steh auf«, bellte er die Kellnerin an.

Hinter ihm sprach Uriel Gabe Trost zu, solange er sich noch an seine Existenz klammerte, wie auch immer die genau aussah. Uriel, die sonst so tough war, die vor Sarkasmus und Zweideutigkeiten nur so strotzte, weinte jetzt. Er konnte es in ihrer Stimme hören, als sie Gabe daran erinnerte, dass alles gut werden würde, dass das nur temporär war und dass die Ewigkeit auf ihn wartete.

Die Kellnerin stand zitternd auf. Ihre Beine schlotterten. Sie sah aus, als müsste sie sich an Ort und Stelle übergeben, was sie dann auch tat. Dabei würgte sie undefinierbare Essensreste auf den Boden, auf ihre Füße und ihr Oberteil, und auf die schon vorher schmuddelige Schürze, die um ihre Hüfte gebunden war.

Zeke zog das Bandana herunter, es war sinnlos, jetzt noch seine Identität zu verbergen. Er zielte mit dem Gewehr auf ihre Stirn. Sie würgte erneut. Ihre Wangen bliesen sich auf und aus ihren Mundwinkeln tropfte Magenflüssigkeit. Die Tränen hatten den Mascara in ihrem Gesicht verwischt. Ihr leuchtend roter Lippenstift war übers Kinn verschmiert.

»Töte mich nicht«, bettelte sie. »Bitte töte mich nicht.«

Zeke stand schweigend da und beobachtete das heulende Häufchen weiblichen Elends, das vor ihm kauerte. Der Tsunami aus Wut, der ihn mit sich fortgerissen hatte, verebbte zusammen mit dem Adrenalin. Sein Zorn verwandelte sich in Mitgefühl.

»Ich werde dich nicht töten«, sagte er, in seiner Stimme schwang Wut mit. »Mach dein Gesicht sauber.«

Die Kellnerin nahm zitternd die Hände herunter und legte sie an ihre Hüfte. Sie umklammerte den Schürzensaum, hob ihn ans Gesicht und wischte sich damit die Überreste von Make-up und Erbrochenem ab.

Als sie damit fertig war, senkte Zeke die Waffe, hielt die Mündung aber weiter auf sie gerichtet. Die Frau sah ihm ins Gesicht, dann schlug sie die Hände vor dem Mund zusammen. Ihre Augen waren von den Tränen darin ganz verquollen, die nun drohten, ihr übers Gesicht zu laufen.

»Du bist der tote Mann«, sagte sie durch ihre Finger hindurch und schüttelte dabei ungläubig den Kopf. »Markus hat gesagt, du hättest Mogilevich getötet, und die Aufseher dich.«

Illegale Waren an schlechte Menschen zu liefern hatte Zeke gelehrt, dass das Gegenüber exponentiell mehr redete, je weniger er sagte. Schweigen war den Leuten unangenehm. Sie sagten alles Mögliche, um die Stille zu brechen, besonders in angespannten Situationen.

»Ich hab deine Leiche gesehen.« Ihre Stimme bebte. »Sie hing neben Rose. Du kennst Rose?«

Roses letzte Momente blitzten in seiner Erinnerung auf. Sie war diejenige gewesen, die den Tic gesteckt hatte, dass er Mogilevich getötet hatte. Nachdem er sie aus den Fängen des lüsternen Frauenfeindes befreit hatte, hatten sich die Tic-Vollstrecker um sie gekümmert. Graham, der Anführer des umfassenden Tic-Vollstreckerteams, wusste, wie sie ihren Willen brechen konnten. Manchmal fragte sich Zeke, ob alles, was die Tic je taten, nur die Bestrafung derjenigen war, die das Kartell hintergangen hatten. Das war genauso Teil ihrer Kultur wie das Handeln mit Wasser und anderen seltenen Dingen.

Nachdem die Tic sie benutzt hatten und alles, was sie wusste, unter Androhung von Gewalt, oder direkter Folter, aus ihr herausgequetscht hatten, wurde sie zur Exekution an die Aufseher ausgeliefert. Mord war im Protektorat illegal. Die Tic konnten es nicht gebrauchen, die TMF wegen eines ermordeten Barkeepers im Nacken zu haben. Deshalb hatten sie bereitwillig einen der ihren geopfert, um den erkauften Frieden zu wahren.

Als sie auf ihre Exekution warteten, hatte Rose Zeke gestanden, dass sie den Tic alles verraten hatte, was sie wissen wollten, und bat ihn um Vergebung. Zeke hatte ihr sein Verständnis zugesichert. Er gab ihr keine Schuld. Wenn sie mit ihr genauso verfahren waren, wie er es bei anderen und bei sich selbst gesehen hatte, dann konnte er ihr keinen Vorwurf machen.

Er hatte aus seiner Zeit bei den Tic gelernt, dass die Androhung von Gewalt oft effektiver war als die Gewalt selbst.

Die Folterwerkzeuge in der Hand des Peinigers zu sehen war schlimmer, als sie zu spüren.

Jetzt stand er vor der neuen Kellnerin, die Rose ersetzt hatte. Er hielt den Atem an und den Blick auf sie gerichtet, während er darauf wartete, dass sie weitersprach.

»Ich weiß, dass du Rose gekannt hast«, sagte sie. »Du musst sie gekannt haben. Sie war hier, als du Mogilevich getötet hast. Die Leute reden drüber. Sie reden über eure Leichen, die nebeneinander vor dem Fascio hängen.«

Uriel fluchte und lenkte die Frau von Zeke ab. Die M27 lag ihm nun schwer in den Händen, er musste die Nacken- und Schultermuskeln anspannen. Das Adrenalin war wie ein Zuckerschock. Der Energieschub war ordentlich, sobald er allerdings verebbt war, ließ er ihn schwächer als vorher zurück.

»Warum sollte ich dich nicht umbringen?«, fragte er die Bedienung. »Du hast das ganze Schlamassel angefangen, indem du irgendwas zu Markus gesagt hast.«

Sie schaute ihn wieder an. »Du hast gesagt, du würdest mich nicht töten. Ich versteh's nicht. Passiert das wirklich? Wie kannst du hier sein?«

»Was hast du Markus erzählt?«

»Ich hab ihm gesagt, dass du der Mann bist, der Mogilevich ermordet hat. Hab gesagt, dass ich niemanden von den Leuten bei dir am Tisch kenne. Sie sehen nicht wie Tic aus.«

Uriel stand nun hinter ihm. Der Blick der Kellnerin huschte zwischen den beiden hin und her.

»Bist du okay?«, fragte Zeke seine Begleiterin, ohne die Kellnerin aus den Augen zu lassen.

»Wird schon«, sagte Uriel.

Sie hörte sich nicht danach an.

Zeke hätte nicht für möglich gehalten, dass man mit drei Worten eine solche Bandbreite an Gefühlen ausdrücken konnte.

Er hörte Wut, Resignation, Trauer und den Wunsch nach Rache heraus.

»Sie will wissen, wie ich hier sein kann, wenn das hier alles echt ist«, sagte er.

Uriels kehliges, unheimliches Kichern hallte durch die Kneipe. Dann, ohne jede Vorwarnung, sprang sie in die Luft und stürzte sich auf die Kellnerin. Ihr Körper leuchtete auf, die Tattoos erwachten in ätherischem Blau zum Leben. Ihr rechtes Bein schoss in einer geraden Linie nach vorne. Uriels Stiefel knallte gegen das Kinn der Kellnerin und schlug es gegen deren Brust. Diese krachte wie vom Blitz getroffen gegen die Wand dahinter.

Als Uriel wieder auf beiden Füßen stand, war ihr Kichern noch nicht ganz verhallt. Die Bedienung lag bewusstlos daneben. Zeke wusste nicht, wie ihm geschah, da war das Spektakel auch schon vorüber. Er senkte die M27.

»Hast du sie umgebracht?«, fragte er ungläubig.

»Nein, aber wenn sie aufwacht, wird sie nicht mehr fragen müssen, ob das hier echt ist. Wird sich mit jedem Herzschlag so anfühlen.«

Zeke ließ den Kopf hängen. »Tut mir leid wegen Phil und Gabe«, sagte er, »das ist meine Schuld.«

»Ist's nicht. Das ist unser Job. So ist das eben.«

»Trotzdem werd ich das nie wieder gutmachen können. Egal, ob's nun meine Schuld ist oder nicht.«

Sie hatten die Strapazen des Tages überstanden. Ihre Tattoos leuchteten nicht mehr. »Kannst du mir einen Gefallen tun, bevor wir deine Freundin suchen?«, fuhr Uriel fort.

Zeke rückte sich den Stetson zurecht und bewegte die Krempe hoch und runter, auf der Suche nach einer bequemen Position.

»Was? Ich mach alles.«

»Lass der Bedienung ein Trinkgeld da. Zwanzig Prozent für den Service und noch mal fünf für die Umstände.«

19

Brina hockte auf einem Knie und schaute aus dem Fenster des Gebäudes gegenüber vom Tic-Versteck, in einem heruntergekommenen Stadtteil, der von den Aufsehern mehr vernachlässigt wurde als andere. Es war spät am Nachmittag. Die Sonne ging gerade hinter den höheren Stadtgebäuden unter und warf lange Schatten auf die Straßen und die bröckelnden Fassaden. Die nächste Wasserschlange stand zwei Blöcke weiter an. Die Straße war menschenleer, aber die Baustrukturen, die den Eingang zur Untergrundbasis umgaben, wimmelten nur so von Tic-Vollstreckern und ihren Schlägertruppen.

Der Eingang am Ende der Straße war vor jedem versteckt, der nicht wusste, wonach er zu suchen hatte. Er sah aus wie ein kleiner, rechteckiger Netztransformator. In Wirklichkeit war das nur die blassgrüne Hülle eines Transformators, die entriegelt werden konnte, um über eine Treppe in die Basis zu gelangen.

Der Kasten stand zwischen zwei dreistöckigen Wohngebäuden, die selbst für den Standard des Stadtstaates in erbärmlichem Zustand waren. Die Gebäude waren seit Jahren unbewohnt. Stattdessen dienten sie als Wachtürme und Übergabepunkt der Tic, ihrer Informanten und der Aufseher-Elite, die auf deren Gehaltsliste stand.

Brina wusste, dass Li, sollte sie wirklich mit einer Armee zurückkommen, bewaffnete Wachposten in den beiden

Gebäuden erwarten würde. Vielleicht würden sie sogar erst die Gebäude stürmen, bevor sie sich zur Basis wagten.

Sie hatte niemanden in den Bauten stationiert und sie stattdessen mit Sprengstoffladungen bestückt, die auf Knopfdruck detonierten. Ihre Kämpfer hatte Brina weiter oben an der Straße und den angrenzenden Parallelstraßen platziert.

Sobald die TMF in Richtung Basis lief, konnte ihre bewaffnete Legion die Eindringlinge umzingeln und überfallen, bevor sie ernsthaft Schaden anrichten konnten.

Dieser Plan stammte nicht nur von Brina. Sie hatte keine Kriegsführung oder Aufstandsbekämpfung studiert wie ihr Vorgesetzter, Graham. Als sie vorgeschlagen hatte, die Armee in einen Hinterhalt zu locken, hatte er mit ihr die Details ausgearbeitet.

Dabei hatten sie unter Zeitdruck gestanden, um genug bewaffnete Kämpfer zu mobilisieren. Nun hatten sie drei Dutzend Männer und Frauen in Position gebracht, die bereit waren zuzuschlagen.

Dank Li waren Brinas Augen noch immer zugeschwollen, und es fiel ihr schwer, durch die Nase zu atmen. Ihr Mund stand offen, um genug Luft zu bekommen, damit sie bei Bewusstsein blieb. Ihre Arme und ihre Brust schmerzten von den Blutergüssen, die sie sich zugezogen hatte. Mit jedem Herzschlag pochte ihr Kopf schlimmer. Als sie sich vor das Fenster kniete, konnte sie regelrecht spüren, wie das Blut durch ihre Arterien, ihre Venen, Ihre Organe pulsierte.

Sie hockte weit genug von den trüben Glasscheiben entfernt, um sich in der Dunkelheit vor jedem zu verstecken, der die Straße entlangkam. Sie fühlte sich, als würde sie auf einen aufziehenden Sturm warten.

Brina war hungrig und, schlimmer noch, durstig. Während sie nach der Feldflasche griff, die sie bei sich hatte, leckte sie über ihre geschwollenen Lippen und ertastete mit der Zunge eine wunde Beule. Sie schraubte die Flasche mit den Fingern auf. Das Wasser war warm. Trotz des metallischen Nachgeschmacks befriedigte es ihren Durst genug, um sich wieder konzentrieren zu können.

So hatte Brina sich ihr Leben nicht vorgestellt: Als Vollstreckerin, deren einzige Bestimmung es war, mit Gewalt an Informationen zu kommen. Ihr Aufgabenfeld war von Kontrasten geprägt. Da war einerseits die Macht, andererseits der Gehorsam.

Brina wurde vom Rande der Gesellschaft rekrutiert, wie die meisten Mitglieder des Kartells. Die Tic machten Jagd auf die, die nichts zu verlieren hatten. Die Mitglieder waren überwiegend Menschen, die weder Eltern noch Geschwister hatten, und die neben den Rationsschlangen auf Essensreste oder Almosen hofften.

Einer der Anführer hatte sie betteln sehen. Damals war sie dreizehn oder vierzehn gewesen, aber sie sah älter aus. Ihre Größe und Körperkraft ließ sie wie eine Frau in den frühen Zwanzigern wirken.

Das Gangmitglied dachte, sie wäre bereits erwachsen, und nahm sie mit zu Mogilevich, um sie dort als Kellnerin unterzubringen. Das war für Frauen, die neu bei den Tic anfingen, der typische Einstiegsjob. Manchmal blieb es auch der einzige.

Brina gestand Mogilevich ihr Alter. Sie erzählte ihm, dass sie eine Waise war und nicht einmal ihre Eltern kannte. Solange sie sich erinnern konnte, hatte sie auf der Straße gelebt.

Mogilevich nahm sie auf und gab ihr ein Dach über dem Kopf. Er lehrte sie, ihre Gefühle zu unterdrücken und ihren Frust an denen auszulassen, die für sie nicht weiter von Nutzen waren. Er bildete sie zur Türsteherin aus. Ihre Körpergröße stach jedem sofort ins Auge, aber ihre rohe Kraft überraschte jeden, der sie herausforderte.

Jahrelang lernte Brina unter Mogilevichs Vormundschaft die detaillierten Abläufe der Tic kennen. Dieser Mann war mehr als nur ein Barkeeper oder der Besitzer einer Tic-Spelunke. Er war der einflussreichste Tic im ganzen Protektorat. Deswegen kam er mit allem, was er anstellte, ungeschoren davon.

Nur wenige unter seinem Kommando wussten, dass Mogilevich eigentlich zur Spitze der Nahrungskette gehörte. So funktionierten die Tic; über Name und Rang des Einzelnen war nur das Nötigste bekannt. Ein einfacher Schmuggler wie Ezekiel Watson wusste nur, wer seine direkten Vorgesetzten waren. Sollte er in die falschen Hände geraten, könnte er nicht allzu viel über die internen Strukturen der Organisation verraten.

Normalerweise wäre Brina nicht in der Position gewesen, zu wissen, wie mächtig Mogilevich tatsächlich war. Sie wusste es nur, weil sie bei ihm gelebt, von ihm gelernt hatte und ihn auf ihre eigene verkorkste Art wie einen Vater geliebt hatte.

Sie war siebzehn, als Mogilevich sie mit Graham bekannt machte. Er erklärte dem Anführer des Tic-Vollstreckertrupps, dass sie aus ihrem Job in der Bar hinausgewachsen und zu Höherem bestimmt war.

»Behandel sie wie eine der deinen«, hatte Mogilevich bei ihrem ersten Treffen gesagt, »bring ihr alles bei, was du weißt.«

Genau das tat Graham. Er lehrte sie alles über Verhöre, Überwachungsstrategien und Überzeugungstechniken. Brina sog sein Wissen auf wie ein Schwamm. Vor allem aber wollte sie Mogilevich gefallen, wollte ihn stolz machen. Sie war ein Naturtalent darin, sämtliche Emotionen von ihrem Job abzuspalten und die ihr gestellten Aufgaben sachlich und professionell auszuführen.

»Du genießt das«, hatte Graham beim brutalen Verhör eines einfachen Tic-Lieferanten festgestellt, der das Kartell bestehlen wollte. Es war das erste Mal, dass er ihr die Führung einer seiner *Tatsachenermittlungen* überlassen hatte, wie er das nannte.

»Wenn ich es nicht besser wüsste«, hatte er gesagt, »dann würde ich denken, du lächelst.«

Brina konnte *tatsächlich* ihr Lächeln nicht verbergen. Grahams Beobachtung ließ das Lächeln in ihrem Gesicht zu einem breiten Grinsen anwachsen. Dort blieb es für eine ganze Weile, und ihre Gesichtsmuskeln waren selbst dann noch angespannt, als sie den Willen ihres Subjekts endgültig gebrochen hatte. Es war nicht so, dass sie bei der Verbreitung von Angst und Schmerz glücklich war, vielmehr kam ihre Freude davon, etwas wirklich gut zu können, eine unübertroffene Fähigkeit zu besitzen.

Als jemand, der aus dem Bodensatz des Stadtstaates stammte, ein Niemand aus dem Nirgendwo, hätte sie sich nie einen so einflussreichen Job erträumt. Bis sie ihr zwanzigstes Lebensjahr erreicht hatte, war sie Grahams bester Vollstrecker. Noch besser als ihre männlichen Kollegen. Ihre Geduld brachte ihr bei den Tic und deren wachsender Armee den Status eines Superstars ein. Die Leute tuschelten, wenn sie vorbeiging. Alle Blicke folgten ihr. Jeder kannte sie. Jeder fürchtete sie. Das alles verdankte sie Mogilevich.

Dann hatte Ezekiel Watson ihr Mogilevich genommen. Wen scherte es, wenn Mogilevich sich an Frauen vergriff? Sie schuldeten ihm was. Seine Launen zu dulden war das Mindeste, was sie tun konnten, um sich für die Sicherheit zu revanchieren, die er ihnen zuteilwerden ließ. Brina hatte sich das viele Male gefallen lassen. Das war ihre Pflicht.

Jetzt würde sie ihn nie wieder berühren. Wäre Brina zu Trauer in der Lage gewesen, dann hätte diese sie sicher eingenommen. Stattdessen brodelte Wut in ihr, während sie sich im Schatten unter dem Fenster versteckte.

Ezekiel hatte für seine Tat büßen müssen, genauso wie Rose. Hätte Graham nicht darauf bestanden, Adaliah am Leben zu halten, dann wäre sie nun ebenfalls tot.

Das würde sie bald sein. Diese Frau würde für ihren Verrat bezahlen.

Brina überprüfte das Magazin ihrer M27 zum dritten Mal. Es war voll, genauso wie das Magazin in ihrer Westentasche.

Sie tastete nach einer ihrer Hosentaschen und fuhr mit den Fingern über die gebogene Form des Magazins. In der anderen Tasche spürte sie das handgeschmiedete Messer aus Damaszener-Stahl, das einst Mogilevich gehört hatte. Sie hatte es auf dem Boden seiner Kneipe gefunden, nachdem er verschwunden war.

Das war das perfekte Rachewerkzeug.

20

Li stieg aus dem Transporter. Ihre neuen Stiefel knirschten auf der Schotterschicht, die die Hauptverkehrsader zu dem Stadtteil bedeckte, den die Tic kontrollierten.

Im Leerlauf brummte der schwere Motor des Trucks so laut, dass sie ihn in ihrer Brust spüren konnte, als sie an der Motorhaube vorbeiging, um die Strecke voraus zu überprüfen.

Die Viertel, in denen sie während ihrer Jahre undercover zuhause war, hatten sich nun in feindliches Gebiet verwandelt. Die Anspannung des bevorstehenden Überfalls lag dick in der trockenen Luft. Li wusste, es würde Blut fließen.

Ein TMF-Soldat namens Davis trat von hinten an Li heran. Er war ganz in Schwarz gekleidet, der taktische Helm war eng um seinen Kopf geschnallt.

»Ma'am«, sagte er, »ich weiß, dass Lieutenant Archibald Ihnen die Verantwortung für diese Mission übertragen hat, aber darf ich einen Vorschlag machen?«

Li nickte dem Soldaten zu, woraufhin er ein handtellergroßes Tablet aus dem Klettverschluss seiner Brusttasche zog. Er tippte es mit seinen berührungssensitiven Handschuhen an und hielt es auf Augenhöhe. Der Bildschirm erwachte leuchtend zum Leben. Er stellte sich neben Li und streckte ihr den Com entgegen, um ihr eine Echtzeit-Karte des Areals vor ihnen zu zeigen.

»Wir sind hier«, sagte er, »dieser grüne Punkt markiert unsere Position.«

»Ich seh's«, sagte Li.

Der Soldat wischte mit seinem Finger nach unten und zog dann Daumen und Zeigefinger auseinander, um die Grafik auf dem Bildschirm zu vergrößern. »Das ist unser Zielort. Beachten Sie die Gebäudereihen auf beiden Seiten. Manche davon sind mehrstöckig, im Endeffekt bilden sie eine Wand um diesem Abschnitt des Zugangs. Ich nenne das mal ein Tal.«

»Okay«, sagte Li, »worauf wollen Sie hinaus? Davis, richtig?«

»Stephen Davis, Ma'am. Ich will darauf hinaus, dass mir das nach einem Engpass aussieht. Wir könnten in einen Hinterhalt laufen. Wenn sie Scharfschützen in den Gebäuden positioniert haben, dann sind sie essenziell im Vorteil.«

»Okay. Aber es gibt doch nicht nur einen Weg rein und raus. Dort sind mehrere Zugänge. Hier, hier und hier.«

»Das ist natürlich korrekt. Das ändert aber nichts an ihrem Vorteil, sobald wir den Zugang entlangmarschieren. Es ist gut möglich, dass uns ihre Späher da schon identifizieren und jeden alarmieren, der das Zielobjekt bewacht.«

»Basierend auf der Annahme, dass sie von unserer Ankunft wissen«, gab Li zurück. »Sie patrouillieren durch die Stadt. Nach allem, was diese Leute wissen, gehören sie zur Patrouille, nichts weiter. Es scheint mir etwas voreilig anzunehmen, dass sie uns nicht nur erwarten, sondern sogar die Zeit dazu hatten, eine Art Hinterhalt vorzubereiten.«

»Bei allem Respekt, es ist mein Job, davon auszugehen, dass der Feind über alles Bescheid weiß. Nur dann können wir ihre Schritte vorhersehen und sie mit einem Gegenschlag überraschen. So oder so sollten wir darauf vorbereitet sein, dass der Feind hier und hier angreift.« Davis zeigte auf zwei Kreuzungen, die in das von ihm beschriebene Tal zum Zielort mündeten. Als er die Stellen in der Echtzeitgrafik berührte, tauchten gelbe Punkte auf dem Display auf, um die Orte zu markieren.

Li stemmte die Hände in die Hüften und überblickte die vor ihnen liegende Straße. Der Soldat kannte sich besser aus als sie. Ein Spion verfügte über so manche beneidenswerte Fähigkeit, aber Kriegsstrategie war keine davon.

»Als wir Sie gerettet haben, Ma'am, sind wir direkt zum Eingang gefahren«, sagte er. »Kein Abwarten, keine Planung, nur eine Routinebergung. Wir sind rein und wieder raus, mit vier Mann.«

Li musterte den Bildschirm, verschränkte die Arme vor ihrer Brust und blickte zu Davis hoch.

»Sie haben uns nicht erwartet«, erklärte er, »also bestand auch nicht das Risiko eines Hinterhalts. Das wäre ein einfacher Straßenkampf gewesen, so was ist Routine. Das hier ist was anderes.«

»Also, was schlagen Sie vor?«

»Wir haben zwölf Mann und Sie, Ma'am. Wir sollten leise vorgehen. Damit bleiben wir beweglich, das ist optimal für einen schnellen Einsatz. Wir beurteilen die Lage, nehmen uns, was wir brauchen und machen einen Abflug. Wir sind für keinen Straßenkampf mit unbekannter Teilnehmeranzahl ausgestattet. Wir haben keinerlei brauchbaren Informationen über das Areal. Wir wissen nicht, wie groß die Armee ist, mal angenommen, es gibt eine.«

»Angenommen.«

»Ja. Ma'am. Wie ich erwähnt hatte, wir müssen uns aufs schlimmste Szenario vorbereiten.«

»*Noch mal*, Davis«, sagte Li jetzt mit einem Anflug von Frustration, »was schlagen Sie vor?«

Der Soldat schielte zur Ausrüstung und schien eine Bestandsaufnahme zu machen. »Wir haben drei taktische Angriffstransporter. Ich würde sagen, wir teilen uns hier auf, bestimmen Ihr Fahrzeug als Alpha, meins ist Bravo. Das am Ende ist Charlie. Ich fahre mit meinen Männern hierhin.«

Davis zeigte auf eine Stelle einen Block vom Tal entfernt. Er zog den Bildschirm mit den Fingerspitzen seiner Handschuhe zusammen und die Karte zeigte einen größeren Radius. Sie offenbarte das Gebiet um den Zielpunkt und gewährte Li einen Überblick des Tals von oben.

Der Soldat hatte recht. Das hier war gefährlich. Jeder Block umfasste vier Gebäude, beziehungsweise was davon noch übrig war. Diese verschafften dem Gegner nicht nur einen möglichen

Vorteil, sondern auch genügend strategische Angriffswinkel zwischen und aus den mehrstöckigen Viererblöcken heraus. Im Tal zählte sie zwölf Baustrukturen. Acht, die der Länge nach direkt aufs Ziel zuliefen, und vier zu beiden Seiten des Basiszugangs.

»Von dieser Stelle aus, mit meinem Team an der Spitze, können wir potenzielle Feinde identifizieren und uns entweder im Kampf stellen oder die Position halten«, sagte er. »Ihr Team sollte sich hierhin bewegen.«

Er tippte wieder auf den Bildschirm. Ein gelber Punkt erschien auf der gegenüberliegenden Seite des Tals, zwei Blöcke vom Eingang zur Basis entfernt.

»Spätestens dort sollten wir erkennen können, ob es eine unmittelbare Bedrohung gibt. Ab dort schicken wir Transporter Charlie in eine von zwei Richtungen. Entweder fahren sie direkt zum Herzen des Tals oder sie warten dort an der Mündung auf uns.«

Der Punkt, der Transporter Charlie darstellte, war auf der gleichen Straße wie Davis' Team, allerdings nördlich der Kreuzung, die zum Tal führte. Davis' Team, Bravo, war auf der Südseite. Zusammen ergaben die drei Teams eine Dreiecksformation.

Mit dem Finger fuhr er die beiden möglichen Routen für Transporter Charlie ab. Er konnte die Rückseite eines Gebäudeblocks umrunden und nördlich vom Ziel ins Tal abbiegen oder aber nach Süden fahren, dann die östliche Abzweigung zum Tal nehmen und sich geradewegs zu dessen Mitte bewegen.

»Das ist mir ein bisschen zu viel Was-wäre-wenn«, seufzte Li. »Viele flexible Teile.«

»Alle gut funktionierenden Maschinen haben eine Menge flexibler Teile, Ma'am«, antwortete er.

Auf den ersten Blick wirkte Davis nett. Er sah jung aus, seine gebräunte Haut war glatt rasiert und er hatte ein strahlendes Lächeln. Sein Blick allerdings war düster, verhärtet von dem, was er während seiner Zeit als Soldat erlebt hatte. Das war kein leichtes Leben.

Nach außen hin waren die TMF-Soldaten Ordnungshüter, die sicherstellten, dass es in den Schlangen für Wasser, Papier oder Essen keine Aufstände gab. Die gepanzerten Sicherheitskräfte wurden an den repräsentativsten Orten des Protektorats eingesetzt.

Ihre schwarze Kluft hob sich deutlich von den Braun- und Ockertönen ab, die ansonsten im Stadtstaat vorherrschten. Sie stachen heraus, aber nicht nur wegen ihres auffälligen Äußeren oder den allgegenwärtigen M27-Gewehren, die sie vorsätzlich mit sich herumtrugen.

Die Männer und Frauen der TMF repräsentierten die Macht der Aufseher. Sie waren überall, wussten alles und verfügten über die Souveränität, zuerst zu handeln und danach um Erlaubnis oder Vergebung zu bitten.

Einerseits existierten die Soldaten, um den gesetzestreuen Bürgern ihre Sicherheit zu garantieren. Sie hielten Ordnung und halfen denen in Not. Andererseits waren sie keinen Deut besser als die Vollstrecker der Tic. Auch sie nutzten ihre Autorität gnadenlos aus, um jedem zu drohen oder Gewalt anzutun, der in ihren Augen eine imaginäre, oft nur vage definierte Linie überschritt.

Die Aufseher und ihre bewaffneten Soldaten benutzten Informationen als Druckmittel. Sie schürten damit die Angst. Was Informationen anbetraf, gab es innerhalb der Protektorate ein Ungleichgewicht. Die Aufseher wussten, wo das Wasser herkam. Sie wussten, wie die Labore der Agrartechniker funktionierten und was hinter den Mauern ihrer Stadtstaaten lag.

Genau wie sie waren die Tic nur deshalb so erfolgreich, weil sie über Informationen verfügten, zu denen andere keinen Zugang hatten. Diese Informationsmacht nutzten sie zu ihrem eigenen Vorteil.

Das Wasser schien zwar die wirtschaftliche Basis sowohl des Protektorats als auch der Tic zu sein, eigentlich bestand diese jedoch aus Informationen, aus deren Austausch und Vorenthaltung. Verfügten die Bürger über dieselbe Information wie die Aufseher, gäbe es ein Gleichgewicht, und Commander Guilfoyle und seine Lieutenants würden die Kontrolle verlieren, genauso wie deren Soldaten.

All das schwirrte Li durch den Kopf, bis ihr Blick auf Davis fiel. Es spielte keine Rolle, welche Art Soldat er war – ob er seine Macht nutzte, um zu drohen oder zu helfen – so lange er dabei nur zielfördernd war.

»Gehen wir's an«, sagte sie. »Je länger wir hier rumstehen, desto mehr können sie sich auf uns vorbereiten.«

»Ja, Ma'am.« Davis eilte zu Transporter Charlie und sprach mit dem Soldaten auf dem Fahrersitz. Eine Minute später fuhr er mit seinem eigenen Fahrzeug.

Li erklärte ihrem Fahrer den Plan und beschrieb ihm den Weg. Er legte den Gang ein, ohne die Mission zu hinterfragen.

Die beiden Männer im hinteren Abteil machten ihre Gewehre gefechtsbereit. Einer von ihnen überprüfte das Zielfernrohr, während der andere ein Magazin auswechselte. Der mit dem Fernrohr summte eine Melodie, die Li bekannt vorkam, aber sie konnte sie nicht zuordnen.

Das Rumpeln des langsam rollenden Transporters ließ Lis Körper erzittern. Sie fand Halt, indem sie die Hand an den Armaturen vor sich abstützte, und musterte die baufällige Ansammlung von Gebäudestrukturen, die auf beiden Seiten Straße standen, auf der sie unterwegs waren. Sie näherten sich ihrem Ziel so langsam, dass sie vermutlich schneller zu Fuß gewesen wäre.

»Haltet die Augen offen«, sagte der Fahrer, ein Soldat mit dem Nachnamen George. Er kurbelte die Scheiben herunter. Der summende Soldat hievte seine M27 auf die Fensterleiste und legte den Lauf an. Der andere im hinteren Abteil tat es ihm gleich.

»Los geht's«, sagte der Summende.

»Können los«, erwiderte der andere. »Geladen, gesichert und das Ziel im Blick.«

Li verdrehte die Augen. Sicher, diese Typen waren kampferprobt, aber ihr Machogehabe war völlig übertrieben. Alles, womit sie je konfrontiert waren, war eine ausgehungerte Bevölkerung, die kaum wusste, wie die Welt vor der Dürre ausgesehen hatte.

George drehte das Lenkrad nach rechts. Der Transporter bog ab, das Geröll auf der Schotterstraße knirschte unter den Reifen. Der Fahrer beschleunigte aus der Kurve heraus.

»Fahr hier nach links«, sagte Li, »dann nach dem nächsten Block wieder links.«

Der Fahrer nickte und der Truck ruckte, als er den Gang wechselte. An der Ecke bemerkte Li einen Mann mit den Händen in den Hosentaschen. Er vermied es, ihr in die Augen zu schauen, als der Transporter an ihm vorbeirumpelte.

Als sie ihn hinter sich gelassen hatten, beäugte sie den großen Seitenspiegel an der Vordertür. Der Mann joggte zielstrebig um die nächste Ecke, einen Block hinter ihnen.

Das war definitiv ein Späher. Davis hatte recht. Die Tic erwarteten sie.

»Gib mir deinen Com«, sagte Li zu George.

Ohne nachzufragen, griff George in seine Brusttasche und zog das elektronische Gerät hervor, das exakt so aussah wie das von Davis. Li war mit seinen zahlreichen Funktionen vertraut, aber sie hatten ihr seit ihrer Rückkehr kein neues Gerät zugeteilt. Alles war Schlag auf Schlag gegangen.

»Ist er entsperrt?«, fragte sie.

»Ja.« Er fuhr die zweite Abbiegung nach links und nach Süden, auf das Tal zu.

Die Trägheit der Kurve drückte Li seitlich in den Sitz. Sie setzte sich wieder aufrecht hin und berührte den Bildschirm des Com mit ihren berührungssensitiven Handschuhen. Ein kurzer Impuls strömte durch ihren Finger und sie tippte auf ein Programm, um mit den anderen Transportern zu kommunizieren.

»Bravo, hier ist Alpha. Wir nähern uns der Position.«

»Verstanden, Alpha«, antwortete Davis. Seine Stimme hob sich vom hörbaren Lärm des Transporters ab. »Wir stehen in Position, südlich vom Tal. Hier ist alles sauber. Charlie, wie lautet eure Position?«

»Hier ist Charlie. Wir befinden uns nördlich vom Tal, einen Block von unserer Position entfernt. Alles sauber.«

»Hier ist Alpha. Wir sind nicht allein«, sagte Li. Sie sah nur aus den Augenwinkeln, wie George sie anstarrte. Offensichtlich hatte er den Späher nicht bemerkt. »Sie wissen, dass wir auf dem Weg sind.«

»Verstanden, Alpha«, sagte Davis.

»Verstanden, Alpha«, bestätigte der Fahrer von Transporter Charlie. »Wir bewegen uns zu den alternativen Positionen und melden uns wieder.«

»Hier ist Bravo«, sagte Davis, »meldet euren Status, sobald ihr in Position seid. Dann sehen wir weiter.«

»Verstanden«, antwortete Charlie.

Li zögerte. »Verstanden«, imitierte sie den Funkslang. Die Straße, die sich vor ihnen nach Osten und Westen erstreckte, war das, was Davis das Tal nannte.

»Hier anhalten«, befahl sie vor einer zweistöckigen, dachlosen Bauruine, die eher einem rostigen Käfig als dem Grundgerüst für ein Gebäude ähnelte. »Davis hat gesagt, das hier wäre eine gute Stelle, um uns einen Überblick zu verschaffen, bevor wir weiterfahren.«

George lenkte nach rechts und bremste den Transporter am Straßenrand ab, dann fuhr er über die Bordsteinkante, um den Truck zu parken. Die Ruinen boten ihnen vollständige Deckung vor dem, was auch immer sie im Tal erwarten mochte.

Er stellte die Zündung ab und der Truck hustete kurz auf, bevor er verstummte. Dort saßen sie für eine Weile und lauschten auf ihre Umgebung.

Eine warme, leichte Brise wehte durch die offene Fahrerkabine und brachte den vertrauten, sauren Geruch des Stadtteils mit sich. Li assoziierte den Geruch mit verrottendem Fleisch, was vermutlich auch sein Ursprung war. Hier war der Boden zu hart für ein anständiges Begräbnis. Wenn die Leute ihre Toten nicht verbrennen konnten, brachten sie diese in die verlassenen Gebäude und ließen sie dort für die überlebenden Nagetiere zurück.

Li dachte an die Ratten in ihrer Zelle. Ihr ununterbrochenes Quieken und Trippeln hatte sie fast in den Wahnsinn getrieben. Dann, eines Nachts, hatte sie eine davon gefangen. Sie hatte sie am Schwanz zwischen den Fingern festgehalten und ihr dabei zugesehen, wie sie in die Luft trat und mit den Pfoten vergeblich nach Halt suchte.

Sie hatte die Ratte im Dunkeln angestarrt und mit ihr gesprochen, hatte ihr von ihrem Plan erzählt. Sie hatte dem Tier gestanden, wer sie war und was sie getan hatte, um am Leben zu bleiben.

Es hatte sich gewehrt, unwillig, aufzugeben, und hatte nicht begriffen, was es erwartete. Als Li die Ratte so betrachtete, fiel ihr auf, dass sich Menschen manchmal wie Nager verhielten. Sie huschten auf der Suche nach Nahrung und Wasser umher, aber letzten Endes wurde ihr Schicksal von etwas Mächtigerem bestimmt, etwas, das über ein Wissen jenseits ihrer Vorstellungskraft verfügte.

Der Geruchssinn ermöglichte die intensivsten Erinnerungen. Er war den anderen Sinnen überlegen, die Li ebenso schnell zu den Erlebnissen zurückbrachten, wie sie diese wieder vergaß. Der Geruch des Todes, seine unverwechselbar beißenden, sauren Fäulnisgase, lag hier überall in der Luft. Li erkannte ihn als einen ihrer vertrautesten Gerüche. Seit ihrer Kindheit konnte sie ihm nicht entrinnen.

Gegenwärtig nahm sie einen tiefen Atemzug von der stinkenden Luft, die ihr Brechreiz verursachte, dann hielt sie den Atem an. Sie entriegelte die schwere Tür des Transporters, schob sie auf und verließ das Fahrzeug. Jetzt musste sie sich aufs Hier und Jetzt konzentrieren, nicht auf die Vergangenheit. Das Jetzt war das Wichtigste.

Ihr Team, Alpha, war in Position. Sie waren dazu bereit, den Köder hinter der nächsten Ecke zu spielen. Zwei von drei Soldaten standen bereits dort. Der dritte hastete über die Nordsüdstraße zur gegenüberliegenden Ecke, um einen anderen Blickwinkel aufs Tal zu haben.

Li verglich die beiden Positionen und entschied, sich zu dem einsamen Soldaten zu gesellen, der nun auf einem Knie auf dem Boden hockte und durch sein Zielfernrohr schaute.

Er hatte sich gegen die bröckelnde Westwand an der Straßenkreuzung gelehnt, wo auch ihr Transporter parkte. Das längliche Tal erstreckte sich von Osten nach Westen.

Als sie begann, zur anderen Straßenseite zu tänzeln, erweckte ein Lichtblitz im Norden ihre Aufmerksamkeit. Sie blieb stehen und wirbelte herum, wobei sie die M27 auf Hüfthöhe hielt. Sie konnte die Quelle des hellen Flimmerns nicht ausmachen, aber es war definitiv da. Li war sicher, dass sie sich das nicht eingebildet hatte, und stand völlig ungeschützt mitten auf der Straße.

Ein kurzer Rundumblick sagte ihr, dass es kein sicheres Versteck gab, falls sich doch irgendetwas an ihr Team heranpirschte. Li hob das Gewehr an die Schulter und bewegte sich nach Norden. Sie packte das Gewehr fester, den Finger am Abzug. Blut schoss durch ihre Venen, das Herz klopfte so schnell gegen ihre Brust, dass es fast wehtat.

Es war still. Bis auf das Klappern der Männer hinter ihr und dem Geräusch ihrer Stiefel auf der Straße, gab es nichts, was sie von der Quelle des Flimmerns ablenkte. Sie näherte sich gerade der Kreuzung, als sie es erneut bemerkte. Diesmal sah sie, wo es herkam.

Li senkte die Waffe und sprintete ohne anzuhalten los. Innerhalb einer Sekunde hatte sie die Kreuzung erreicht und war um die linke Ecke gerannt. Sie hielt an und hob wieder das Gewehr.

»Stehen bleiben!«, schrie sie. »Oder du hast 'ne Ladung Blei im Rücken.«

Der Mann hielt zwanzig Meter vor ihr an. Er hob die Arme ganz von allein über den Kopf.

»Lass sie oben«, sagte Li. Während sie sich dem Mann näherte, befahl sie ihm, auf die Knie zu gehen und sich flach auf den Asphalt zu legen. Sie erkannte ihn. In seiner Linken hielt er ein Funkgerät, ähnlich dem, das sie benutzt hatte, um mit der TMF zu kommunizieren, bevor sie der Basis entkommen war. Dieser Mann war ein Tic.

»Dich kenn' ich«, sagte sie. »Du warst da hinten an der Straße. Wir sind an dir vorbeigefahren.«

Der Mann behielt sein Kinn auf dem harten Untergrund und schaute nach vorn. Li trat nach seinen Beinen, um sie weiter zu spreizen, und drückte ihm den Lauf in den Rücken.

»Wer bist du?«, fragte sie. »Ich weiß, dass du zu den Tic gehörst. Aber wer bist du?«

Der Mann blieb still. Li stellte ihren Stiefel auf seine Wade und erzeugte Druck mit ihrem Körpergewicht.

»Aufhören«, stöhnte er, sein schmerzerfüllter Schrei hallte von den Gebäudewänden.

»Dann antworte mir.«

Während er Li den Kopf zuwandte, ließ er das Funkgerät los und schob es von sich weg. Es schlitterte kratzend ein paar Meter über den Asphalt. »Ich bin ein Späher«, sagte er durch seine zusammengebissenen Zähne. Sie verlagerte mehr Gewicht auf den Stiefelabsatz und drückte ihn weiter in sein Bein. Er ächzte. »Bist du bewaffnet?«, fragte sie. »Hände flach auf den Boden.«

Er schüttelte den Kopf. Seine Finger waren gespreizt auf den Asphalt gedrückt. Von seinem linken Auge liefen Tränen auf den Schotter.

»Für wen spähst du?«, fragte sie.

»Die Tic.« Dabei flogen ein paar Spucketropfen aus seinem Mund.

Sie grub den Absatz weiter in sein Fleisch. Sein Bein verdrehte sich dabei ungünstig und er schrie auf.

»Ich weiß, dass du für die Tic arbeitest«, zischte sie und warf einen Blick hinter sich, um nach den Soldaten zu sehen. Sie hatten nicht viel Zeit. »Was ist deine Aufgabe?«

Der Mann schluchzte vor Schmerz. Rotz tropfte ihm aus der Nase. Li beäugte das Funkgerät, das ein paar Meter von ihm entfernt lag. »Wer spricht am anderen Ende?« Er wimmerte und klang, als würde er gleich anfangen zu hyperventilieren.

»Wer!«, bellte Li.

Er rang genug nach Luft, um ihr zu antworten. »Brina«, sagte er. »Die Vollstreckerin. Brina ist am anderen Ende.«

»Wo ist sie?«

»In der Nähe der Basis«, sagte er. »Sie wissen, dass ihr auf dem Weg seid.«

Es war nicht überraschend, dass die Tic sie erwarteten. Der Soldat, Davis, hatte recht. Jeder Vorteil, den Brina sich versprochen hatte, war damit nun verpufft.

21

Von seinen Stiefeln bekam Zeke Blasen. Dabei war es egal, ob sie bis gerade eben das Bequemste waren, das er je getragen hatte. Irgendwie hatten sie seine Fersen wundgescheuert. Mit jedem Schritt war er sich der Stiefel, die sich gegen seine Haut rieben, schmerzlich bewusst.

Fluchend und hinkend ging er linkisch in die Hocke, um sich die Socken hochzuziehen. Als er mit seinen Fingern im Stiefel herumstocherte, seufzte Uriel so laut, dass es bis zu Pedros Kneipe schallte.

»Schon wieder die Stiefel?«, fragte sie. »Wenn ich auf ein Kind aufpassen wollte, dann hätte ich mir eins angeschafft. Jedes Mal, wenn du dich über die Dinger beschwerst, würde ich dir am liebsten eine reinhauen.«

Die Dämmerung hatte noch nicht eingesetzt, aber der Tag war lang, und bis zum Sonnenuntergang blieb nicht mehr viel Zeit. Uriel fuhr sich über die rasierten Kopfseiten und zog den Knoten ihres Zopfes fest. Mit von sich gestreckter Hüfte stand sie zwischen Zeke und einer einzelnen Reihe von Geschäften, die allesamt geschlossen waren.

»Was ist heute nur los?«, fragte sie.

Zeke war mit den Socken fertig und stand auf, um zu testen, ob sie oben blieben. Es war besser. Nicht viel besser, aber das Brennen war nicht mehr so akut. »Woher soll ich das wissen?

Welcher Tag, welcher Monat, ich könnt's dir nicht sagen. Es ist, als wäre alles aus meinem Verstand gelöscht.«

»Vielleicht ist es das«, antwortete Uriel. »Sterben wirkt sich auf jeden anders aus.«

Zeke ging zwei Schritte auf das Ende eines länglichen Gebäudes zu und schaute um die Ecke. Eine Familie lief Hand in Hand mitten auf der Straße. Mutter und Vater, zusammen mit zwei kleinen, barfüßigen Jungs. Ihre Klamotten waren ausgefranst.

Zeke bemerkte den leer aussehenden Rucksack auf dem Rücken des Vaters. Die Mutter hatte sich eine große Schultertasche unter den Arm geklemmt. Diese schien ebenfalls leer zu sein. Aller Wahrscheinlichkeit nach waren sie gerade auf dem Weg zur nächsten Wasser- oder Lebensmittelstation.

Eine Welle der Schuld schwappte über ihn. Seine Blasen waren nichts im Vergleich zu dem, was diese Familie, und so viele andere, jeden Tag durchmachen mussten.

Er starrte die nackten, dreckigen Fersen des Jungen an, der die Hand seines Vaters hielt. Das erinnerte ihn an seine eigene Kindheit und die elendige Armut, die Einsamkeit und den konstanten Schmerz des Hungers, der an ihm zehrte. Das Gefühl von Hunger und Durst war so allgegenwärtig, dass es zu einem ständigen Hintergrundrauschen in seinem Leben geworden war. In seiner Abwesenheit vergaß er schlichtweg, dass es existierte. Würden diese Kinder auf die schiefe Bahn geraten, um sich mit Händen und Füßen aus dem Sumpf des Protektorats zu kämpfen? War das die beste Zukunft, die sie erwarten konnten? Er dachte wieder an Uriels Aussage, dass sich der Tod auf jeden anders auswirkte.

Er zog sich wieder hinter das Gebäude zurück und sagte Uriel, dass die Luft rein war. Nur eine harmlose Familie stand zwischen ihnen und dem nächsten Block zur Tic-Basis, wo er Li zu finden hoffte.

Er zog sich an der Wand nach oben und streckte den Rücken durch. Der Stoff seines Hosenbundes zog sich straff über den Revolver an seiner Hüfte und er berührte ihn, wobei er sich daran erinnerte, dass er noch zwei Schüsse übrig hatte. Zeke bewegte sich um die Gebäudeecke. Uriel schloss auf und lief neben ihm her, die M27 in beiden Händen, und im Gleichschritt marschierten sie vorwärts.

Uriel packte die Waffe fester, als die Familie fünfundvierzig Meter vor ihnen stehen blieb und sich der Vater umdrehte. Der Mann flüsterte seiner Frau etwas zu, bevor er an ihrer Hand zog. Sie gingen einen Schritt schneller, der kleinere der beiden Jungs hatte Mühe mitzuhalten. Der Vater blickte hastig über seine Schulter, als sie den Abstand zu Uriel und Zeke vergrößerten.

»Da kann man ihnen nicht mal böse sein«, sagte Uriel. »Ich würde auch rennen, wenn ich uns kommen sähe.«

Uriel hob das Gewehr und setzte es an die Schulter. Der Lauf war auf den Asphalt gerichtet, aber ihr Finger lag schon am Abzugsbügel, und sie blickte von einer Straßenseite zur anderen. In der Ferne dröhnte das Rumpeln schwerer Fahrzeuge.

Ein TMF-Transporter brauste über die Kreuzung vor ihnen und überfuhr dabei fast die vierköpfige Familie. Der Vater blieb ruckartig stehen und hielt Frau und Kind fest. Mit ausgestreckten Armen stolperte ein Kind und fiel hin.

Uriel blieb stehen und hob die Waffe. Sie beobachtete das langsam rollende Fahrzeug durch ihr Zielfernrohr. Ihr Finger bewegte sich zum Abzug.

Zeke tastete nach seinem Revolver, aber mit der Familie in direkter Schusslinie zog er die Hand zurück. So langsam entwickelte er eine Abneigung gegen die Einschränkungen, die die überwältigende Durchschlagskraft seiner Waffe mit sich brachte.

Der Transporter bewegte sich weiter über die Kreuzung, auf dem Weg woandershin. Uriel nahm den Finger vom Abzug und senkte das Gewehr. Ein Stück vor ihnen hielt der Vater das Kind, das hingefallen war, im Arm. Er wiegte den Kopf seines Sohnes zwischen Schulter und Nacken, und sie überquerten eilig die Kreuzung. Das Rumpeln des Transporters wurde leiser, je weiter er sich von der Straße fortbewegte, und das erstickte Weinen des Jungen füllte nun die Stille.

»Ich brauch 'ne andere Waffe«, sagte Zeke und tätschelte die Stelle an seinem heraushängenden Hemd, wo sich der Stoff über den Griff spannte. »So toll das Ding sonst auch ist, das Risiko von Kollateralschäden ist einfach viel zu hoch.«

Uriel schmollte und zog ihre Mundwinkel in einem übertriebenen Ausdruck von Mitleid und Ärger nach unten. »Ich sage nur, dass nicht der Revolver dein Problem ist«, sagte sie und nickte ihm zu, um ihn zum Weiterlaufen zu bewegen.

Uriel genoss es, zu kritisieren. Dessen war sich Zeke sicher. Ein Dutzend kerniger Gegenkommentare schossen ihm durch den Kopf. Keines davon war gut genug.

»Ach, ja?«, war alles, was er herausbrachte, dann verfluchte er sich dafür, nicht den Mut zu haben, ihr die Meinung zu geigen. Selbst im Tod war Uriel einschüchternd.

Uriel beachtete ihn nicht weiter und marschierte stattdessen schneller voraus. Als sie die Kreuzung erreicht hatten, bog sie nach links ab, um der Spur des Transporters zu folgen. Bis dahin war Zeke vorausgegangen. Er wollte sie gerade auf die Abzweigung ansprechen, sie kam ihm jedoch zuvor.

»Du glaubst, du bist auf die Mission konzentriert?«, sagte sie. »Du glaubst, nur weil dein Schädel vom Anblick deines toten Körpers am Gebäude nicht explodiert ist, kommst du super mit allem klar?«

Wieder hob Uriel das Gewehr und zielte auf die dunklen Ladenfassaden und die zerbrochenen Scheiben, die den neuen Weg säumten. Ohne den Blick von ihren potenziellen Zielen abzuwenden, fuhr sie mit ihrer Tirade fort.

»Jeder dreht ein bisschen am Rad, wenn er's rausfindet. Manche kommen früher als du an den Punkt. Ich hab schon Frischlinge erlebt, die haben gerafft, dass sie tot sind, sobald sie vor der Horde abgehauen sind. Hab Leute gesehen, die Pedro direkt konfrontiert haben, als er ihnen den ersten Drink angeboten hat. Andere brauchen länger. Die sind entweder schwer von Begriff oder wollen's nicht wahrhaben, versuchen, sich in den Arm zu kneifen und aufzuwachen. Solche denken sich 'ne Menge unwiderlegbarer Argumente aus, warum sie nicht tot sein können. Warum das hier nicht das Fegefeuer sein kann. Ist zu nah an der Welt, die sie gekannt haben.«

Ein Klappern von rechts lenkte sie ab und sie wirbelten herum. Eine abgemagerte Katze huschte durch ein offenes Fenster und schlenderte den schiefen Gehweg rechts entlang. Das war die erste Katze, die Zeke seit Monaten, vielleicht Jahren sah. Katzen und Hunde überlebten im Protektorat nicht lange. Dazu war jeder Teil ihres Körpers zu wertvoll: ihr Leder, ihre Knochen, ihr Fleisch.

Er hatte nie eines von beidem gegessen, aber er dachte an die kleinen Jungs, die er vor ein paar Minuten mit ihren Eltern gesehen hatte. Was hatte sie gegessen, um zu überleben?

»Du machst es schon wieder«, sagte Uriel und rüttelte an ihm, um ihn in die Gegenwart zurückzuholen. »Du bist mit dem Kopf woanders. Nicht hier, wo du gebraucht wirst. Die meisten anderen Leute, von denen ich dir erzählt hab, die langsamen und die schnellen, sind sofort präsent, weil sie begreifen, was auf dem Spiel steht. Völlig egal, wie lange sie gebraucht haben, um ihren Zustand zu begreifen oder ihr mögliches Schicksal zu akzeptieren.«

»Ich bin konzentriert. Ich bin präsent.«

»Dann hör mit der Fragerei auf. Ich bin die Erste, die in philosophischen Abgründen schwelgt, wenn ich mit den Wundern unserer Existenz konfrontiert werde ...«

Den letzten Satz betonte sie so, dass dabei klar wurde, dass sie in gar nichts schwelgte, wenn es um irgendwelche Wunder ging. Weder unterbrach Zeke sie, noch reagierte er in irgendeiner Form, die zeigte, dass er ihre Übertreibung unnötig fand.

»... aber ich weiß, wann und wo das angebracht ist«, vollendete sie ihren Gedanken. »Das hier ist weder die richtige Zeit noch der richtige Ort.«

Uriel starrte ihn durchdringend an.

»Hab's kapiert«, sagte Zeke. Das hatte er. Er war schon immer ein Mann gewesen, der drei oder vier Schritte vorausdachte. Genau so hatte er als Schmuggler vermieden, erwischt zu werden.

Jeder ausschlaggebende Moment seines Lebens steckte voller unendlicher Möglichkeiten, von denen er die meisten immer dann betrachtete, wenn sich eine neue auftat. Die einzige Ausnahme dieses Verhaltens, das ihm so gute Dienste erwiesen hatte, war sein voreiliger Mord an Mogilevich gewesen. Er hatte den Dominoeffekt, den diese Entscheidung nach sich zog, noch nicht verarbeitet, hatte die unterschiedlichen Lebenspfade nicht auf dem Schirm gehabt, die sich dadurch eröffnen konnten.

Er war völlig im Moment gefangen, als er die zerbrochene Flasche voller Wut in den Schmarotzer gejagt hatte, dank Adrenalin mit genug Wucht, um die schartigen Kanten tief in seinem Körper zu versenken, um die Blutgefäße zu durchtrennen, die ihn letzten Endes am Boden seiner eigenen Kneipe ausbluten lassen hatten.

Genau das verlangte Uriel jetzt von ihm. Das wurde von ihm gefordert. Er musste wieder ins Hier und Jetzt finden.

Zeke tastete nach seiner Hüfte und zog den verzauberten Revolver hervor. Sein Griff spendete ihm jetzt Trost. Das Gewicht der Waffe schüchterte ihn nicht länger ein. Sie hatte recht, der Revolver war nicht das Problem. Er war in seinem eigenen Kopf gefangen und musste einen Ausweg finden.

Er dachte an Li. Sie war alles, was gerade wichtig war. Sie in Sicherheit zu bringen und vor dem zu retten, was auch immer die Tic ihr angetan hatten, war seine einzige Aufgabe. Das war seine Bewährungsprobe, hier konnte er sich seine Erlösung verdienen, die Chance auf etwas Besseres als diese verlassene Oase im Ödland.

Sie erreichten gerade den nächsten Block und folgten dem hörbaren Rumpeln des TMF-Transporters um die Ecke, als Zeke sie zurückhielt. Er legte einen Finger an seine Lippen. Uriel rührte sich nicht, das Gewehr im Anschlag.

Nach einem Moment flüsterte Zeke: »Hörst du das?«

»Ja.« Uriel blickte hoch und suchte den tiefblauen Himmel ab. Keine Wolke war in Sicht. Die Sonne neigte sich langsam. Sie stand so niedrig, dass die Bäume und die größeren Baustrukturen lange Schatten in beide Richtungen der neuen Ostweststraße warfen.

»Ich glaube, das ist mehr als nur ein Transporter«, flüsterte Zeke. Das Rumpeln wurde wieder lauter, es konnten nur mehrere sein.

Uriel nickte zustimmend. »Du hast recht. Ich glaube aber nicht, dass die unseretwegen hier sind. Wenn sie das wären, dann wären sie vorher nicht an uns vorbeigefahren. Ich weiß, dass der Fahrer meine M27 gesehen hat, die ich ihm ins Gesicht gehalten hab. Er hat nicht reagiert.«

»Ja«, sagte Zeke, seine Stimme nun kaum mehr als ein Wispern, »das ist nicht der übliche Modus Operandi der TMF. Die schikanieren jeden wegen Kleinigkeiten. Wenn dich der Fahrer gesehen hätte, ohne woanders gebraucht zu werden, dann wären wir jetzt Matsch.«

»Junge«, sagte Uriel, »du bist Matsch. Oder wie auch immer du die Überreste von etwas, das an 'nem Gebäude hängt und von glibberigen Mädchen gefressen wird, nennen willst.«

Zeke unterdrückte ein Kichern. »Du hast Mädchen gesagt. Mach dich bloß nie wieder über mich lustig.«

Uriel strahlte ihn an. »Also hast du doch ein bisschen Feuer im Arsch. Komm schon, Mädchen, mischen wir ein paar Transporter auf.«

Die beiden waren noch keine zwanzig Meter nach Osten gelaufen, als Maschinengewehrfeuer die Luft zerriss. Zeke konnte nicht sagen, woher die Schüsse kamen oder worauf sie zielten. Aber die krachenden Echos, die wie Sommergewitter durch die Luft hallten, verrieten ihm, dass sie nicht unmittelbar in Gefahr waren. Er duckte sich und folgte Uriel, die in eines der einstöckigen Gebäude am Straßenrand rannte. Es war in besserem Zustand als die meisten und verfügte über einen Dachvorsprung, der sie relativ zuverlässig vor eventuellen Bedrohungen verbarg.

Konzentriere dich auf die Gegenwart, ermahnte er sich.

Der Kugelhagel war konstant und klang nach Krieg.

Uriel zählte laut. Tiefe Falten zogen sich durch die Stirn.

»Das sind wenigstens ein Dutzend Waffen. Die meisten M27er. Kann nicht genau sagen, was die anderen sind, aber es gibt 'ne Menge davon.«

Sie blickte Zeke an, als würde sie auf etwas warten.

Will sie eine Anleitung? Eine Bestätigung? Soll ich sie beruhigen?

Zeke wusste es nicht. Was er wusste, war, dass Uriel für den Bruchteil einer Sekunde Angst hatte. Was auch immer gerade passierte, das war eine große Nummer. Das war brutal. Selbst wenn sie nicht sterben konnte, begriff er, dass es in der Natur der Menschen oder eines jeden fühlenden Wesens lag, überleben zu wollen. Kampf oder Flucht. Das war eine instinktive Reaktion.

»Was auch immer da vor sich geht«, sagte sie, »es muss damit zu tun haben, warum wir hier sind. Der Zeitpunkt ist kein Zufall.«

Zeke ballte die Hand zur Faust und boxte sie scherzhaft in die Schulter. Dann hob er seine Waffe zwischen ihnen auf Augenhöhe. »Ich hab zwei Schuss übrig. Worauf warten wir? Wir schauen besser selbst nach, was da vor sich geht.«

Die Sorge in Uriels Gesicht wich einem Lächeln. Ihre Stirn entspannte sich. Sie nickte in Richtung der nachhallenden Gewehrschüsse. »Die Dame zuerst«, sagte sie und blieb stehen.

Zeke wartete eine Weile darauf, dass sie sich bewegte, bis er begriff, wie das gemeint war. Er grinste und ging an ihr vorbei, um in die Schlacht zu ziehen.

22

Brina hörte sie kommen, noch bevor sie etwas sah. Die TMF-Transporter waren die bevorzugte Fortbewegungsmethode der Soldaten, aber sie waren alles andere als leise. Das Rumpeln ihrer Motoren und die tiefen Vibrationen ihrer schwerfälligen Panzerungen ließen ihr und den lauernden Tic genug Zeit, um sich vorzubereiten und sie ins Visier zu nehmen. Dann hörte das näherkommende Donnern, das langsam lauter wurde, abrupt auf. Es war wieder still. Ein Funkgerät an ihrer Hüfte quäkte. Sie stellte es leiser, löste es aus der Halterung und hielt es sich ans Ohr. Ein halbes Dutzend der anderen benutzte die gleichen Geräte, sie wählten alle die gleiche Frequenz an.

»Hier ist Position Vier. Ich kann sie hören«, sagte einer der Männer. »Ich seh sie noch nicht. Over.«

»Verstanden, Vier«, antwortete ein anderer. »Hier ist Zwei. Ihr hör sie. Dem Geräusch nach sind da draußen mindestens zwei Transporter. Over.«

»Hier ist Fünf«, sagte ein Dritter, »verstanden. Haben einen im Blick. Drei Blöcke von uns weg. Steht da, bewegt sich nicht. Over.«

»Verstanden, Fünf«, bestätigte eine Stimme. »Hier ist Position Zwei. Wir sehen denselben Transport. Motor läuft. Steht. Over.«

Brina kannte die meisten der Teams vom Sehen. Die Vollstrecker, die Graham zum Freiwilligendienst genötigt hatte, beim Namen zu nennen, war allerdings eine andere Geschichte. Es war nahezu unmöglich, den Stimmen Gesichter zuzuordnen. Das ganze Gerede hätten ebenso gut Fremde sein können. Dann ertönte eine vertraute Stimme mit zugehörigem Namen aus dem Funkgerät.

»Brina, hier ist Graham. Was ist da draußen los? Over.«

Brina bewegte das Gerät an den Mund und drückte die Aufnahmetaste. »Verstanden, Graham. Näherkommende Fahrzeuge haben angehalten. Over.«

»Bitte wiederholen. Over.«

Sie musste aufpassen, was sie sagte, denn falls die Soldaten eine der anderen Positionen kompromittieren, wollte sie nicht zu viele Informationen über Funk preisgeben.

»Näherkommende Fahrzeuge haben angehalten. Over.«

»*Was heißt das?*«

»Warte. Out«, antwortete sie, und ließ ihn wissen, dass sie darauf noch keine Antwort wusste, aber an einer arbeitete. Bis dahin war das Gespräch mit ihm beendet.

»Verstanden«, sagte Graham, »out.«

Brina drückte eine Reihe von Knöpfen auf der Empfangsseite des Funkgeräts und wechselte den Kommunikationskanal. Auf einer neuen Frequenz, die weder Graham noch die anderen Tic kannten, übermittelte sie eine weitere Nachricht, diesmal an ihren Späher.

»Späher, hier ist Brina. Was sehen Sie? Over.«

Bevor die Truppen der Tic in Position gegangen waren, hatte sie im Geheimen mit einem Mann kommuniziert, den sie als Beobachtungsposten bestimmt hatte. Ihn wollte sie an einem Ort abseits vom Geschehen haben, von wo aus er sie vorwarnen konnte, wenn die TMF ankam.

Der junge Vollstrecker hatte schon einmal mit ihr gesprochen, als er vor ein paar Minuten einen Transporter gesehen hatte, der an ihm vorbeigefahren war. Auf dem Beifahrersitz des TMF-Transporters saß eine bekannt wirkende Frau. Er hatte ihr erzählt, dass er glaubte, sie aus einer Tic-Kneipe zu kennen.

Brina dankte ihm für die Information und bat ihn, sich näher zur Straße zu bewegen, wo sie den Überfall vorbereitet hatten. Die beschriebene Frau konnte Li gewesen sein, aber dessen konnte er sich noch nicht sicher sein. Er sollte sie über alle neuen Erkenntnisse informieren. Brina wusste, dass es mehr als nur ein einzelner Transporter sein musste, der auf dem Weg war.

Seitdem hatte er keine zusätzlichen Informationen vermeldet. Sie versuchte es erneut.

»Späher«, rief sie, »hier ist Brina. Was sehen Sie? Verstehen Sie mich? Over.«

Das Radio knackte für den Bruchteil einer Sekunde, bevor ein hoher Ton ankündigte, dass gleich jemand senden würde. Brina drehte die Lautstärke zurück und hielt das Gerät an ihr Ohr, um zu lauschen. Das war nicht die Stimme des Spähers. Sie war nicht einmal männlich.

»*Verstanden, Brina*«, sagte die Frau am anderen Ende. »*Ich komm dich holen.*«

Ein kalter Schauer jagte Brina über den Rücken. Es gab nicht vieles, wovor sie sich fürchtete. Ihr Mentor und sein Stellvertreter, Graham, hatten sichergestellt, dass ihre Ängste abgespalten und in die Tiefen ihres Bewusstseins verbannt waren. Sie griff nur darauf zurück, wenn sie ihr als Motivation für ihre Aufgaben dienen konnten.

Das hier war nicht diese Art von Angst. Das hier war ein Gefühl, das davon kam, gejagt zu werden, etwas, das Brina komplett unbekannt war.

Mit ihrem Finger auf der Sendetaste hob sie das Funkgerät an den Mund.

»Wer ist da?«, fragte sie so ruhig wie möglich. »Späher? Sind Sie das? Over.«

Brina ließ die Taste los. Die muskulöse Vollstreckerin, die es nicht gewohnt war, sich vor irgendetwas wegzuducken, bewegte sich und hob das Radio an ihr Ohr. Die Antwort folgte sofort. Sie war eindeutig, die Stimme war frei von jeder Emotion.

»*Du weißt, wer ich bin*«, sagte die andere Frau. Der Anblick der bluttriefenden, gebrochenen Adaliah Bancroft manifestierte sich vor ihrem geistigen Auge. Das waren genau dieselben Worte, die Brina zu Adaliah gesagt hatte, als die Kneipenhure an ein Brett gefesselt war und sie versucht hatte, Informationen aus ihr herauszuquetschen.

Wie hatte sie so die Kontrolle verloren?

Ein Kugelhagel ließ Brina vom Fenster zurückstolpern, gefolgt von einer massiven Erschütterung, die sie auf ihren Hintern warf. Ein Hagel aus Pflastersteinen flog ihr um die Ohren. Das Funkgerät wurde ihr aus der Hand geschlagen und segelte quer durch den Raum, landete an einer verputzten Wand und zersprang in Einzelteile.

Benommen und betäubt von den Salven des Gegenfeuers, das sie nun zu allen Seiten umgab, kroch Brina zum Fenster zurück.

Warum hatte der Überfall nicht funktioniert?

Brina biss die Zähne zusammen. Es konnte Adaliah und der kleinen Gruppe von TMF-Soldaten unmöglich gelungen sein, an der Armee von Tic vorbeizukommen, die sie an dem Korridor aus Gebäuden, der zur Basis führte, stationiert hatte. Außerdem war da noch die Basis selbst. Was die Soldaten dort erwartete, falls sie überhaupt so weit kamen, wäre mehr als nur eine kleine Überraschung.

Brina legte die Arme an und rollte sich zur anderen Seite des großen Fensters. Dort streckte sie die Hand aus und fand ihr Gewehr. Sie war die Universalmaschinengewehre des Protektorats nicht gewohnt, da die Tic aber mit diesen handelten, hatte sie ein solches schon einmal in der Hand gehabt und wusste, wie man damit umging.

Sie richtete sich auf und bewegte sich an der Wand entlang zur Tür, die hinunter zur Straße führte.

Selbst die Gejagte zu sein gefiel ihr ganz und gar nicht. Der Schauer, der ihr über den Rücken gelaufen war und ihre Arm- und Nackenhaare aufgestellt hatte, hatte sich in eine säuerliche Übelkeit verwandelt, die ihr vom Magen bis zum Hals reichte. Der einzige Weg, diese im Zaum zu halten, war, in die Offensive zu gehen. Das hätte der gute Semion Mogilevich von ihr verlangt.

Als sie den Gang betrat, wo das Geräusch des Gefechts für einen Moment gedämpft war, konnte sie Mogilevich sprechen hören. Seine schroffe Stimme war eine Quelle des Trosts und half ihr, sich zu konzentrieren.

»Erinner dich an die Regeln der Angst«, hatte er einst gesagt. Er war ein Mann der Regeln. »Nummer eins: Angst ist eine offene Schwäche. Sie ist ein Unkraut mit tiefreichenden Wurzeln. Entfern die Wurzeln der Schwäche und du kennst keine Angst.«

Jetzt, da sie darüber nachdachte, mit Schweiß in den Augen und Adrenalin im Blut, war das ein alberner Vergleich.

Der Gewehrgriff lag bequem in ihrer rechten Hand und sie streifte den Abzugsbügel mit ihrem Finger. Nervös rieb sie sich die linke Hand und brachte sie unter dem Lauf in eine bessere Position, dann zog sie den Schaft an ihre Schulter. Sie drückte ihn fest an sich und erinnerte sich daran, dass der Rückschlag ihr den Griff in Arm oder Brust hauen würde, wenn sie ihn nicht nah am Körper hielt. Die Waffe konnte, je nach Außentemperatur, dreiundsechzig Schüsse pro Minute abgeben. Wenn man nicht anständig mit ihr umging, konnte man damit ernsthaft Schaden anrichten.

Das Geräusch des Kampfes, eine ohrenbetäubende Kombination aus Gewehrfeuer und Schreien, wurde lauter, als sich Brina dem Gebäudeausgang näherte. Die Tür stand offen, draußen sah sie den orangevioletten Himmel. Es dämmerte. Bald würden sie im Dunkeln kämpfen.

Zwei Männer hasteten am Eingang vorbei und die Straße nach Osten entlang. Ein dritter, blass mit roten Haaren, hielt in der Nähe der Öffnung an, legte das Gewehr an die Schulter, schaute durchs Zielfernrohr und schoss. Die Waffe knatterte in seinen Händen, als das gasbetriebene Gewehr einen rauchenden Kugelhagel aus seinem fast 42 cm langen Lauf spuckte. Der Vollstrecker hob den Kopf und rannte nach einem kurzen Schulterblick vorwärts.

Brina erreichte die Öffnung und schritt nach draußen, dann drehte sie sich mit dem Gewehr nach links. Das erschütternde

Knallen von automatischem Gewehrfeuer war nun ohrenbetäubend laut. Sie hatte das Chaos einer urbanen Kriegszone betreten.

Eng an das Gebäude gedrückt bewegte sie sich auf den Feind zu. Vor ihr, ebenfalls am Gebäude, stand eine Dreiergruppe Männer. Zwei von ihnen erwiderten das Feuer. Einer stand aufrecht, einer kniete und der Dritte lag mit dem Gesicht nach unten auf der Straße, seine Beine linkisch über die Bordsteinkante gespreizt, das Gewehr unter seinem Körper. Seine linke Hand zuckte. Ansonsten rührte sich nichts. Brina bemerkte sein rotes Haar, bevor sie die wachsende Blutlache sah, die von seinem Kopf auf den Asphalt lief. Sie kämpfte sich voran. Auf der Straße, weniger als zwanzig Meter von ihr entfernt, lagen zwei weitere Männer. Einer von ihnen stöhnte und versuchte, sich in Sicherheit zu bringen. Der andere war regungslos.

Sie erreichte die beiden Vollstrecker vor sich und rief nach ihnen, dann ging sie auf ein Knie in die Hocke.

»Wie viele sind dort?«, fragte sie.

Keiner der Männer antwortete ihr. Sie waren mitten im Gefecht mit dem Feind. Derjenige, der noch gehen konnte, entfernte sich vom Gebäude und lief auf die Straße. Er wirbelte nach links und gab eine kurze Schussfolge ab, bevor er sich mit dem Gewehr in den relativen Schutz des Gebäudes zurückzog.

»Wie viele sind dort?«, wiederholte sie. Ihr Puls rauschte in den Ohren. Eine weitere Welle der Übelkeit brach über sie herein und verebbte wieder.

Der kniende Vollstrecker gab eine Salve ab und zog das Magazin klickend aus der Unterseite des Gewehrs. Während er ein volles Magazin aus seiner Brusttasche holte, warf er Brina einen verwirrten Blick zu. Er steckte das frische Magazin in die Waffe und rief zurück: »Was machen Sie hier? Gehen sie wieder rein, *Ma'am.*«

Die Anweisung brachte Brinas Haut zum Kribbeln. Erstens war er nicht in der Position, ihr Befehle zu erteilen. Sie hatte die Autorität über diese Männer, sowohl über die kämpfenden als auch die sterbenden und die toten auf der Straße. Zweitens gefiel ihr die Implikation nicht, dass sie nicht im Freien zu sein hatte, weil sie eine Frau war. Die Art, wie er sie *Ma'am* nannte, erweckte in ihr den Drang, ihm den Lauf in den Mund zu stecken und abzudrücken.

»Ich geh nirgendwo hin«, sagte sie und funkelte ihn an. »Wie viele sind dort?«

»Wir wissen es nicht. Die …«

Sein Kopf wurde nach links gerissen, die rechte Gesichtsseite verschwand in einem Sprühnebel aus Blut. Der Mann sackte auf den Boden, seine Waffe fiel klappernd auf die Straße.

Brinas Körper versteifte sich und wurde vom Adrenalin erfasst, das sie fast schon paralysiert hatte. Nachdem sie sich auf den Boden hatte fallen lassen, schob sie den Körper vor sich und benutzte ihn, um ihr Gewehr darauf abzustützen. Bäuchlings zielte sie auf einen der TMF-Soldaten, der aus dem Schutz einer Reihe leerer Betonübertöpfe schoss. Die Töpfe bekamen die volle Wucht des Kugelhagels ab und würden nicht länger halten. Der Soldat war festgenagelt. Brina schaute durch ihr Zielfernrohr und legte den Finger auf den Abzug. Mit konstantem Druck feuerte sie ab. Die Waffe schlug ihr entgegen. Der Lauf entfesselte eine ganze Salve in Richtung des fixierten Soldaten. Sie durchschlug die Töpfe; Schwaden aus pulverisiertem Beton stieben in die Luft und erzeugten eine Staubwolke, die das Ziel verhüllte.

Brina wich dem sich ausbreitenden Nebel aus und fand zu ihrer Rechten eine bessere Aussicht auf ihr Ziel. Sie war sich auf den ersten Blick nicht sicher, aber je länger sie den Bewegungen ihres potenziellen Ziels folgte, desto stärker wurde ihre Vermutung, dass sie wusste, wer das war.

Sie begab sich in eine neue Position und richtete ihr Gewehr aus. Die Leiche bewegte sich etwas unter dem Gewicht, aber das störte Brina nicht weiter, als sie den Abzug drückte. Sie hatte eine Frau im Visier.

23

Lis Team wartete, bis Bravo und Charlie in Position waren. Mit dem Funkgerät der Tic in ihrem Besitz hatten sie herausgefunden, wo sich die Vollstrecker aufgestellt hatten. Sie hatten sich sofort zusammengefunden und die vordere Flanke dessen getroffen, was ein Überfall hätte werden sollen, noch bevor sie das Tal erreicht hatten.

Sie waren nur zu zwölft gegen eine unbekannte Zahl von Vollstreckern. Aufgrund der Maschinengewehre und der lebhaften Schussgeräusche schätzte Li, dass sie deutlich in der Überzahl waren.

Es hatte gut angefangen.

Sie hatten die ersten Posten in den zwei Stockwerken der Gebäude am östlichen Rand des Tals ausgeschaltet, genauso wie die beiden Scharfschützen, die über dem zweckmäßigen Eingang stationiert waren. Dann versank alles zunehmend im Chaos und Li konnte nicht länger sagen, wer die Oberhand hatte. Sie hatte zuvor in inszenierten Straßenkämpfen trainiert und Handfeuerwaffentaktik studiert. Nichts davon hatte sie auf die harte Realität vorbereitet.

Das Gewehrfeuer war ohrenbetäubend laut. Die Geschwindigkeit, mit der sich ihre Umgebung veränderte, war schwindelerregend. Vor den Schreien der Verletzten und Toten hätte sie sich am liebsten die Ohren zugehalten und sich in Embryonalstellung in irgendeiner sicheren Ecke weit weg vom Chaos zusammengekauert.

Li ermahnte sich, dass das alles Teil des finalen Ziels war. Es musste geschehen, und sie musste sich zusammenreißen. Mit dem Gewehr in den Händen überquerte sie die Straße ohne feindlichen Widerstand, während Team Bravo auf dem Weg nach Westen war. Nun drückte sie sich flach gegen ein Gebäude, versteckt im Schatten eines Vordachs. Zu ihrer Linken wirbelten die entgegenfliegenden Schüsse einer M27 graue Staubwolken auf, die immer größer wurden.

Davis steckte inmitten der Wolke und ein paar ramponierten Betonübertöpfen fest. Der Soldat lag mit gesenktem Kopf auf dem Bauch. Er stand zu stark unter Beschuss, als dass er irgendetwas tun konnte, außer hinter seiner dürftigen Deckung zu liegen. Li dachte darüber nach, ob er entbehrlich war. Als sie über ihre Schulter blickte, sah sie zwei Soldaten, die es nicht geschafft hatten. Sie lagen tot auf der Straße. Das bedeutete, dass sie zu zehnt waren. Davis' Situation war kritisch, zumindest im Moment.

Li kroch aus dem Schutz des Vordachs ins schwindende Licht der Dämmerung. Mit gezückter Waffe bewegte sie sich in Richtung der Straße, um ihm Deckungsfeuer zu geben. Die meisten der Schüsse kamen vom zweiten Stock eines Gebäudes auf der anderen Straßenseite, westlich von ihrer Position. Ein paar Schützen befanden sich außerdem auf dem Boden. Einer davon sah aus, als würde er sein Gewehr auf einer Leiche abstützen.

Als sie sich zu Davis drehte, trafen sich ihre Blicke für einen Augenblick und sie nickte ihm zu. Nachdem er die Geste erwidert hatte, wandte sich Li wieder dem Gefecht zu. Sie war nicht schnell genug.

Rechts von ihr zischten Kugeln vorbei, wovon zwei sie streiften. Eine traf sie außen am Schenkel, die andere an der Hüfte. Li wich nach links aus und duckte sich hinter ein schweres Metallfass, das als Abfalleimer diente.

Eine weitere Salve schlug ins Fass ein. Nun steckte sie fest, unfähig zu erkennen, woher die Schüsse kamen. Der Schmerz an ihrer Seite und ihrem Schenkel nahm zu. Sie überprüfte die Wunden und sah, dass ihre schwarze Hose an den Rändern eingerissen und von einer glänzenden, dunklen Flüssigkeit durchtränkt war.

Li war sich relativ sicher, dass das nur oberflächliche Wunden waren und sie einer ernsthaften Verletzung entgangen war, aber sie blutete, und die brennenden Wunden pochten.

Eine weitere Adrenalinwelle durchströmte sie und zwang sie zur Konzentration. Wer auch immer sie so festgenagelt hatte, würde irgendwann nachladen müssen. Ein halbes Dutzend Kugeln pfefferte in das Fass vor und die verlassene Ladenfassade hinter ihr.

Innerhalb der kurzen Pause nach einer vierten Runde Maschinengewehrfeuer ergriff Li ihre Chance. Sie blieb nah am Boden und lugte hinter dem Fass hervor. Der Tic, der die Leiche als Stütze benutzte, kämpfte damit, die Waffe nachzuladen. Das war ihre Gelegenheit.

Li sprang auf, verlagerte das Gewicht auf ihr unverletztes linkes Bein und zielte mit ihrer Waffe auf die Schützen im zweiten Stock. Drei von ihnen waren durch die offenen Fenster sichtbar.

Durch ihr Fernrohr zielte sie auf den ersten, drückte den Abzug ihrer M27 und jagte eine Ladung Blei in seinen Körper. Er sackte gegen die Fensterbank. Sie schwenkte die Waffe nach rechts und schoss erneut. Drei Kugeln verschmolzen zu einer Einheit und er stürzte aus ihrem Sichtfeld, als sie auch schon eine weitere Ladung von 5,56 x 45 mm-Kugeln im dritten Ziel versenkte. Diesmal hielt sie den Abzug länger gedrückt. Die Flut aus tödlichen Projektilen schüttelte den Körper des Mannes, zwang ihn zu einem zuckenden Tanz, bevor auch er zu Boden ging und aus ihrem Sichtfeld verschwand.

Das beeindruckende, geglückte Kunststück hatte nur ein paar Sekunden gedauert. Nun senkte sie ihre Waffe und zielte damit auf die beiden Tic am Boden. Derjenige, der sie zweimal getroffen hatte, visierte sie an. Die Blicke der beiden trafen sich und Li, die sich ihrer exponierten Position bewusst wurde, duckte sich hinter die Fässer. Während ein Schwall aus Schüssen das

Fass vor ihr erschütterte, spitzte Li hinter den Betontöpfen hervor. Stephen Davis war nicht mehr da. War er getroffen worden, bevor sie ihn aus seiner Situation befreien konnte?

Sie suchte die Straßen nach ihm ab, soweit es von ihrer Deckung aus möglich war. Dann fand sie ihn. Er hatte die Straße zu ihr hin überquert und feuerte zwanzig Meter zurück eine Ladung Schüsse ab. Rauch stieg aus dem Lauf seiner Waffe, während er einem nach Westen laufenden Soldatentrio Deckungsfeuer gab.

Die beiden Tic auf dem Boden waren nun umzingelt, aber die Soldaten im Anmarsch schenkten ihnen keine Beachtung. Sie hatten sich zwanzig Meter weiter bewegt, um einen höhergelegenen Posten anzugreifen, und betraten gerade das Gebäude. Eine zweite Dreiergruppe stand bereits auf einem Dach an der nördlichen Straßenseite und schoss aufs Geratewohl auf die Tic, die sich nun zurückzogen.

Li wartete, bis das Gegenfeuer kurz abflaute, dann erhob sie sich aus ihrer Deckung, die Waffe im Anschlag. Sobald sie den Gewehrlauf in Position gebracht hatte, hielt sie den Abzug gleichmäßig und fortlaufend gedrückt. Sie hatte nicht genau anvisiert und verfehlte ihr Ziel, aber sie traf den Mann, der neben dem Gebäude stand. Ein Cluster aus Schüssen traf ihn an der Seite und warf ihn gegen die Wand, dann stolperte er und stürzte auf den Beton.

Noch bevor er auf dem Boden aufgeschlagen war, hatte Li ihr Ziel im Visier. Während sie sich unverfroren auf den Tic-Schützen zubewegte, der die Leiche als Stütze benutzte, entfesselte sie einen Kugelhagel, der den Mann an Hand und Schulter traf.

Er reagierte mit einem spitzen Schrei, der wie der einer Frau klang, und ließ seine Waffe fallen. Li ignorierte den Schmerz in Bein und Hüfte und marschierte auf den Mann zu. Stephen Davis erwartete sie bei dem verwundeten Tic, um ihr Rückendeckung zu geben. Zwei Soldaten hasteten an ihnen vorbei und nahmen ihre neuen Positionen näher am Eingang zur Basis ein. Die Schlacht verlagerte sich langsam gen Westen.

Mit klingelnden Ohren und ohne die Worte des verwundeten, sich windenden Tic zu verstehen, kroch Li neben ihn. Ihre Kinnlade klappte herunter. Ihr Magen verkrampfte sich.

Das war kein Mann. Das war Brina. *Brina*. Die sadistische, waterboardende, fingernagelziehende Brina.

Li schnaubte vor Wut. Das war dieselbe Wut, die sie eigentlich überwunden geglaubt hatte, seit sie ihrer Peinigerin damals in der Zelle die Seele aus dem Leib geprügelt hatte. Stattdessen war das Gefühl nun mit doppelter Wucht zurück.

»Sie kennen sie?«, fragte Davis und warf ihr einen flüchtigen Blick zu, bevor er seine Aufmerksamkeit wieder der Umgebung zuwandte. Seine Stimme unterbrach das Klingeln in Lis Ohren.

Brinas Körper zitterte. Während sie vor Schmerz vor- und zurückschaukelte, hielt sie das Gelenk ihrer verstümmelten Hand so fest, dass die Knöchel weiß durch ihre nahezu durchsichtige Haut hervortraten. Li erkannte, dass die Frau bereits dabei war, in Schockstarre zu verfallen.

»Ich kenne sie«, sagte sie und stand auf, um sich breitbeinig über Brinas zuckenden Körper zu stellen. »Und sie kennt mich.«

Li hielt Brina das Gewehr ins Gesicht. Die Vollstreckerin, einst eine selbstbewusste Informationsbeschafferin, wirkte nun eher wie ein verängstigtes Mädchen. Sie hielt sich ihre unverletzte Hand zusammen mit dem Fleischfetzen, der von der anderen übrig war, schützend vors Gesicht und bettelte um Gnade.

»Bitte«, winselte sie, »tu's nicht. Bitte, Ada …«

»Nimm meinen Namen nicht in den Mund«, zischte Li und stieß den Gewehrlauf in Brinas verwundete Schulter. Die Vollstreckerin jammerte vor Schmerzen und rollte sich auf die Seite. Die Schreie wurden zu einem Wimmern, während sie um ihr Leben flehte. Li hatte nicht mit einer so offen zur Schau gestellten Schwäche gerechnet. Warum gab sie Li die Genugtuung?

»Kommen Sie«, sagte Davis, »dafür haben wir keine Zeit. Wir müssen zur Basis. Unsere Männer schaffen das nicht alleine. Sie brauchen unsere Hilfe.«

Davis berührte Li an der Schulter, und sie funkelte ihn so böse an, dass er seine Hand zurückzog, als würde sie gleich zubeißen.

Auf seiner Stirn erschienen Sorgenfalten. Er blickte nach vorn zu seinen Teams, die westlich von ihnen kämpften. Er schaute Li an und schüttelte enttäuscht den Kopf.

»Geben Sie mir eine Sekunde«, sagte sie, »eine Sekunde.«

Davis machte einen Schritt auf die Straßenmitte zu. »Na schön«, sagte er und hob die Waffe gen Westen, »eine Sekunde.«

Mit ihren Stiefeln auf beiden Seiten der heulenden Brina kauerte Li über ihr. Brina lag auf dem Rücken, Tränen rannen ihr von den Schläfen und vermischten sich mit ihren Schweißperlen.

Li packte das Gesicht der Frau mit einer Hand und schüttelte es, als sie sprach. Ihre Stimme war kaum mehr als ein Knurren. »Wo ist Graham? Wo steckt er?«

Brina, die Frau, die noch vor Sekunden um ihr Leben gefleht hatte, war trotzig. War es die Erkenntnis, dass nichts, was auch immer sie tat oder sagte, ihr Leben retten konnte? Hatte der Schmerz ihren Kampfeswillen gebrochen? Es spielte keine Rolle.

Die Vollstreckerin begann heiser zu lachen. Sie öffnete ihre roten, geschwollenen Augen, gackerte lauter und funkelte Li dabei an.

Li stand auf und stieg über Brinas Beine hinweg. Sie visierte eines ihrer Knie an, stellte das Gewehr auf halbautomatisch und drückte ab. Ein einzelner Schuss erschallte. Die Explosion aus Schmerz ließ Brina aufheulen.

Während sie sich wand, drückte Li den Gewehrlauf in die Seite von Brinas gesundem Knie.

»Wo ist Graham?«, fragte Li, kochend vor Wut.

Brina lachte einfach weiter. Alle Vernunft war aus ihrem Gesicht gewichen. Li drückte erneut ab und verwandelte Brinas Bein in ein fleischiges Chaos. Sie stand da und lud ihre Waffe nach, während die Vollstreckerin verblutete. Trotzdem lachte die Frau.

»Gehen wir, Davis«, sagte Li, nahm Brinas Waffe und hängte sie sich um die linke Schulter.

Sie ging mit Davis nach Westen, ohne sich nach ihrer Peinigerin umzudrehen. Die acht Soldaten waren bereits auf dem Vormarsch zu einem weiteren Block, ihr Werk lag überall auf den Straßen verstreut.

»Das war brutal«, sagte Davis, zog das Gewehr an seine Schulter und begann vorwärtszumarschieren.

»Ja«, stimmte Li zu.

»Sie hätten sie von ihrem Leid erlösen können. Das wäre wenigstens human gewesen.«

Li funkelte ihn an. »Hätte ich.«

Sie bewegten sich nach Westen, liefen die Straßen im Zickzack ab, um nach verbliebenen Feinden zu suchen. Sie fanden keine. Die acht Männer, die vorausgingen, waren schon dort.

»Wer ist Graham?«, fragte Davis.

Li überprüfe einen toten Tic mit ihrem Stiefel. Der Schmerz in ihrem verwundeten Bein ließ sie zusammenzucken.

»Sie kennen Graham nicht?«, fragte sie mit zusammengebissenen Zähnen. »Ich dachte, jeder in der TMF kennt Graham.«

»Die Gehaltsstufen über mir vielleicht.«

»Er ist der Anführer der Tic-Vollstrecker«, erklärte sie. »Er ist der fieseste Hurensoh …«

Schüsse schnitten ihr das Wort ab und die beiden krabbelten zu einem der Gebäude. Im offenen Eingangsbereich hielten sie kurz an, bevor sie sich zu den hinteren beiden Soldaten aufmachten, die weniger als fünfzig Meter von ihnen entfernt standen.

»Lagebericht?«, fragte Davis und legte seine Hand auf die Schulter eines Soldaten. »Wo sind wir, Soldat?«

Einer von ihnen zeigte auf eine kleine, rechteckige Struktur einen Block entfernt. Das war das Ziel – der Eingang zur Basis. »Sir, zwei Mitglieder von Team Charlie sind außer Gefecht – Eddie und Perkins. Wir sind die letzten zwei. Bravo und Alpha sind schon vorausgegangen. Alpha hat das Ziel fast erreicht. Bravo gibt Rückendeckung. Sie erwarten Ihr Signal.«

Das Funkgerät rauschte an Lis Hüfte. Die Schussverletzung hatte sie so abgelenkt, dass sie es ganz vergessen hatte. Sie nahm es aus der Halterung und hielt es hoch, während sie die Lautstärke zurückdrehete.

Eine hohl klingelnde Stimme durchbrach das verbliebene Rauschen. »*Brina, ich glaube, sie haben es durch den Hinterhalt geschafft. Keiner der Posten meldet sich zurück. Brina, verstehst du mich? Over.*«

Davis beäugte das Funkgerät. »Antworten Sie ihm. Er wird denken, sie ist es.«

Li hielt sich das Radio nah an den Mund. In einiger Entfernung näherte sich ein Soldatentrio dem Eingang zur Basis.

Drei weitere hielten zwanzig Meter weiter hinten die Stellung, die Gewehre im Anschlag. Li drückte die Sendetaste und tat ihr Bestes, um Brina zu imitieren. Sie sprach mit tiefer Stimme: »Verstanden. Wo bist du? Over.« Sie ließ den Knopf los.

»Ist das Graham?«, fragte Davis.

»Ich vermute es. Ich weiß nicht, wer das sonst sein sollte.«

»*Ich bin in der Basis*«, antworte der Mann über Funk. »*Wie ist die Lage da draußen? Sind sie in der Nähe? Wie halten wir uns? Wir sind hier drinnen so gut wie blind. Over.*«

Li drückte die Taste erneut. »Wir halten stand. Wie viele Männer sind bei dir? Sind alle da? Over.«

Vor der Basis gab einer der Soldaten Davis ein Handzeichen und wartete auf seine Bestätigung, um loszugehen. Davis bedeutet ihm, zu warten.

Das Funkgerät knisterte wieder. »*Alle sind hier. Die letzte Verteidigungslinie. Wir sind bereit zuzuschlagen. Wie viele Männer haben die? Wie viele TMF? Ich höre keine Schüsse. Over.*«

Li schaute Davis an, bevor sie antwortete. »Soll ich sie bitten, rauszukommen und sagen, dass wir ihre Hilfe brauchen? Oder soll ich ihm sagen, dass alles in Ordnung ist? Sie drinnen festhalten?«

Davis rieb sich das Kinn und dachte nach, was die beste Option wäre. Die momentane Stille erweckte den Eindruck, dass die Schlacht unter Kontrolle war. Selbst Brinas schrilles, winselndes Lachen war verstummt. Davis bedeutete seinen Männern, die Basis zu stürmen.

»Erzählen Sie ihm gar nichts«, sagte er. »Wir gehen rein.«

Li machte sich daran, das Gerät zurück an ihre Hüfte zu klemmen, als das Radio statisch rauschte und die Stimme zurückkehrte. Das war definitiv Graham.

»Beachte die letzte Nachricht nicht weiter. Es spielt keine Rolle. Kämpft ihr weiter. Wir sind in Stellung, falls sie versuchen, hier runterzukommen, oder was von ihnen noch übrig ist. Ov ...«

Eine Explosion riss Li den Boden unter den Füßen weg und schleuderte sie mit dem Rücken gegen die Wand. Ihr Kopf knallte gegen die harte Oberfläche, vor ihren Augen tanzten Sterne. Die Welt wurde still, als Davis' Gewicht auf ihrer verwundeten Hüfte landete. Sie schrie auf, als der Schmerz wie ein Stromschlag durch ihren Körper zuckte, und konnte ihre eigene Stimme nicht hören.

Sie war benommen, aber bei Bewusstsein, riss sich zusammen und rollte zur Seite. Sie tastete ihren Hinterkopf ab, fühlte eine größer werdende Beule und zog sich auf die Füße. Während sie sich an der Wand abstützte, um das Gleichgewicht nicht zu verlieren, blinzelte sie, bis sie das Massaker einen Block entfernt scharf erkennen konnte. Was vorher noch der Eingang zur Basis gewesen war, hatte sich nun in einen brennenden, rauchenden Trümmerhaufen verwandelt, genauso wie die drei TMF-Soldaten, die versucht hatten, einzudringen.

24

Die Explosion ließ den Boden unter Zekes Stiefeln erzittern. Er hörte auf zu rennen. »Spürst du das?«, fragte er Uriel. »Was war das? Hat sich wie ein Erdbeben angefühlt.«

»Das war kein Erdbeben«, sagte Uriel und schaute zum Himmel. »Das war 'ne Explosion.«

Nur zwei Blöcke entfernt, hinter den Gebäuden, denen sie am nächsten waren, stieg eine schwarze Rauchsäule in die Luft und breitete sich zu einer grauen Wolke aus, die vom Wind erfasst wurde.

Sie waren losgelaufen, sobald sie die ersten Schüsse gehört hatte. Seitdem waren ungefähr fünf Minuten vergangen. Es war laut, das Stakkato der automatischen Gewehre schien kein Ende zu nehmen. Dann hörte es plötzlich auf. Zeke fürchtete, sie waren zu spät, um zu helfen, einzuschreiten oder anzugreifen – wofür auch immer sie gebraucht wurden.

Die Explosion wendete das Blatt. Er lotste Uriel um ein paar Kurven herum, bis sie die Sackgasse am äußeren Rand des Tic-Territoriums erreicht hatten. Vom Süden her näherte er sich dem, was vom Eingang zur Tic-Basis übrig war, und wo er Li vermutete. Das war seine letzte Hoffnung, sie zu finden. Das Einzige, was er stattdessen vorfand, war Rauch, Flammen und versengte Körperteile.

Zekes Hals zog sich zusammen.

Uriel blieb neben ihm stehen, während sich ihre Brust hob und senkte. Sie atmete schwer, aber kontrolliert.

Sie standen an der Ecke eines Gebäudes südlich von der Einschlagstelle. Die Fassade bröckelte. Überall waren Trümmer. Asche wirbelte über ihnen durch die Luft, landete auf ihrer Kleidung, ihren Köpfen und Zekes Hut. Uriel wischte sich die Flocken mit der Rückhand von der Wange.

»Was ist das?«, fragte sie und nickte zum Krater.

Zekes Sicht verschwamm.

Uriel legte ihm eine Hand auf den Rücken und beugte sich zu ihm. Ihr vertrauter, blumiger Duft mischte sich nun mit dem beißenden Geruch von brennendem Holz, Metall, Plastik, Fleisch, Haar und Knochen. Diese Kombination war abstoßend und verursachte ihm Übelkeit.

»Zeke«, sagte Uriel so mitfühlend, wie er sie noch nie erlebt hatte, »was ist das?«

»Das war die Basis«, flüsterte er und kämpfte mit den Tränen. »Falls Li dort war, dann ist sie's nicht mehr.«

»Was, wenn sie gar nicht dort war?« Ein Funke Hoffnung flackerte in Uriels Stimme auf. »Vielleicht war sie nicht da.«

»Dann hab ich keine Ahnung, wo sie ist«, sagte Zeke und ballte die Fäuste. »So oder so ist sie fort. Ich hab versagt.«

Uriel nahm die Hand von seiner Schulter, ballte sie zur Faust und boxte ihn am Arm. Er schaute sie verwirrt an, woraufhin sie enttäuscht die Stirn runzelte.

»Meine Güte«, sagte sie, »du gibst echt leicht auf. Was für 'ne gewaltige Enttäuschung.«

Sie ging auf die Trümmer zu, die Waffe im Anschlag. Zeke folgte ihr mit gezücktem Revolver.

»Was machst du?«, rief er ihr hinterher.

»Nicht aufgeben.«

Zeke holte sie ein. Er konzentrierte sich auf das Nachglühen der Explosion und das Umgehen von Körperteilen. Uriel schien diese nicht zu bemerken und trat auf einen undefinierbaren Klumpen, der unter dem Gewicht ihres Stiefels knackte und zermatscht wurde.

»Hey«, sagte er, als er ein besonders großes Leichenfragment entdeckte. Es war der Teil eines Torsos, an dem vertraute, schwarze Stofffetzen hingen, die einer Uniform ähnelten. »Das ist einer der Soldaten.«

An anderen Überresten hing der gleiche Stoff. Das mussten mehrere Soldaten gewesen sein, aber es war unmöglich, genau zu bestimmen, wie viele. Zwei? Fünf?

Zeke schaute die Straße entlang nach Osten. Der Rauch war auf Augenhöhe und so dick, dass er nicht viel erkennen konnte. Er lief näher zum Einschlagsort und bemerkte versengte Kabelstücke.

»Das hier wurde präpariert, um in die Luft zu gehen«, stellte er fest. »Sieht aus, als wäre die Ladung, was auch immer das war, innerhalb der Basis explodiert, nicht draußen. Schwierig, das genau zu sagen.«

»Warum würden sie ihre eigene Basis in die Luft jagen?«, fragte Uriel. »Das ergibt keinen Sinn.«

»War wohl die letzte Verteidigungslinie. Sie wollten die Soldaten daran hindern, die Basis zu betreten. Falls sie so weit kämen, würde sie ein mit Sprengsätzen verkabelter Eingangsbereich aufhalten.«

»Diese Tic sind kranke Typen. Bist in schlechte Gesellschaft geraten, Zeke.«

»Ja.« Er ließ den Kopf hängen. »Das bin ich.«

Sie erreichten die Detonationsstelle und hielten ihre Waffen auf das klaffende Loch im Boden gerichtet. Trotz des wirren Geflechts aus Holz und Metall, das einen Großteil davon abdeckte, waren die Stufen, die in die Untergrundbasis führten, erkennbar und intakt.

»Wir sollten da runter«, sagte Uriel.

Zeke rieb sich die Stirn. »Meinst du?«

Bevor Uriel antworten konnte, erklang eine weitere Stimme hinter ihnen. Sie war fordernd und energisch.

»Wir haben euch im Visier«, warnte er. »Keine plötzlichen Bewegungen oder wir schießen.«

Der Mann hörte sich wie ein Soldat an. Zeke hatte den Tonfall schon vorher gehört. Mehr als einmal hatten Soldaten versucht, ihn von seiner Lieferung abzuhalten, und dabei versagt. Er hatte es immer geschafft, sich aus jeglichem Schlamassel herauszureden, aber jetzt schien ihm kein guter Zeitpunkt, irgendetwas zu tun oder zu sagen, was ihnen der Soldat nicht ausdrücklich befahl.

»Langsam«, sagte er, »und damit meine ich *langsam*, nehmt die Waffen runter und legt sie auf den Boden. Tretet sie zur Seite, wo ihr sie nicht erreichen könnt.«

»Da, wo wir jetzt stehen?«, fragte Uriel mit einer Spur Hohn.

»Jetzt sofort!«, befahl der Soldat. »Nehmt die Waffen runter und legt sie auf den Boden. Dann tretet sie zur Seite.«

Ihre Rücken waren dem Mann zugewandt, aber Zeke gelang ein flüchtiger Blick über die Schulter. Er trug die schwarze Uniform eines TMF-Soldaten und zielte mit dem Gewehr auf sie. Ein paar andere standen um ihn herum, aber Zeke konnte nicht genau sagen wie viele. Sie waren bewaffnet. So viel konnte er erkennen.

»Zeke?«

Ein kalter Schauer lief Zeke über den Rücken. Sein Herz flatterte und sein Puls beschleunigte. Diese Stimme gehörte nicht dem Soldaten.

Er wollte sich gerade umdrehen, als ihn der Soldat anbellte zu gehorchen. Zeke hob die Hand, ohne die Waffe herunterzunehmen.

Neben dem Soldaten, ebenfalls ganz in Schwarz und deutlich dünner als in seiner Erinnerung, stand Li.

Li. Endlich. Sie war am Leben. Sie sah okay aus. Aber aus irgendeinem Grund trug sie die Uniform der TMF.

»Du bist es wirklich«, sagte sie und wurde bleich. »Wie ist das möglich?«

Uriel hatte sich ebenfalls umgedreht. Sie kicherte. »Sie sieht aus, als hätte sie einen Geist gesehen.« Sie zuckte mit den Schultern. »Andererseits …«

»Sie kennen die?«, fragte der Soldat und zielte mit der Waffe abwechselnd auf Zeke und Uriel.

»Ich kenne *ihn*«, sagte sie und schüttelte den Kopf. »Ich kannte ihn. Er ist tot. Oder war tot. Keine Ahnung.«

»Was wollen Sie tun?«, fragte der Soldat. »Wir müssen irgendwie in die Basis. Wenn diese Leute keine Bedrohung sind …«

Li hob die Hand und brachte den Soldaten zum Schweigen. Ihr Kinn bebte. »Geben Sie mir 'ne Sekunde, Davis.«

Der Soldat sagte nichts, nahm aber eine sichtbar entspanntere Haltung ein.

Verwirrt ging Li auf Zeke zu, die Waffe in der Hand.

Zeke setzte an, etwas zu sagen, breitete die Arme sogar zur Umarmung aus, aber ihre Verwirrung verwandelte sich in Wut. Zeke wusste nicht, wie ihm geschah, als sie ihm mit einer fließenden Bewegung den Gewehrkolben gegen den Kiefer schmetterte und er laut auf dem Boden aufschlug.

Uriel griff nach ihrer Waffe, hielt aber inne, als Li sie davor warnte. Zeke war benommen, aber bei Bewusstsein. Er lag zwischen den Trümmern und tastete vorsichtig die Gesichtshälfte ab, die Li so fest geohrfeigt hatte, dass es sich anfühlte, als wäre ihm dabei das Hirn aus dem Kopf geflogen.

Seine Sicht verschwamm und ein heftiger Schmerz pulsierte durch Hals und Kieferpartie, als er zu Li hochblinzelte.

Li machte einen Schritt auf ihn zu und zielte mit dem Gewehr auf ihn. Mit der Waffe fest im Anschlag stand sie da und beobachtete ihn für einen Moment. »Ich wollte dich töten«, sagte sie. »Wie kannst du hier sein? Ich kapier's nicht.«

Zeke nickte der verschwommenen Silhouette zu, die über ihn gebeugt war. Er versuchte erneut zu sprechen, konnte aber keine Worte finden.

»Du hast zehn Sekunden, um zu erklären, warum du mich im Stich gelassen hast«, sagte Li, »und zehn weitere, um zu erklären, wie zur Hölle du hier vor mir stehen kannst, nachdem ich deine Leiche gesehen hab.«

»Ich kann's erklären …«, setzte Zeke an, aber Uriel schnitt ihm das Wort ab.

»Entschuldige mal«, sagte Uriel mit erhobener Hand, »aber er steht ja gar nicht. Du hast ihn zu Boden geprügelt. Also, ja, ist 'ne Formulierungsfrage, aber wenn wir hier schon Klartext reden, dann dachte ich, ich erwähn's einfach mal.«

Lis mürrischer Blick fiel auf Uriel. Sie schien nicht beeindruckt zu sein. »Wer bist du?«

»Ma'am«, warf Davis ein, »dafür haben wir keine Zeit.«

Li funkelte Davis so böse an, dass der Soldat sofort den Mund hielt. Er sah mürrisch aus.

»Wer bist du?«, wiederholte Li.

»Ich bin Uriel«, sagte sie. »Wir gehören zusammen.«

Lis Gesicht entspannte sich. »Warum seid ihr hier?«

»Um dich zu finden. Und lass mich dir eines sagen, Zeke hat maßlos übertrieben.«

»Ich bin deinetwegen zurückgekommen«, sagte Zeke. »Ich hätte dich nie allein lassen sollen. Ich bin hierhergekommen, um zu helfen.«

Lis Gesicht zuckte, dann verhärtete es sich. »Also hast du plötzlich ein Gewissen? Du willst helfen?«, spuckte sie ihm entgegen. »Hilf uns dabei, die Tic aus ihrer Basis zu fegen. Dann kümmere ich mich um dich, und du wirst erklären, was hier eigentlich los ist.«

Davis trat nach vorn. »Was tun Sie da?«

»Wir haben drei Männer bei der Explosion verloren«, sagte sie. »Wir brauchen jede Hilfe, die wir kriegen können.«

»Sie vertrauen denen?«, fragte Davis. »Was genau haben Sie gemeint, als Sie gesagt haben, dass er tot ist?«

Li streckte Zeke die Hand entgegen, um ihm hochzuhelfen. Er griff danach und sie zog ihn nach oben, wich dabei aber vor ihm zurück.

»Ist 'ne Redensart«, erklärte sie Davis, ohne den Blick von Zeke abzuwenden. »Offensichtlich ist er nicht tot. Und nein. Ich vertraue ihm nicht. Er ist ein Tic. Aber wir brauchen ihn.«

»Sie haben es selbst gesagt«, erwiderte Davis, »er ist ein Tic. Warum sollten wir ihn mitschleppen? Wenn es nach mir ginge, wären sie jetzt beide gefesselt.«

Zeke sah, wie Li über das Dilemma nachdachte. Er kannte diesen Blick, den sie immer dann hatte, wenn sie etwas gegeneinander abwog und sich die möglichen Konsequenzen ausmalte.

»Li«, sagte er, »du kennst mich. Ich wäre nicht zurückgekommen, wenn ich meine Fehler nicht wieder gutmachen wollte.«

Für einen kurzen Moment dachte Zeke, einen Funken der Erkenntnis in ihren Augen zu sehen, ein Hinweis darauf, dass ihre Verbindung zueinander noch existierte, egal, wie strapaziert diese auch sein mochte. So schnell er aufgeflackert war, verschwand er auch wieder. Sie nahm die Schultern zurück und stellte sich aufrecht hin wie ein strammer Soldat. Ohne Zeke anzuschauen, nickte sie.

»Nimm deine Waffe«, sagte Li zu Uriel, »die wirst du da unten brauchen.«

Uriel salutierte mit sarkastischem Enthusiasmus. »Ja, Sir.«

Zeke funkelte Uriel an. Die streckte ihm die Zunge heraus.

Li ging an Zeke vorbei und warf ihm einen frostigen Blick zu, so kalt, dass es wehtat. Sie war verletzt. Sie war wütend. Sie war verwirrt. All das war für ihn offensichtlich. All das war seine Schuld.

Das war nicht das Wiedersehen, das Zeke sich vorgestellt hatte. Außerdem war er sich nicht sicher, wie er erklären sollte, was er getan hatte oder wozu er geworden war. Jetzt gerade spielte das keine Rolle. Li war am Leben und benötigte seine Hilfe. Wie sie bei der TMF gelandet war, war eine Frage für später. Eine von vielen.

Die Truppe machte sich daran, das Trümmergeflecht zu entfernen, das den Eingang zur Basis blockierte. Sie kamen schnell voran und begannen alsbald ihren Abstieg zur Basis. Einer nach dem anderen begab sich die Stufen hinab in die Dunkelheit, in Richtung des unbekannten Widerstandes.

25

Durch die reflektierenden Gläser seiner Brille überprüfte Graham das Magazin seiner Waffe schon zum vierten Mal. Mit dem Zeigefinger schob er die Brille hoch und wischte sich die schwitzigen Handflächen an seiner Cargohose ab. Dank der Explosion wusste er, dass sie auf dem Vormarsch waren. Er wusste nicht, wie viele sie waren, aber es waren sicher weniger als vor der durch Stolperdraht aktivierten Sprengladung, die die Basis erzittern ließ und vor dem bevorstehenden Angriff warnte.

Es dauerte länger, als er erwartet hatte. Seine neun Landsmänner waren unruhig, ihre Nerven lagen sichtlich blank, während sie die Stellung hielten und auf den nahenden Sturm warteten. Sie erinnerten ihn an Kinder, die ihre Nervosität im Angesicht einer bevorstehenden Überraschung nicht verbergen konnten.

Graham atmete scharf ein, blies die Wangen auf und ließ die Luft wieder herausströmen. So ängstlich er auch war, eigentlich freute er sich darauf. Das würde den Aufsehern eine deutliche Warnung sein, sich mit den Tic nicht anzulegen. Sie waren gleichberechtigt, keine Untergebenen. Sie waren eine parallele Machtstruktur, die es den Aufsehern ermöglichte, das Protektorat so wie bisher zu regieren.

Graham hockte in der Ecke eines langen Ganges, der an den Korridor zu Treppe und Ausgang anschloss. Während er mit der Waffe im Anschlag wartete, versank er in seinen Gedanken.

So wie Mogilevich war auch er längst davon überzeugt, dass die beiden Organisationen eine Symbiose bildeten. Es war in Ordnung, den Aufsehern die Illusion von Kontrolle zu lassen, die sie nicht hatten. Die Protektorate glitten ihnen aus ihren schleimigen, schwachen Händen. Die Macht der Aufseher war ihnen zu Kopfe gestiegen. In ihrer Naivität wurden sie fett und zufrieden. Die Commander und Lieutenants verließen sich auf die Tic, den Schwarzmarkt so stabil zu halten, dass die Bedürfnisse der Bürger so weit gedeckt waren, damit sie keine Revolution anzettelten. Ohne sie würden die Protektorate jedoch stürzen.

Die verdammten Ödländer hatten von der Wüste aus schon genug Unfrieden in den Gebieten zwischen den ungleichen Protektoraten gestiftet. Bis jetzt hatten sie fast drei Protektorate gestürzt, und wären die Tic nicht eingeschritten, um die beschädigten Machtstrukturen der Aufseher in jenen Stadtstaaten zu stützen, wären sie der Rebellion anheimgefallen.

Graham und Mogilevich waren schockiert, dass die Aufseher in ihrem Protektorat so blind waren. Er hatte gehört, dass die unglückseligen Lieutenants Frederick und Archibald die Einzigen waren, die den Gerüchten einer Revolte Glauben schenkten. Der Rest des Rats weigerte sich, hinzuschauen.

Jetzt, da Mogilevich tot war, war es an Graham, das Protektorat am Laufen zu halten, und er wollte verdammt sein, wenn ihn der inkompetente Rat diese Gelegenheit kostete, nur, weil er zu sehr mit sich selbst beschäftigt war. Deswegen war es umso wichtiger, diesen lächerlichen Angriff einiger fehlgeleiteter Aufseher niederzuschlagen. Er war nicht das Problem, er war die Lösung, und sobald er die Soldaten, die nach ihm geschickt worden waren, ins Jenseits befördert hatte, würde er auf direktem Weg zum Fascio marschieren, um sich mit Commander Guilfoyle persönlich zu treffen.

Sie würden die Wichtigkeit ihrer Partnerschaft neu schätzen lernen. Er würde sie davon überzeugen, welche Bedrohung die Ödländer außerhalb der Grenzen für sie darstellten. Aber eins nach dem anderen. Zunächst einmal musste er jeden töten, der die Basis betrat, so oder so.

Graham tastete nach der Weste, die er unter seiner synthetischen Lederjacke trug. Die Basis war kühl. Er fuhr mit der Hand über den groben Stoff der Weste und atmete ein weiteres Mal tief und erwartungsvoll ein.

Er hatte seine Männer strategisch in den labyrinthischen Gängen positioniert, welche die Räume zur Aufbewahrung, Folter, Produktion und allem anderen, was besser unter der Erde stattfand, verbanden. Alle Männer standen zwischen ihm und der Treppe. Graham war die letzte Verteidigungslinie.

Falls nötig, und das bezweifelte er, würde er die Sprengladung aktivieren, die unter der Jacke um seinen Körper geschnallt war. Die Weste hatte Dutzende von Taschen und glich, zumindest Erzählungen zufolge, der eines Fischers, als es noch Flüsse und Meere gab. Er hatte sie mit Steinen und Kieseln vom Straßenrand gefüllt, mit Nägeln aus hölzernen Transportkisten und leeren Hülsen, die von den Zielübungen mit seiner M27 übrig geblieben waren. Die Taschen beinhalteten auch die instabile, chemische Sprengladung, die er im Labor der Basis zusammengemischt hatte. Diese war eine pulvrige, weiße Substanz, die er aus konzentriertem Wasserstoffperoxid und Aceton gekocht hatte. Gemeinsam ergaben sie das hochexplosive Triacetontriperoxid. Am Eingang zur Basis hatte es genau nach Plan funktioniert.

Obwohl es sicher nicht ideal war, eine TATP-durchsetzte Weste zu tragen – der Sprengstoff konnte schließlich instabil sein – war sie Grahams beste Option. Falls nötig, wollte er so viel Schaden wie möglich anrichten und das konnte er nur sicherstellen, indem er seinem Ziel so nah wie möglich kam. Seine eigenen Knochen würden sich unter die Splitter mischen, die jeden in näherer Umgebung verwunden würde.

Ein Auslöser an seiner Brust würde diesen Zweck erfüllen. Sollte seine Körpermitte einen Schuss abbekommen, würde der daraus resultierende Druck die Weste ohne sein Zutun detonieren.

Das Einzige, was zählte, war die Anlage nicht in die Hände der Aufseher fallen zu lassen. Wenn er sich dafür opfern musste, die Basis vor diesem schmierigen Rat aus Dieben und Vielfraßen zu verteidigen, dann war das eben so. Er würde es tun. Jeder Mann mit Prinzipien würde das tun. Mogilevich hätte so gehandelt, dessen war sich Graham sicher.

Er lauschte auf irgendein Zeichen, dass jemand in die Basis eingebrochen war. Noch immer nichts. Dann nahm er die rechte Hand vom Gewehr, tastete nach seiner Hüfte und nahm das Messer mit dem Knochengriff aus der Scheide, das ein Geschenk von Mogilevich war.

Behutsam kratzte er sich mit der Klinge über den Bart an Hals und Kinn und schnurrte dabei. Es fühlte sich gut an, den aufkeimenden Juckreiz zu befriedigen. Die stumpfe Klinge des gelegentlich geschärften Messers vollbrachten, wozu seine Finger nicht imstande waren. Nicht nur deswegen bevorzugte Graham eine ungeschliffene Klinge. Davon abgesehen glaube er nämlich, dass diese schmerzhafter war als eine, die ständig nachgeschärft wurde.

Während er das Messer von der einen in die andere Hand wandern ließ, bewunderte er den Knochengriff, der den Stahl umschloss. Er wog es in einer Hand ab. Perfekt ausbalanciert.

Der erste Gewehrschuss riss Graham aus seinem kurzen Tagtraum. Er drehte den Griff des Messers in der Hand um und steckte es in die Scheide zurück. Im Stehen nahm er die Sonnenbrille ab und steckte sie in seine synthetische Jacke. Dann bereitete er sich auf den Angriff vor.

Ein Stakkato aus Schüssen folgte auf den ersten vereinzelten Knall, der von den soliden Wänden des Korridors widerhallte. Unverständliche Rufe und Schreie vermischten sich mit dem Dauerfeuer und dessen Rückkopplung, die ohrenbetäubend laut durch die Gänge schallte.

Von seiner Position aus sah Graham den Rücken eines seiner neun Männer. Dieser stand an der Ecke, wo Grahams Gang in den nächsten mündete. Der Mann hockte auf einem Knie und zielte. Graham sah nicht, wie der Mann schoss, nur wie sich der Rückstoß in Schulter und Ellbogen fortsetze, und er hätte schwören können, dass er den Knall aus dem Crescendo der sich nähernden Feinde heraushörte.

Graham wappnete sich, als der Mann unbeholfen zuckte und zur Seite kippte. Sein Kopf landete außerhalb des nächsten Lichtkegels, aber sein Blut bahnte sich schon bald den Weg dorthin und ergoss sich wie ein umgekippter Eimer roter Farbe über den Boden.

Während er seine schwitzigen Handflächen neu positionierte, bemühte er sich, Haltung zu bewahren. Mit langen, entspannten Atemzügen versuchte er, seinen schnellen Herzschlag zu beruhigen. Er atmete durch die Nase ein und durch den Mund aus.

Zwei seiner Männer tauchten an der Ecke bei ihrem gefallenen Kameraden auf. Einer von ihnen stolperte, behielt aber das Gleichgewicht und ging auf die Knie, um eine erste Salve abzufeuern. Der andere erwiderte das Feuer im Stehen. Kugeln zischten an den beiden vorbei, die Wand hinter ihnen war von Schüssen gespickt.

Der kniende Vollstrecker rollte zur Seite und zog sich zu Graham zurück. Der andere krümmte sich und ließ die Waffe fallen. Sie fiel klappernd zu Boden und er sackte zusammen, als ihm ein Kopfschuss den Garaus machte.

Der erste Feind kam um die Ecke, ein Soldat ganz in Schwarz. Graham drückte ab und entfesselte einen regelrechten Bleisturm auf den Mann.

Seine ersten Schüsse schlugen in eine Wand in Kopfnähe ein, aber als Graham leicht nachjustierte, traf er sein Ziel. Ein paar Beinschüsse brachten ihn zu Fall. Er war zwar noch am Leben, aber außer Gefecht, seine Schreie gingen im Donner des Gefechts unter.

Grahams trockene Mundwinkel zuckten leicht nach oben. Einer seiner Männer gesellte sich zu ihm.

Der Mann schüttelte den Kopf und deutete mit seinem Daumen einen Schnitt über den Hals an. »Wir sind die Letzten!«, schrie er gegen den Lärm an. »Alle anderen sind weg!«

»Was meinst du mit *weg*?«, fragte Graham.

»Alle tot«, wiederholte der Vollstrecker. »Alle. Wir sind die Letzten, Sir.«

Dann erstarrte das Gesicht des Mannes. Sein Mund klappte auf. Er sank auf die Knie und knallte mit dem Gesicht voran auf den Boden. Als Graham nach unten blickte, sah er die Schüsse in seinem Rücken.

Ohne zu zögern, zog er sich zurück. Während er rückwärts ging, erwiderte er das Feuer, ohne zu zielen. Weitere Soldaten kamen um die Ecke. Sie waren jetzt ein halbes Dutzend, wenn nicht noch mehr, und bewegten sich zügig in Formation. Zu schnell; Graham warf die Waffe weg und wartete, bis sie sich näherten. Zwei Sekunden mehr und sie würden nah genug sein, um den Zünder zu drücken.

Zwei. Eins.

Graham tastete nach seiner Brust, um den Auslöser zu finden. Als seine Hand ihn fand, blickte er hoch und sah einen Toten auf sich zustürmen. *Ezekiel Watson? Wie kann der am Leben sein? Und mit der TMF zusammenarbeiten?* Hinter ihm stand, schmächtig aber reizend, Adaliah Bancroft, die Kellnerin.

Graham verarbeitete das alles innerhalb eines Sekundenbruchteils. Es war zwar verwirrend und befremdlich, aber wenn er Zeke, wie auch immer der noch am Leben war, auch noch mitnehmen konnte, umso besser.

In dem kurzen Moment, den er davon abgelenkt war, wie geplant den Zünder zu drücken und seine Pflicht zu erfüllen, bohrten sich ein paar Kugeln in sein Gehirn und kappten die Synapsen, bevor er seinen Fingern befehlen konnte, ihrer Aufgabe nachzukommen.

Ezekiel Watson, dachte er. *Ein toter Mann hat mich getötet.* Die Welt um Graham wurde schwarz. Die Schüsse verstummten. Alles wurde still.

26

Zeke stieg über Grahams Leiche und bemerkte dabei die Kabelvorrichtung unter seiner Jacke. Er beugte sich vor, um sie sich aus der Nähe anzuschauen. »Ich glaub, er trägt 'ne Sprengstoffweste.«

Li zog das Messer mit dem Knochengriff aus der Scheide an Grahams Hüfte. Auf Zekes Äußerung hin trat sie ein paar große Schritte zurück.

»Wenn das stimmt«, sagte Li, »dann haben uns deine Schüsse gerettet.«

Mit der M27 in der rechten Hand winkte Zeke Uriel zu.

»Ich hab ja gesagt, ich brauch 'ne andere Waffe.«

Uriel stellte sich neben Zeke, ignorierte seinen Kommentar und drängelte sich an ihm vorbei. Über Grahams Leiche ging sie in die Hocke und fluchte dabei laut.

»Jap.« Sie stieß einen weiteren Fluch aus. »Das ist ein Sprengstoffgürtel. Da macht ihr besser 'nen weiten Bogen drum.«

Li schaute Zeke von der Seite an. »Nettes Vokabular. Mit so was gibst du dich jetzt also ab?«

Uriel blickte zu Li hoch, dann zu Zeke. »Vielleicht hätten wir sie einfach hier verrotten lassen sollen. Scheint nicht sonderlich dankbar zu sein.«

»Dankbar?«, fragte Li. »Wofür denn?«

Uriel stand auf und stieg über Grahams Leiche. »Wir sind hierher zurückgekommen, um deinen Arsch zu retten.«

»Den konnte ich wunderbar alleine retten«, sagte Li. »Und keine Ahnung, ob er's dir erzählt hat, aber dein Typ hier hat mich zurückgelassen. Er *hat* mich hier einfach verrotten lassen.«

Uriels Mundwinkel verzogen sich zu einem Lächeln. Zeke wollte gerade unterbrechen, aber Uriel kam ihm zuvor.

»Er erzählt mir alles«, sagte sie, »*alles*. Also, ja, ich weiß Bescheid. Und jetzt, da ich dich kenne, muss ich sagen, ich an seiner Stelle hätte dich auch zurückgelassen.«

»Ich hab Ihnen gesagt, das war eine miese Idee«, warf Davis ein.

Li sträubte sich. »Sie kennen mich nicht.«

»Kommt schon«, sagte Zeke. »Genug davon. Uriel, ich kann selber reden.«

»Das sollte sie sich auf den Arsch tätowieren«, gab Li zurück. »Passt gut zum restlichen Geschmier.«

Uriel funkelte Li an, aber Zeke legte ihr die Hand auf die Schulter und hielt sie zurück. »Schluss jetzt.«

»Wer ist der Typ?«, fragte Davis Li. »Warum hören wir ihm überhaupt zu?«

Zeke streckte dem Soldaten die Hand entgegen. »Ich bin Zeke. Ich war einer von den Tic. Ein Schmuggler. Li und ich ...«

»Wir sind gar nichts«, unterbrach Li. »Wir waren gar nichts. Es war nie echt. Das hast du ja mehr als deutlich zum Ausdruck gebracht. Na, klingelt's?«

Uriel verdrehte die Augen. »Ach du heilige Mutter Gottes«, sagte sie. »Das ist ja 'ne verdammte Seifenoper. Wenn ich nicht schon tot wär, würde ich mich jetzt erschießen.«

Die sechs Soldaten, die noch am Leben waren, Davis eingeschlossen, versammelten sich um das sich entfaltende Drama. Davis hob die Hand, er schien Uriels seltsame Bemerkung überhört zu haben. Wer würde das auch glauben?

»Wir müssen diesen Ort sichern«, sagte er. »Wir wissen nicht, welche Fallen sie sonst noch gestellt haben. Und wir haben nur begrenzt Zeit, um unsere Informationen zu beschaffen und Rückmeldung zu erstatten.«

»Na schön«, sagte Li. »Darum kümmere ich mich später.«

Davis winkte drei Männern zu. »Ihr übernehmt den Korridor. Nehmt, was ihr kriegen könnt, und meldet euch in fünfzehn Minuten zurück.«

Wie von Davis befohlen liefen sie dorthin los. Daraufhin blieben Davis, zwei Soldaten, Uriel, Li und Zeke neben Grahams totem Körper zurück.

Davis warf den anderen beiden Soldaten und Uriel einen strengen Blick zu. »Wie wär's, wenn ihr drei den gegenüberliegenden Korridor übernehmt.« Das war mehr Befehl als Vorschlag. »Ich schließe mich den anderen beiden an. So suchen wir das Gebiet schneller ab und sind früher hier raus.«

Zeke bedeutete Uriel mitzugehen. Sie imitierte seine Bitte mit kindischer Übertreibung. Zeke flehte sie wortlos an, sich zu fügen. Mit rollenden Augen gab sie nach und entfernte sich mit den beiden Soldaten. Sobald sie um die Ecke verschwunden waren, war Zeke mit Li und Davis allein.

»Okay«, sagte Davis. »Ich meine, wir sollten sie fesseln. Jetzt, da der Tunnel gesichert und Graham tot ist, sollten wir diesen Kerl und seine Freundin in Verwahrung nehmen. Er hat eindeutig …«

Zeke trat einen Schritt auf Davis zu. »Ich hab grade verhindert, dass wir alle in die Luft gejagt werden. Jetzt wollen Sie uns fesseln?«

Davis ging auf Zeke zu.

Er war ein Stück größer und blickte zu ihm herunter, ihre Gesichter waren nur ein paar Zentimeter voneinander entfernt. Zeke konnte den Schweiß des Soldaten riechen, sowie seinen abgestandenen, heißen Atem.

»Sie sind ein Tic«, sagte Davis. »Einmal Tic, immer Tic. Sie sind Abschaum. Ich sollte Sie hier und jetzt umlegen. Niemand würde mich aufhalten. Niemanden würde es kümmern.«

»Mich kümmert's«, sagte Li.

Beide Männer drehten sich zu ihr um. Zeke nahm an, dass Davis ebenso überrascht wie er war, als er das hörte, als sie zugab, noch immer Gefühle für ihn zu haben.

»Dann sollte ich Sie ebenfalls fesseln«, sagte Davis. »Sie *hatten* die Verantwortung für diese Mission. Die ist jetzt abgeschlossen. Ich übernehme ab jetzt wieder das Kommando.«

»Kommen Sie schon, Davis«, sagte Li. »Das ist doch absurd. Er hat Ihr Leben genauso gerettet wie meins.«

Davis hob seine M27 und drehte sich um. Er stand zwischen Li und Zeke.

Zeke spürte den Gewehrlauf in seinem Bauch. Davis' Blick war kalt, fast leer.

»Sie können mich nicht töten«, sagte Zeke.

»Ist das so?«, erwiderte Davis. »Wie wär's, wenn wir die Theorie mal überprüfen.«

»Das ist keine Theorie.«

Davis trat einen Schritt zurück, das Gewehr noch immer auf Zeke gerichtet. Sein Finger legte sich auf den Abzug. Er legte das Gewehr an. Dann weiteten sich seine Augen und er ließ die M27 fallen. Sie landete klappernd auf dem Boden, als Davis ächzte. Auf seinem Gesicht machte sich Verwirrung breit und er drehte sich von Zeke weg, während er nach der Messerklinge tastete, die bis zum Anschlag in seinem Rücken steckte. Er geriet aus dem Gleichgewicht und fiel auf die Knie. Davis versuchte, etwas zu sagen, brachte aber nur ein Winseln hervor, bevor er mit dem Gesicht voran neben seinem Gewehr zu Boden fiel.

Zeke wich vor Li zurück, die Hände über dem Kopf. Seine Stimme zitterte. »Was war das! Li, was geht hier vor sich? Du warst bei mir, dann bei denen. I-ich ...«

»Er hätte dich getötet.«

»Vielleicht, aber eigentlich nicht wirklich. Jetzt bist du eine Mörderin. Das bist nicht du, so warst du nicht. Du bist bei der TMF. Du kannst keine Soldaten umlegen.«

»Ich bin immer noch bei dir.«

Für einen Augenblick starrte sie ihre Füße an. Als sie den Kopf wieder hob, glänzten Tränen in ihren Augen. Ihr Kinn zitterte.

Zeke war sich nicht ganz sicher, was er davon halten sollte. Log sie schon wieder? War das eine Falle? Ein Teil von ihm wollte ihr Glauben schenken. Aber wie konnte er ihr nach allem, was passiert war, wieder vertrauen? Ganz besonders, nachdem sie vor seinen Augen einen Mann getötet hatte. Plötzlich fühlte er sich kalt. Wie hatten all diese Erfahrungen Li verändert? Wozu hatte sein Versagen sie gemacht?

Sie packte Davis' Handgelenke und nickte in Richtung seiner Füße.

»Hilfst du mir jetzt oder was?«

Zeke griff nach den Fußgelenken des Soldaten und hob das tote Gewicht an. Die Last zerrte an seiner Rückenmuskulatur, aber er schaffte es, und die beiden trugen die Leiche in den Korridor außerhalb der Lichtkegel. Sie legten ihn dort ab, wo die anderen ihn nicht finden würden, zumindest nicht, ohne nach ihm zu suchen.

Nachdem sie ihn aus dem Weg geräumt hatten, ging Li einen Schritt auf Zeke zu und blieb dabei im Schatten zwischen den Wänden stehen. Das Messer noch immer in der Hand, schmiegte sie sich an Zeke. Er wich zurück, bis seine Fingerspitzen die kühle Wandstruktur ertasteten.

Eine Welle der Angst rollte über ihn hinweg. Sie zu retten war der Grund, warum er hierhergekommen war. Er war sich nicht sicher, ob ihm das gelungen war.

Ja, er hatte ihr geholfen. Er hatte Graham aufgehalten und seinen Selbstmordanschlag vereitelt. Sie entfernte sich ein Stück von ihm, war aber noch immer nah genug, dass er ihren Geruch wahrnehmen konnte und sich an die Zeit erinnerte, als er ihr gar nicht nah genug sein konnte.

»Wir haben nicht viel Zeit«, sagte sie auf eine Art, die schon eher nach der Li aus seiner Erinnerung klang. »Sie werden zurückkommen. Sie werden ihn finden.«

Li wirkte anders. Was auch immer in der Zeit seit seinem Verschwinden geschehen war, hatte sie verändert. Sicher, sie sah jetzt anders aus; sie war dünner, irgendwie schmächtiger. Es war jedoch ihr Auftreten, die Art, wie sie ihre schmächtige Statur mit einem Selbstbewusstsein bewegte, das an Trotz grenzte. Ganz davon abgesehen, dass seine liebste Adaliah soeben kaltblütig einen Mann niedergestochen hatte, kurz nachdem sie ein Todeskommando angeführt hatte, das ein weiteres Dutzend Leute in der Basis ausgelöscht hatte.

»Wir haben nicht genug Zeit für alles, was ich dich fragen will, wie du nach allem, was ich gesehen hab, überhaupt hier sein kannst«, sagte Li. »Ich versteh gar nichts mehr …« Sie machte eine Pause, um Luft zu holen. »Warum hast du mich verlassen?«

Diesmal zögerte Zeke nicht. »Ich musste einfach zurückkommen. Sosehr es auch wehgetan hat zu gehen, ich hatte darauf gehofft, dass sie so wenigstens dich verschonen.«

»Sie haben mich gefoltert«, sagte sie und hielt ihre Hand hoch, um ihm die fehlenden Fingernägel zu zeigen.

Zekes Augen füllten sich mit Tränen. »Es tut mir so leid. Ich hab wirklich nur getan, was ich für das Beste gehalten hab.«

»Wegrennen? So eine Nachricht zu hinterlassen?«

»Das hab ich gemacht, weil ich gehofft hatte, dass derjenige, der sie findet, es glauben und dich freilassen würde. Ich hatte gehofft, sie würden denken, dass ich auf eigene Faust gehandelt hab, aus Wut statt aus Liebe.«

»Das ergibt überhaupt keinen Sinn. Das ist naiv. Du kennst diese Leute.«

»Es ist, wie es ist. Hat sich schon in der Sekunde falsch angefühlt, als ich gegangen bin. Wir hätten gemeinsam abhauen sollen. Ich hab Panik gekriegt. Wenn sie mich erwischt und gedacht hätten, dass ich dich benutzt hab oder was auch immer, dann …«

»Du wiederholst dich«, schnitt Li ihm das Wort ab. »Meine Vorgesetzten haben gedacht, dass du mich durchschaut hast, dass du wusstest, wer ich war.«

Zekes Blick fiel auf den Körper des Mannes, den sie getötet hatte. Er schluckte schwer. »Offensichtlich hab ich keine Ahnung, wer du eigentlich bist.«

Li trat einen Schritt zurück. Sie umklammerte das Messer. »Ich bin ein Spion.«

Zeke schüttelte ungläubig den Kopf. »Spion wofür?«

»Ist kompliziert. Ums kurz zu machen, ich arbeite für die Aufseher. Sie haben mich rekrutiert, als ich jünger war.«

»Sie haben dich in die Tic-Bar geschleust?« Er wusste, dass er schockiert sein sollte, aber so langsam ergab nun alles Sinn. Eine Frau wie sie, die in einer Kneipe der Tic arbeitete? Das war zu schön, um wahr zu sein; durch seine rosarote Brille hatte er es nur nicht erkannt.

Li nickte. »Ja.«

»Warum dort? Ich versteh's nicht. Das war nur eine Kneipe.«

»Ich hätte dich für schlauer gehalten, Zeke. Schätze mal, du bist wirklich nur ein einfacher Schmuggler, der von Ort zu Ort rennt, ohne sich den Boden unter seinen Füßen anzuschauen.«

Zeke senkte den Kopf und starrte auf seine Stiefel. Ob tot oder lebendig, er mochte es nicht, beurteilt zu werden.

»Das war nur, um an dich ranzukommen«, sagte sie, »oder jemanden wie dich. Jemanden, den ich ausspielen könnte, der mir Informationen geben würde, ohne es überhaupt zu bemerken.«

Zeke blickte auf. Seine Lippen bebten. »Also war meine Nachricht wahr, obwohl ich das nicht so gemeint hatte. Alles *ist* eine Lüge. Nichts an uns war echt.«

Li nahm sich zusammen, zog die Schultern an und räusperte sich. Zeke glaubte, ihre Augen erneut glitzern zu sehen.

»Hilfst du mir jetzt, oder nicht?«, fragte sie. »Ich glaub, sie kommen zurück.«

»Was hast du jetzt vor? Du hast auf keiner Seite mehr Verbündete. Du hast die Tic umgelegt«, er nickte in Richtung der Leiche, »und einen Soldaten ermordet.«

»Ich will aussteigen. Ich hab die Schnauze voll von den Spielchen, beide Seiten gegeneinander auszuspielen. Ich will raus aus diesem Höllenloch. Ich will was Besseres. Ich … ich will dich.«

Zeke spürte, wie sein Gesicht heiß wurde. Das Kribbeln von Adrenalin breitete sich in seinem Körper aus. Trotz allem, trotz Lügen und Verrat, wollte sie ihn noch, und in diesem Moment wusste er, dass er sie, unabhängig davon, wozu sie in der Lage war, auch noch wollte.

»Na schön, ich helfe dir«, sagte er. »Wir kriegen dich hier raus.«

Die Echos des zurückkehrenden Trios eilten ihnen voraus. An den Geräuschen erkannte Zeke, dass das die Gruppe mit Uriel war.

»Lass mich schon mal vorausrennen«, sagte er zu Li. »Ich werd sie aufhalten. Dann kannst du … tun, was du tun musst. So wird sie uns nicht in die Quere kommen.«

»Na gut. Geh du vor.«

Zeke lief auf die Soldaten zu und sah sie in einem der Lichtkegel, ungefähr fünfzig Meter den Gang entlang. Er rief ihnen zu, um sie vorzuwarnen.

»Nicht schießen. Ich bin's, Zeke.«

Das Trio blieb stehen. Die Soldaten trugen etwas, das nach Festplatten aussah. Kabel baumelten herunter. Jeder der Männer trug drei oder vier in jeder Hand, die Waffen um die Schultern geschnallt. Sie konnten nicht schießen, selbst, wenn sie gewollt hätten. Uriel hielt ebenfalls eine Sammlung aus Elektronik fest.

»Hey«, sagte Zeke zur Gruppe und wurde dabei langsamer. »Davis und Li warten auf euch. Ich muss kurz mit Uriel reden. Geht ihr voraus. Wir haben den Gang hier gesichert. Davis hat vorgeschlagen, ihr geht da lang.«

Unter der Last ihrer Trophäen nickten ihm die Soldaten zu. Sie betraten einen anderen Korridor, weg von Davis' Leiche. Uriel stand ruhig da, schaute etwas verwirrt drein und wartete, bis die Männer in der Dunkelheit außerhalb der Lichtkegel verschwunden waren. Dann sprach sie.

»Was ist hier los?«, fragte sie.

»Li ist nicht die, die sie war, als ich gegangen bin«, erklärte Zeke. »Sie hat sich verändert.«

Uriel lachte. »Große Klappe, nichts dahinter. Das hätte ich dir schon nach einer Minute mit dem grantigen Hungerhaken sagen können.«

»Keine Ahnung, worauf du hinauswillst, aber ich nehme mal an, du wusstest schon vorher, dass irgendwas an unserer Beziehung faul war.«

»Nichts für ungut, Zeke, aber das ist das Klügste, was du gesagt hast, seit du bei Pedro reingeschneit bist. Kaum zu glauben, dass du so lange gebraucht hast, um das rauszufinden.«

»Du hast's gewusst?«

»Du gehst in 'ne Kneipe«, sagte sie und gab ihm ein paar Festplatten, um Ballast loszuwerden, »und siehst ein neues Mädel. Frau, entschuldige. Wie auch immer. Jedenfalls findet sie an dir sofort Gefallen, ihr werdet unzertrennlich. Sie zieht bei dir ein. Sie mag Bücher, verbotene Bücher. Du nicht. Zu ihrem Schutz hat sie 'ne Waffe neben dem Kopfkissen. Das gefällt dir nicht. Dann taucht sie mit deinen Feinden auf, mit denselben Leuten, die dich an 'nem Gebäude aufgehängt haben? Sorry, das ist zu viel des Guten. Liebe auf den ersten Blick kauf ich niemandem ab. Hab zu viel gesehen, um an so was zu glauben. Die ganze Geschichte mit euch beiden war von vornherein unglaubwürdig.«

»Warum hast du nichts gesagt?«, fragte Zeke.

»So was steht mir nicht zu. Es ist ein Teil unserer Aufgabe als Wächter, rauszufinden, was echt ist und was nicht.«

Sie liefen den Korridor zu den anderen entlang.

»Also, wenn es nicht meine Aufgabe war, sie zu retten«, fragte Zeke, »was dann?«

»Ach du meine Güte. Ich hatte schon fast geglaubt, du hast es endlich geschnallt, Zeke. Ich hab's dir sogar erzählt.«

»Erlösung, schon kapiert. Aber wie bezahle ich für meine Sünden, wenn der Grund für meine Rückkehr gar nicht existiert?«

»Entweder siehst du's, oder eben nicht. Was hast du jetzt vor?«

»Sie braucht unsere Hilfe. Ich hab *Ja* gesagt.«

Uriel blickte ihn finster an. »Warum?«

»Weiß nicht. Sie bedeutet mir noch was. Ich ihr scheinbar auch. Sie will hier raus, raus aus dem Protektorat. Ein Neuanfang.«

»Das klappt nie im Leben.«

Er führte sie mit schnellem Schritt durch den Korridor. »Da ist noch was«, fuhr er fort. »Sie hat jemanden getötet. Davis.«

Uriel zog eine Augenbraue hoch. »Wirklich? Wie das?«

»Mit einem Messer. Er hätte mich sonst umgelegt. Sie hat ihn aufgehalten.«

»Sie weiß, dass du nicht sterben kannst, ja?«

Sie erreichten Li, die neben der Leiche stand. Blut sickerte aus Davis' Uniform und glitzerte auf dem schwarzen Stoff.

»Du hattest nicht ganz unrecht, was sie angeht«, sagte Uriel. »Sie ist kein schüchternes Mauerblümchen. Das muss ich ihr lassen, sie hat Feuer.«

»Was jetzt?«, fragte er Li, während er den Körper anstarrte.

»Beeindruckend«, sagte Uriel. »Nicht schlecht. Wenn du schon Doppelagent sein musst, dann zeig wenigstens, was du draufhast. Und das Messer? Eine ganz persönliche Note, so was sieht man heutzutage nicht mehr oft.«

Li ignorierte Uriel und wandte sich stattdessen Zeke zu. »Wir finden hier einen Weg raus. Ich fang von vorne an, ein neues Leben.«

»Ihr geht nirgendwo hin«, erscholl eine Stimme hinter den dreien. »Bleibt genau da, wo ihr seid.«

Als sie herumwirbelten, sahen sie einen korpulenten Mann ganz in Lila, flankiert von sechs bewaffneten Männern. Sie gehörten weder zu den Tic, noch zur TMF.

Zeke griff nach dem Revolver an seinem Gürtel, hielt aber inne, als der Eindringling, der einer violetten Weintraube glich, ihn mit erhobenem Finger warnte.

»Ah, ah, ah«, sagte der Mann. »Rühren Sie die Waffe nicht an.«

Der Blick des Mannes wanderte zur bewaffneten Frau. Er runzelte kurz die Stirn und entspannte sie wieder.

»Was machen Sie hier? Lieutenant Louis Donne?«, fragte Li. »Was wollen Sie?«

Der lilafarbene Mann bewegte sich vorwärts, seine Stummelbeine trugen sein Gewicht von einem Lichtkreis zum nächsten. Die bewaffnete Leibgarde lief neben ihm her, die Waffen im Anschlag. Mit ausladenden Bewegungen zielten sie abwechselnd auf Zeke, Li und Uriel.

»Adaliah Bancroft«, sagte Louis, »ich hab Ihnen nie über den Weg getraut. Ich hab's gewusst, Sie sind zu beeinflussbar. Ich hab versucht, meinen Onkel vor der Bedrohung aus den eigenen Reihen zu warnen. Er wollte es ja nicht hören.«

Lis Augen weiteten sich. »Frederick und Archibald wissen davon nichts«, antwortete sie. »Das bin alles ich. Ich will aussteigen. Lassen Sie uns gehen und niemand wird verletzt.«

Er schüttelte den Kopf. »Genau«, sagte er, »ich lass euch einfach gehen. Keine Bestrafung für das, was ihr angestellt habt. Keine Gerechtigkeit. Man sollte euch alle häng…«

Er verstummte abrupt und starrte Zeke an. Mit geöffnetem Mund ging er zwei Schritte vor, um ihn genauer zu begutachten, sein Blick wanderte vom Stetson auf seinem Kopf bis hin zu dem seltsamen, riesigen Revolver an seiner Hüfte.

»Wartet mal«, sagte er und sein Gesichtsausdruck veränderte sich. »Sie kenn ich doch. Sie sind dieser Schmuggler. Der, den sie gerade am Fascio gehängt haben. Aber das ist doch nicht möglich. Sie können nicht hier sein, wenn sie dort sind.«

Er schaute zu Li, dann wieder zu Zeke. Schließlich starrte er Uriel an und verzog das Gesicht. »Aber Sie kenne ich nicht. Kein Tic, keine TMF. Sind Sie Ödländerin?«

»Nein, denn ich weiß, was ich tue. *I'm a rebel with a cause*«, sagte Uriel mit einem schiefen Grinsen.

Niemand reagierte.

Uriel ließ die Schultern hängen. »Kommt schon«, sagte sie ungläubig. »Niemand? Niemand erkennt's? Ich weiß, das ist 'ne obskure Referenz, aber Zeke, bei deiner Liebe für aufgemotzte Karren hätte ich immerhin erwartet, dass du …«

»Schluss jetzt!«, bellte Louis. »Es ist völlig egal, wer oder warum ihr hier seid. Keine Tricks mehr. Ihr kommt alle mit mir mit.«

Louis wandte sich zu dem halben Dutzend Soldaten um, die ihn flankierten, und befahl ihnen irgendetwas, das mit fesseln zu tun hatte. Dabei schien er nicht zu bemerken, wie sich Uriels Körper versteifte und sie ihn unheilvoll anfunkelte. Das blaue Leuchten, das langsam durch die Farben auf ihrer Haut pulsierte, entging ihm mit Sicherheit.

»In Ordnung«, sagte Louis. »Das ist …«

Das Messer traf ihn am Hals. Er sah es nicht kommen. Sein Mund klappte auf und zu wie ein Fisch, der nach Luft schnappt, als er die Waffe fallen ließ und auf die Knie ging. Die Bewegung ließ seinen Bauchumfang erzittern. Im selben Moment feuerte Li die M27 zur Linken des sterbenden Lieutenants ab, während Uriel die Männer zu seiner Rechten entwaffnete.

Das Trio links von Louis war innerhalb von Sekunden außer Gefecht. Sie hatten nicht einmal Zeit gehabt, um zu zielen, da gingen sie auch schon zu Boden. Die zu seiner Rechten hätten den schnellen, würdevollen Tod einer Salve durchschlagskräftiger Projektile sicher vorgezogen. Stattdessen wurden sie von Uriel, deren Körper in konstantem Blau erstrahlte, brutal zusammengeschlagen. Den Letzten der Soldaten erledigte sie mit einem kräftigen Fersentritt mitten ins Gesicht.

Louis tastete nach dem Messergriff. Mit vor Angst geweiteten Augen und geschockt von dem, was gerade passierte, versuchte er, die Klinge herauszuziehen.

Dann legte Zeke seine eigene Hand um die von Louis. Er atmete tief ein und aus, dann zog er daran. Das Messer rutschte schmatzend aus Louis' Hals und der Mann starb. Sein Körper knallte mit einem ekelerregenden Geräusch auf den Boden. Um ihn herum breitete sich eine Blutlache wie aus einem umgekippten vollen Glas aus.

Li starrte Uriel an. »Was zur Hölle war das?«

Uriels Körper leuchtete nun in gedämpftem Blau. Noch immer stand sie angespannt und mit geballten Fäusten da, bereit zuzuschlagen. Sie schüttelte den Kopf.

»Die Hölle hat damit gar nichts zu tun«, antwortete sie.

Li sah Zeke fragend an. »Was meint sie?«

»Das können wir später erklären«, sagte Zeke. »Wir müssen hier erst mal raus. Können wir zu meinem Auto zurück?«

»Der Superbird?«, fragte Li.

»Wie viele Autos hat er denn?«, bemerkte Uriel sarkastisch.

Zeke seufzte und wandte sich an Li. »Ja. Der Superbird.«

»Wo steht der?«

»Im Tunnel. In der Nähe des unterirdischen Stadtzugangs der Tic.«

»Da kommen wir nicht hin. Wir müssen einen Transporter nehmen.«

Zeke blickte über seine Schulter. »Sicher?«

Uriel fiel ihm ins Wort: »Ich sag's ja nur ungern, Milchgesicht, aber Skinny Minnie hat recht. In ein paar Minuten wimmelt es hier nur so vor Soldaten. Als Nächstes durchkämmen sie bestimmt die Stadt nach uns.«

»Aber das Auto steht im Schmugglertunnel«, sagte Zeke.

»Die werden sie alle versperren«, sagte Li. »Denk dran, sie haben gewusst, dass du herkommst.«

»Also, wie kommen wir hier raus?«, fragte Uriel. »Mal angenommen, dass wir dir immer noch helfen.«

Sie sah Zeke flehend an und hob die Augenbrauen. Das blaue Leuchten war nun erloschen.

»Wir helfen noch«, sagte Zeke. »Ich hab dir doch gesagt, ich bin zurückgekommen, um meine Fehler wiedergutzumachen. Das passiert erst, wenn Li in Sicherheit ist.«

Li lief rosa an. Zekes Brust verengte sich. Uriel stöhnte auf.

»Wir durchbrechen das Tor«, sagte Uriel.

»Und wo gehen wir dann hin?«, fragte Li.

Uriel zuckte mit den Schultern. »Darüber können wir uns Gedanken machen, wenn wir durchs Tor und hier raus sind. Wie heißt das noch mal?«

Li und Zeke antworteten im Chor: »Protektorat.«

Die beiden sahen einander an und lächelten. Zeke hatte sie vermisst. Trotz allem hatte er sie vermisst. Er liebte sie noch immer, und er war sich sicher, dass sie genauso für ihn empfand. *Eine echte Beziehung misst man nicht an den schönen Zeiten*, dachte er, *sondern an den überwundenen Krisen.* Wenn das stimmte, dann war das, was sie hatten, echt. Ganz bestimmt.

»Meine Güte, nehmt euch ein Zimmer«, seufzte Uriel.

Zekes Lächeln erstarb. In diesem Moment erinnerte er sich an das Zimmer, in dem er vor nicht allzu langer Zeit zu sich gekommen war. Er erinnerte sich daran, wie er mit Pedro an der Bar gesessen hatte, an die Mission, an seine Erlösung. Er erinnerte sich daran, dass er tot war.

Das war eine Krise, die sie nicht so einfach überwinden konnten. Darüber verlor er jedoch kein Wort. Stattdessen nickte er.

»Wir müssen los«, sagte er. »Suchen wir das nächste Tor.«

27

Guilfoyle legte die Hand auf den Bauch und rülpste. Er hatte den Geschmack des Steaks im Mund, das es vor einem halben Tag zum Frühstück gab. Es fühlte sich eher nach einer Woche an. Am liebsten wollte er sich übergeben. Schäumend vor Wut zischte er die Worte durch seine zusammengebissenen Zähne, während er gegen die Übelkeit ankämpfte.

»Was meinen Sie mit da ist noch mehr?«, fragte er. »Ist es nicht schon genug, dass Ihr zuverlässiger Spion fort ist, vom Winde verweht, und wer weiß was tut, um uns zu untergraben?«

Frederick und Archibald standen dem Commander in Habachtstellung gegenüber. Bis auf Archibalds zuckenden Mundwinkel waren ihre Gesichter wie in Stein gemeißelt.

Guilfoyle runzelte die Stirn. »Also?«, fragte er. »Was ist los?«

Die Lieutenants tauschten vielsagende Blicke aus. Beide schluckten schwer. Endlich rückte Frederick mit der Sprache heraus.

»Ihr Neffe, Commander«, sagte er mit bebender Stimme. Guilfoyle erkannte die Stimme des Mannes fast nicht, der für die Überwachung und das Spionagenetzwerk im gesamten Protektorat zuständig war. »Er ist tot.«

Guilfoyle zuckte zusammen, sagte aber nichts. Die Übelkeit wurde schlimmer. Vor seinem geistigen Auge blitzten Bilder seiner Schwester auf. Er erinnerte sich an das Versprechen, das er ihr gegeben hatte. In seinem Hals bildete sich ein Knoten. Die

Heftigkeit der Emotion überraschte ihn. Er schätzte, dass diese nicht seinem Neffen galt, sondern eher seinem Versagen, diesen zu beschützen.

»Sowohl er als auch sein komplettes Schutzkommando wurden getötet«, fuhr Frederick fort.

»Wir haben im Tic-Bunker zusätzliche Opfer entdeckt«, fügte Archibald hinzu. Die TMF war sein Zuständigkeitsbereich. »Unter den Toten sind außerdem Tic. Wir glauben, Graham ist einer davon.«

»Wie?«, fragte Guilfoyle.

Keiner von beiden antwortete. Archibald fuhr sich mit den arthritischen Fingerknöcheln über sein kurzes, silbernes Haar. Er schniefte. Seine deformierte Nase zuckte.

Guilfoyles Hals und Gesicht liefen rot an, seine Muskeln verhärteten sich. An seiner Schläfe pulsierte eine dicke Ader.

»Wie. Ist. Er. Gestorben?«, spuckte er ihnen giftig entgegen.

Frederick ließ die Schultern hängen und senkte den Kopf. Er wich einen Schritt vor dem Commander zurück.

»Eine Messerwunde«, sagte er behutsam. »Vielleicht auch ein paar M27-Schüsse. Viel Blut, zu viele Tote. Im Moment ist das schwer zu sagen.«

Müde holte Guilfoyle Luft und hielt sie für eine Weile an. Er mahlte mit dem Kiefer. Dann wandte er sich von den Männern ab und starrte aus dem Fenster seiner Suite, auf den Stadtstaat, den er regierte. Hinter dem Glas erstreckte sich eine braune, staubige Ansammlung heruntergekommener Gebäude.

Jetzt, da er unruhig von einem Bein aufs andere trat, bereute er es, die M27 standardmäßig eingeführt zu haben. Sie war ein Überbleibsel aus der letzten Zeit des US-Militärs. Das M27 Infantry Automatic Rifle war in großen Mengen vorhanden. Es war verlässlich, und es gab eine Menge unbemannter Warenhäuser voller Waffen und Munition.

Wäre die vier Kilo schwere Waffe nicht gewesen, dann wäre sein Neffe, der sich meisterhaft um die Wasserversorgung gekümmert hatte, noch am Leben. Das Versprechen an seine Schwester wäre ungebrochen.

Ja, der fette Mann war ein Schmarotzer. Er war ein Vielfraß. Er sabberte sowohl beim Anblick von frischem Fleisch, als auch beim Geschmack der Macht. Dennoch gehörte Louis zur Familie und war vor allem dem Protektorat und seinem Commander gegenüber loyal.

Als Guilfoyle sich vom Glas abwandte, stellte er seinen abschweifenden Blick wieder scharf, um Archibald und Frederick in die Augen zu schauen. Konnte er von ihnen dasselbe behaupten? Waren sie loyal? Oder waren sie genau das, wovor Louis ihn gewarnt hatte?

Seine Augen wanderten vom einen zum anderen. Beide Männer hielten seinem Blick für einen Moment stand und starrten dann resigniert zu Boden. Guilfoyle entschied, dass es da eine Möglichkeit gab, wie sie ihre Treue beweisen konnten.

»Findet sie«, sagte er geradeheraus.

Archibald hob als Erster den Kopf. »Findet wen, Sir?«

Ein schiefes Lächeln breitete sich über das Gesicht des Commanders aus. »Die Spionin«, sagte er, »und alle, die bei ihr sind. Findet sie. Bringt sie mir, tot oder lebendig. Ich brauche etwas, das ich am Fascio aufhängen kann.«

»Ja, Commander«, sagte die beiden Männer im Chor. Sie salutierten und machten auf dem Absatz kehrt, um ans Werk zu gehen. Bevor sie aber die Tür erreicht hatten, rief der Commander ihnen nach: »Wartet. Ihr geht nicht alleine.«

Die Männer sahen ihn verwirrt an. Keiner sagte etwas. Keiner hinterfragte ihn. Sie standen stumm da, während sie, wie der Commander vermutete, auf eine Erklärung warteten.

Wie aufs Stichwort kam Theo aus der Küche. Selbstbewusst durchschritt er den Raum. Seine auf Hochglanz polierten Schuhe reflektierten das Deckenlicht. Die Manschettenknöpfe an seinen Handgelenken funkelten. Der Mann lief mit hochgerecktem Kopf, die Augen auf dem Commander.

»Ich bin bereit, Sir«, sagte Theo. »Wir können sofort aufbrechen.«

Der Commander nickte Theo zu und wandte sich den verdutzten Lieutenants am Eingang seiner Suite zu. Ihm fiel auf, dass sämtliche Farbe aus ihren Gesichtern gewichen war.

»Theo wird euch begleiten«, erklärte er. »Er ist ein fähiger und äußerst loyaler Mann. Er wird mir Bericht erstatten, was genau …«

»Aber, Sir«, unterbrach Frederick. »Ich glaube nicht, dass wir …«

»Unterbrechen Sie mich nicht«, zischte Guilfoyle durch seine Zähne. »Ich sage, was ihr braucht. Verstanden?«

Beide Männer verstummten. Obwohl sie aufrecht dastanden, konnte er aus ihrer Haltung Schwäche ablesen. Eine Spur von Niederlage in den Schultern, ein Hauch Züchtigung in der Brust.

Guilfoyle räusperte sich. »Also«, sagte er, und die Wut war nun aus seiner Stimme verraucht, »ihr nehmt Theo mit. Er wird tun, was er für richtig hält. Er genießt mein vollstes Vertrauen.«

Eine bleierne Stille senkte sich über den Raum. Für ein paar Sekunden sagte niemand ein Wort. Dann hob Archibald die Hand.

Guilfoyle reckte dem TMF-Lieutenant das Kinn entgegen. »Ja?«

»Was ist mit unseren Männern?«

»Was soll mit denen sein?«, gab Guilfoyle zurück.

»Hat Theo Einfluss darauf, wie …?«

Guilfoyle schüttelte energisch den Kopf und winkte ab, wie um Archibald zu zeigen, dass er sich lächerlich machte. Er trat nach vorn und wies auf Theo.

»Theo ist sein eigener Mann. Es ist seine Aufgabe …«

»… die Lage ins Gleichgewicht zu rücken?«, vollendete sein Butler den Satz.

Guilfoyle nickte. »Ja. Er wird unabhängig agieren. Ihr befehligt eure Männer wie immer.«

Er winkte sie hinaus und das Trio ließ ihn allein. Dann wandte sich Guilfoyle wieder seinem Fenster zu. Er ging näher ans Glas. Jeder Atemzug hinterließ eine beschlagene Stelle auf dem Glas, die sich langsam wieder auflöste.

Der Horizont lag im Nebel. Staub hing in der Luft wie ein dünner Schleier. Heute war er so dick, dass es schwierig war, die Leute auf den Straßen darunter zu sehen. Er wusste, dass irgendwo da unten sein toter Neffe lag. Viele seiner Männer waren tot. Und eine verräterische Spionin war auf freiem Fuß.

Guilfoyles Brust zog sich zusammen, als er über den Mord an seinem Neffen nachdachte. Er konnte regelrecht hören, wie seine Schwester ihn dafür gescholten hätte, dass es ihm nicht gelungen war, Louis zu beschützen. Er versuchte, den Gedanken zu verdrängen und sich zusammenzureißen.

Louis war sein eigener Mann. Er war für seine Entscheidungen selbst verantwortlich. Er war arrogant und stur.

Guilfoyles Schuldgefühl verwandelte sich in Wut. Er war wütend auf Frederick und Archibald, auf die Überläuferin, die Tic, die Ödländer, auf jeden, der ihn enttäuscht hatte oder seine Leistungen zum Wohl seiner Leute nicht würdigen konnte. Sie bedrohten das Gleichgewicht der Dinge. Sie begriffen die Last seiner Verantwortung nicht.

In schweren Zeiten brauchte man entscheidungsfreudige Herrscher, und das war er, genauso wie seine Vorfahren. Ihrer und seiner Taten wegen hatte sein Volk Zugang zu Wasser und Nahrung. Es herrschte relativer Frieden. Er dachte, es wäre ihm gelungen, das Gleichgewicht zwischen eiserner Faust und offenen Armen zu finden.

Ein Konvoi aus TMF-Transportern tauchte aus dem Nebel unter ihm auf und fuhr die Straße am Fascio entlang. Er bildete sich ein, das Rumpeln ihrer Motoren und die Räder auf der groben Erde zu spüren.

Sie würden diese Spionin schon finden, beruhigte er sich. Sie würden sie finden, und dann würden sie ihr wehtun und sie gut sichtbar am Fascio aufhängen.

28

Zeke stellte sich vor, wie er hinter dem Lenkrad seines geliebten Superbird saß. Er fluchte darüber, dass er in einem unterirdischen Tic-Tunnel auf der anderen Seite des Protektorats feststeckte und hoffte darauf, dass sein Auto noch da war, wenn er zurückkehrte.

Würde er das überhaupt?

Mit schwitzigen Händen hielt er das große Lenkrad des gestohlenen TMF-Transporters fest. Sein Körper wippte sachte im aufrechten Sitz, als er durch die Straßen navigierte. Li saß neben Uriel auf der Rückbank.

Zeke wusste nicht, was gefährlicher war, die Aussicht darauf, erwischt zu werden, oder Li und Uriel in direkter Reichweite, um sich gegenseitig an die Gurgel zu gehen.

Bis jetzt benahmen sie sich anständig und Zeke konnte sich auf den schwierigen Weg voraus konzentrieren. Es gab kleine Wunder, die nichts mit Wiedergeburt oder blau leuchtenden Massenvernichtungswaffen zu tun hatten.

»Das Tor ist da oben«, sagte Li und zeigte auf zehn Uhr, »auf der anderen Seite des Checkpoints dort.«

Das Tor war Zeke vertraut, genauso wie der Kontrollpunkt, den er oft genug erfolgreich durch die Tunnel umfahren hatte. Jetzt gerade hätte er die Tunnel vorgezogen, aber Li hatte vermutlich recht. Das hätte sie innerhalb der Mauern eingesperrt.

Zwei Wachleuten waren am Tor positioniert. Einer von ihnen richtete seine M27 auf sie. Der andere bedeutete ihnen mit erhobener Hand, anzuhalten.

»Halt nicht an«, sagte Uriel, »fahr einfach weiter.«

Zeke wandte den Blick vom Tor und der vor ihnen liegenden Bedrohung ab und schaute stattdessen besorgt zu Uriel im Rückspiegel. Sein Gesichtsausdruck sprach Bände.

»Wenn du sie platt machst, sei's drum.« Sie zuckte mit den Schultern.

Zeke trat weiter aufs Gas und bretterte auf die Wachen zu, die nun beide das Feuer auf sie eröffnet hatten. Die Kugeln knallten gegen die Windschutzscheibe, durchbrachen sie aber nicht. Außerdem sprangen die Wachen, wie Zeke erhofft hatte, im letzten Moment zur Seite. Der Transporter brauste durchs Tor und erreichte die endlosen Weiten des Ödlands. Er hüpfte über eine Spurrille, woraufhin die Radaufhängung kurz nachgab, und sie rasten weiter durch die Wüste.

»Wohin?«, fragte er.

»Links«, sagte Li, »fahr nach links.«

Zeke nahm seinen Fuß vom Pedal und drehte das Lenkrad nach links. Das Heck des Transporters rutschte über den Sand, der die harte Erde bedeckte, und die Gurte spannten sich. Sie gruben sich in seine Rippen und Seiten, bis er den Giganten wieder auf die Gerade gebracht hatte.

Er warf einen kurzen Blick in den Seitenspiegel und schaute noch einmal hin. Mit angespannten Muskeln umklammerte er das Lenkrad fester. Als er das Gaspedal durchdrückte, erwartete er, dass der schwere Transporter genauso wie sein Muscle Car reagierte. Dieser machte einen zögerlichen Ruck, dann zog er langsam an.

»Was?«, fragte Uriel, die etwas zu bemerken schien.

»Sie sind uns schon auf den Fersen«, sagte er.

Uriel verdrehte sich in ihrem Sitz und lehnte sich gegen das Seitenfenster. Zeke konnte nicht sagen, ob sie sah, was er tat.

In der Entfernung, weniger als hundert Meter hinter ihnen, fuhr ein Transporter, der sie eindeutig verfolgte. Schwere, braune

Staubwolken stiegen aus seinen Seiten auf, während er ihnen nachsetzte. Zeke war sich nicht ganz sicher, aber er glaubte, wenigstens einen weiteren Transporter zu erkennen.

Sie kamen, um sie zu holen.

»Kein Zweifel«, sagte Zeke, »die sind hinter uns her.«

»Ihre Höchstgeschwindigkeit entspricht unserer, richtig?«, fragte Uriel.

»Vielleicht«, antwortete Zeke, »ich schätze schon. Keine Ahnung.«

Li lehnte sich vom Sitz aus vor. Sie zeigte durch die Windschutzscheibe. »Fahr zu dem Protektorat, das weiter im Westen liegt«, sagte sie, »vielleicht hängen wir sie in den Bergen ab. Wenn wir sie genug auf Distanz halten, können wir sie auf den kurvigen Straßen abschütteln.«

Das hatte Vor- und Nachteile. Zeke erinnerte sich an die lange Strecke, die alles andere als leicht war.

»Na schön«, sagte Zeke, »ich hab einen Plan. Festhalten.«

Zeke riss das Lenkrad nach rechts und fuhr in Richtung Norden. Dank dem digitalen Kompass auf dem Bildschirm vor ihm war es leicht, die Richtung zu bestimmen. Das hatte der Transporter dem Superbird voraus. Wenn er mit seinem Auto unterwegs war, verließ er sich auf gelegentliche Orientierungspunkte oder die Position der Sonne, beziehungsweise der Sterne, um von seinem Ausgangspunkt aus zum Ziel und wieder zurückzufinden.

»Was machst du?«, fragte Li. »Warum ...«

»Ich weiß schon, was ich mache«, unterbrach er. »Ich denke, das wird funktionieren. Wenn ich sie für 'ne Weile auf Abstand halten kann, haben wir's geschafft.«

In Wahrheit war er sich dessen nicht sicher. Es bestand immer die Möglichkeit, dass ihnen ein Erdrutsch den Weg abschnitt oder dass sie von einem natürlichen, unmodifizierten Tierkadaver aufgehalten wurden. Nichts war hier sicher, aber das würde Zeke nicht zugeben.

Stattdessen tat Zeke Watson das, was er am besten konnte. Er fuhr. Hinter dem Lenkrad fühlte er sich zunehmend wohler und fing an, die Kurven zu schneiden. Dabei fuhr er die Maximalgeschwindigkeit des Transporters fast konsequent aus. Seine Verfolger mochten vielleicht schnell fahren, aber sie würden sicher nicht die Grenzen ihrer Fahrzeuge derart ausloten. Vorsichtiger zu fahren schonte Motor und Spritverbrauch. Er hatte die Transporter schon vorher gesehen. Selbst bei einer Verfolgungsjagd gingen ihre Fahrer keine Risiken ein.

Zeke überprüfte die digitale Anzeige auf dem Armaturenbrett. Der Tank war noch zu einem Drittel voll. Das war mehr als genug, um ihn bis zu den Bergen und aller Wahrscheinlichkeit nach sogar durch sie hindurch zu bringen, nur für die ganze Strecke bis zum nächsten Protektorat reichte es nicht. Aber so weit mussten sie gar nicht. Wenn alles nach Plan verlief, würden sie in die Wälder verschwinden, und Li könnte in Freiheit umherstreifen, sich selbst neu erfinden, ein neues Leben beginnen. Wenn es ihr dann noch gelänge, Wasser zu finden, wäre ihr Glück perfekt.

Er konnte ihr nicht erzählen, dass sie unmöglich zusammen sein konnten. Zumindest glaubte er das, da er ja eigentlich tot war. Er war sich noch immer nicht sicher, wie das alles funktionierte.

Könnte ich mit ihr durchbrennen? Könnten wir neu anfangen?

So fuhren sie über eine Stunde. Zeke brachte sie gen Norden, und es war ihm gelungen, den Abstand zwischen ihnen und den Transportern zu vergrößern. Sie schienen zufrieden damit zu sein, ihn in Sichtweite zu behalten. Das war gut. Es passte zu seinem Plan.

Als er über seine Schulter blickte, sah er, dass Li vor Erschöpfung eingeschlafen war. Ihr Kopf lehnte am Türrahmen und hüpfte im Takt der Federung auf und ab. Zeke hatte es vermisst, ihr beim Schlafen zuzusehen. Zugegeben, das mochte etwas unheimlich erscheinen, aber er hatte es immer genossen, neben ihr zu liegen und ihrem Atem zu lauschen, während sie träumte.

Zeke fiel auf, dass er kein einziges Mal geschlafen hatte, seit er in dem Zimmer über der Cantina aufgewacht war. Wie lange war das her? Ein paar Tage? Wochen? Den Toten entglitt die Zeit, da war er sich sicher.

»Wir schlafen nicht, was?«, fragte Uriel. Seine Stimme war leise genug, um Li nicht zu wecken, aber laut genug, dass Uriel ihn über das Dröhnen des großen Motors hinweg verstehen konnte.

»Wir *können* schlafen«, antwortete sie, »aber wir müssen nicht. Genauso verhält es sich mit Essen, Trinken, was auch immer. Ich glaub, wir brauchen nicht mal Luft zum Atmen, obwohl ich schon mal gesehen hab, wie ein Wächter stranguliert wurde, also vielleicht doch.«

»Was ist mit der Zeit? Verläuft sie für uns genauso wie zu Lebzeiten?«

»Es ist so lange her, dass ich am Leben war, ich weiß es nicht mehr. Andere haben mir gesagt, es wäre anders. Hie und da gibt es Verzögerungen. Außerdem wäre da noch unsere Reise zur Cantina und zurück. Die liegt komplett außerhalb der Zeitdimension.«

»Was meinst du?«

»Ich meine, ich war noch nie mehr als einmal zur gleichen Zeit am gleichen Ort«, erklärte Uriel.

Zeke wich nur knapp einem riesigen Schlagloch mitten in der Straße aus. Li rutschte in ihrem Sitz umher, die Gurte drückten sich gegen ihren Körper. Sie wachte nicht auf.

Die Highways wurden nicht gewartet, obwohl sie befahren waren. Der Asphalt war nur wenig ebener als der Weg, den sie noch vor sich hatten.

»Wie Zeitreisen?«, fragte Zeke.

»Nicht so ganz. Eher wie Zeitsprünge.«

»Wo liegt da der Unterschied?«

»Na ja, wir können nicht direkt von einem Zeitpunkt zum nächsten reisen. Wir müssen immer zu Pedro zurück. Dann schickt er uns zum nächsten Ziel. Wo auch immer wir gebraucht werden, dort gehen wir hin. Was auch immer unsere Aufgabe ist, wir führen sie aus. Falls uns das nicht gelingt oder wir dabei *getötet* werden, tauchen wir wieder in der Cantina auf und warten auf den nächsten Job.«

»Und bringen Gut und Böse wieder ins Gleichgewicht.«

»Jap. Und manchmal bringt etwas, das wir in der einen Zeitachse verändert haben, eine andere aus dem Gleichgewicht. Also springen wir vor und zurück, je nachdem, was auf dem Spiel steht.«

»Wir sind da«, sagte Zeke und unterbrach damit das Gespräch.

»Wo ist *da*?«, fragte Uriel. »Ich sehe gar nichts.«

»Festhalten. Gleich wird's holprig.«

Uriel kicherte: »Gleich?«

Zeke nahm den Fuß vom Pedal, driftete von der Straße und lenkte den Transporter auf die harte Erde des Seitenstreifens. Er beschleunigte nach Westen, dann riss er das Lenkrad nach rechts.

Der Transporter machte einen Satz und federte auf und ab. Das weckte ihren schlafenden Passagier, und eine konstante Vibration, die fast schon an eine Gehirnerschütterung grenzte, schüttelte das Fahrzeug durch.

»Was ist passiert?«, fragte Li und schniefte, als sie aus ihrem Schlummer erwachte.

»Sind wir …«

»Ja«, antwortete Zeke, »wir fahren auf Bahngleisen.«

Die Schienen, manche davon in schlechtem Zustand, waren eine praktische Abkürzung durch die Ebene, bis hin zum östlichen Gebirgsrand. In den Tunneln liefen sie mit einer Vielzahl anderer Gleise zusammen, die durch die Gipfelbasis und die Täler schnitten.

»Die kürzeste Distanz zwischen zwei Punkten ist eine gerade Linie«, sagte Zeke und richtete seinen Griff am Lenkrad neu aus.

Er hielt es nicht so fest wie er es vielleicht auf dem Highway oder einem Salzsee getan hätte. Stattdessen wollte er dem Transporter genug Raum lassen, um auf die unebenen Schienen zu reagieren. Während er das schwere Fahrzeug noch immer voll unter Kontrolle hatte, wollte er vermeiden, dass er bei einer so hohen Geschwindigkeit unter Spannung gegensteuerte und überkorrigierte, was den Transporter von den Schienen geschleudert hätte.

Er schaute in den Rückspiegel. Keine Spur von den anderen Transportern. Er hatte sie abgehängt.

»Die Gleise verlaufen in keiner geraden Linie«, erklärte er den anderen, »aber sie sind nahe genug dran. Und ganz sicher verlaufen sie geradliniger als die Highways nach Westen. Die wurden in den alten Vereinigten Staaten zum Transport von Waren benutzt. Essen, Wasser, Sprit, nehm ich an. Sie sind so stark beschädigt, dass die anderen jetzt Kurve um Kurve fahren müssen, um hinterherzukommen.«

»Also, werden sie uns einholen?«, fragte Li. »Wenn sie nicht die Schienen entlangfahren?«

»Ich glaub nicht«, sagte Zeke. »Zum westlichen Protektorat führt kein direkter Weg. Wie gesagt, die Straßen sind unregelmäßig. Sie existieren, sie sind befahrbar, aber man wird zu vielen Umwegen gezwungen, die Zeit kosten.«

»Was, wenn man die Straßen ganz vermeidet?«, fragte Uriel. »Warum fährt man nicht einfach auf dem Sand, so wie wir auf dem Weg zum Protektorat? Du weißt schon, in deinem Auto, als die Transporter versucht haben, uns vorm Tunnel abzufangen?«

»Das ist nur sicher, solange man in Stadtnähe ist«, erklärte Zeke, »aber nicht hier draußen. Zu viele Variablen. Vergrabene Landminen, die Sprengfallen der Ödländer, versteinerte Baumstümpfe, die Radachsen brechen. Man sollte so nah an den Straßen wie möglich bleiben, egal, wie nervig das ist. Deshalb sind die Schienen hier so praktisch.«

»Du meinst, davon abgesehen, dass sie mir den Schädel von den Schultern hauen?« Uriel fragte rhetorisch, ihre Stimme trällerte, verzerrt vom Rumpeln der abgenutzten Eisenbahnschwellen aus Beton. Die Räder wirbelten Schotter auf, der von unten gegen das Fahrwerk des Transporters knallte.

Zeke zuckte mit den Schultern und überprüfte das digitale Armaturenbrett. Er fuhr die Maximalgeschwindigkeit des Transporters voll aus. Der Zeiger für die Umdrehungen pro Minute befand sich unterhalb der roten Halbkreislinie, die auf dem Glasdisplay reflektierte. Der Reifendruck war stabil. Die Motortemperatur war hoch, blieb aber noch im Rahmen.

Die Sonne war nun teilweise unter den Horizont gesunken. Das tiefe Blau des Zwielichts verfestigte sich langsam zu einem undurchdringlichen Schwarz. Zeke fand den Schalter für die Scheinwerfer und betätigte ihn. Helle, weiße Lampen warfen einen weiten Lichtbogen auf den Boden vor ihnen, der doppelt so breit wie Gleise und Unterbau zusammen war. Ein weiterer Schalter erleuchtete die LED-Balken auf dem Dach des Transporters.

Sie strahlten in alle vier Himmelsrichtungen und erzeugten dadurch eine Lichtblase, die den Truck wie ein leuchtender Kokon umgab.

»Wie weit noch, bis wir die Wälder erreicht haben, wo sie uns nicht finden?«, fragte Li. Bis zu diesem Moment hatte sie nichts gesagt. »Irgendwelche Vermutungen?«

Zeke überprüfte erneut die digitalen Geräteanzeigen. »Ist nur 'ne grobe Schätzung, aber vielleicht erreichen wir die Berge in einer Stunde oder so? Dort können wir von den Gleisen auf die alten Holztransportstraßen wechseln. Da finden sie uns nie.«

»Eine Frage«, sagte Uriel, »nur, weil ich die Sache auch von der anderen Seite betrachten will. Nicht, um irgendwem ins Müsli zu pissen.«

»Was heißt das überhaupt?«, fragte Li.

»Nur so 'ne alte Redensart. Bin älter, als ich aussehe.«

Li grinste. »Das glaubst du vielleicht.«

Uriel verzog das Gesicht, sparte sich aber den Konter. Stattdessen fuhr sie mit ihrem Gedanken fort. »Was, wenn sie uns nicht nur von hinten verfolgen? Was, wenn sie jemanden haben, der von vorne auf uns zukommt? Du weißt schon, wenn sie versuchen, uns einzupferchen.«

Li schüttelte den Kopf. »Das ist wirklich unwahrscheinlich. Die Protektorate kommunizieren nicht oft miteinander. Sie agieren autonom.«

Uriel hob eine Augenbraue. »Unwahrscheinlich vielleicht. Aber nicht unmöglich.«

Sie wandte den Kopf und schaute Zeke im Spiegel an. Er sah die Sorge in ihrem Gesicht. Sie hatte recht. Er atmete aus und starrte auf den Lichtkegel, der vor ihm die Gleise erleuchtete.

»Nein«, sagte er. »Unmöglich ist das nicht.«

29

Theo saß auf dem vorderen Beifahrersitz eines TMF-Transporters und zupfte seine Manschetten zurecht. Er saß gerade wie ein Brett, die Gurte spannten sich über seine Brust.

Die Schienen und der lose Schotter attackierten den Unterboden des Fahrzeugs ohne Gnade. Die Fahrt war laut und unbequem. Sie fuhren nach Westen. Außer den Gleisen vor ihnen, dem trockenen Blattwerk auf beiden Seiten des Gleisbetts und der endlosen Dunkelheit voraus offenbarten die Scheinwerfer nicht viel.

Es war jedoch nicht das Rumpeln des Transporters, dass die Fahrt so unerfreulich machte. Es war das permanente Meckern der Lieutenants auf dem Rücksitz. Sie verhielten sich wie verzogene Kinder, die ohne Essen ins Bett geschickt wurden. Theo bewahrte zwar nach außen hin Ruhe, war jedoch mit seinen Nerven am Ende. Sie konnten ihn nicht viel weiter provozieren, ohne die Konsequenzen erleiden zu müssen.

»Wir haben sie verloren«, sagte Frederick. »Sie sind weg. Der Commander wird uns alle umbringen.«

»Haben Sie etwas mehr Vertrauen«, antwortete Theo. »Sie werden nicht entkommen. Wir werden sie umzingeln und aufhalten. Sie werden ihre Spionin schon in die Finger kriegen. Sie wird neben den anderen am Fascio baumeln.«

»Wie das?«, fragte Archibald.

»Das westliche Protektorat hat einen Transporter losgeschickt, zur gleichen Zeit, als wir losgefahren sind«, erklärte Theo. »Ich habe mich darum gekümmert. Wir werden sie am Fuße des Gebirges abfangen, bevor sie abhauen können.«

»Was, wenn sie die Gleise zuvor verlassen?«, fragte Archibald. »Was dann?«

»Das werden sie nicht. Sie können nirgendwo hin. Die Wälder und das Unterholz sind zu dicht. Besonders das Totholz am Boden und im Geäst lässt ihnen keinen anderen Weg außer den Gleisen.«

Die nächsten Minuten über fuhren sie ohne ein Wort. Das laute Rumpeln des Motors und der gelegentliche Schlag eines vereinzelten Schottersteins gegen das Fahrwerk waren die einzigen Geräusche.

»Wer sind Sie?«, fragte Archibald.

»Ich bin Theodore Pannopolis«, erwiderte Theo, ohne sich umzudrehen.

»Das meine ich nicht«, sagte der Lieutenant. »Und das wissen Sie. Zieren Sie sich nicht vor mir. Wer sind Sie wirklich?«

Theo fuhr sich mit dem kleinen Finger über die gezupften Augenbrauen. Er verengte seine Augen zu Schlitzen.

»Ich bin mir nicht sicher, ob ich die Frage richtig verstehe«, sagte Theo. »Fragen Sie nach meiner Jobbeschreibung? Meiner Familienherkunft? Die Frage ist so breit gefächert.«

Er drehte sich nicht um. Stattdessen legte er die Handflächen an die Seiten seines Kopfes, um sicherzustellen, dass sein meisterhaft frisiertes Haar makellos war. Der verbale Angriff schien ihn nicht zu beeindrucken. Über die Jahre hinweg hatte Theo deutlich Schlimmeres gesehen und gehört. Dagegen war Archibald gar nichts.

»Wie kommt es«, fragte Archibald, »dass der Commander so viel auf Sie hält? Sie sind ein Hausdiener. Ein Butler. Sie haben keinerlei Fachkenntnisse über Staatsführung oder Verwaltungsdetails.«

»Das ist es, was sie denken?«, fragte Theo.

»Das ist es, was ich denke«, echote Frederick. »Ich bin da ganz bei Archibald. Ich verstehe nicht, warum Sie überhaupt hier sind, außer, um uns im Auge zu behalten. Aus irgendeinem Grund, der sich mir nicht erschließt, vertraut uns der Commander nicht mit der Aufgabe. Sie sind ein Babysitter.«

»Das haben Sie gesagt«, antwortete Theo, »nicht ich.«

Frederick streckte sich vom Rücksitz des Transporters aus nach vorne und schubste Theo an der Schulter. Das erweckte die Aufmerksamkeit des Butlers, woraufhin er sich dem wütenden Lieutenant zuwandte.

Theos Blick fiel auf die ausgestreckten Finger des Mannes. »Fassen Sie mich nicht an«, sagte er, »bitte.«

»Oder was?«, höhnte Frederick.

Der Lieutenant streckte erneut kindisch die Finger aus und versuchte, Theo ein zweites Mal zu schubsen. So weit kam er nicht.

Bevor er den Butler berühren konnte, hatte Theo sich abgeschnallt, umgedreht, Frederick am Handgelenk gepackt und dessen Hand brutal verdreht. Knochen brachen. Frederick schrie vor Schmerz auf. Theo war noch nicht fertig.

Er ließ den gebrochenen Arm los und schlug seinen Faustballen gegen Fredericks angeschnallte Brust. Das brachte den Lieutenant zum Schweigen, der nun stattdessen nach Luft schnappte. Anschließend ohrfeigte Theo Fredericks eine Gesichtshälfte mit seiner Handrückseite, dann die andere mit der geöffneten Handfläche.

Das genügte, um den Lieutenant bewusstlos zu schlagen. Sein Körper sackte in die Gurte. Sein Kopf fiel herab und das Kinn hüpfte auf der Brust auf und ab.

Ohne ein Wort zu sagen, setzte sich Theo wieder an seinen Platz zurück und schnallte sich an. Er richtete seine Frisur und zupfte die Jacke zurecht.

»Also, wollen Sie immer noch wissen, wer ich bin?«, fragte er Archibald. »Oder wissen Sie jetzt genug?«

Archibald sagte zuerst nichts. Dann, nach langer Stille, fragte er kleinlaut: »Ist er tot?«

Theo seufzte laut.

»Spielt das denn eine Rolle?«

Der Lieutenant setzte gerade zu einer Antwort an, als in einiger Entfernung vor ihnen und nur schwer erkennbar Lichter aufblitzten und näherkamen. Dann verschwanden sie.

»Wir sind da«, sagte Theo. »Benehmt euch wie Erwachsene.«

30

Die näherkommenden Transporter fuhren direkt auf sie zu. Da sie vom westlichen Protektorat kamen, sah Zeke sie auf einer Erhebung in Richtung Gebirge, sobald die Gleise eine scharfe Kurve auf den Highway zumachten. Sie hielten an, um einen Zusammenstoß zu vermeiden, denn er konnte die Schienen nicht schnell genug verlassen, um ihnen auszuweichen.

In den wenigen Sekunden, die sie zur Vorbereitung auf das bevorstehende Gefecht hatten, überraschten Li und Uriel ihn mit ihrer schnellen Reaktion. Er war aufrichtig beeindruckt.

Li war die Erste, die den Transporter verließ. Sie wartete gar nicht erst, bis Zeke ganz angehalten hatte. Sie riss die gepanzerte Tür weit auf und visierte das Fahrzeug vor ihnen mit dem Gewehr an, dann feuerte sie mehrere Salven ab, die dessen Scheinwerfer trafen und zerstörten.

Zeke sah, wie sie sich schnell und souverän zur Fahrerseite des ersten Transporters bewegte und sich dann zu den Trucks hinter ihnen umdrehte. Sobald der Fahrer vor ihnen die Tür auch nur geöffnet hatte, feuerte sie eine ganze Ladung 5.56 x 45 mm-Kugeln auf ihn ab. Als wären sie telepathisch miteinander verbunden, machte sich neben ihr Uriel ans Werk. Sie näherte sich mit geballten Fäusten, und sobald der Soldat auf dem Beifahrersitz die Tür geöffnet hatte, um auszusteigen, sprintete sie auf ihn zu und schlug die Tür gegen seinen Oberkörper.

Das Geschrei des Soldaten passte zu dem animalischen Grunzlaut, der mit Uriels Schlag einherging. Ihr Körper leuchtete bereits, und sie nutzte ihre Wächterkräfte, um den Soldaten aus dem Transporter zu reißen und wie eine Stoffpuppe auf die andere Straßenseite zu schleudern. Sein Körper krachte gegen den versteinerten Baumstumpf einer toten Gelbkiefer.

Zeke rutschte durch die Kabine, um auf der Beifahrerseite auszusteigen. Er sprang auf den Highway, sperrte die Tür ab und schlug sie zu. Zwar konnte er nicht erkennen, wo Uriel und Li hingegangen waren, aber er konnte das Feuergefecht vor sich hören. Die grellen Lichtblitze verrieten ihm die Position einiger bewaffneter Soldaten.

Mit dem Revolver in den Händen bewegte Zeke sich vorsichtig am Seitenstreifen des Highways entlang. Sie steckten zwischen einer Ansammlung aus Transportern fest. Vor ihnen parkte der aus dem Westen, und weil sie nun stehengeblieben waren, hatten die aus der Stadt sie eingeholt. Im Dunkeln fiel es Zeke schwer auszumachen, wo genau jeder war und was passierte.

Da sich die Frauen schon um den vorderen Transporter kümmerten, beschloss er, sich nach hinten zu bewegen. Als er am ersten Transporter vorbeiging, sah er das zweite Fahrzeug sowie einen Soldaten, der mit den Rücken zu ihm stand. Der Mann rief jemandem im Transporter irgendetwas zu.

Zeke sah Li nicht.

Sein Blick fiel auf einen toten Soldaten, der auf der Seite lag. Zeke ging neben seinem Körper in die Hocke und steckte sich den Revolver hinten in den Hosenbund. So leise er konnte, was bei den unregelmäßigen Schussgeräuschen nicht schwer war, ging er einen Schritt auf den Soldaten am zweiten Transporter zu. In einer fließenden Bewegung legte Zeke das Gewehr an die Schulter, fand den Abzug und drückte ihn durch.

Die Waffe schlug mehrmals gegen seinen Körper, aber er hielt sie ruhig und fand sein Ziel. Der schreiende Soldat zuckte, als er von mehreren Kugeln durchbohrt wurde. Während er wild mit den Armen schlug, gaben seine Beine nach und er fiel nach vorn in die offene Tür, bevor sein Kopf auf die Kante schlug und auf die Straße knallte. Zeke bewegte sich zu der Stelle, wo der Soldat gestürzt war, und bemerkte die dunkle Silhouette eines Mannes auf dem Rücksitz. Er schien allein zu sein.

»Raus da«, sagte Zeke. Er wusste nicht, wer der Mann war, aber er erkannte, dass der Passagier unbewaffnet war. Mit seiner neuen Waffe gestikulierte er zur offenen Tür. Der Mann griff nach etwas. Im Dunklen konnte Zeke nicht ausmachen, was es war. Er drückte den Abzug seiner M27 und jagte eine Salve Kugeln in den Rücksitz. Der Körper des Mannes zuckte. Sein Kopf fiel nach unten.

Als er sich näher zur Tür bewegte, den Mann noch immer im Visier, erkannte er, dass er die Uniform eines Aufseherlieutenants trug. Dann erweckte ein helles, blaues Leuchten auf der anderen Seite des Fahrzeugs seine Aufmerksamkeit. Er konnte sich nicht daran erinnern, dass es so hell war, als Uriel den Transporter angegriffen hatte. Außerdem pulsierte es eigenartig, wie zwei Herzschläge.

Er sah es aus den Augenwinkeln. Als er die offene Tür umrundet hatte, sah er noch etwas, das ihn abrupt abbremsen ließ. In der Beifahrerseite eines Transporters, der mitten auf den Gleisen stand, befanden sich zwei Leute.

Einer davon war ein Lieutenant des Protektorats. Die andere Person war Li. Er hielt ihr eine Pistole an den Kopf. Ihr silberner Schein reflektierte grün im Licht der digitalen Anzeige aus dem Inneren des parkenden Trucks. Die Waffe passte zu seinem kurzen Bürstenhaarschnitt.

»Lassen Sie das Gewehr fallen«, spuckte ihm der Lieutenant entgegen. »Sofort, oder ich jage ihr eine Kugel in den Kopf.«

Die Pistole zitterte in seinen Händen, so wütend war er. Li war unbewaffnet und angeschnallt. Der Lieutenant hielt ihre Hände hinterrücks fest und drückte sich an sie.

»Diese Verräterin verdient mehr als nur einen einzigen Schuss«, fauchte er. »Aber ich tu's. Wenn du die Waffe nicht fallen lässt, tu ich's.«

Es war das Versprechen eines verzweifelten Mannes. Zeke zweifelte nicht daran, dass der Lieutenant abdrücken würde. Das war der gleiche Mann, der auf den Stufen gestanden und leidenschaftslos dabei zugesehen hatte, als Commander Guilfoyle Zeke vor dem Fascio aufgehängt hatte. In der Brust dieses Mannes schlug kein Herz. Falls doch, dann war das Blut, das es pumpte, eiskalt.

Zeke hob die Arme, ließ aber das Gewehr nicht los. Er war so auf den Lieutenant konzentriert, dass er nicht bemerkt hatte, wie die Schüsse aufgehört hatten und das blaue, pulsierende Licht aus seiner Sichtweite verschwunden war.

Zeke schaute Li in die Augen. »Bist du okay?«

»Ihr geht's bestens«, sagte der Lieutenant, »es sei denn, du lässt das Gewehr nicht sofort fallen.«

Der Mann hob die Waffe, seine dicken Fingerknöchel traten am Griff hervor, und drückte sie fest gegen Lis Schläfe. Sie biss die Zähne zusammen. Von seinem Standpunkt aus sah Zeke die Unterseite der Pistole im grünen Licht. Er senkte die Waffe und zielte auf den Lieutenant.

Dieser verzog das Gesicht in einer Mischung aus Wut und Verwirrung. »Das war's«, sagte er. »Drei. Zwei.«

Der Lieutenant drückte ab, ohne bis eins zu zählen. Statt einem Knall und dem Schlag der Pistole gegen Lis Kopf ertönte nur ein Klicken.

Verwirrt drückte der Lieutenant erneut ab. Nichts. »Fallen lassen. Lassen Sie sie los«, sagte Zeke unbeeindruckt. »Schnallen Sie sie ab.«

Der Lieutenant fluchte, gehorchte aber. Li kämpfte sich aus der Fahrerkabine und stellte sich neben Zeke an den Seitenstreifen. Er gab ihr das Gewehr.

»Pass drauf auf«, sagte er zu ihr. »Ich muss los und nach Uriel sehen.«

»Wie konntest du das wissen?«, fragte sie.

»Ich hab die Unterseite des Griffs gesehen. Der Idiot hatte kein Magazin drin.«

»Im Lauf hätte eine Kugel sein können«, sagte sie und zielte mit ihrer M27 auf den Lieutenant, der sich abmühte, aus dem Transporter zu klettern. »Dann wär ich jetzt tot.«

»Da hab ich nicht dran gedacht«, gab Zeke zu. »Wusste nicht, dass das möglich ist.«

Sie biss sich auf die Lippe und seufzte. »Geh und schau nach Uriel. Ich schaff das hier schon.«

Zeke ging ein paar Schritte um die Motorhaube, wobei er den Leichen auf dem Boden auswich und guter Dinge war, was die Mission anbelangte. Dann sah er Uriel, und sein Herz, wäre es dazu in der Lage gewesen, setzte einen Schlag aus.

Zwanzig Meter von ihm entfernt, auf der anderen Seite des Highways, zwischen den steinharten Stämmen toter Kiefern und Espen, kämpfte Uriel gegen einen Mann, der unter dem Stoff seines maßgeschneiderten weißen Hemds genauso blau leuchtete wie sie.

31

Der Roundhouse-Kick traf Uriel mit voller Wucht. Der schwarz glänzende Schuh hinterließ einen Politurstriemen an ihrem Kiefer, zusammen mit einer Wunde, die vermutlich eine Beule hinterlassen würde.

Sie hielt das Gleichgewicht und ging rückwärts, um den abtrünnigen Wächter auf Abstand zu halten, den sie so viele Jahre nicht gesehen hatte, dass sie vergessen hatte, wie lange es genau her war. Während Uriel sich bereit machte, löste er die Manschettenknöpfe von seinen Ärmeln, steckte sie sich in die Hosentaschen und krempelte die Ärmel hoch.

Die Tattoos, die sich von seinen Handgelenken bis über die Ellbogen steckten, pulsierten in elektrischem Blau. Theo tänzelte auf Zehenspitzen im Halbkreis um sie herum, musterte sie, taxierte sie.

»Ist 'ne Weile her, Ariel«, sagte er. »Ich hätte dich mittlerweile stärker eingeschätzt. Schließlich hat Pedro es für angemessen gehalten, dich mit den gleichen Kräften wie mich auszustatten.«

Uriel korrigierte ihn nicht. Sie wussten beide, dass er mit ihr spielte. In einer Drehbewegung sprang sie auf ihn zu und traf ihn mit dem Absatz zwischen Hals und Schulter. Dann landete sie auf einem Bein, hielt das andere gestreckt und schlug ihm die Fußspitze seitlich ins Gesicht, woraufhin er zur Seite taumelte.

So schnell sie zugeschlagen hatte, zog sie sich auch zurück. Theo war stärker als sie und hatte recht – ihre Begabungen waren identisch. Er war ihr zwar hinsichtlich Körpergröße, Muskelkraft und Geschwindigkeit überlegen, aber er war außer Übung. Uriel spürte das. Außerdem war sie schneller als er. Ihre Muskeln zuckten, sie war auf Draht.

»Okay«, sagte er, der Schmerz in seiner Stimme war deutlich hörbar, »das war beeindruckend. Überraschend effektiv für einen Wächter, der nach den Regeln spielt.«

»Die Regeln haben einen Grund«, spuckte Uriel ihm entgegen. »Sie halten die Dinge im Gleichgewicht. Das weißt du.«

Theo lachte freudlos. »Das *Gleichgewicht*, wie du es nennst, dient Pedro und seinen Vorgesetzten, nicht dem Guten in der Welt.«

»Du hast recht, es dient sowohl Gut als auch Böse. Ohne Dunkelheit gibt es kein …«

»Kein Licht«, fiel ihr Theo höhnisch ins Wort.

»Es stimmt.«

»Ja? Können Menschen denn je das Gleichgewicht finden? Können sie damit leben? Nein, können sie nicht. Sie fallen ständig in Extreme. Du weißt das. Es ist besser, sich dem funktionierenden Extrem anzuschließen und ihm den Weg zu ebnen. Das ist es, was ich hier mache, das fördern, was funktioniert.«

Man konnte mit einem abtrünnigen Wächter nicht argumentieren. Pedro hatte sie alle davor gewarnt. Sollten sie jemals mit einem konfrontiert werden, war es am besten, schnell und bestimmt zu handeln.

Sie rannte geradewegs auf ihn zu, fiel auf die Knie und rutschte auf dem harten Boden des Seitenstreifens auf ihn zu. Uriel rollte sich zur Seite und schlug mit den geballten Fäusten nach oben. Sie traf ihn direkt in der Leistengegend, der andere Schlag landete in seinem wohlgeformten Bauch und entlockte ihm ein zweifaches Ächzen. Im Moment der Berührung leuchtete die blaue Aura heller auf und warf Theo ein paar Meter in die Luft, wo er sich drehte und dann gegen einen versteinerten Baumstamm krachte.

Der heftige Aufschlag seines Körpers am Baum klang widerwärtig und hätte Uriel fast zusammenzucken lassen. Sie sprang auf und eilte auf ihn zu, während er auf dem Boden zusammengesackt war und versuchte, wieder auf die Beine zu kommen.

Aller Wahrscheinlichkeit zum Trotz stand er schon wieder aufrecht, bevor sie ihn erreicht hatte. Er wirbelte durch die Luft und erwischte Uriel mit einem Tritt am Kinn. Dann landete er auf den Füßen und streckte die Arme.

Nun rannte Theo auf Uriel zu. Er entfesselte einen Sturm aus schnellen, heftigen Schlägen in ihren Bauch, gefolgt von einem Kinnhaken, der sie in die Luft beförderte. Sie landete auf dem Rücken und ächzte, als der Aufprall ihr die Luft aus den Lungen schlug.

»Die Extreme erhalten das Gleichgewicht, Uriel«, sagte Theo. »Mäßigung wird überbewertet.«

Jetzt war er hinter ihr her. Mit geballten Fäusten marschierte er auf sie zu, sein Körper leuchtete und pulsierte in einem grellen, blauen Licht. Es schien, als würde er mit jedem Schlag stärker.

Uriel kämpfte sich hoch. Ihre Kraft schwand. Sie beugte sich vor, die Hände auf den Knien. Sie spuckte auf den Boden und wehrte sich nicht, als Theo ihre Mähne packte und sie daran nach hinten riss, um sie zu zwingen, ihn anzuschauen.

»Du wirst gleich ein Extrem erleben«, zischte er durch seine zusammengebissenen Zähne. »Und …«

Uriel benutzte seine Überheblichkeit gegen ihn. Seine Belehrung lenkte ihn für den Bruchteil einer Sekunde ab, genau die Zeit, die sie benötigte, um herumzuwirbeln und ihm den Ellbogen in die Brust zu schlagen. Als er ihre Haare losließ und zurückstolperte, erwischte sie seinen Hals mit der anderen Handfläche und schlug ihn mit einem Aufwärtshaken zu Boden.

Benommen und mit schwächer werdendem Licht fasste er sich mit der Hand erst an die Brust, dann an den Kiefer. Uriel lief auf ihn zu und hatte den Abstand zwischen ihnen innerhalb eines Wimpernschlags minimiert. Sie erschien ihm verschwommen, als sie energisch auf ihn zukam.

Noch immer in der Hocke und mit gesenktem Kopf sah er ihr Knie nicht, als es seine Stirn traf, ihn nach hinten riss und flach auf den Rücken warf. Er lag ausgestreckt auf dem Boden, sein Kopf lehnte am Fuß des Baumstamms. Theo wirkte bewusstlos. Er atmete, bewegte sich aber nicht. Uriel sprang auf die Beine und ging zwei Schritte zurück. Sie wischte sich den Schweiß mit dem Armrücken vom Gesicht und beobachtete ihren Kontrahenten im blauen, pulsierenden Lichtschein, den ihre Haut verströmte. Die blauen Tattoos auf seinen Armen, die nun durch das zerschlissene Hemd auch auf seinem Oberkörper sichtbar waren, nahmen langsam wieder ihre ursprünglichen Farben an.

»Uriel?«

Sie ballte die Fäuste und wirbelte herum, bereit zuzuschlagen, wer auch immer hinter ihr stand. Die Spannung fiel von ihr ab, als sie Zeke mit dem Revolver in der Hand auf der Straße sah.

»Was?« Sie klang barscher als beabsichtigt, aber sie entschuldigte sich nicht.

»Wer ist das?«, fragte er.

»Theodore Pannopolis«, sagte sie, »ein abtrünniger Wächter.«

»Er ist einer von euch? Er hat die gleichen Kräfte?«

»Er hat dieselben Kräfte, aber er gehört schon seit einer ganzen Weile nicht mehr zu uns. Das hat er aufgegeben, als er sich für eine Seite entschieden hat.«

»Eine Seite?«

»Gut oder Böse«, sagte sie.

Sie schauten den bewusstlosen Mann auf dem Boden an. Er war nun wach und ging auf die Knie.

Theo riss sich die Überbleibsel seines zerfetzten Hemds von der Brust und enthüllte einen Körper wie in Stein gemeißelt, der vom Hals bis zum Nabel mit einer ganzen Menagerie tätowiert war. Seine Brust, Schultern und Arme waren mit so vielen bunten Motiven bedeckt, dass es unmöglich war, sie auseinanderzuhalten.

»Lass mich helfen«, sagte Zeke.

Theo war nun wieder auf den Beinen. Er ließ seine Knöchel effektvoll knacken, bevor er seine Hände fest zu Fäusten ballte.

Seine Tattoos flimmerten und pulsierten. Plötzlich wurde das Blau stärker. Es war heller, als Uriel es je zustande gebracht hatte.

»Das ist mein Kampf«, sagte sie. »Ich bin die Wächterin.«

Sobald sie sich Theo wieder zugewandt hatte, zuckte ein unscharfer, blauer Blitz an ihr vorbei, riss sie mit einem Schlag zu Boden und ging auf Zeke los. Der Aufprall wirbelte den Stetson durch die Luft, schleuderte den Revolver auf die Fahrbahn und Zeke auf den Rücken. Während er auf Zeke hockte, nahm Theo ihn in den Schwitzkasten und quetschte das ewige Leben aus ihm heraus.

32

Sein Hals war abgeschnürt; seine Brust brannte. Zeke wusste, dass er bereits tot war. Theo konnte ihn nicht töten. Was wäre aber mit dem Gleichgewicht, wenn es dem Abtrünnigen gelang, ihn und Uriel zu Pedro zurückzuschicken? Würde sich die Waagschale zu sehr in eine Richtung absenken?

Zekes Kopf war zur Seite gedreht. In seinem dunkler werdenden Sichtfeld sah er Uriel auf dem Boden, benommen und mit der Hand an der Brust. Dann umfing ihn die Dunkelheit ganz, die Welt wurde schwarz.

Als er spürte, wie ihn Leben und Kampfgeist zum zweiten Mal in so kurzer Zeit verließen und er bereit war, sich diesem Monster von Mann zu ergeben, waren die Hände plötzlich verschwunden. Der starke, vernichtende Druck auf seinen Hals hörte auf. Das Gewicht auf seinem Oberkörper war fort.

Keuchend und hustend rollte er sich zur Seite und griff nach seinem Hals. Mit schmerzendem Kiefer und klopfendem Herzen stützte sich Zeke auf den Ellbogen ab. Er war überrascht, wie schnell die Luft wieder in seine Lungen strömte und seine Atmung sich stabilisierte.

Er blinzelte und fokussierte seinen Blick gerade rechtzeitig, um zu sehen, wie sich Theo aus Lis Griff befreite. Dann drehte er sich um und schleuderte sie mit einer einzigen Handbewegung in die Luft. Ein paar Meter weiter stürzte sie zu Boden.

Schließlich ging Uriel auf ihn los und wickelte ihre Beine um seinen Oberkörper. Sie behielt nur für einen kurzen Moment die Oberhand.

Theo wand seinen Körper mit einer Armbewegung aus ihrer Umklammerung und drehte den Spieß um, indem er Uriel mit einem Ruck zu Boden drückte. Ihr Kopf schlug auf der bröckelnden Asphaltkante auf. Zeke kroch erst auf die Knie, dann richtete er sich auf, kurz bevor Theo an ihn heranschlich und ihm einen Schlag mitten in die Brust versetzte. Zeke wurde zurückgeworfen, taumelte und fiel hin. Im Fall fiel sein Blick auf seinen Revolver, der nur einen halben Meter entfernt lag.

Li war wieder aufgestanden, aber noch benommen. Sie hielt sich den Kopf mit beiden Händen und war wackelig auf den Beinen.

Uriel saß auf dem Boden, ebenfalls eine Hand am Kopf. Theo stand wieder über ihr. Er nahm sie und hob sie über seinen Kopf, dann schleuderte er sie in die Luft, gegen den gleichen Baum, gegen den er vor wenigen Minuten selbst gekracht war.

Ihr schlaffer Körper landete hart auf dem Boden und Theo beugte sich hinunter, um sie am Fußgelenk zu packen. Uriels Körper leuchtete nicht mehr. Theos Körper pulsierte neonblau. Als er die verwundete Uriel hochhob, warf Theo den Kopf nach hinten und schrie.

»Ich schick' dich zurück zu Pedro!«, bellte er und wirbelte ihren Körper im Kreis.

Bevor er genug Schwung holen konnte, um Uriel erneut gegen den Stamm zu schleudern, griff Zeke nach seinem Revolver. Obwohl er etwas aus dem Gleichgewicht war, richtete er ihn in einer fließenden Bewegung gerade aus und visierte an. Dann drückte ab.

Die Druckwelle war heftiger als je zuvor. Seine Nähe zum Ziel erzeugte einen konzentrierten Energiepuls, der die Gefahr nicht nur bannte, sondern zusammen mit der ganzen Umgebung in undefinierbare Fetzen riss.

Die versteinerte Baumgruppe wurde entwurzelt und zersplitterte in winzige Teile, die in einer ohrenbetäubenden Druckwelle nach außen flogen und sich wie das Tosen von tausend Segeln anhörten, die im Wind zerrissen.

Die Erde selbst wurde weggefegt, nichts außer dem harten Boden selbst blieb übrig.

Von Theo und Uriel fehlte jede Spur. Ihre Körper waren verschwunden, hatten sich in den Trümmern der Explosion aufgelöst.

Zeke schrie nach Uriel, der Revolver in seiner Hand so blau wie eh und je.

Er rief ihren Namen, ohne mit einer Antwort zu rechnen. Dazu fühlte er sich verpflichtet. Eine Welle der Schuld erfasste ihn, als er mit den Tränen rang. Zeke riss sich zusammen. Das Gefühl der Schuld verwandelte sich in Resignation, in Begreifen.

Da stand er, und sein wunder, schmerzender Hals zog sich zusammen.

Auch wenn er nicht darüber nachgedacht hatte, war er sich der möglichen Konsequenzen bewusst, als er abgedrückt hatte.

Um jedoch das Gleichgewicht der Welt zu bewahren, musste er tun, was richtig war, auch wenn das eigentlich noch nicht seine Aufgabe war. Er musste den Abzug drücken und den abtrünnigen Wächter eliminieren. Er wusste jetzt, dass das der Grund war, warum er mit Li zu genau dieser Zeit an genau diesem Ort war. Um Theo zu konfrontieren und die Dinge wieder ins Lot zu bringen.

Uriel hätte ihn darum gebeten. Zum Allgemeinwohl, oder Allgemeinleid, je nachdem, in welche Richtung die Waage ausgeglichen werden musste. Selbst, wenn das bedeutete, sie in Stücke zu schießen, war es das, was er tun musste. Er konnte nur darauf hoffen, sie wiederzusehen, sie nicht so aus der Welt befördert zu haben, dass sie nicht zu Pedro zurückkehren konnte.

Aber er kannte noch nicht alle Regeln. Die hatten sie ihm nur rudimentär erklärt. Vielleicht unterschied sich der Tod durch eine legendäre Waffe von anderen Arten zu sterben.

Abgesehen davon, wie um alles in der Welt sollte er ohne Uriel zu Pedro zurückfinden?

Stecke ich hier fest?

Zum ersten Mal seit einer gefühlten Ewigkeit war er allein.

Er stand mitten auf der Straße, umgeben von den Überbleibseln des Gemetzels. Es wurde kälter. Die Luft kühlte ab. Der Geruch von Rauch brannte ihm in der Nase.

Ein Husten riss ihn aus seinen Gedanken. Er rannte zu Li zurück, die auf der Straße lag und Glück hatte, noch am Leben zu sein. Sie lächelte ihn schwach an. Es war das gleiche Lächeln, das er noch von ihrer ersten Begegnung im Kopf hatte. Das Lächeln stammte aus einer Zeit, als sie beide andere Menschen waren, oder zumindest glaubten, ihr Gegenüber wäre ein anderer.

»Schade um deine Freundin«, sagte sie.

Zeke reagierte nicht. Was sollte er darauf sagen? Seine Erlösung kam ihn teuer zu stehen. Andere opferten sich für ihn. Das war er nicht wert. Ganz egal, was er von nun an tat, um diese Schuld zu begleichen, es würde nicht ausreichen, um ihre Selbstlosigkeit aufzuwiegen.

Die Tränen raubten ihm die Sicht. Er öffnete den Mund, um etwas zu sagen, fand aber keine Worte. Sie schwiegen für eine gefühlte Ewigkeit, während sich die Welt um sie herum in Rauch, Asche und Dreck auflöste.

»Nimm mich mit«, sagte Li schließlich.

Zeke fokussierte seinen Blick. Die Verbindung zwischen den beiden war unmissverständlich. Sie war genauso elektrisierend wie Pedros magische Energiewaffen. Als Zeke jedoch sprach, hatte er nur eine Antwort im Kopf.

»Du kannst nicht mit mir kommen.«

Li sah ihn mit einer solchen Verzweiflung an, wie er sie noch nie bei ihr gesehen hatte. Ihr Kinn bebte und sie reichte ihm ihre Waffe. Sie leckte sich über die Lippen und schaute weg.

»Bitte«, sagte sie ruhig, »lass mich nicht wieder zurück. Ich kann sonst nirgends hin.«

»Das alles scheint dir überraschend wenig auszumachen«, sagte Zeke und zeigte dabei auf das neu entstandene Trümmerfeld hinter dem Highway.

»Man gewöhnt sich dran, nach allem, was sie einem antun …«

Ihr Blick schweifte über seine Schulter in die Ferne, als würde sie all die Gräuel betrachten, die noch vor ihnen lagen.

»Ich wünschte, ich hätte dir dabei helfen können. Ich wünschte, ich hätte alles anders gemacht.«

»Na ja, jetzt hast du eine zweite Chance.«

»Nein, Li … ich … ich bin tot.« Als er es laut aussprach, merkte er, wie lächerlich das klang. Ihr leises Kichern milderte das Gefühl nicht ab.

»Du bist nicht tot, Zeke. Keine Ahnung, wen sie am Fascio aufgehängt haben, aber das bist nicht du.«

Sie legte die Hand auf seine Brust und ließ sie dort. Ihre Blicke trafen sich.

»Jemand, der wie du aussieht, sicher. Aber das bist nicht du. Du bist hier, aus Fleisch und Blut. Ist mir egal, wie. Du bist zurück.«

»Li, es ist nicht …«

»Könnte ich sonst das hier tun?«

Li schmiegte sich an ihn. Sie drückte ihre Lippen auf die seinen und küsste ihn leidenschaftlich. In diesem Moment wollte er sie nie wieder loslassen. Er legte die Arme um sie und strich ihr über den Rücken.

Es stimmte, dass er sie nicht kannte, zumindest nicht so, wie er bisher geglaubt hatte. Aber bei diesem Kuss und allem, was sie durch ihre Körperwärme ausdrückte, fühlte er sich genauso lebendig wie zuvor.

Für einen Moment verharrte Li so. Ihre Lippen blieben kurz an seinen kleben, als sie sich von ihm löste. Zeke lächelte sie an und sie erwiderte es mit so roten Wangen, dass er sie sogar im gedämpften Scheinwerferlicht erkennen konnte, das von der anderen Seite des Highways herüberschien.

»Du hast mich gerettet«, sagte sie. »Alles andere ist mir egal. Bleib einfach bei mir.«

Er atmete ein, ihr Duft haftete noch immer an ihm. Selbst so ausgemergelt, wie sie war, und nach allem, was sie vor seinen Augen getan hatte, raubte sie ihm noch immer den Atem. Seine Brust verkrampfte sich.

Zeke trat zurück. »Ich glaub nicht, dass ich das kann.«

Er zog sich zurück und bewegte sich zu den Transportern. »Der Sprit in den Trucks sollte ausreichen, um dich da hinzubringen, wo du hinwillst. Du wirst …«

Genau in dem Moment bemerkte er das Blut. Es war ihm vorher nicht aufgefallen. Sie blutete. Es war eine ganze Menge.

»Du bist verletzt«, sagte er, »du blutest«.

In ihrem Gesicht machte sich Verwirrung breit, als sie an sich herunterblickte. Sie legte die Hände auf den Bauch und zog sie blutbefleckt wieder zurück. Ihre Finger zitterten, ihre Augen füllten sich mit Tränen.

Dann, als hätte sich die Wunde erst durch ihre Erkenntnis manifestiert, sank sie in seine Arme. Selbst in der Dunkelheit sah er die Farbe aus ihrem Gesicht weichen. Ihr Körper fühlte sich kalt an.

War das alles für nichts und wieder nichts? Er war zurückgekommen, um sie zu retten, und jetzt starb sie in seinen Armen.

»Ich will bei dir sein«, sagte sie, »für immer.«

Zeke nahm einen weiteren tiefen Atemzug. Er atmete aus. Vielleicht gab es einen Weg. Vielleicht war das seine letzte Prüfung, der letzte Schritt zu seiner Erlösung. Wenn er die Frau, die er liebte, erlösen konnte, trotz ihres Verrats und ihrer Sünden, eine Frau, die ihn trotz allem liebte, vielleicht würde er die Prüfung dann bestehen. Vielleicht könnte er die Aufgabe dann ausführen.

»Es gibt nur eine Möglichkeit, wie wir zusammen sein können«, sagte er, »und ich weiß nicht, ob das funktioniert.«

Er hatte keine Ahnung. Vielleicht war das sein letzter Test, vielleicht auch nicht. Es konnte alles ins Ungleichgewicht stürzen. Seine Brust verengte sich. In seinem Hals bildete sich ein Knoten, der ihm das Schlucken erschwerte.

Es gab noch so vieles, das er nicht verstand.

»Sag's mir einfach«, sagte sie. »Ich tu alles, was du willst.«

»Vertraust du mir?«

Ihre Stimme war jetzt schwächer, kaum mehr als ein Flüstern. »Mehr als noch vor einem Tag.«

»Li.«

»Ja.« Sie nahm seine Hand. »Das tu ich. Ich weiß, ich sollte nicht, aber ich tu's.«

Ihr Gesicht hellte sich auf. Sie lächelte. Tränen stiegen ihr in die Augen.

Zeke schloss die Augen und murmelte zu sich selbst. »Oh Gott, ich hoffe, du hattest recht, Uriel.«

Li öffnete den Mund, um zu sprechen.

Bevor sie etwas sagen konnte, hob Zeke ihre Waffe, presste sie ihr gegen die Brust und drückte den Abzug. Mit dem Echo des Schusses noch immer in den Ohren und Lis toten Augen im Blick, richtete er die Waffe gegen sich selbst und feuerte einen letzten Schuss ab.

33

Zeke stand auf der Veranda, die Flügeltüren quietschten träge im Hintergrund. Es war heiß. Am wolkenlosen Himmel hatte die Sonne ihren Höchststand erreicht. Er stand am Eingang zur Cantina und hatte keine Ahnung, wie er dorthin gekommen war, keine Erinnerung an das, was zwischen jetzt und dem Zeitpunkt, als er allein den Highway in den Bergen entlanggelaufen war, passiert war.

Er hatte den Stetson auf, die gepolsterten Stiefel lagen angenehm an seinen Fersen an, die Gürtelschnalle war mittig am Gürtel ausgerichtet, in dem sein Revolver steckte.

Bevor er die Cantina betrat, blickte er den langen Highway entlang. Auf der gegenüberliegenden Straßenseite, hinter dem Staubnebel, der in Wellen und wirbelnden Wolken über den schwarzen Asphalt tanzte, wartete die unnachgiebige Horde. Sie standen noch genauso wie vorher da und beobachteten ihn.

Was für einen Unterschied der Tod macht, dachte er. Zeke sog die warme, trockene Luft ein, machte auf dem Absatz kehrt und betrat die Cantina. Drinnen hörte er die Jukebox, deren Klänge sich mit Gesprächsfetzen, Gelächter und dem Klirren der Gläser vermischte.

Bevor er eintrat, bemerkte er einen vertrauten Anblick. Auf dem Parkplatz zu seiner Rechten stand ein Auto, das er kannte. Sein Auto. Da stand der Superbird, ohne erwähnenswerten

Verschleiß, so glänzend wie eh und je, bereit für sein nächstes Abenteuer. Zeke neigte den Hut in Richtung des Autos und betrat die Cantina.

Pedros Hund war der Erste, der ihn begrüßte. Er lag am Eingang in Treppennähe, sein großer Kopf ruhte zwischen den Pfoten. Als Zeke ihm zupfiff, hob er den Kopf, um Hallo zu sagen. Schwanzwedelnd stand er schwerfällig auf und trottete die kurze Strecke zu ihm herüber. Er setzte sich und streckte die Pfote aus. Zeke schüttelte sie und kraulte das Tier hinter den Ohren. Dann richtete er seine Aufmerksamkeit auf den großen, offenen Raum der Cantina.

Alles war so wie in seiner Erinnerung. An den Tischen saßen Männer und Frauen, die Karten spielten oder in hitzige Diskussionen verwickelt waren. Manche davon hatten beschlagene Gläser vor sich, andere nahmen einen kräftigen Schluck von was auch immer Pedro ihnen aufgetischt hatte.

Zeke erkannte keinen der Gäste. Einige trugen Hüte, Bandanas oder abgetragene Baumwolltrachten. Andere trugen maßgeschneiderte Anzüge oder waren von Kopf bis Fuß in Leder gehüllt. Die Kundschaft war genauso bunt zusammengewürfelt wie vorher.

Er suchte nach irgendeinem Lebenszeichen von Uriel. Sein Blick wanderte durch den Raum, in der Hoffnung, sie dabei zu entdecken, wie sie mit ihrem rotbraunen Haar spielte oder jemandem das Leben schwermachte. Sie war nicht da. Zeke fühlte sich unruhig. Es war das unbeschreibliche Unbehagen, das mit dem Wissen einhergeht, dass etwas nicht stimmt, dass irgendetwas nicht so ist, wie es sein sollte.

Dann wurde er von Schuldgefühlen überschwemmt. Warum hatte er zuerst nach Uriel geschaut? Warum hatte sein erster Gedanke nicht Li gegolten? Li war doch da, oder nicht?

Von Gabe und Phil fehlte ebenfalls jede Spur. Raf und Barach, die er beide am Kartentisch oder an der Dartscheibe erwartet hatte, waren nirgends zu sehen. Zeke spürte, wie sich seine Brust verengte. Hatte Uriel ihm nur erzählt, die Wächter kämen zurück, um seine Gefühle der Sorge und Schuld abzumildern? Waren sie endgültig fort?

»Ezekiel«, erschallte die klangvolle Stimme des Barkeepers und Namensvetters der Cantina. Pedros breites Grinsen war sogar durch seinen dicken Bart erkennbar.

Seine braune Lederweste war oben aufgeknöpft, sein Leinenhemd über die Ellbogen hochgekrempelt. Die große Messingschnalle an seiner Hüfte war überwiegend vom Tresen verdeckt.

Pedros alternde Hände, übersät mit den Pigmentflecken von jemandem, der viel Zeit draußen verbrachte, ruhten auf dem Tresen, als er Zeke auf einen Drink herüberrief. Der Barbesitzer und Ränkeschmied, der hinter alldem steckte, griff weder nach einem Glas noch nach einer Flasche. Zeke sah das Buch Enoch im Regal hinter ihm, während er Platz nahm.

Pedro musterte Zeke mit seinem breiten Grinsen. Er besah ihn von Kopf bis Fuß und legte dabei ein besonderes Augenmerk auf seine Hände.

Die Musik aus der Jukebox ging von einem unbekannten Song zum nächsten über. Vom Tisch hinter Zeke aus drang ein Schwall Gelächter herüber. Er kümmerte sich nicht darum, genauso wie Pedro. Als die Stille zwischen ihnen unangenehm wurde, sagte Zeke etwas.

»Wie geht's?« Das war nicht der beste Gesprächseinstieg.

Pedro schlug zur Antwort die Faust auf die Theke. Das erschreckte Zeke so sehr, dass er fast vom Barhocker fiel.

»Alles wunderbar«, sagte Pedro, »wunderbar.«

Schließlich griff der Barkeeper unter die lackierte Thekenoberfläche und zog ein schweres, verbleites Longdrinkglas hervor. Mit der anderen Hand fingerte er nach ein paar großen Eiswürfeln und ließ sie ins Glas plumpsen.

Zeke wappnete sich, er fürchtete sich vor der Antwort. »Wo sind alle?«

»Whiskey?«, fragte Pedro. »Rye? Rum? Tequila?«

Zeke beäugte das Glas und dachte dabei über seine Optionen nach. Er hatte keinen Durst, aber er wollte das Angebot nicht ausschlagen. Bevor er sich entschied, hob Pedro den Finger.

»Oh, ich weiß was!«, sagte er, seine Stimme voller Vorfreude. »Ich hab vor Kurzem einen ganz wundervollen Malted Scotch reingekriegt. Der geht direkt ins Hirn, das garantiere ich dir, schmeckt aber herrlich.«

Pedro klatschte in die Hände und wirbelte herum, um nach der Flasche Scotch zu suchen. Sein Enthusiasmus war irritierend. Zeke konnte sich nicht daran erinnern, Pedro jemals so heiter erlebt zu haben. Was war anders?

Pedro fand die Falsche, griff sie am Hals und brachte sie zur Theke, wo er sie absetzte und aufschraubte. Er schenkte großzügig ein, die Eiswürfel bewegten sich im Glas und schmolzen in der Raumtemperatur des Scotchs.

Nachdem er die Flasche wieder zugeschraubt hatte, schob Pedro das Glas zu Zeke, wohl darauf bedacht, nichts von der bernsteinfarbenen Flüssigkeit zu verschütten.

»Trink aus«, sagte Pedro, »wir haben viel zu besprechen.«

Zeke nahm das Glas und genoss die Kälte in den Händen. Er prostete Pedro zu, hob es und nahm einen kräftigen Schluck. Es fühlte sich an wie Feuer und brannte in Hals und Nase. Er hustete und stellte den Drink auf dem Tresen ab.

»Wow, starkes Zeug«, sagte er.

»Vielleicht«, sagte Pedro, »aber nicht so stark wie du, hab ich gehört.«

Zeke wirbelte auf dem Hocker herum und suchte die Bar ab. Sein vom Scotch vernebelter Blick schweifte über den Balkon, der den zweiten Stock säumte. Noch immer keine Spur von Uriel. Kein Pferdeschwanz mit pinkfarbener Schleife.

»Was hast du gehört?«, fragte Zeke. »Hat Uriel dir was erzählt?«

»Jede Menge«, sagte Pedro, der die Frage zwar nicht beantwortete, ihm aber Hoffnung gab, dass sie wahrhaftig zurück war. »Aber ich will's von dir hören. Von Anfang an.«

Zeke schlug die Faust gegen seine Brust. Nach ein paar Schulterblicken lehnte er sich auf den Tresen vor und sprach mit gedämpfter Stimme. »Der Anfang wovon?«

Pedro verschränkte die Arme vor seiner breiten Brust und dachte über die Frage nach. »Gute Frage«, sagte er und strich sich dabei über den Bart. »Der Anfang wovon. So viele Anfänge.

So viele Enden. So viel dazwischen. Ist schwierig, den Überblick zu behalten.«

Zeke versuchte, die Frage etwas spezifischer zu formulieren. Er hatte sich bereits an die vagen Nichtantworten auf seine Fragen im Jenseits gewöhnt. Er dachte, ein weiterer Schluck würde vielleicht helfen, also kippte er sich mit zusammengebissenen Zähnen etwas mehr Scotch hinter die Binde. Der brannte beim zweiten Mal genauso schlimm, aber seine Muskeln entspannten sich ein wenig. Es erschien ihm seltsam, dass er als Toter zwar weder auf Nahrung, Wasser noch auf Luft angewiesen war, aber dass Alkohol ihn betrunken machen konnte. Er erinnerte sich daran, dass einst jemand Alkohol als den Nektar der Götter bezeichnet hatte. War es das?

Zeke konzentrierte sich wieder. »Wie wär's, wenn ich mit dem Moment anfange, als wir letztes Mal die Bar verlassen haben?«

»Cantina«, korrigierte Pedro. »Das ist anschaulicher als *Bar*. Das suggeriert eine gewisse Ausweglosigkeit, eine weltliche Einfachheit.«

Schon wieder eine Nichtantwort. Zeke seufzte.

Pedro schaute aufs Glas und erwartete offensichtlich, dass Zeke noch einen Schluck nahm. Zeke gehorchte und begann dann damit, Pedro alles aus seiner Erinnerung zu erzählen; alles von dem Moment an, als er mit Uriel in den Superbird gestiegen war, bis hin zum Beginn seiner Reise durch die Berge.

Zeke brauchte mehr als eine Stunde, um seine Version des Geschehens zu schildern, und er gab zu, dass er sich nicht daran erinnern konnte, wie er wieder in der Cantina gelandet war. Vielleicht war es auch mehr als eine Stunde. Vielleicht auch drei. Zeit hatte in der Cantina keine Bedeutung.

Als er fertig war, nahm sich Pedro mehrere Minuten Zeit, um die Theke mit einem Putzlappen abzuwischen. Dann ging er zu Zeke zurück. Das Glas vor ihm war leer, das Eis war geschmolzen. Auf dem Boden des Longdrinkglases glänzte ein Bernsteinrest. Pedro bot nicht an nachzuschenken.

»Warum bist du zurückgekommen?«, fragte er. »Und warum hast du Adaliah mitgebracht?«

Zekes Brust verkrampfte sich. »Li ist hier?« Er blickte sich nach beiden Seiten um. Seine Augen schweiften wieder über den Balkon im zweiten Stock, wanderten von Tür zu Tür.

»Sie ist hier«, sagte Pedro. »Keine Sorge. Sie ist eine starke Frau. Wird Uriel ordentlich einheizen.«

»Wo ist sie?«

Pedro lächelte. »Ruht sich aus. Dass sie stark ist, bedeutet nicht, dass sie unbesiegbar ist. Denk dran, sie war verwundet, bevor sie hier angekommen ist. Das dauert 'ne Weile. Weißt du noch?«

»Ja. Was passiert mit ihr?«, fragte Zeke. »Kriegt sie die gleiche Gelegenheit wie ich?«

Pedro zuckte mit den Schultern. »Das ist ihre Entscheidung.« Daraufhin zögerte er, sein Mund stand eine Weile offen, während er offensichtlich darüber nachdachte. »Und meine«, fügte er dann hinzu.

»Danke«, antwortete Zeke.

»Wofür?«

»Dass du ihr erlaubst, hierzubleiben, ihr eine zweite Chance gibst.«

Pedro grinste breit. Er lehnte sich auf den Tresen und wackelte mit dem Finger. »Du bist ein guter Mann, Ezekiel«, sagte er, »aber, wohlgemerkt, nicht zu gut.«

Zeke kicherte nervös. Er verstand, worauf Pedro hinauswollte, aber nicht, warum er es aussprach.

»Für wen hat sie gearbeitet?«, fragte Pedro.

»Li?«

Er nickte. »Genau. Adaliah.«

Zeke hatte das Gefühl, dass Pedro den Namen der Führungsriege im Protektorat kannte. Er beantwortete die Frage trotzdem.

»Die Aufseher.«

Pedro warf sich den feuchten Putzlumpen über die Weste. »Ahhh, ja«, sagte er, »die Aufseher. Das klingt so aufgeblasen, findest du nicht? Aufseher? Das hat so einen Prunk an sich, der wohl am besten denen vorbehalten wäre, die wirklich alles im Blick haben. Aber geschehen ist geschehen.«

»Hab den Namen nie gemocht«, sagte Zeke.

Pedro hob eine Augenbraue. »Was ist mit den Tic?«

»Wir waren blutsaugende Parasiten.« Zeke kicherte. »Also war das wohl recht passend, schätze ich.«

Zeke suchte die Bar ein weiteres Mal nach seinen Freunden ab. Das waren sie. Sie waren Freunde geworden.

»Also«, setzte Pedro wieder an, »hast du schon rausgefunden, worum's bei dem Ganzen gegangen ist? Worum's hier immer noch geht?«

»Meine Erlösung. Das alles war Buße, und genau das hab ich getan. Ich bin zurückgegangen, um ein paar Fehler wiedergutzumachen, um der Frau zu helfen, die ich hintergangen hab, und offensichtlich hab ich die Welt dabei von einem abtrünnigen Wächter befreit. Obwohl sie nicht die war, für die ich oder irgendjemand sie gehalten hat, hab ich ihr geholfen. Ich wollte erlöst werden.«

Pedros runzliger Blick blieb an Zeke haften, seine eisblauen Augen durchbohrten ihn, hypnotisierten ihn, machten ihm ein wenig Angst. Der alte Mann schüttelte den Kopf. »Oh, Zeke. Mein lieber Ezekiel Watson, wer hat dir denn erzählt, dass es dabei um deine Erlösung geht?«

Ein leichtes Unwohlsein machte sich in Zekes Körper breit. Er zuckte mit den Schultern. »Jeder?«

»Nein«, sagte Pedro. »Niemand hat gesagt, dass das *deine* Erlösung ist. Dabei ist es überhaupt nicht um dich gegangen. Du warst nur ein Teil des Mechanismus, ein Zahnrad, ein Teil von etwas viel Größerem.«

»Ich versteh nicht ganz«, sagte Zeke. Das Unwohlsein wurde zu Panik. Kalter Schweiß bildete sich an seinen Schläfen und er zupfte den Stetson auf seinem Kopf zurecht. »Wessen Erlösung war das?«

Die Intensität in Pedros Blick ließ nicht nach. Wenn überhaupt, dann verstärkte sie sich. Während der Barkeeper sprach, schienen seine eisblauen Augen zu leuchten, sie pulsierten regelrecht.

»Um Erlösung zu erlangen«, sagte Pedro, »muss man für andere danach streben. Das muss ein Akt der Selbstlosigkeit sein. Alles, was du getan hast, war zwar nobel und in manchen Fällen sogar heldenhaft, aber letzten Endes hast du dabei nur an dich selbst gedacht. Du hast nur an deine eigene Erlösung gedacht, dabei funktioniert es, wie so oft, genau andersrum.«

Zeke wusste nicht, was er darauf erwidern sollte.

»Erlösung«, fuhr Pedro fort und lehnte sich dabei wieder auf die Theke, »ist nichts, was von einer einzelnen Tat oder einer Reihe von Handlungen kommt, die auf ein einziges Resultat abzielen. Erlösung ist ein Sinneswandel, der aus einer Vielzahl von Taten entsteht, die damit gar nicht in Verbindung stehen. Diese Taten dienen anderen, davon hast du nichts, außer seelischer Reinigung.«

Zekes Kopf drehte sich. Um wessen Erlösung war es dann gegangen, wenn nicht um seine? Und wie würde er sich seine jemals verdienen? Er fühlte tausend Fragen in sich aufsteigen, von denen er wusste, dass Pedro sie nicht beantworten würde, als er eine vertraute Berührung am Bein spürte und einen berauschenden, blumigen Duft einatmete, der ihn fast vom Hocker warf.

»Hey, Großer«, sagte Uriel, die um ihn herumging und auf den Hocker neben ihn rutschte. »Lange nicht gesehen.«

Zeke blinzelte, um sicherzustellen, dass sie wirklich da war. Sein Blick sprang zwischen Uriel und Pedro hin und her, auf der Suche nach einer Erklärung.

»Das alles war zugunsten ihrer Erlösung, Zeke«, sagte Pedro, »ihrer aller Erlösung.«

Zeke spürte eine Anwesenheit im Rücken. Er drehte sich auf dem Hocker um und sah Phil und Gabe hinter sich stehen. Dahinter waren Raf und Barach.

»Ich versteh nicht«, sagte Zeke.

»Natürlich nicht«, erwiderte Uriel heiter. »Du kannst ja nicht so gut aussehen *und* dabei auch noch schlau sein.«

Die Wärme schoss Zeke ins Gesicht, aber er konterte schnell. »Was von beidem bist du dann?«

Das brachte die anderen zum Lachen. Phil schlug Zeke auf den Rücken.

»Ein Wächter zu sein hängt mit Erlösung zusammen«, sagte Uriel. »Deswegen ist es deine Aufgabe, das Gleichgewicht der Dinge aufrechtzuerhalten. Wir waren im Leben schlecht genug, um zu verstehen, wie die dunkle Seite funktioniert. Und im Tod sind wir gut genug, um das Licht in allem zu sehen.«

Zeke suchte in Pedros Gesicht nach einer Bestätigung dessen, was Uriel ihm soeben erzählt hatte. Ihre Enthüllung schien sinnvoll an einem Ort, an dem nichts einen Sinn ergab.

»Die Wächter werden deshalb ausgewählt, weil sie, egal wie schlecht sie im Leben waren, doch einen Funken Erlösung in sich hatten«, erklärte Pedro.

»So jemanden findet man nicht oft. Sicher, die meisten Menschen leben im ganzen Spektrum. Niemand ist komplett gut oder böse. Um aber ein Wächter zu sein, jemand, der das Gleichgewicht erhält, muss man die richtige Mischung aus beidem in sich tragen. Wenn man Gut und Böse in der Waage halten will, muss man sich eben manchmal die Finger schmutzig machen.«

»Die Finger schmutzig?«

»Wie wir schon gesagt haben«, erklärte Phil, während er näher zum Tresen schlenderte, »manchmal kämpfen wir auf der dunklen Seite. Wenn du im Leben zu gut warst, wäre das nach dem Tod ein zu großer Sprung. Wenn du manchmal die Seiten verwechselt hast, aber im Grunde ein Herz hast, dann bist du unser Goldlöckchen.«

»Soll heißen, dann bist du genau richtig«, fügte Gabe hinzu.

»Und was hat das mit mir zu tun?«, fragte Zeke, und zum ersten Mal seit Langem glaubte er, die Antwort auf seine Frage zu kennen.

»Ein Wächter zu sein ist schwierig«, sagte Pedro. »Du steckst hier im Fegefeuer auf unbestimmte Zeit fest. Bis du genug getan hast, um dir deine Erlösung zu verdienen, bleibst du ein Wächter. Du gehst dahin, wo ich dich hinschicke. Du tust, was ich dir sage. In der Zwischenzeit sitzt du hier am Tresen und wartest auf die nächste Mission, den nächsten Schritt zur Erlösung.«

»Fragst du mich grade, ob ich ein Wächter sein will?«, fragte Zeke.

Pedro zwinkerte ihm zu. »Falls du Interesse hast, ich hab hier 'ne offene Stelle.«

»Wie lang dauert das, bis man erlöst wird? Und was, wenn ich Nein sage?«

»Ein Nein ist keine Option«, sagte Barach.

»Niemand sagt Nein«, fügte Phil hinzu.

Kichernd zog Pedro den Lumpen von seiner Schulter und wischte damit über die Theke, was unnötig war. »Niemand kann sagen, wie lange es dauern wird«, sagte er. »Aber eins kann ich dir versprechen. Egal, wie lange es dauert, es wird dir viel kürzer vorkommen.«

»Oder länger«, ergänzte Gabe.

»Oder länger«, bestätigte Pedro.

Zeke atmete tief und langsam ein. Er schaute zu Uriel, die ihn süffisant angrinste und ihm zunickte, dann zu den anderen, die alle gespannt auf seine Antwort warteten.

In Wahrheit hatte er seine Entscheidung bereits getroffen, bevor es ihm überhaupt bewusst war, nämlich in dem Moment, als er sich selbst zur Bar am Ende der Welt zurückgeschickt hatte. Er tastete nach dem Griff des Revolvers an seiner Hüfte, um sich zu vergewissern, dass er noch da war. Das war er.

»Also«, sagte er, »ich schätze mal, die nächste Runde geht auf mich?«

EPILOG

Ohne zu wissen, wie er hierhergekommen oder wohin er unterwegs war, fand Graham sich mitten im Ödland wieder. Das Letzte, woran er sich erinnerte, waren Schüsse.

Wurde ich erschossen? Bin ich tot?

Unmöglich.

Vor ihm erstreckte sich ein einsamer, zweispuriger Highway. Er fuhr einen 1985er Buick Regal. Mit seinem zweihundert PS starken V6-Motor war es vielleicht nicht das schnellste Muscle Car im Rennstall der Tic, aber es war verbrauchsarm und schnell genug, um die TMF abzuhängen.

Desorientiert umfasste Graham das Lenkrad und trat fester aufs Gaspedal. Als er den Rückspiegel überprüfte, sah er eine Horde Biker und Trucker dicht hinter sich.

Die anfängliche Verwirrung war wie weggeblasen. Stattdessen konzentrierte er sich auf die neue Aufgabe: den Männern zu entkommen, die ihn verfolgten.

Warum waren sie hinter ihm her?

Sie gehörten nicht zur TMF.

Sie sahen nicht nach Tic aus.

Bestimmt waren sie Ödländer.

Das mussten Ödländer sein, nicht? Er hatte allerdings keinen blassen Schimmer, wie er hergekommen war. Vielleicht hatte er sich den Kopf im Gefecht zu stark angehauen.

Er trat das Pedal bis zum Anschlag durch, das Auto reagierte. Der Garrett Turbolader zog an und Graham vergrößerte den Abstand zur Horde, die ihm im Nacken saß.

Der Vorsprung war jedoch nicht von Dauer, ein paar der Biker holten auf. Sie fuhren an den Seitenstreifen entlang und blieben auf Höhe der hinteren Kotflügel.

Alles, was Graham vor sich sah, waren Steine, Dreck und die sanften Erhebungen der weit entfernten Hügel. Die Sonne stand hoch am Himmel, direkt über seinem Kopf. Wie lange fuhr er eigentlich? Wie lange waren diese Männer schon hinter ihm her?

Im unfruchtbaren Niemandsland, das ihn zu allen Seiten hin umgab, fand er keine Hinweise darauf. Er konnte nicht einmal sagen, in welche Richtung er fuhr. Er fühlte sich wie auf einem endlosen Laufband aus Asphalt, umgeben vom Braun und Grau der Versteinerungen.

Graham packte das Lenkrad fester mit der einen Hand, während er sich mit dem Rücken der anderen den Schweiß von Augen und Stirn wischte. Als er sie zurück auf das Lenkrad legte, bemerkte er die dunkelrote Flüssigkeit daran.

Blut?

Sein Puls beschleunigte. In diesem Moment pochte sein Kopf und er erinnerte er sich an die Wunde. Welche Wunde? Wie war er verletzt worden?

Ein Knall riss ihn aus seinen Gedanken. Ein Blick in den Rückspiegel verriet ihm, dass die Heckscheibe fehlte. Glasscherben lagen auf der Heckablage hinter den Sitzen des Regals verstreut.

Das Blut lief ihm von der Stirn bis zu den Lippen. Er leckte es ab, die Flüssigkeit schmeckte warm und nach Kupfer. Das war nicht gut. Gar nicht gut.

Einer der Biker gab Gas und fuhr neben der Beifahrerseite seines himmelblauen Coupés her. Das Motorrad wirkte im Vergleich zu dessen Körperumfang wie eine Miniatur. Die Waffe in seiner Hand erschien noch größer. Ein Grinsen breitete sich im Gesicht des Ungetüms aus, und mit einer Hand am Lenker seines Choppers lehnte er sich im Sitz vor und fasste sein Ziel ins Auge.

Graham blickte von der endlosen Straße vor sich zum Lauf der Pistole und zurück, bis er schließlich instinktiv das Einzige tat, was ihm übrig blieb – er ging in die Eisen. Der Biker raste an ihm vorbei, sein Schuss schrammte über die Motorhaube des Buick und riss das Emblem ab wie ein Zielobjekt am Schießstand.

Eine alles zermürbende Kollision übermannte seine Sinne. Sein Körper wurde nach vorn geschleudert, über das Lenkrad und durch die Windschutzscheibe hindurch, über die Motorhaube des himmelblauen Buick hinweg auf die Fahrbahn, nicht weit vom Emblem entfernt.

Mit pochendem Kopf, aber funktionierendem Körper, kämpfte sich Graham auf die Beine. Er stand nun vor dem Auto. Es war demoliert, und was davon übrig war, stand senkrecht auf der Straße. Einer der großen Trucks war hineingekracht.

Ein Dutzend Männer der Horde standen bereit, die Waffen in den Händen. Sie beobachteten ihn aufmerksam und rührten sich nicht.

»Was wollt ihr?«, schrie er sie an, während er nach hinten stolperte, um von der Horde wegzukommen. Ihre Stille war beängstigender als alles, was sie hätten sagen können. Die Finsternis in ihren Augen, die vollständige Abwesenheit von Mitgefühl in ihren leeren, emotionslosen Gesichtern und ihre stoische Geduld dienten nur dem Zweck, Graham aus der Fassung zu bringen.

Verlor er gerade den Verstand?

Statt seine Frage zu wiederholen, drehte er sich um und rannte los, so schnell ihn seine Beine trugen. Die Innensohlen seiner Stiefel scheuerten an seinen Fersen, während er vor ihnen flüchtete.

Seine Brust pochte und die Sonne brannte auf ihn herunter. Das Blut lief ihm von den Gesichtswunden in die Augen und brannte, als es sich mit dem Schweiß vermischte. Seine Sicht verschwamm, aber er bewegte sich weiter. Als er über seine Schulter blickte, sah er die Horde stumm dastehen. Keiner von ihnen folgte ihm.

Graham rannte trotzdem weg. Rechts vor sich glaubte er etwas zu sehen. Ein Haus, vielleicht etwas Größeres. Rauchfahnen stiegen daraus auf. Da war jemand. Obwohl es etwas weiter als einen halben Kilometer entfernt war, rannte er weiter, mit hämmerndem Kopf, pochenden Fersen und schwer atmend.

Jetzt nahm die Horde die Verfolgung auf. Das Gebäude wurde größer. Eine steife Brise erfasste sein Gesicht. Grahams Beine fühlten sich langsam schwer an. Seine Muskeln waren erschöpft. Er atmete nun unregelmäßig. Der aufwallende Kopfschmerz war nun so stark, dass er ihm die Sicht raubte.

Seine Stiefel wurden schwerer. Jeder Schritt war anstrengender als der vorherige. Er ballte die Fäuste und hob die Knie. Das Haus wurde größer, die Horde kleiner. Dann plötzlich nicht mehr.

Graham hörte das Brummen der hochdrehenden Motoren, das zu einem Donnern anschwoll. Er konnte die Vibration unter den schweren Stiefelsohlen spüren. Sie kamen ihn holen. Sie spielten mit ihm, wie ein schnelleres Raubtier, das seiner langsameren Beute zum Spaß einen Vorsprung ließ.

Graham verlor den Halt und stolperte. Er versuchte, sich auf die Beine zu ziehen, aber er war zu erschöpft. Er rollte zur Seite und blickte sich um, kroch halbherzig vor der Horde weg, während er sich langsam seinem Schicksal ergab.

Seine Umgebung wirkte vertraut und doch fremd. Irgendetwas sagte ihm, dass er hier schon einmal war, aber er wusste, dass das nicht stimmen konnte. Das hier war anders als jeder Ort, den er je besucht hatte. Das war nicht das Ödland. Es mochte vielleicht wie das Ödland *aussehen*, aber es fühlte sich mehr wie etwas an, das nicht von dieser Welt war. Es war, als hätte er die Umgebung erträumt. Wenn er sich doch nur aufwecken könnte.

Das Grollen der Horde näherte sich und ließ den Boden erzittern. In dem Augenblick, als sich die Motoren langsam beruhigten und in den Leerlauf wechselten, drehte Graham dem Haus mit dem aufsteigenden Rauch den Rücken zu.

Ein letztes Mal wischte er sich mit dem Handrücken über die Stirn, bevor er der Horde gegenübertrat. Einer von ihnen, ein hochgewachsener Mann mit einem Gesicht wie ein Totenschädel und tief eingesunkenen, schwarzen Augen, trat vor. Die Kette, die um seine Hüfte geschlungen war, klirrte, als er näherkam.

Der Mann trat wohlüberlegt bis auf ein paar Zentimeter an ihn heran, dann blieb er stehen. Er beugte sich vor und schnupperte zweimal geräuschvoll an ihm, wobei sich seine Nasenlöcher aufblähten. Er grunzte und fuhr sich mit der grauen Zunge über die gelben Zähne, die wie Messerspitzen aussahen. Als er sprach, klang seine Stimme wie Kies, wie ein Mann, der sein Leben damit verbracht hatte, Steine zu gurgeln, um seine Stimmbänder zu einem groben, zerklüfteten Klang zu schleifen.

»Weißt du, wer wir sind?« Die Haut des Mannes spannte sich über seinen Schädel und Kiefer. »George Remus Graham?«

Woher kennen die meinen Namen? Niemand wusste von seinem zweiten Vornamen. Er hasste ihn. George war schon schlimm genug. Aber Remus? Seine Mutter musste ihn gehasst haben, das war die einzige Erklärung. Dennoch sprach ihn der tote Mann vor ihm mit Autorität aus. Zweifellos kannten sie ihn, auch wenn er sie nicht kannte. Ein kalter Schauer jagte ihm über den Rücken, als er darüber nachdachte, wo er sein konnte. Falls er recht behielt, würde er schon bald herausfinden, wer die Männer waren.

»Nein«, sagte er und kämpfte dabei gegen die Schmerzen in jedem einzelnen Gelenk, um aufrecht vor dem Fremden stehenzubleiben. »Ich weiß nicht, wer ihr seid.«

Der Mann neigte seinen Kopf erst zur einen, dann zur anderen Seite und ließ dabei seinen Hals scheußlich knacken. Graham erwartete, dass aus der dünnen Haut, die seinen Körper umspannte, gleich ein Knochen platzen würde.

Der Mann hob die Arme, um seine Herrschaft über die Horde zu demonstrieren. »Wir sind deine Abrechnung.«

Abrechnung?

Der Mann senkte die Arme und zeigte mit erhobenem Finger auf Graham. Der Finger verlängerte sich wie eine mechanische Klaue, die Knöchel der Gelenke verzogen sich. »Wir sind hier, um dich nach Hause zu holen.«

Durst, wie er ihn nie zuvor gekannt hatte, ergriff von seinem geschwächten Körper Besitz. Er hätte alles für einen Schluck Wasser gegeben. Über seine Schulter hinweg zeigte er auf das Haus, das vielleicht noch vierhundert Meter entfernt lag, und fragte: »Ist das mein Zuhause?« In seiner Stimme schwang Hoffnung mit.

Der dürre Mann lachte herzhaft. Er schaute zu seinen Männern, die ebenfalls zu lachen anfingen. Graham schluckte, in seinem Hals hatte sich ein trockener Knoten gebildet. Der Kopfschmerz lähmte ihn nun fast vollständig und seine Knie zitterten, sie waren kurz davor einzuknicken.

Das Gelächter verebbte und das Gesicht des dürren Mannes wurde wieder ernst. Seine schwarzen Augen weiteten sich zu hypnotisierenden Seen aus Onyx. »Nein, ist es nicht«, sagte er, der Kies umspielte seine Worte. »Nicht für dich, George Remus Graham.«

Die Konsonanten verharrten zwischen ihnen in der Luft, der dünne Mann schien die diabolische Betonung von Grahams Namen zu genießen. Nie zuvor hatte Graham den Klang seines Namens so sehr gehasst wie jetzt. Aus Angst vor der nächsten Frage zog er die Absätze seiner Stiefel über den Asphalt, bis hin zum Schotter des Seitenstreifens.

»Wer seid ihr?«, fragte er und wappnete sich für die Antwort.

»Wir sind die Vorboten des Wahren Todes. Manche nennen uns die Horde.«

»Der Wahre Tod?«

»Der Tod, von dem man nicht zurückkehrt.«

»Was zur Hölle bedeutet das?«

Der hagere Mann atmete aus, seine Nasenflügel blähten sich voller Ungeduld.

»Das bedeutet, dass es für dich keine Erlösung gibt, George Remus Graham. Jetzt, da wir dich eingeholt haben, ist dein Schicksal besiegelt. Es gibt kein Verhandeln, kein Bitten und Betteln, kein Geloben auf Besserung. Geschehen ist geschehen. Du gehörst jetzt uns.«

»Ich gehöre niemandem«, erwiderte er trotzig.

Darauf gab es keine Antwort. Keine verbale. Der dünne Mann ging zwei Schritte vor, streckte die knochige Hand nach Graham aus und berührte ihn an der Wange. Seine Finger fühlten sich kalt auf Grahams Haut an. Dann waren sie plötzlich fort. Die Welt um ihn herum verwandelte sich von der trockenen Wüste in absolute Leere. Graham war allein in der Finsternis. Die Horde war verschwunden.

»Hallo?«, rief er ins Nichts. Sein Rufen verlor sich mit jedem Echo weiter im endlosen Raum, der ihn umgab. »Ist da jemand?«

Obwohl Graham schwerelos war, stand sein Körper unter Druck. Es war schwer, sich zu bewegen, trotz des Gefühls frei und von der Erde losgelöst zu schweben.

»Hallo?«, rief er erneut. Keine Antwort.

Er streckte die Hand aus, was sein Körpergewicht mehr erschwerte, als er erwartet hätte. Es fühlte sich wie eine Ewigkeit an, bis er Arm und Finger ganz gedehnt hatte, bis er nach irgendetwas außerhalb seiner Reichweite greifen konnte. Er bewegte seinen ausgestreckten Arm in einem großen Bogen, spannte sich, spreizte die Finger und hoffte.

Nichts.

Er ballte die Hand zur Faust, spannte sie an.

Dann begriff Graham irgendwie, wohin ihn die Horde geschickt hatte.

Er kannte sein Zuhause.

Es war ewig. Es war einsam. Es war unerträglich.

Es war die Hölle, und er war längst tot.

– E N D E –

DANKSAGUNGEN

Danke an euch, die Leserschaft, die ihr euch dazu entschlossen habt, mich auf diesen Abenteuern zu begleiten. Eure Unterstützung, eure Rezensionen, Social-Media-Posts und E-Mails sind die vielen einsamen Stunden an der Tastatur wert.

Ich würde nichts von alledem ohne die beständige und unerschütterliche Liebe meiner Frau Courtney und unserer Kinder Samantha und Luke zustande bringen. Sie sind mir Muse und Cheerleader zugleich.

Steven Konkoly und Nicholas Sansbury Smith haben beide die ersten Versionen dieser Geschichte gelesen und mir großartige Ratschläge gegeben, genauso wie die Wortschmiedin Felicia Sullivan.

Dank gilt auch meinen Eltern Sanders und Jeannie, meinen Geschwistern Penny und Steven und meiner Schwiegermutter Linda für das virale Marketing. Und jetzt, zurück an die Tasten. Es gibt noch mehr Geschichten, die erzählt werden wollen …

LUZIFER
VERLAG